btb
Aus Freude am Lesen

btb

Buch

Detective Peter Decker und seine Frau Rina Lazarus erleben einen der größten Glücksmomente in ihrer Beziehung: die Geburt der gemeinsamen Tochter Hannah. Medizinische Komplikationen zwingen Rina, noch für einige Zeit im Krankenhaus zu bleiben, und so ist Peter Decker gleich vor Ort, als aus der Säuglingsstation des Krankenhauses ein Baby entführt wird. Kurze Zeit später verschwindet auch noch eine als zuverlässig bekannte Säuglingsschwester spurlos. Und die letzte, die das Kind und die Krankenschwester gesehen hat, war ausgerechnet Cindy, Deckers erwachsene Tochter aus erster Ehe. Decker stürzt sich mit all seinem Können und seiner Erfahrung in diesen Fall, immer in dem Gefühl, das verschwundene Baby könnte sein eigenes gewesen sein. Doch bald gehen ihm die Ideen aus. Er hat das Gefühl, im Nebel zu stochern. Zum Glück bewahrt seine Partnerin Marge ihren kühlen Kopf: Als einzige nimmt sie einen Hinweis Cindys ernst und kommt einer schrecklichen Familiengeschichte von Verrat und Betrug, falscher Loyalität und mißbrauchter Liebe auf die Spur.

Autorin

Faye Kellerman ist nicht nur eine erfolgreiche Schriftstellerin, sondern auch Zahnärztin, Musikerin und Gitarrenbauerin. Zusammen mit ihrem Mann, dem Psychologen und Bestsellerautor Jonathan Kellerman, und ihren vier Kindern lebt sie in Los Angeles.

Faye Kellerman bei btb

Die Peter Decker/Rina Lazarus-Romane
Denn rein soll deine Seele sein (Nr. 1, 72242)
Das Hohelied des Todes (Nr. 2, 72047)
Abschied von Eden (Nr. 3, 72100)
Tag der Buße (Nr. 4, 72166)
Du sollst nicht lügen (Nr. 5, 72407)
Die reinen Herzens sind (Nr. 6, 72461)
Weder Tag noch Stunde (Nr. 7, 72459)
Doch jeder tötet, was er liebt (Nr. 8, 72462)
Totengebet (Nr. 9, 72560)
Der Schlange List (Nr. 10, 72604)
Becca. Roman (72321)

Faye Kellerman

Die reinen Herzens sind

Roman

Aus dem Amerikanischen von
Christine Frauendorf-Mössel

btb

Die Originalausgabe erschien 1993
unter dem Titel »Grievous Sin«
bei William Morrow and Company, Inc., New York.

Umwelthinweis:
Alle bedruckten Materialien dieses Taschenbuches
sind chlorfrei und umweltschonend.

btb Taschenbücher erscheinen im Goldmann Verlag,
einem Unternehmen der Verlagsgruppe Random House.

Einmalige Sonderausgabe

Umschlaggestaltung: Design Team München
Umschlagmotiv: Artemisia Gentileschi
Satz: IBV Satz- und Datentechnik GmbH, Berlin
KR · Herstellung: Augustin Wiesbeck
Made in Germany
ISBN 3-442-73122-4
www.btb-verlag.de

FÜR JONATHAN

Für die Drei Musketiere – Jess, Rachel und Ilana
Und für meinen D'Artagnan – Aliza Celeste

Mein ganz besonderer Dank gilt
Dr. Lawrence Platt und Dr. Irwin Frankel

1

Ihr erster Ton war eher ein Quäken als ein Schrei. Dafür hatte sie zehn Finger und zehn Zehen, und das war alles, was Decker kümmerte. Verknautscht und rot, die Haut mit einer weißlichen Schicht wie Penatencreme bedeckt, schien sie die Welt eher als störend und weniger als erschreckend zu empfinden. Decker sah zu, wie Georgina, die Hebamme, dem Arzt seine Tochter ab- und in ihre Arme nahm. Nachdem sie das Neugeborene mit einem Handtuch abgerieben und kurz untersucht hatte, wickelte sie den Winzling in eine Decke. So wurde das Baby schließlich dem Vater zur Begutachtung präsentiert.

Sie hatte ein fleckiges Gesichtchen, und ihre Nase zuckte, während sie statt zu schreien verhalten piepste. Die Augen waren geschlossen, die Lider so durchsichtig wie eine Zwiebelhaut. Daunenweicher Haarflaum bedeckte ihr Köpfchen. Decker, der Chirurgenhandschuhe trug, legte den Zeigefinger auf die winzige Handfläche. Langsam umschlossen rosarote Fingerkuppen seinen Finger. Decker trieb es die Tränen in die Augen.

»Ist sie in Ordnung?« Rinas Stimme klang ängstlich.

»Sie ist perfekt, Darling«, erwiderte Decker. »Einfach… perfekt.«

»Natürlich ist sie *perfekt*!« Georgina verschränkte die Arme vor der Brust. »Wir bringen hier nur perfekte Babys auf die Welt.«

Decker wandte seine Aufmerksamkeit seiner Frau zu. Rinas Augen waren rotumrandet, ihre Lippen bewegten sich in stummem Gebet. Feuchte schwarze Haarsträhnen hingen ihr in die Stirn. Nie hatte sie so schön ausgesehen.

»Sie ist vollkommen, Rina.« Decker hatte einen Kloß im Hals. »Genau wie du.«

Rina lächelte müde. Decker wurde plötzlich bewußt, wie erschöpft sie sein mußte. Aber das war nach einer Geburt durchaus normal.

»Fabelhafte Arbeit, Madame Decker!« Georginas feister Finger streichelte über Rinas Arm. »Halten Sie noch ein bißchen durch. Dann können Sie Ihren verdienten Schlaf nachholen.«

»Mach die Augen zu, Rina«, sagte Decker.

Sie nickte. Ihre Lider klappten herunter. Plötzlich riß sie die Augen wieder auf. Ihr Atem ging keuchend.

»Alles in Ordnung, Dr. Hendricks?« fragte Decker.

»Bis jetzt schon«, antwortete der Geburtshelfer. »Wir warten noch auf die Nachgeburt. Solange gehen die Kontraktionen weiter.«

Rinas Keuchen hörte so plötzlich auf, wie es begonnen hatte. Decker beobachtete Hendricks. Der Großteil seines Gesichts war durch den Mundschutz verdeckt. Sein Blick ruhte konzentriert auf Rina. Er legte seine Handflächen auf ihren Leib und drückte darauf. »Rina, haben Sie noch Kraft genug, die Kleine an die Brust zu legen?«

Rina hauchte ein Ja.

»Na, wunderbar«, sagte Hendricks. »Die Natur hilft uns weiter.«

»Hilft uns? Wobei?« wollte Decker wissen.

Der Arzt antwortete nicht. Georgina nahm das Baby Decker ab und legte es Rina an die Brust. Rina nahm das Neugeborene in den Arm und beobachtete, wie der winzige, feuchte Mund suchend über ihre Brust tastete, bis er die Brustwarze gefunden hatte. Mit etwas Ermutigung durch Georgina spitzte das Baby den Mund und begann zu saugen.

Rina schloß erneut die Augen. Schweißperlen traten ihr

auf die Stirn. Decker tupfte ihr Gesicht mit einem Waschlappen trocken. Er sah sich im Geburtszimmer um. Zum erstenmal nahm er die Umgebung richtig wahr. Die Tapeten zierte ein Rankenmuster. Ein handgewebter Teppich lag auf dem klinisch sauberen Fliesenboden. Das Krankenhausbett war mit Holz verkleidet und paßte damit zu einem Rattan-Schaukelstuhl auf der gegenüberliegenden Seite. Die sehr privat gehaltene Einrichtung sollte die Illusion einer Hausgeburt vermitteln. Aber Decker vermochte das medizinische Gerät in den Ecken und an den Wänden nicht ganz auszublenden.

Eindeutig ein Krankenhaus.

Decker war seit neunzehn Stunden hier. Neunzehn Stunden, die sich auf geheimnisvolle Weise auf zehn Minuten reduziert hatten. Jetzt allerdings verstrich die Zeit im Zeitlupentempo. Die Zeiger der Wanduhr sagten ihm, daß seit der Geburt seiner Tochter zehn Minuten vergangen waren. Das Baby saugte noch an Rinas Brust, aber sie hatte die Augen bereits wieder geschlossen. Sie stillte im Schlaf. Rosarote, herzförmige Lippen bearbeiteten Mamas Brustwarze, und zarte Adern pulsierten an ihren Schläfen. Decker wußte, daß er voreingenommen war. Und trotzdem: Sie war eine Schönheit!

Sein Blick schweifte zu Rina. Ihre Lippen waren bleich und rissig.

»Darf Rina was trinken?« fragte er.

»Noch nicht«, wehrte Hendricks ab. Er drückte erneut auf Rinas Bauch.

»Darf sie wenigstens Eiswürfel lutschen?«

Diesmal blieb der Arzt ihm die Antwort schuldig. Decker merkte, wie sich Kopfschmerzen ankündigten. Vielleicht war es nur der Hunger. Zehn Stunden waren seit seiner letzten Mahlzeit vergangen. Rina begann konzentriert und rhythmisch zu atmen. Decker hielt ihre Hand, murmelte Ermutigendes. Vor dem Eintreffen des Arztes hatte er sich wichtig gefühlt. Jetzt kam er sich als lästiges Anhängsel vor... nützlich, aber entbehrlich. Rina beendete das rhythmische Atmen. Ihre Stimme war nur ein Flüstern.

»Ich bin sehr müde.«

»Kann ich mir vorstellen«, sagte Hendricks. »Ich finde, Sie haben eine Verschnaufpause verdient. Georgina, legen Sie das Baby in den Inkubator und fahren Sie es in die Wachstation.« Er sah Decker an. Lachfältchen bildeten sich in seinen Augenwinkeln. »Ihr habt eine süße, kerngesunde Tochter. Dürfte nach einer Stunde aus dem Wachraum kommen. Dann bringen sie sie in die Säuglingsstation, und Sie können vor der Familie mit ihr Furore machen.«

»Freue mich schon drauf.« Decker lächelte.

»Sind die Großeltern aufgeregt?« fragte Hendricks.

»Kann man sagen. Haben schon lange keinen Säugling mehr in den Armen gehalten.«

Er ebenfalls nicht, dachte er. *Neunzehn Jahre.* Mein Gott, es kam ihm erst wie gestern vor, daß Cindy geboren worden war. Dabei schien es gelegentlich tausend Jahre her zu sein. Georgina legte das Baby in den Inkubator. »Bin gleich zurück.«

Decker nickte. Im Zimmer wurde es still. Rinas Augen waren geschlossen, ihre Lippen leicht geöffnet. Decker wollte ihr sagen, wie sehr er sie liebte, brachte es jedoch nicht fertig, ihren Schlaf zu stören. Wenige Minuten später kam Georgina zurück. Sie legte die Hand auf Deckers Schulter.

»Na, wie geht's, Vater?«

»Nicht schlecht für einen alten Knacker wie mich«, erwiderte Decker. »Die Mutter schläft.«

»Ja, sie braucht jetzt Ruhe und Frieden.«

»Georgina, machen Sie zwanzig Milligramm Pitocin zur Infusion fertig, ja«, bat Hendricks.

Decker sah ängstlich zur Hebamme hinüber. Georgina lächelte mit schiefen Zähnen, aber sie machte keinen fröhlichen Eindruck. Dann rollte sie den Infusionsständer aus der Ecke, öffnete einen Schrank und entnahm eine Plastikflasche, die an einem Haken gehangen hatte. Georgina steckte den Infusionsschlauch in die Kanüle in Rinas rechtem Arm und drehte an einigen Ventilen. Einen Moment später rann eine durchsichtige Flüssigkeit durch die Plastikschläuche. Erneut drückte der Arzt auf Rinas Bauch. Ein leises Stöhnen entwich ihren Lippen, als sie versuchte, ihre Atemtätigkeit zu kontrollieren. Aber die Erschöpfung forderte ihren Tribut. Rina schrie auf. Decker sah Hendricks an.

»Ich drücke ziemlich fest«, sagte der Geburtshelfer ruhig. »Es fühlt sich nicht gut an, aber es sollte der Mutter helfen. Georgina, stellen Sie die Infusion schneller ein.«

»Wird gemacht, Doktor.«

Decker mißfiel der militärisch pragmatische Ton der Hebamme. Die gutmütige Jovialität war berufsspezifischem Ernst gewichen. Er fühlte, wie sein Herz raste.

»Alles in Ordnung, Doktor?«

»Sie hat Probleme, die Plazenta abzustoßen.« Hendricks hielt inne. »Ich kann sie fühlen, aber... Das Pitocin dürfte helfen. Tut's weh, Herzchen?«

Rina nickte.

»Tut mir leid, aber ich muß weiter auf Ihre Gebärmutter drücken. Atmen Sie rhythmisch weiter.« Er wandte sich an Decker: »Helfen Sie ihr einfach genau wie während der Wehen.«

Der Arzt drückte auf Rinas Leib. Ihr Gesicht war schmerzverzerrt.

»Versuchen Sie weiter zu atmen, Rina«, forderte Hendricks sie auf.

»Ich kann nicht...«

»Atmen, Rina!« sagte Decker. »Drück meine Hand, wenn's weh tut.«

Rina nahm seine Hand. Ihre Finger waren kraftlos. Ihr Teint hatte ein ungesundes Grau angenommen. Hendricks schnalzte mit der Zunge und schüttelte den Kopf. Decker sank das Herz in die Hose.

»Georgina, holen Sie eine Liege und sehen Sie nach, wer in der Anästhesie Dienst hat«, befahl Hendricks. »Und bringen Sie mir 0,25 Milligramm Methergin und ein Blutdruckmeßgerät.«

»Was ist los, Doktor?« fragte Decker.

Hendricks beachtete ihn nicht.

»Was ist *los*?« wiederholte Decker.

»Ein Moment.«

Decker schwieg. Sein Magen krampfte sich zusammen. Sein Körper schmerzte vor Anspannung. Er zwang sich, Kreisbewegungen mit dem Kopf zu machen. Seine Nackenwirbel knackten. Georgina kam zurück. Sie hatte ein Metalltablett mit einer Spritze in der Hand. Hendricks griff danach und gab Rina eine Injektion in die Schulter. Rina gab keinen Laut von sich.

»Ich liebe dich, Rina«, flüsterte Decker.

Die Antwort war ein Nicken.

Eine zierliche Frau in OP-Kleidung kam ins Zimmer. Sie zog eine Liege hinter sich her. Hendricks schob die Liege neben Rinas Bett.

»Wir bringen Sie jetzt in den Kreißsaal, Rina«, eröffnete Hendricks ihr. »Ich zähle bis drei, dann rutschen Sie mit dem Rücken auf die Liege. Glauben Sie, Sie schaffen das?«

Rina stöhnte ein Ja.

Bei drei stemmte Rina sich hoch, und Hendricks und Georgina hoben sie auf das kalte, glatte Metall. Die Seitengitter wurden hochgeklappt, und Georgina hakte sie fest. Rinas Krankenhaushemd klaffte über der Brust auseinander. Ihre Brüste waren nackt. Decker deckte das Hemd wieder darüber und wischte ihr mit dem Lappen über die Stirn.

»Ich möchte Rina unter Beobachtung haben, bis die Nachgeburt draußen ist«, wandte Hendricks sich an Decker. »Das kann dauern. Im Augenblick besteht kein Anlaß zur Sorge. Aber ihre Blutungen waren mir eine Spur zu stark. Tut mir leid, aber ich muß Sie bitten, im Warteraum Platz zu nehmen. Keine Angst. Ruhen Sie sich einfach aus.«

»Warum kann ich nicht bei ihr bleiben? Ich bin doch schon angezogen wie …«

»Nein, ich muß darauf bestehen, daß Sie hierbleiben.« Hendricks' Stimme klang energisch und angespannt.

»Georgina, bitte bringen Sie Sergeant Decker in das Wartezimmer.«

Bevor Decker noch ein Wort herausbrachte, wurde Rina weggeschoben. Ihm war plötzlich kalt. Er fröstelte. Ein Druck an seinem Ellbogen entpuppte sich als Georginas Hand.

»Hier entlang, Sergeant.«

»Warum ... warum hat er ...«

»Wie er schon gesagt hat, Sergeant. Ist ihm lieber, wenn sie im Kreißsaal ist ...«

»Sie meinen im Operationssaal.«

»Wo auch immer.«

»Aber warum bringt er sie dorthin? Kann er die Plazenta nicht hier holen?«

»Reine Vorsichtsmaßnahme.«

»Vorsichtsmaßnahme? Wofür?«

»Sergeant, würden Sie jetzt bitte mitkommen?«

»Nein, ich werde jetzt bitte nicht mitkommen! Ich möchte wissen, was, zum Teufel, mit meiner Frau los ist!«

»Sergeant, ich weiß auch nicht mehr als Sie«, seufzte Georgina.

»Ach, tatsächlich! Sie arbeiten hier, Lady. Sie haben zumindest einen Schimmer.«

Georgina blieb stumm. Decker ging auf und ab.

»Entschuldigen Sie.«

»Schon gut, Sergeant. Ich versteh's ja.«

Decker verspürte den Drang, hin und her zu gehen. »Er hat was über ihre Blutungen gesagt. Was hat er damit gemeint?«

»Keine Ahnung, Sergeant.«

Im Raum war es totenstill. Decker atmete hörbar. Seine Augen begannen zu brennen. Georgina lächelte zaghaft und legte eine feiste Hand auf seine Schulter.

»Kommen Sie.«

Decker rührte sich nicht. »Wann erfahre ich, was los ist?«

»Sergeant, der Doktor redet so bald wie möglich mit Ihnen. Geburten nehmen häufig solche Wendungen. Gewöhnlich bedeuten sie nichts.«

Decker kaute auf seinem Daumennagel. »Wissen Sie, in meinem Job füttern wir die Leute andauernd mit diesem beruhigenden Schrott. Nichts als Worthülsen. Wenn ich verzweifelte Eltern vor mir habe, deren Kind verschwunden ist, sage ich: ›Ich bitte Sie, das kommt andauernd vor. Normalerweise bedeutet es gar nichts.‹ Aber gelegentlich bedeutet es eben sehr viel.«

Georgina sagte nichts.

»Habe ich recht?« Decker wurde lauter. »Manchmal bedeutet es eben doch was, oder?«

Georgina senkte den Blick. Dann sah sie auf. »Ja, manchmal schon, Sergeant.«

»Also, wenn es was bedeutet, was ist es dann...« Decker schloß die Augen. »Was könnte es dann sein?«

»Sergeant, es steht mir nicht zu, eine Diagnose zu stellen.«

Decker blieb stumm.

»Sergeant.« Georgina seufzte. »Ist Ihre Familie hier?«

Die Familie. Rinas Eltern. Die *Jungen*. Decker wurden die Knie weich. Er sank in den Schaukelstuhl und fuhr sich mit den Händen übers Gesicht. Georgina reichte ihm wortlos ein Glas Wasser. Er schüttete die Flüssigkeit zu hastig hinunter. Ihm wurde schlecht. Seine Haut juckte. Er brauchte eine Weile, bis er seine Stimme wiederfand.

»Sie warten unten in der Halle... meine Tochter, Rinas Eltern...« Decker schluckte. »Und Rinas Söhne. Was soll ich ihnen sagen?«

»Ich bringe Sie runter und rede mit ihnen.«

Decker schüttelte den Kopf. »Nein, das macht ihnen nur angst... den Jungen, meine ich. Ihr Vater ist vor vier Jahren gestorben.«

»Mein Gott! Das tut mir leid.«

»Sie verstehen, warum ich sie nicht erschrecken möchte.«

»Vollkommen. Ich wußte nicht...«

Decker starrte in sein leeres Glas. »Was raten Sie mir?«

Georgina dachte nach. »Sagen Sie ihnen die Wahrheit.

Ganz ruhig und undramatisch. Sagen Sie ihnen, daß der Arzt noch bei Rina ist. Als Vorsichtsmaßnahme. Weil sie Probleme mit der Nachgeburt hat.« Sie tätschelte seine Hand. »Sie regen sich ganz unnütz auf, Sergeant.«

»Was passiert, wenn die Plazenta nicht von alleine kommt?« wollte Decker wissen.

Georgina runzelte die Stirn. »Sie sind hartnäckig.«

Decker zuckte hilflos mit den Schultern.

Georgina seufzte. »Ich darf Ihnen das gar nicht sagen, weil ich die besondere Situation bei Ihrer Frau nicht kenne...«

»Aber?«

»Aber manchmal hängt die Plazenta an der Gebärmutterwand fest. Um sie heraus zu bekommen, muß ein Kaiserschnitt gemacht werden. Ist vermutlich der Grund, weshalb Dr. Hendricks nach dem Narkosearzt gefragt hat.«

»Oh!« Decker entspannte sich etwas. »Ein Kaiserschnitt ist so was wie Routine, oder?«

Georgina zögerte. »Ich dürfte Ihnen gar nichts sagen. Tun wir so, als hätten wir diese Unterhaltung nie geführt, ja?«

»Gut!« Decker atmete aus. »Danke. Es hilft wirklich.« Er fuhr sich mit der Hand durch sein dichtes rotes Haar. »Könnten Sie vielleicht mal kurz nachsehen und...«

»Nein, Sergeant. Keine Chance.«

Decker stand langsam auf. »Ich bin okay.«

»Wirklich?«

Decker nickte.

»Jetzt gehen Sie zu Ihrer Familie. Und lächeln Sie«, mahnte Georgina. »Ihre Frau ist in guten Händen. Erzählen Sie der Familie von Ihrer entzückenden kleinen Tochter.«

Seine neugeborene kleine Tochter. Decker hatte sie völlig vergessen.

2

Sechs strahlende Augenpaare sahen ihm entgegen. Selbst quer durch den Warteraum im dritten Stock spürte Decker ihre erwartungsvolle Erregung. Der Anblick schnürte ihm die Kehle zu. Aber das war typisch für ihn. Er machte sich wieder mal unnötig Sorgen. Er mußte jetzt an die Jungen denken. Ganz zu schweigen von Rinas Eltern, die schon einmal, fünfzig Jahre früher, durch die Hölle gegangen waren. Kein Grund, alle wegen eines kleinen medizinischen Problems in Panik zu versetzen.

Er holte tief Luft, trocknete die Handflächen an der blauen Chirurgenhose, setzte ein Lächeln auf und dachte an seine neugeborene Tochter, damit es einigermaßen echt wirkte. So schritt er durch den Warteraum, zwischen Couches, Sesseln und niedrigen Tischen voller Styroporbecher hindurch. Nur ein paar einsame Seelen waren noch da, die lesend und mit verzweifelten Blicken zur Uhr ähnlich seiner Familie auf eine Nachricht warteten. Schließlich hatte Decker seinen Anhang erreicht.

»Na und?« fragte seine Schwiegermutter.

Sie sprach mit hartem Akzent. Die Elias' waren gebürtige Ungarn und ein ungleiches Paar. Stefan war groß und kräftig, Magda war klein und zierlich. Ihre Kleidung und ihr Akzent erinnerten ihn an eine dunkelhaarige Zsa Zsa Gabor.

»Wir haben ein gesundes kleines Mädchen!« verkündete er.

»Oh, Akiva, *Maseltow*!« Sie stellte sich auf die Zehenspitzen und gab ihm einen Kuß auf die Backe. »Jungs, ihr habt eine neue kleine Schwester!«

Für einen Augenblick schwebte Decker auf einer Wolke, vergaß er sich in Umarmungen und guten Wünschen. Sammy schüttelte ihm die Hand und sagte, eine Schwester sei nicht ganz das *Bar-Mizwa*-Geschenk, das er sich vorgestellt habe. Jake trompetete wie ein Kranich. Cindy gab ihm einen Klaps auf den Rücken und behauptete: »Bravo! Gut gemacht!«

Nur Marge hielt sich zurück. Als er ihren Blick auffing,

zwinkerte sie ihm lächelnd zu, doch Decker spürte ihre Skepsis. Sie wußte Bescheid. So wie es sich bei Partnern gehörte. Hastig hielt er einen Finger hoch. Das war das Zeichen, vor den anderen nichts zu sagen. Sie hatte sofort verstanden.

»Und wie geht es meiner kleinen Ginny?« fragte Stefan. »Wann können wir sie sehen?«

Seine kleine Ginny, dachte Decker. Die Elias' nannten Rina mit ihrem englischen Namen, Regina. Ginny war die Koseform.

Seine kleine Ginny. Seine kleine Tochter.

Ruhig Blut, Deck.

»Akiva?« fragte Magda. »Ist doch alles in Ordnung, ja?«

Decker biß sich auf die Lippe. Verdammt, er konnte die Angst kaum überspielen.

»Nur ein kleines Problem, Magda. Der Arzt ist noch bei ihr.«

Magda drückte eine Hand auf die Brust und sprudelte eine Kanonade jiddisch-ungarischer Sätze hervor, die in seinen Ohren wie Fragen klangen.

»Magda, ich verstehe kein Ungarisch«, sagte Decker.

»Was soll das heißen, ein ›Problem‹?« fragte Stefan.

»Sie hat ein kleines Problem mit der Nachgeburt. Ich bin sicher, es ist nichts...«

»Aber sie ist okay, oder?« fiel Magda ihm ins Wort. »Wo ist sie?«

»Der Arzt ist bei ihr...«

»Wie lange noch?« wollte Magda wissen.

»Das weiß ich nicht, Magda«, antwortete Decker. »Das hat der Arzt mir nicht gesagt. Warum setzen wir uns nicht hin, entspannen uns und warten.«

»Können wir mit jemandem reden, Akiva?« fragte Magda.

Decker sah seine Stiefsöhne an und warf seiner Schwiegermutter dann einen bedeutungsvollen Blick zu. Obwohl erregt, holte Magda tief Luft und lächelte die Jungen an. Dann legte sie die Hand vor den Mund, als könne sie dahinter ihre Angst verbergen.

Decker blinzelte seinen Stiefsöhnen zu und bekam als Antwort nur ängstliche Gesichter zu sehen. Er mußte etwas Beruhigendes sagen, aber er scheute leere Floskeln. Statt dessen setzte er sich auf die Couchlehne und legte Sammy den Arm um die Schultern.

Magda setzte sich auf die Sofakante. Sie wischte sich nicht vorhandene Fusseln von ihrer schwarzen Hose und dem Kamelhaarjackett. Rina hatte die Farben der Mutter geerbt... dunkles Haar und helle Augen. Magda jedoch war hagerer, knochiger als die Tochter. Stefan zog Jake an seine muskulöse Brust. Er trug ein graues Hemd, das zu seinem Haar paßte, und eine schwarze Hose. Er trug orthopädische Schuhe. Ein neues Paar, bemerkte Decker. Cindy stand hinter ihm und legte eine Hand auf seine Schulter. Er drehte sich flüchtig lächelnd zu ihr um. Mit neunzehn war aus seiner Tochter eine junge Frau geworden: hochgewachsen und mit strahlenden, ausdrucksvollen braunen Augen. Ihr Gesicht hatte die runden Formen der Pubertät verloren und die markanten Züge einer Erwachsenen unter der Sommersonnenbräune angenommen.

»Meint der Arzt, es ist ein großes Problem?« platzte Magda heraus.

»Nein, er war ganz pragmatisch. Er wollte sie unter Beobachtung behalten. Reine Vorsichtsmaßnahme«, sagte Decker.

Natürlich konnte Decker seiner Schwiegermutter nicht sagen, daß ihm die Blutungen ihrer Tochter eine Spur zu stark gewesen waren. Aber vermutlich war das sowieso keine große Geschichte. Decker erinnerte sich daran, daß seine erste Frau bei ihrem zweiten Kind einen Kaiserschnitt gehabt hatte. Jan war es gutgegangen. Leider war das Kind, ein Junge, tot geboren worden. Morbide, unerwünschte Gedanken begannen Decker heimzusuchen. Er versuchte die alptraumhaften Erinnerungen abzuschütteln.

»Aber sie ist doch okay, meine Ginny, oder?« wiederholte Stefan.

»Alles in Ordnung. Ganz bestimmt.«

»Wollten sie nicht, daß du bei ihr bleibst, Akiva?« fragte Magda.

»Nein...« Decker zögerte. »Nein, sie wollten nicht, daß ich bei ihr bleibe. Aber es wird alles gut. Wie immer.«

Die Gruppe blieb stumm.

»Wo ist sie jetzt?« wollte Stefan wissen.

»Sie haben sie in den Kreißsaal gebracht.«

»Aber bei der Geburt war alles in Ordnung?« kam es von Magda.

»Bestens.« Decker stand auf. »Der Doktor will sie nur unter Beobachtung haben.«

»Dafür bezahlst du ihn schließlich, Pete«, warf Marge ein.

Decker starrte seine Kollegin an. Die Stimme der Vernunft. Aber er dachte nicht rational. »Ist alles schnell gegangen. In der einen Minute bringt sie ein entzückendes kleines Mädchen zur Welt und in der nächsten...« Er schluckte den Rest hinunter. »Ist nur eine Vorsichtsmaßnahme. Keine Sorge.« Er versuchte wieder ein Lächeln für die Jungen. »He, Jungs, eure Mutter ist eine eiserne Lady!«

»Hat der Arzt besorgt ausgesehen?« bohrte Magda weiter.

»Nur vorsichtig.«

»Aber nicht besorgt?« drängte Magda.

»Ein bißchen vielleicht.«

»Aber nicht *sehr* besorgt, oder?«

»Ein bißchen... sehr«, wiederholte Stefan. »Magda, du machst alle verrückt.«

»Aber ich will das wissen!« Magda schimpfte auf ungarisch auf ihren Mann ein. Dann hielt sie inne. »Ich mache mir Sorgen.« Sie sah ihre Enkelsöhne lächelnd an. »Ihr wißt, daß eure Oma ein alter Angsthase ist. Ich mache mir um alles und jeden Sorgen.«

Decker nahm die Hand seiner Schwiegermutter und drückte sie.

»Warum ist sie noch beim Doktor?« fragte Magda.

»Magda, ich weiß es wirklich nicht«, antwortete Decker. »Sie haben mich rausgeworfen.«

»Wird sie wieder gesund, Dad?«

Decker sah Sammy an – das Gesicht eines Heranwachsenden und Augen, in denen kindliche Angst stand. Während Decker nach der richtigen Antwort suchte, nahm sein Schwiegervater den Faden auf.

»Natürlich wird sie das, Shmuli«, sagte Stefan. »Deine *Ima* ist ein starkes Mädchen. Möchtest du was essen?«

Sammy schüttelte den Kopf.

»*Nu,* und du Yonkel?«

»Nein, danke, Opa.«

Stefan schlug energisch mit der Hand auf die Sofapolster und stand auf. »Dann gehen wir jetzt zum Geschenkladen.« Er griff in seine Taschen. »Wir kaufen einen Comic. Und was Hübsches für das Zimmer eurer Mutter. Kommt, Jungs. Hast du einen Zwanziger, Magda?«

»Ist schon gut, Opa«, sagte Sammy. »Ich bleibe da.«

»Nein, du kommst mit mir, Shmuli«, sagte Stefan. »Ich weiß nicht, welchen Comic du haben willst. Ich kenne nur den mit der Katze, die Lasagne frißt.«

»Garfield«, half Cindy aus.

»Ja, Garfield. Und wer ist der andere. Der Tiger?«

»Calvin und Hobbes«, antwortete Jake.

»Calvin und Hobbes«, wiederholte Stefan. »Du kommst auch mit, Yonkel.«

Die Jungen standen langsam auf und gingen zu ihrem Großvater. Er fuhr den beiden dicht über dem Nacken durchs Haar, um ihnen die ledernen Scheitelkäppchen nicht vom Kopf zu stoßen. Jake schmiegte sich an seinen Großvater, doch Sammy bewahrte Distanz. Die Hände in den Taschen, die Augen auf den Fußboden gerichtet. Decker fühlte sein Versagen als Elternteil geradezu körperlich und haßte sich dafür, daß er die eigene Nervosität nicht überspielen konnte, um seinen Sohn zu trösten.

»Danke, Stefan«, sagte Decker.

Stefan tätschelte leicht Deckers Rücken. »Du bist wie meine Frau. Du machst dir Sorgen. Du glaubst, du könntest es verbergen, aber es ist nicht zu übersehen. Ich habe gerade mit Gott gesprochen. Er sagt mir, es wird alles gut. Also entspann dich, *nu*?«

Decker wunderte sich, wie gut der alte Mann die Situation im Griff hatte. Hatte er das gelernt, um im KZ zu überleben, oder hatte er das KZ überlebt, weil er diese Fähigkeit besaß? Decker fragte sich gelegentlich, wie er sich in dieser Hölle verhalten hätte. Nach seiner gegenwärtigen Verfassung zu urteilen, hätte er wohl kaum eine Chance gehabt.

»Geht mit dem Opa in den Geschenkeladen, Jungs. Ich sehe mal nach, was los ist.«

»Laß mich nachfragen«, begann Marge.

»Nein, ich mache das ...«

»Pete ...«

»Marge, ich mache das auf meine Weise.«

»Ich komme mit.«

»Das ist nicht not ...«

»Komm schon, Pete! Gehen wir.«

»Marge, es ist vielleicht besser, wenn du bei Magda bleibst.«

»Nein, gehen Sie nur mit Akiva.« Magda stand auf und strich ihre Hose glatt. »Wenn Stefan von Gott weiß, daß sie okay ist, dann ist sie okay. Cindy und ich schauen uns vielleicht das Baby an.«

Cindys Miene hellte sich auf. Ihre spontane Freude tat Decker gut. Es erinnerte ihn daran, daß es eigentlich ein glückliches Ereignis hatte sein sollen. »Dürfen wir wirklich das Baby anschauen?«

»Weiß nicht, Cindy.« Magda legte den Arm um Cindy. »Wir probieren's einfach mal.«

»Eintritt für Unbefugte verboten«, erklärte eine Frau mittleren Alters in Schwesterntracht an der Flügeltür. »Tut mir leid. Hier ist nur Personal zugelassen.«

Marge zückte ihre Marke. »Polizei, Madam!«

Die Frau trat unwillkürlich einen Schritt zurück. »Oh ... in Ordnung. Ich dachte ...«

Decker ließ ihr nicht die Chance weiterzudenken. Er ging den langen Korridor entlang. Erst als er merkte, daß er jede Orientierung verloren hatte, blieb er stehen.

»Ist das die Entbindungsstation, Pete?«

»Keine Ahnung.« Er schlug sich mit der Hand gegen die Stirn. »Großer Gott, was mache ich eigentlich? Ich bin total von der Rolle!«

»Wann hast du das letzte Mal was gegessen?«

»Margie, mein Magen fühlt sich an wie Essig.« Er kaute an den Enden seines Schnurrbarts. »Sie haben Rina in einen Kreißsaal gebracht.«

»Wir können schlecht in einen Kreißsaal reinplatzen und Fragen stellen, Pete.«

»Hatte ich auch nicht vor, Marge.«

»Ich weiß. War nicht so gemeint.« Marge sprach ein junges Mädchen in Schwesternkleidung an und fragte nach dem Weg zur Entbindungsstation. Den Korridor entlang und rechts, lautete die Antwort.

Decker ging wortlos weiter und zwang Marge damit, ihm im Laufschritt zu folgen. Decker wußte, daß sie klug genug war, ihre Kritik hinunterzuschlucken. In den sechs Jahren ihrer Zusammenarbeit hatte Marge vieles gelernt.

Decker erinnerte sich an die Doppeltüren, die zu den Kreißsälen führten, und passierte sie. Aus dem Teppichboden war inzwischen ein Linoleumbelag mit geometrischem Muster geworden. Er fühlte sich kühl unter seinem Fußschutz aus Papier an. Noch immer in OP-Kleidung, hielten die Schwestern ihn sicher eher für einen werdenden Vater als für einen ungebetenen Eindringling.

Die Empfangstheke der Schwesternstation war nur von einer Frau in blauer OP-Kleidung besetzt, die im rückwärtigen Büroraum mit jemandem sprach, der einen Besenstil in der Hand hielt. Putzfrau oder Hexe, dachte Decker. Der Korridor war leer. Das überraschte ihn. Als er Rina eingeliefert hatte, hatte reger Betrieb geherrscht. Aber das war am Tage gewesen. Jetzt war es fast neun Uhr abends, und ein Großteil des Hilfspersonals hatte um fünf Uhr Dienstschluß. Die Hebammen der Nachtschicht hatten offenbar alle Hände voll mit den Frauen zu tun, die in den Wehen lagen.

Neben dem Stationszimmer befand sich ein Labor, dessen Regale mit Ampullen, Glasplättchen und Mikroskopen gefüllt waren. An der Wand war ein großes Industrie-Spülbecken aus rostfreiem Stahl angebracht. Das Becken war so tief wie im Leichenschauhaus. Allein der Gedanke ließ Decker erschaudern. Sie gingen den Korridor weiter bis zu den Kreißsälen. Decker spähte durch eines der Fenster und kam sich sofort wie ein Voyeur vor. Er sah eine Frau, deren gewölbter Leib an zahlreiche Geräte angeschlossen war, das Gesicht schmerzverzerrt. Durch die geschlossene Tür hörte er Keuchen und ein qualvolles Stöhnen.

Endlose, leere, pinkfarbene Gänge, der Geruch nach Desinfektionsmitteln, Wände, die von furchterregenden Geräuschen widerhallten... ein wahres Haus des Schreckens. Vielleicht war das alles nur ein Alptraum. Er würde jeden Augenblick aufwachen und Rina sicher und schlafend neben sich finden. Ein Klaps auf die Schulter schreckte ihn aus seinen Gedanken. Er merkte, daß das alles Wirklichkeit war.

Georgina... den Blick auf Marge gerichtet.

»Verzeihen Sie, Lady, aber hier ist Unbefugten der Zutritt verboten.«

»Ich begleite nur Sergeant Decker. Er möchte wissen, wie es seiner Frau geht.«

»Ich helfe Sergeant Decker gern weiter«, erwiderte Georgina. »Soll ich Ihnen den Weg nach draußen zeigen? Kann hier ein richtiger Irrgarten sein.«

Marge nickte. Georgina führte sie den Korridor entlang und deutete auf die Zeichen zum Ausgang. Marge bedankte sich, warf Decker einen mitfühlenden Blick zu, drehte sich um und ging.

Decker musterte Georgina verstohlen, abschätzend und ängstlich zugleich. »Ich wollte nur wissen...«

Georgina nahm seinen Arm. »Gehen wir. Ist besser, wir reden woanders. Korridore sind Gesprächen nicht förderlich.«

Sie führte ihn ins Stationszimmer und rückte ihm einen Stuhl am vordersten Schreibtisch zurecht. Die Frau in OP-Kleidung und die Frau mit dem Besenstil unterhielten sich noch immer. Vor der Rückwand stand eine Reihe von Monitoren, von denen jeder in einem anderen Rhythmus piepte. Zumindest die Tonhöhe war dieselbe. An der rechten Wand hing eine Tafel mit den Nummern der Entbindungszimmer, den Namen der Patientinnen und Ärzte und worauf zu achten war.

Decker entdeckte Rinas Namen. Dahinter stand: ENTBUNDEN. Dann die Buchstaben OP und die Namen von drei Ärzten.

»Ist sie noch im OP?« fragte Decker.

»Ja, sie wird operiert«, antwortete Georgina tonlos. »Wie lange das dauert, kann ich nicht sagen. Ich weiß nur, daß sie ein paar OP-Schwestern und den Narkosearzt gerufen haben. Ich gebe Ihnen Bescheid...«

»Machen sie eine Dilatation und Curettage?«

»Ich weiß es nicht genau...«

»Blutet sie noch?«

Georgina schwieg beredt. »Sicher wird alles getan, um die Situation in den Griff zu kriegen.«

»Besteht Lebensgefahr?«

»Sie ist in guten Händen...«

»Danach habe ich nicht gefragt.« Decker war aufgestanden. Plötzlich gaben seine Knie nach. »Großer Gott, mir ist schlecht.«

Georgina half ihm wieder auf den Stuhl. Sie hörten beide gleichzeitig ein hohes konstantes Piepen. Georgina drehte sich zu den Monitoren um. »Ich muß nach einer Patientin sehen. Bleiben Sie ruhig hier sitzen, ja? Bin gleich wieder da.«

Decker nickte. Mit gesenktem Kopf beobachtete er einen Lichtpunkt, der über seinem Schoß tanzte. Er hob das Kinn, fühlte, wie ihm schwindelig wurde. Dann entdeckte er eine Gestalt in blauer OP-Kleidung im Korridor, sprang auf und faßte die Frau beim Arm. Sie fuhr erschreckt zusammen. Sie trug noch die OP-Haube, aber die Gesichtsmaske hing an einem Band um ihren Hals. Auf ihrem Namensschild stand DR. WALLACE.

»Waren Sie im OP bei meiner Frau?« flüsterte Decker.

Die Frau starrte auf ihren Arm, den Decker noch immer umklammert hielt. »Wer ist Ihre Frau?«

»Rina Decker.«

»Ja, stimmt. Da war ich.«

Decker ließ sie augenblicklich los. »Mein Gott, entschuldigen Sie bitte!«

»Schon gut, Mr. Decker. Ich verstehe Sie ja.«

Decker sah ihr in die Augen. Ihr Blick sah nicht so aus, als habe er gleich traurige Nachrichten zu erwarten. Er kannte diesen Ausdruck.

»Ihre Frau wird operiert...«

»Das weiß ich. Wie geht es ihr?«

»Es geht so, aber sie hat viel Blut verloren, Mr. Decker. Wir haben ihr schon eine Eigenblutinfusion gegeben. Sie war klug genug, eine Eigenblutkonserve vor der Geburt zu hinterlegen. Aber sie braucht mehr... viel mehr. Bevor wir die Blutbank anrufen, prüfen wir, ob vielleicht ein Blutsverwandter hier ist, der spenden könnte. Verwandte mit derselben Blutgruppe sind meistens erste Wahl für eine Transfusion.«

»Ihre Eltern sind hier.«

»Dann testen wir sie.«

Decker begann zu laufen und strauchelte. Diesmal griff Dr. Wallace nach seinem Arm.

»Nein.« Decker verfluchte seine Schwäche. Er zwang sich zur Ruhe. »Ihre Söhne sind auch im Warteraum. Ich will sie nicht verängstigen.«

»Ja, das könnte ihnen Angst einjagen.«

»Steht es so schlimm.«

»Keine Panik, Mr. Decker. Ich kann Ihnen im Moment

nichts Definitives sagen. Unsicherheit ist beängstigend für kleine Kinder. Und auch für Sie. Aber Dr. Hendricks ist der beste. Und er ist kühl und überlegt. Er hat alles unter Kontrolle.«

Decker fühlte, wie sich ihm die Kehle zuschnürte. Er versuchte mit Dr. Wallace Schritt zu halten. »Was soll ich wegen der Jungen machen? Sie sind sensibel.«

»Wir wär's, wenn ich mit den Eltern rede, und Sie sich um die Jungen kümmern?«

»Sie wollen sicher wissen, wie es ihr geht. Was soll ich sagen?« Decker fuhr sich mit der Hand übers Gesicht. »Himmel, ich kann's nicht fassen...«

»Sie ist in guten Händen.«

»Wenn ich das noch mal zu hören kriege, kotze ich. Wie ernst ist es?«

»Es ist ernst.«

»Lebensbedrohend?«

»Es ist ernst. Belassen wir's vorerst dabei.«

»Mann, das ist ein Alptraum!« Die Stimme versagte ihm. »Ist das ungewöhnlich?«

»Nicht so ungewöhnlich, wie Sie denken.«

Sie hatten den Wartesaal erreicht. Das Schicksal wollte es, daß alle versammelt waren. Stefan war mit den Jungen aus dem Geschenkladen zurück. Cindy und Magda unterhielten sich. Marge lehnte neben dem Kaffeeautomaten an der Wand. Sie sah sie zuerst und machte die anderen aufmerksam. Wieder sahen ihm erwartungsvolle Gesichter entgegen. Kein Lächeln war erkennbar. Decker stellte Dr. Wallace vor.

»Sie braucht...« Erneut verschlug es ihm die Sprache. »Sie könnte Blut von einem Verwandten brauchen.«

Rinas Eltern standen langsam auf. »Wohin müssen wir?« fragte Stefan ruhig.

»Kommen Sie mit mir«, sagte Dr. Wallace.

»Ich will auch mit«, meldete sich Sammy zu Wort.

»Zum Blutspenden muß man mindestens siebzehn sein«, bemerkte Dr. Wallace.

»Ich *bin* siebzehn«, beharrte Sammy. »Ich bin nur klein für mein Alter. Hab schon einen Komplex deswegen. Machen Sie's nicht noch schlimmer.«

»Ich will auch«, piepste Jake.

»Jungs, ihr bleibt da«, erklärte Decker matt.

»Ich will meiner Mutter helfen!« schrie Sammy.

Decker erschrak über die Lautstärke von Sammys Stimme. Magda legte den Arm um ihn. »Er kann doch mitkommen, oder?«

Dr. Wallace seufzte. »Du scheinst alt genug zu sein. Kann nicht schaden, dich an die Nadel zu legen.« Sie sah Cindy an.

»Sie ist meine Tochter ... Rinas Stieftochter ... keine Blutsverwandte.«

»Passen Sie auf Ihren Vater auf. Tun Sie mir den Gefallen, ja?« sagte Dr. Wallace zu Cindy.

Cindy nickte.

»Kommt! Helfen wir eurer Mutter.« Dr. Wallace ging hastig davon. Decker hörte noch, wie sie die Jungen nach ihren Namen fragte. Was sie antworteten, konnte er nicht verstehen. Sie waren entweder zu weit weg oder ihre Stimmen zu leise.

Langsam sank Decker auf die Couch. Marge setzte sich rechts, Cindy links neben ihn. Sie hielt seinen Arm und küßte seinen Bizeps. Decker versuchte ein Lächeln.

»Wird schon alles gut, Dad«, murmelte sie. »Brauchst du was?«

Zuerst wollte er abwehren, dann kam ihm ein Gedanke. »Prinzessin, würdest du mir was zu essen holen? Da ist ein Automat mit Obst im ersten Stock. Ich hätte gern einen Apfel und eine Banane.«

»Wird gemacht.« Cindy stand auf. »Möchtest du was, Marge?«

»Ein Apfel wäre prima.«

»Zweimal Apfel.«

Cindy rannte zum Lift. Als sie außer Sichtweite war, ließ sich Decker in die Polster sinken und schloß die Augen.

»Möchtest du Kaffee, Pete?« fragte Marge.
»Nein, danke.«
»Was hat die Ärztin gesagt?«
»Es ist ernst, Margie … Ich habe Angst.«
Er wischte sich mit den Fingern über das feuchte Gesicht. Sie legte den Arm um seine Schultern, sagte jedoch nichts. Decker war für die Stille dankbar.

3

Sie war weder narzißtisch veranlagt noch psychisch gestört. Ihr Körper war es einfach wert, angesehen zu werden. Es war, als bewundere man ein Kunstwerk.

Denn das war es, was sie war: ein Kunstwerk.

Nackt und mit schweißglänzender, bronzefarbener Haut betrachtete sie sich im Spiegel. Perfekte, runde Brüste dank sorgfältig trainierter Muskelmasse. Die Belohnung für richtig harte Arbeit. Sie hatte Formen ausgebildet, ohne auch nur ein Gramm Fett anzusetzen. Sie klopfte sich auf den Waschbrettbauch, ließ die Armmuskeln spielen und nahm ein paar Posen ein … da war nichts als schmale Muskelstränge.

Sie trocknete den Körper mit einem dicken Badehandtuch ab und wickelte es dann auf Brusthöhe um sich, wobei sie sich permanent im Spiegel beobachtete. Feiner Haarflaum verlief hinter den Wangen parallel zum Ohr – Koteletten aus Haar so fein wie der Pelz eines Pfirsichs. Sie verschmolzen mit der Haut. Zumindest waren sie ebenso hell. Glücklicherweise, denn ihre Haarfarbe war tief dunkel.

Sie löste ihr Haar, das ihr wie ein schwarzer Seidenvorhang auf die Schultern fiel.

Eine exotische Erscheinung. So beschrieb man sie.

Erneut musterte sie sich im Spiegel.

In nur zwei Jahren hatte sie sich von einem Niemand in eine Persönlichkeit verwandelt. Von einem formlos schwabbeligem Fettkloß in eine griechische Göttin. Aber sie war viel *mehr* als nur ein perfekter Körper. Mit der Disziplin war die Selbstbeherrschung, die Kontrolle... wirkliche Kontrolle gekommen. Nicht jene künstlich aufgepfropfte Kontrolle, die sich einstellt, wenn chemische Stoffe das Bewußtsein verändern. Drogen, die übertünchen, aber nicht heilen. Jetzt hatte sie alles in der Hand. Ihr Bewußtsein war so diszipliniert wie ein General, so peinlich genau organisiert wie ein Wörterbuch. Sie war Herrin ihres Schicksals. Es gab nichts, das sie nicht hätte erobern können, nichts, das sie nicht überwinden konnte.

Und das beste von allem, die Stimmen waren verstummt.

Die Tür wurde geöffnet und geschlossen. Im Spiegel sah sie ihn auf sich zukommen. Diesmal war es Eric. Er war nackt, seine Oberarmmuskeln dick wie von Adern durchzogene Fußbälle. Er watschelte. Seine Oberschenkelmuskeln waren so aufgebläht, daß sie sich an den Innenseiten aneinander wundgerieben hatten.

Sie drehte sich nicht um, ließ sich nur auf alle viere nieder.

Hinter ihr ging er in die Knie und gab ihr einen Klaps auf den Hintern.

»Bereit, Babe?«

»Bereit, willens und fähig.«

»Willst du's wirklich?«

»Ich will's wirklich!«

»Sag es noch mal.«

»Ich will's wirklich!«

»Sag es mit Überzeugung!« Eric schlug ihr erneut auf den Hintern, und seine ledrige Hand brannte auf ihrer Haut. »Ich will *Überzeugung* hören!«

Sie lächelte. Sie mochte Eric. Er war sanft.

»Ich sagte, ich will es wirklich, wirklich!«

»Gemeiner, Tandy! Ich will es ordinär!«

»Ich will es, Mann! Verpaß es mir, oder ich reiß dir den Arsch auf!«

Eric lachte. »Du reißt mir den Arsch auf?«

»Yeah... Zen... ti... me... ter... wei... se!« rief sie. »Gib's mir, Eric!«

»Ich kann dich nicht hören!«

»Gib's mir! Jetzt! Sofort!«

»Kann dich immer noch nicht hören!«

»Gib es mir!« brüllte sie, und ihr Gesicht wurde heiß.

»Kann dich immer, immer noch nicht hören!«

»GIB'S MIR, VERDAMMT! GIB'S MIR! JETZT!«

»Braves Mädchen, Babe. Das nenne ich überzeugend!«

Sie schloß die Augen und hielt die Luft an, bis sie die Nadel in ihrem Hinterteil fühlte. Langsam atmete sie wieder aus. Dann kam das erhebende Gefühl, die Explosion von Energie.

Die totale Kontrolle.

Sie grinste.

Das Leben war großartig!

4

Es schmeckte wie nasser Sand. Decker wußte nicht, ob es der Apfel war oder seine Geschmacksnerven versagten. Er aß ihn aus purer Höflichkeit. Cindy machte sich Sorgen um ihn. Also demonstrierte er Normalität. Als könnten alltägliche Kleinigkeiten die Qualen in Routine verwandeln. Tochter und Kollegin sahen zu, wie er kaute. Er war sich der mahlenden Geräusche seines Kiefers bewußt, und seine Zähne schmerzten. Er schluckte und griff nach der Hand seiner Tochter.

»Danke, Prinzessin.«

Marge stand auf. »Du bleibst sitzen. Ich hole Kaffee.«

Decker nickte. Passivität war normalerweise nicht sein Ding. Jetzt brachte er die Kraft nicht auf, selbst zu denken.

»Das ist das Schlimmste, Daddy. Das Warten.« Cindy zögerte eine Sekunde. »Soll ich nachsehen, ob das Baby schon auf der Säuglingsstation ist? Was meinst du?«

»Gute Idee.«

»Bin gleich wieder da.«

»Danke, Liebes.«

Marge kam mit dem Kaffee.

»Ein liebes Mädchen, deine Tochter.«

»Absolut Spitze.«

»Wie war's denn mit ihr im Sommer?«

»Prima. Ich glaube, das Gefühl, daß sie gebraucht wurde, hat Wunder gewirkt. Vor allem für ihr Selbstbewußtsein. Sie war für Rina in den letzten Wochen eine große Hilfe... hat die Jungen überallhin chauffiert. Wird traurig werden, wenn sie wieder weg ist.«

»Wie hat ihr das erste Jahr denn gefallen?«

»Columbia bekommt ihr. Sie will jedenfalls zurück. Ich glaube, sie hat sich amüsiert.«

»Die üblichen College-Erfahrungen, was?«

»Ja... mit allen Höhen und Tiefen.«

»Hat sie schon ein Hauptfach gewählt?«

»Noch nicht. Sie hat was von Kriminalwissenschaften gefaselt... oder wie sie das dort nennen.«

»Woher sie das Interesse wohl hat?«

»Solange es nicht in Praxis ausartet, habe ich nichts dagegen.«

»Sexist!«

»Nur ein treusorgender Vater. Ich möchte auch nicht, daß die Jungs Cops werden.« Er fuhr sich mit der Hand übers Gesicht. »Herrgott, das ist die Hölle. Wo bleiben die anderen bloß? Wieviel Blut braucht Rina eigentlich? Vielleicht sollte ich mal nachsehen.«

Er wollte aufstehen, aber Marge drückte ihn in die Polster zurück.

»Dreh jetzt nicht durch, Pete. Bleib hier, bis jemand kommt und Bescheid sagt.«

»Ich begreife einfach nicht, was da mit uns passiert.« Decker hatte Magenkrämpfe. »Was machen die nur so verdammt lange?«

Er sprang auf und begann auf und ab zu gehen. Marge hielt ihn nicht davon ab. Sie fühlte sich selbst viel zu hilflos. Sie griff nach einem Magazin über Kindererziehung und blätterte geistesabwesend darin. Überall Fotos von lächelnden Eltern mit ihren Neugeborenen. Sie fühlte sich plötzlich sehr alt und allein. Sie las einen Artikel über Gelbsucht bei Kindern und erfuhr mehr über die Leber und Bilirubin, als sie je hatte wissen wollen. Sie hatte gerade den Leitartikel des Herausgebers überflogen, als Cindy zurückkam. Sie grinste breit. Pete bemerkte sie gar nicht.

»Na, was gibt's, Kindchen?« fragte Marge.

»Mein Gott, sie ist riesig!«

Decker starrte Cindy an. Es dauerte eine Weile, bis er sie erkannte. »Wer ist riesig?«

»Deine Tochter, Daddy. Sie ist fast doppelt so groß wie die anderen Säuglinge auf der Station. Und sie ist entschieden die Aufgeweckteste... hat die Augen weit aufgerissen. Möchtest du sie sehen?«

»Gute Idee«, sagte Marge.

Decker schüttelte den Kopf. »Ich will dasein, wenn die anderen zurückkommen.«

»Aber ich kann doch hier warten«, bot Marge an.

Decker schüttelte den Kopf. »Ich kann nicht... nicht jetzt. Nicht... in meiner Verfassung.«

»Verstehe, Daddy. Ich wollte dir nur sagen, wie toll sie ist.«

Decker hatte Tränen in den Augen. Er rieb sie weg. »Danke, Prinzessin. Ich weiß es zu schätzen.«

Cindy steckte die Hände in die Gesäßtaschen ihrer Jeans. »Möchtest du sie dir ansehen, Marge? Sie ist auf Säuglingsstation J.«

»Ich warte lieber mit deinem Vater.«

»Nein, geh nur, Marge«, widersprach Decker. »Ich will von dir hören, daß sie eine Schönheit ist.«

»Sie ist wunderschön«, sagte Cindy.

»Nein, Pete. Ich warte mit dir, schaue lieber zu, wie du einen Trampelpfad in den Teppich trittst.«

»Besser als mit dem Kopf gegen die Wand rennen«, sagte Decker.

»Auf alle Fälle!« sagte Marge.

Cindy klopfte mit der Schuhspitze auf den Boden. »Also, wenn ich hier nicht gebraucht werde... besuche ich das Baby noch mal. Falls die Schwester mich in ihre Nähe läßt, heißt das. Sie ist eine richtige Hexe!«

»Inwiefern?« fragte Marge.

»War vielleicht auch mein Fehler. Ich war so aufgeregt. Sie liegt gleich hinter dem Fenster. Ich habe mit ihr gespielt... an die Scheibe geklopft. Plötzlich hat sie angefangen zu weinen... ganz von selbst.« Cindy verzog beleidigt den Mund. »Also bin ich rein in das Säuglingszimmer und habe gefragt, ob sie jemand hochnehmen könne. Da hat die Schwester mich angebrüllt, sie sei kein Privatkindermädchen und wenn ich in meiner Straßenkleidung nicht sofort verduften würde, würde ich die Babys mit wer weiß was anstecken. Ich bin mir vorgekommen wie eine Aussätzige.«

»Schwestern sind manchmal kleine Diktatoren«, bemerkte Marge.

»Du hättest die Schimpfkanonade mal hören sollen, als ich gefragt habe, ob ich meine Schwester in den Arm nehmen dürfe. Sie hat mich gleich ins Kreuzverhör genommen. Wer ich sei, was ich mit dem Baby zu schaffen hätte.«

»Sie müssen vorsichtig sein, Cindy.«

»Ja, ich weiß. Deshalb dachte ich... Wenn Dad mitkommt und sagt, daß alles in Ordnung ist...« Cindy zuckte die Achseln. »Ist nicht der passende Moment. Ich gehe zurück und spiele mit ihr durch die Glasscheibe... wenn Marie mich nicht rauswirft.«

»Die Schwester heißt Marie?«

»Ja. Sie hält sich für eine Heilige.«

Decker trat zu ihnen. »Wer hält sich für eine Heilige?«

»Die Schwester, die mich in der Säuglingsstation angefegt hat«, sagte Cindy.

»Wie bitte? Wann war das?«

»Gerade eben.«

»Warum hat sie dich angefegt?«

»Weil sie eine Hexe ist.«

»Cindy hat das Säuglingszimmer ohne sterile Kleidung betreten«, klärte Marge ihn auf. »Die Schwester hat vermutlich etwas überreagiert.«

»Ich war gar nicht in dem Raum, in dem die Babys lagen.«

»Cindy, bitte mach jetzt keinen Aufstand«, murmelte Decker. »Nicht jetzt, ja?«

Cindy nickte und gab ihrem Vater einen Kuß auf die Backe. »Du solltest dir deine kleine Tochter mal ansehen, Dad. Sie ist süß... ganz rosig. Ein entzückendes Bündel. Und eine Stimme hat sie! Ich habe sie durch das Fenster gehört.«

»Wunderbar«, murmelte Marge.

»Behalte sie im Auge... für mich«, seufzte Decker. »Nur...«

»Ich weiß«, sagte Cindy. »Ich halt den Mund, bis wir wieder alle normal sind. Damit kann ich leben.«

Magda brachte einen Arm voll Sandwiches und Snacks. Sammy ging zwischen seinem Bruder und seinem Großvater, den Kopf gegen den Arm des alten Herrn gelehnt. Stefan hatte den Arm um Sammys Taille gelegt. Sammys Gesicht war kalkweiß, er ging langsam und tapsig. Decker rannte auf ihn zu und nahm den Jungen in seine Arme.

»Großer Gott, was ist passiert!«

»Ich habe ganz allein Blut gespendet«, flüsterte Sammy. »Weil ich ein richtiger Mann bin.«

Decker lächelte. Seit seiner *Bar Mizwa* drängte Sammy sich stets vor, wenn etwas körperliche Kraft erforderte, und behauptete, ein richtiger Mann zu sein. Decker setzte seinen Stiefsohn auf die Couch.

»Wenn du Dracula bist... ich hab bereits alles ganz offiziell gespendet«, sagte Sammy.

»Sehr komisch.« Decker schob kastanienbraune Strähnen aus Sammys Stirn. »Wieso hat's so lange gedauert?«

»Sie wollten ihn eine halbe Stunde lang nicht gehen lassen«, antwortete Stefan. »Ich nehme an, sie haben nicht geglaubt, daß er siebzehn ist.«

»Er ist auch nicht siebzehn!« Decker hörte die Angst in seiner Stimme. »Warum habt ihr ihn gelassen?«

»Sie hatten keine Wahl«, sagte Sammy. »Ich hab darauf bestanden.«

»Der Junge hat seinen eigenen Kopf«, seufzte Stefan.

»Er muß was Süßes essen, Akiva«, warf Magda ein. »Er hat nichts getrunken. Sag ihm, er soll was trinken.«

Decker hob den Kopf seines Sohnes. »Trink was, Sammy.«

»Ich bin voll bis an den Rand.«

»Dann iß einen Keks!« befahl Magda.

»Der ist nicht koscher«, artikulierte Sammy mühsam.

»Ist mit Pflanzenfett gebacken...«

»Hat keine *Haschgacha*.«

»Und wenn Schweinefüße drin sind, Sam! Iß den verdammten Keks! Kapiert?«

»Ja, Sir.« Sammy nahm den Keks und begann daran zu knabbern. Sein Gesicht hatte wieder etwas Farbe bekommen. Er wirkte ruhig. Decker fragte sich, ob sein kompromißloser Ton dem Kind das Gefühl gegeben hatte, er hätte alles unter Kontrolle.

»Hast du inzwischen was gehört, Akiva?« fragte Magda.

Decker schüttelte den Kopf.

»Wo ist Cindy?«

»Sie besucht das Baby«, sagte Marge.

»Ist das Baby schon auf der Säuglingsstation?« wollte Magda wissen.

»Ja. Soll ich dich hinbringen?«

»Das wäre nett.«

Marge lächelte stumm. Mrs. Elias' Akzent, ihre gepflegte Frisur, die dicken goldenen Ringe und teure Garderobe gaben ihr etwas Unnahbares, unter bestimmten Umständen vielleicht sogar Arrogantes. Jetzt allerdings verbreitete sie nur Wärme und Herzlichkeit.

»Gehen wir«, sagte Marge.

»Du fütterst Sammy, Akiva«, sagte Magda. »Und sieh zu, daß er was trinkt.«

Decker versprach es und bemerkte ein Glitzern in den Augen seiner Schwiegermutter. Sie war aufgeregt wegen des Babys. Und das war gut so. In diese Atmosphäre relativer Ruhe platzte eine Gestalt in OP-Kleidung, die in diesem Moment durch die Flügeltür trat. Der Mann kam mit schnellen, energischen Schritten auf sie zu. Im Gehen nahm er den chirurgischen Mundschutz ab. Decker erkannte Dr. Hendricks. Seine Knie wurden weich. Marge griff nach seinem Arm.

»Setz dich, Pete. Ist ja gut. Alles in Ordnung mit Rina. Sehe ich an seinem Blick.«

Der Arzt fing ihre letzte Bemerkung auf. Marges Überzeugung schien ihn zu überraschen. »Mit Rina ist wirklich alles in Ordnung«, bestätigte er.

Sein ausführlicher Bericht wurde von zahlreichen *Baruch Haschems* und *Maseltows*, durch Umarmungen und Tränen und aufmunternde Worte, unterbrochen. Der Arzt wartete, bis sich die Aufregung gelegt hatte. Dann forderte er sie auf, Platz zu nehmen. Die Förmlichkeit ließ Decker aufhorchen.

»Was gibt es?« fragte er.

»Rina hat Blut verloren und steht noch unter starken Beruhigungsmitteln...«, begann Hendricks.

»Wann kann ich sie sehen?« fiel Decker ihm ins Wort.

»Sobald sie aus dem Aufwachraum kommt. Aber dort wird sie eine Weile bleiben müssen. Ich lasse sie in die Intensivstation bringen, bis ich das Gefühl habe, daß sie kräftig genug ist, und ihre Blutwerte sich bessern. Ansonsten bin ich sehr zufrieden. Es geht ihr bemerkenswert gut... unter den Umständen.« Hendricks Blick fiel auf Sammy. »Du warst sechs Wochen, als ich dich das letzte Mal gesehen habe. Du bist gewachsen. Vielleicht nicht ganz so wie ein Siebzehnjähriger...«

Sammy lächelte. Hendricks legte dem Jungen eine Hand auf die Schulter. »Du hast deiner Mutter einen großen Dienst erwiesen. Sie hat eine seltene Blutgruppe, und deine hat prima gepaßt. Man hofft ja immer, daß die Kinder irgendwann mal für einen da sind, wenn man sie braucht. Du kannst stolz auf dich sein.«

Der Junge nickte ernst. Hendricks warf einen Blick auf die Uhr und wandte sich dann an Mr. und Mrs. Elias. »Es ist fast zehn Uhr. Die Besuchszeit ist gleich zu Ende. Aber wenn Sie sich beeilen, dürfen Sie sicher noch Ihre entzückende Enkelin sehen. Danach sollten Sie alle nach Hause gehen und sich ausruhen.«

»Ich bleibe hier«, verkündete Decker.

Hendricks runzelte die Stirn. »Ich will Sie nicht zwingen, Sergeant. Ich weiß, Sie wollen bei Rina sein, sobald sie aufwacht. Aber trotzdem sollten Sie sich ausruhen.« Und zu Mrs. Elias: »Bringen Sie die Jungen nach Hause und versuchen Sie zu schlafen. Sie müssen ihn morgen ablösen.«

»Das werde ich, Doktor.« Magda zögerte. »Ist mit meiner Tochter wirklich alles in Ordnung?«

Dr. Hendricks nahm ihre Hand. »Ja, es ist alles in Ordnung.«

»Wir lieben sie so...«

Tränen standen in Magdas Augen. Stefan nahm die Hand seiner Frau und wandte sich an Decker. »Komm, schau dir dein Baby an, Akiva. Nur einen Moment.«

»Gehen Sie, Sergeant«, drängte Hendricks. »Ein bißchen Freude tut Ihnen gut.«

Langsam stand Decker auf und atmete aus. Er wollte nicht gehen. Er wollte nur Rina sehen. Mehr als alles andere. Er wollte ihre Hand halten und ihre langen, schlanken Finger küssen. Er wollte ihr sagen, wie sehr er sie liebte. Er wollte sich nicht freuen, solange sie leiden mußte. Er wollte nichts ohne sie tun. Denn nichts war schöner, als den Augenblick gemeinsam mit ihr zu genießen. Doch er beschloß trotzdem, sich seine Tochter anzusehen. Weil ein bißchen Freude besser war als gar keine.

5

Cindy bewegte spielerisch die Finger in Richtung des rosafarbenen Bündels mit den großen Augen. Die Hexe hatte ihre Halbschwester ganz nach hinten geschoben. Vermutlich mit Absicht. Aber das spielte keine Rolle. Die kleine Decker war so groß und hatte einen so wachen Blick, daß sie immer auffiel. In den beiden Bettchen rechts und links von ihr lagen die kleine Rodriguez und Spencer Dole. Die kleine Rodriguez war ein Winzling mit einem Köpfchen von der Größe einer Navelorange. Sie hatte dichtes schwarzes Haar und zerknitterte Haut. Spencer hatte ein pausbackiges, quadratisches Gesicht und brüllte ununterbrochen. Die kleine Decker jedoch schien vom Treiben ihrer Nachbarn völlig unberührt, sabberte zufrieden auf ihre Decke und versuchte am Daumen zu lutschen.

In der Säuglingsstation herrschte an diesem Abend Hochbetrieb. In den Bettchen lagen weiße und schwarze kleine Amerikaner, Babys spanischer Abstammung und ein Junge asiatischer Herkunft namens Yamata, der niemals schrie. Ein Augenblick verstrich, dann öffnete die kleine Jackson aus der afro-amerikanischen Sektion einen zahnlosen Mund und quäkte leise.

Mit der Nase an der Glasscheibe schnitt Cindy ihrer kleinen Schwester lustige Grimassen und wünschte Schwester Marie auf den Mond. Die hagere Frau mit den knochigen Fingern hatte etwas Einschüchterndes. Marie Bellson war wie ein kahler Baum im Winter. Sie schaffte es, daß man sich schuldig fühlte, selbst wenn man nichts getan hatte.

Cindys Blick schweifte zur Wanduhr. Die Besuchszeit war fast vorüber. Sie wußte, daß das Ende nahte. Wie auf Kommando trat Marie Bellson aus dem Säuglingszimmer. Sie verbreitete Strenge und Disziplin. Sie war nur wenig geschminkt, und abgesehen von einem goldenen Kreuz über der Brusttasche ihrer Schwesterntracht und Steckohrringen trug sie keinen Schmuck. Schön waren nur ihre Augen. Hellgrün mit braunen Einsprenkelungen. Und sie wären noch attraktiver gewesen, hätten sie nicht so böse dreingeschaut. Cindy setzte ihr gewinnendstes Lächeln auf.

»Noch eine Minute?«

Bellson schüttelte den Kopf. »Sie investieren zu viele Gefühle in das Baby. Sie sind die Schwester, nicht die Mutter.« Die Kinderschwester deutete auf ihre Armbanduhr. »Die Besuchszeit ist zu Ende. Gute Nacht.«

Cindy seufzte, sah den Korridor hinab und grinste. »Da kommt mein Vater mit der Familie meiner Stiefmutter.«

Bellson stemmte die Hände in die Hüften und schüttelte erneut den Kopf. Cindy lief den Gang entlang und umarmte ihren Vater stürmisch.

»Rina in Ordnung?«

Decker hakte sich bei seiner Tochter ein. »Die Operation ist überstanden. Sammy hat Blut für sie gespendet.«

»Aber es ist alles in Ordnung?«

»Noch nicht ganz. Trotzdem geht's mir schon viel besser.«

»Du siehst fertig aus, Dad. Du mußt schlafen.«

Decker machte eine wegwerfende Handbewegung. Er rührte sich nicht von der Stelle, solange er nicht bei Rina gewesen war. »Führst du uns zu unserem Baby?«

»Selbstverständlich. Vorausgesetzt, die Bellson wirft uns nicht raus. Hat mir gerade die rote Karte gezeigt.« Cindy runzelte die Stirn. »Da kommt sie schon, die alte Hexe!«

Eine magere Frau in Weiß eilte auf sie zu. Sie hatte ein feines Netz von Fältchen um Augen und Nase und tiefe Furchen in der Stirn. Die Falten deuteten normalerweise auf zu häufiges Sonnenbaden hin, doch die Haut der Schwester war von einer geradezu aristokratischen Blässe. Ihr Haar hatte eine undefinierbare graubraune Färbung. Die grünen, braungesprenkelten Augen allerdings waren ein Pluspunkt. Sie blickten klar und intelligent. Marie Bellson war nicht hübsch, aber auf ihre Art durchaus attraktiv. Decker schätzte sie auf ungefähr Vierzig. Sie hielt Decker die Hand hin. Er ergriff sie.

»Wie geht es Ihrer Frau, Mr. Decker?« erkundigte sich Marie Bellson.

»Sie ist noch im Aufwachraum.«

Die Krankenschwester nickte. »Wir haben die beste postoperative Abteilung im Bezirk. Also keine Sorge. Sie dürfen sich schnell noch das Baby ansehen. Dann muß ich Sie vor die Tür setzen. Nicht meine Idee, aber um zehn Uhr ist Stillzeit. Dann werden die Babys zu ihren Müttern gebracht. Wenn es soweit ist, sollten keine fremden Leute mehr in den Gängen unterwegs sein. Der Himmel weiß, was für Bakterien dann hier rumschwirren.«

»Wir beeilen uns«, sagte Magda.

»Kommen Sie!« Marie Bellson marschierte zackig voraus. »Sind Sie die Großmutter? Sie sehen so jung aus.« Vor dem Glasfenster blieb sie stehen. »Die Kleine liegt ganz hinten. Ich hole sie weiter nach vorn.«

Marie Bellson verschwand in der Tür zum Säuglingszimmer. Die Frau war wie ausgewechselt. Cindy kam sich dumm vor. Warum war die Bellson so unfreundlich zu ihr und so nett zu den anderen? Sie zuckte unwillkürlich die Schultern. Hauptsache, Dad war glücklich. Sein Lächeln wirkte echt. Zum ersten Mal an diesem Abend. Sie ging zu ihm und lehnte den Kopf an seine Schulter. Gemeinsam beobachteten sie, wie Marie Bellson in steriler chirurgischer Kleidung und mit Mundschutz die Bettchen umherschob, bis die kleinste Decker ganz vorn lag. Dann nahm die Schwester sie hoch und zeigte sie ihnen von vorn. Cindy merkte, daß ihr Vater sich die Tränen verkniff. Er zeigte sonst nie Gefühle. Das war einer der Gründe, weshalb ihr dieser Abend so surreal vorkam. Nie zuvor hatte er sich so etwas wie Angst anmerken lassen.

»Sie sieht aus wie du, Daddy«, sagte sie.

»Nein, nein«, widersprach Magda und klopfte leise an die Scheibe. »Sie sieht wie Ginny aus. Aber sie hat Akivas Farben... das rote Haar und die helle Haut.«

»Armes Kind«, murmelte Decker. »Wieder ein Hummer mehr am Strand.«

»Sonnenbaden ist sowieso nicht gesund, Daddy«, bemerkte Cindy.

»Die Großmutter hat recht«, behauptete Marge. »Sie sieht Rina ähnlich.«

»Selbstverständlich habe ich recht«, bekräftigte Magda. »Mit Gesichtern kenne ich mich aus. *Nu*, Stefan?«

Stefan nickte.

Decker drehte sich zu seinen Söhnen um. »Na, was meint ihr?«

»Sie schaut komisch aus«, murmelte Jake. »So rot.«

Magda gab ihm einen zärtlichen Klaps. »Du warst auch ganz rot. Und Shmuli auch.«

Decker musterte seinen ältesten Stiefsohn. Er war noch bleich, stand jedoch wieder fester auf den Beinen. Mit seinen Gedanken war er offenbar weit weg. »Alles in Ordnung, Sam?«

»Wie?«

Decker legte den Arm um den Jungen. »Woran denkst du?«

»Ich möchte *Ima* gern sehen. Sie einfach... nur sehen.«

»Junge, mir geht's genauso.«

»Sie wird doch gesund, oder?«

»Ja, das sagt der Doktor. Ich glaube ihm, Sammy.«

»Wann darfst du sie sehen?«

»Keine Ahnung, Sammy. Hoffentlich bald.«

»Rufst du uns an, wenn du bei ihr warst?«

»Hängt davon ab, wann ich zu ihr kann.« Decker zog ihn enger an sich. »Um drei Uhr morgens rufe ich euch bestimmt nicht an.«

»Doch, du rufst uns an, Akiva«, fiel seine Schwiegermutter ein. »Ich schlafe nachts sowieso nicht viel. Ruf uns an, sobald du bei Ginny warst. Ich will es wissen.« Sie wischte sich über die Augen. »Bitte, ja?«

»Gut, ich rufe an.«

»Vielleicht rufst du Rav Schulman am Morgen an«, schlug Stefan vor. »Ginny will das sicher.«

Decker nickte. Im Lauf der Jahre war der alte Rabbi für Decker mehr geworden als nur sein religiöser und geistiger Lehrer. Rav Schulman war ein weiser und treuer Freund. Decker sah, wie Schwester Marie Bellson seine Tochter wieder in ihr Bettchen legte. »Die Schwester ist doch ganz in Ordnung«, sagte er zu Cindy.

»Wenn ihr dabei seid, schon.« Cindy zuckte die Achseln. »Vielleicht habe ich sie auf dem falschen Fuß erwischt. Manchmal bin ich ein bißchen zu überschwenglich.«

»Danke für deine Hilfe, Cindy.«

»Magst du deine kleine Tochter?«

»Ich mag meine beiden Töchter.«

Cindy stellte sich auf die Zehenspitzen und küßte ihren Vater auf die Backe.

Schwester Bellson trat in den Gang und stemmte die Hände in die Hüften. »Tut mir leid, aber Sie sollten jetzt gehen. Ich muß die Bande hier zu ihren Müttern bringen. Hungrige Babys wollen wir nicht.«

»Und wer stillt unser Baby?« fragte Cindy.

Decker sah, wie sich Schwester Bellsons Augen verengten. Es war nur ein flüchtiger Eindruck. Aber es war genug, um seine Antennen ausfahren zu lassen.

»Ich gebe der Kleinen persönlich die Flasche, sobald ich die anderen zu ihren Müttern gebracht habe«, antwortete Marie Bellson.

»Darf ich sie füttern?« fragte Cindy. »Ich ziehe auch sterile Kleidung an. Bitte!«

Bevor Marie Bellson noch etwas sagen konnte, ergriff Decker die Initiative: »Gute Idee, Cindy... Ich weiß, meine Frau würde das wollen. Wenn Sie nichts dagegen haben. Ich will hier nichts durcheinanderbringen, aber...«

Decker beobachtete, wie Marie Bellson auf den Zehenspitzen wippte.

»Das ist nicht üblich«, sagte sie.

»Ich störe Sie bestimmt nicht. Das verspreche ich.«

»Hat sich bisher auch noch keiner getraut«, murmelte Marie Bellson leise. Dann lächelte sie. »Ich denke, dieses eine Mal... kann ich ein Auge zudrücken. Gehen Sie ins Säuglingszimmer. Aber nur bis zu der gelben Linie auf dem Fußboden. Ich bringe Ihnen gleich sterile Kleidung.«

»Vielen Dank«, sagte Decker. »Ich weiß das zu schätzen.«

»Keine Ursache.« Marie sah erneut auf die Uhr.

»Wir gehen jetzt«, verkündete Decker.

Marge umarmte Decker. »Das Baby ist süß, Pete. Ich rufe dich morgen an.«

»Danke, daß du gekommen bist, Margie. Schlaf dich erst mal aus. Es gibt Leute, die morgen arbeiten müssen.«

Margie salutierte hastig. »Wir sehen uns im Morddezernat, großer Bruder.«

Decker zog seine Söhne an sich. »Ihr geht jetzt schlafen, Jungs. War ein langer, anstrengender Tag.«

Die beiden nickten zögernd.

»Wohin gehst du jetzt, Akiva?« wollte Stefan wissen.

»Ins Wartezimmer. Sie wollen mir Bescheid sagen, sobald Rina aus dem Aufwachraum kommt. Ich bringe euch zum Lift. Cindy, du bleibst, ja?«

»Ja.«

»Sag Bescheid, wenn du die Kleine gefüttert hast. Und geh auf keinen Fall allein zum Auto, verstanden?«

»Ich weiß. Ich weiß…«

»Laß das, Cynthia. Ich meine es ernst.«

»Ich verspreche es. Ich melde mich.«

»Gut.«

»Daddy?«

»Ja?«

»Hat das Baby schon einen Namen?«

»Ich glaube, Rina wollte warten, bis wir ihr in der Synagoge einen Namen geben.«

Cindy zögerte. »Wäre nur nett, wenn ich sie irgendwie nennen könnte. Aber ich will nicht mit der Tradition brechen.«

Decker dachte kurz nach. »Rina hat davon gesprochen, sie Channa Shoshana – Hannah Rose in Englisch… zu nennen.«

Magda brach in Tränen aus. »Nach meiner Mutter! Channa. Und nach Stefans Mutter Shoshana. *Alaw Haschalom! Gottenu*, wie lange habe ich nicht…« Sie schluchzte erneut und umarmte ihren Mann. »Sie wären so stolz, *nu*, Stefan?«

»Sehr stolz.«

Decker fing Schwester Bellsons ungeduldigen Blick auf. Ihre Augen waren nur noch schmale Schlitze.

Die Augen eines Panthers.

»Wir halten hier den ganzen Betrieb auf«, sagte er. »Danke, Marie. Gehen wir!« Er gab Cindy einen Kuß. »Bis bald, Prinzessin.«

Cindy sah ihnen nach. Kaum war die kleine Gruppe außer Sichtweite, fühlte sie Schwester Bellsons bösen Blick. Sie hatte ihre mageren Arme vor der Brust verschränkt.

»Na, das haben Sie ja raffiniert hingekriegt.«

»Können wir nicht Freunde sein?« fragte Cindy.

»Sie trauen mir wohl nicht zu, daß ich das Baby anständig füttere, was?«

»Natürlich vertraue ich Ihnen, Miß Bellson. Sie tut mir nur so leid. Ihre Mutter ist frisch operiert. Mein Vater war noch vor einer Stunde völlig am Boden zerstört. Sie ist meine Schwester ... die erste Schwester. Ich wollte nur helfen.«

»Sie stören mich bei meiner Arbeit.«

»Das war keine Absicht. Ehrlich.«

»Keine Absicht!« schnaubte Marie Bellson. »Haben Sie nichts besseres zu tun, als hier rumzulungern?«

»In einer Woche muß ich sowieso wieder aufs College.«

»Aha. Auf welches denn?«

»New York. Columbia University, um genauer zu sein.«

»Kalifornien ist Ihnen wohl nicht gut genug, was?«

»Wer kriegt in Los Angeles schon einen Platz? Außerdem wollte ich meiner Mutter mal eine Verschnaufpause gönnen. Sie mußte all die Jahre schon mit mir auskommen.«

»Verstehen Sie sich nicht mit Ihrer Mutter?«

Cindy zögerte einen Moment. Sie spürte, daß die andere geradezu auf eine negative Antwort hoffte. »Ich habe meine beiden Eltern sehr gern. Sie führen sehr unterschiedliche Leben, aber sie sind beide gute Menschen. Ich tue mein Bestes.«

Marie Bellson zögerte und schüttelte den Kopf. Ihre Miene wurde weicher. »Es ist vermutlich nett, daß Sie das für Ihren

Vater tun. Aber kommen Sie mir nicht in die Quere. Ich bin seit zehn Jahren Oberschwester der Station. Ich kann es nicht ausstehen, wenn man sich einmischt und dann noch erwartet, daß ich mich darum kümmere.«

»Das war nicht meine Absicht. Tut mir leid.«

»Schon okay.« Marie Bellson ließ die Arme hängen. »Ich bin leicht reizbar. Besonders wenn ich überarbeitet bin.« Sie spielte mit einem goldenen Ring an ihrer linken Hand. »Mein Beruf bedeutet mir viel. Die Babys sind mein Leben. Ist Ihnen die kleine Rodriguez aufgefallen?«

Cindy nickte.

»Die Mutter ist erst fünfzehn ... ein Kind mit einem Kind. Ich habe Stunden mit ihr zugebracht, um ihr das Nötigste beizubringen. Sie hat erst gar nicht begriffen, daß sie ein Kind und keine Puppe hat.«

»Nett von Ihnen.«

»Die magere Kleine liegt mir am Herzen.« Marie runzelte die Stirn. »Sie hat Untergewicht. Die Mutter hat während der Schwangerschaft geraucht.« Sie senkte die Stimme. »Und vermutlich nicht nur Zigaretten.«

Die Schwester strich ihren sterilen Kittel glatt.

»Urteile stehen uns nicht zu. Wir haben alle mal was getan, worauf wir nicht stolz sein können. Meine Aufgabe ist es, zu helfen. Ich will verhindern, daß das kleine Wurm mit einer Mutter nach Hause kommt, die von Tuten und Blasen keine Ahnung hat. Solche Mütter richten nur Unheil an. Das sage ich immer wieder. Wenn sie nicht wollen, womit Gott sie gesegnet hat, gibt es Hunderte von Familien, die ihnen die Babys nur zu gern abnehmen. Sie sollten dankbar sein, daß sie ein gesundes Kind haben.«

Cindy nickte ernst. Marie Bellson hätte eine großartige Puritanerin und Mutter abgegeben. Patent und lieblos. Marie sah auf die Uhr.

»Ich bin spät dran«, seufzte sie.

»Meine Schuld. Tut mir leid«, murmelte Cindy. »Ich warte im Säuglingszimmer ... vor der gelben Linie.«

»Gut.« Bellson spielte erneut mit ihrem Ring. »Nett, daß Sie das für Ihre Schwester tun wollen. Aber vergessen Sie nicht, daß Sie nicht die Mutter sind. Ich hoffe, Ihre Stiefmutter kann sich bald selbst darum kümmern.«

»Das hoffe ich auch«, sagte Cindy. Und sie meinte es ehrlich.

6

Der Schlag riß sie aus dem Tiefschlaf. Sie schlug die Augen auf. Ihr Blick fiel auf einen Lendenschurz. Wem der Unterleib gehörte, konnte sie nicht erkennen. Die muskulöse, gewölbte Brust versperrte einer Wand gleich den Blick auf das Gesicht. Die Stimme befahl ihr barsch aufzustehen. Sie geriet in Panik. Der Adrenalinstoß holte sie abrupt aus ihrer Benommenheit.

Die Bösen sind wieder da!

Aber die Stimme klang vertraut. Im positiven Sinn vertraut.

Mack.

Es war Macks Stimme.

Alles wieder unter Kontrolle.

Eric war besser, aber Mack war in Ordnung.

»Willst du weiter hier rumliegen und Staub ansetzen wie ein Teppich? Vielleicht sollte ich dich wie einen Teppich an die frische Luft zerren und ausklopfen.«

Der Fußboden war kalt und hart. Seine Worte zeigten Wirkung. Ihre Nackenhaare sträubten sich. Gewichtheben erforderte Energie. Und Wut setzte Energie frei. »Halt die Klappe!«

»Bereit zur Arbeit?«

»Bereit.«

Er streckte die Hand aus. Sie nahm sie. Er zog sie auf die Beine. Er warf ihr ein Kleiderbündel zu.

»Zieh dich an!«

Sie nickte und gehorchte hastig.

»Wie lange hast du Zeit?« fragte Mack.

»Zwei Stunden.«

»Zwei Stunden? Tandy, zwei Stunden sind nichts.«

»Mehr Zeit habe ich nicht, Mack. Entweder das oder gar nichts. Hilf mir mit dem Gewichtgurt.«

»Du solltest dir einen besseren Gurt zulegen.« Mack steckte die Lederbänder durch die Metallösen, zog sie fest, und ergötzte sich am Klang ihrer Flüche. »Nach zwei Jahren Gewichttraining bist du keine Jungfrau mehr. Wenn du Fortschritte machen willst, brauchst du die richtige Ausrüstung.«

»Bin im Augenblick etwas knapp bei Kasse.«

»Mann, ist es dir ernst mit Bodybuilding, oder was?«

»Natürlich ist es mir ernst.«

»Dann organisier dir die Knete, Tandy. Keine halben Sachen.«

Mack zurrte die Gürtelschließen noch fester.

»Ach herrje! Jetzt ist es zu eng.«

»Du Sadist!«

»Fick dich! Was soll der Scheiß mit den zwei Stunden? Bist du wirklich dabei oder machst du nur Spielchen? Für Spielchen haben wir keine Zeit.«

»Ich bin wirklich dabei. Habe ich doch schon gesagt.«

»Davon quatschen kann jeder«, zischte Mack. »Zwei Stunden...«

»Wir könnten nur die Brustmuskeln machen? Das schaffen wir in zwei Stunden.«

»Ja, schon möglich«, brummte Mack. »Drei Stunden wären trotzdem besser.«

»Ich muß arbeiten. Ich habe Nachtdienst.« Sie versuchte tief durchzuatmen. Aber der Gürtel saß zu eng. Sie konnte nur stoßweise ausatmen. »Ich brauche was, Mack.«

»Was? Vielleicht B6?«

»Was Stärkeres.«

Mack schwieg einen Moment. »Läßt sich machen.«

»Du bist ein Schatz...«

»He, die Scheiße will ich vor einer Session nicht noch mal hören, ja?«

»Okay, du wärst ein Schatz, wenn du nicht ein solcher Arsch wärst!«

»Klingt schon viel besser.«

Mack zog ihren Rücken mit einem Ruck an seine eisenharte Brust. Er griff nach ihren Brüsten. »Ich sage es ungern ... aber du machst dich ganz nett.«

Sie lächelte unwillkürlich. »Danke. Oder sollte ich das nicht sagen?«

»Nein, das solltest du nicht sagen. Du solltest sagen: Natürlich mache ich mich nett, du Arschloch! Du mußt lernen, deinem Körper den richtigen Energieschub zu verpassen. In Form sein bezieht sich nicht nur auf den physischen Zustand.«

»Ist klar.«

Er tastete sie erneut ab. »Ja, du machst dich gut. Aber es gibt immer noch was zu verbessern. Die Spannung deiner Brustmuskeln stimmt. Nur das Volumen fehlt.«

»Wovon redest du? Mein Brustumfang wird ständig größer ... und es ist kein Gramm Fett dran.«

»Reicht trotzdem noch nicht.« Mack schüttelte den Kopf. »Ich lege noch was drauf. Wo stehst du jetzt?«

»Bei zwanzig Kilo auf jeder Seite.«

»Wie viele Wiederholungen?«

»Zwanzig.«

»Dann nehmen wir fünfundzwanzig auf jeder Seite und machen nur zehn Wiederholungen. Das schafft Volumen.«

»Wie du meinst.«

»Tandy, sei nicht so lahmarschig.«

Sie drehte sich um und lächelte. Dann stieß sie ihm so kräftig wie möglich die Faust in die Magengrube. Ihre Hand fühlte sich taub an, aber die Wirkung war überzeugend. Die plötzliche Attacke hatte Mack hörbar die Luft genommen. Nicht lange ... aber doch merkbar. Sie hatte ihn glatt überrascht. Mack schüttelte den Kopf, lachte und drückte sie flach gegen die Wand. Sie standen sich dicht gegenüber.

»Noch so 'ne Nummer, und ich bring dich um!«

Sie spuckte ihm ins Gesicht. Er spuckte zurück. Dann lachten sie beide.

»Das reicht!« sagte Mack, sah sie an und drückte seine riesigen Pranken über ihren Oberarmen zu. Er glaubte, ihr angst zu machen. Aber nichts, keine physische Gewalt, konnte ihr soviel angst machen wie das Bewußtsein, wenn es außer Kontrolle geriet. Sie schluckte die Angst hinunter und hielt seinem Blick stand.

»Gut«, flüsterte Mack. »Das war richtig gut, Tandy.«

Sie fühlte, wie er langsam den Druck auf ihren Armen verringerte. Dann ließ er seine Hände über ihre Brüste gleiten. Tandy schloß die Augen. Es fühlte sich gut an. In einer anderen Welt hätte sie sich weiter gewagt. Aber sie war noch nicht soweit. Mack wußte das ebenfalls. Auch er war nicht drauf aus. Es war nur die Berührung. Vollkommene Körper, wie ihrer und Macks, waren dazu da, berührt zu werden – von denen, die sie ehrlich zu schätzen wußten.

»Bereit für den Schwitzkasten, Mädel?« fragte er.

»Jederzeit.«

7

Jemand rüttelte ihn an der Schulter. Decker sprang benommen auf. Er schwankte. Ein Arm stützte ihn. Er rieb sich die Augen, versuchte seine Umgebung wahrzunehmen. Ein rundes, hellhäutiges Gesicht vor ihm nahm allmählich Konturen an. Dazu gehörte eine Gestalt in Hose, Sporthemd und weißem Arztmantel... Dr. Hendricks. Die OP-Kleidung hatte er abgelegt. Decker nahm das als ein sehr gutes Zeichen.

»Alles in Ordnung mit Ihnen?« fragte Dr. Hendricks.

»Ich bin eingeschlafen. Nicht zu fassen.«

»Passiert den Besten.« Der Arzt fuhr sich über den Stoppelbart. »Rina macht gute Fortschritte. Habe sie gerade in die Intensivstation bringen lassen. Aber bestimmt nicht für lange. Reine Vorsichtsmaßnahme. Sie dürfen jetzt zu ihr. Allerdings steht sie noch unter starken Medikamenten. Also erwarten Sie nicht zuviel.«

Decker lächelte.

»Orientierungsprobleme hat sie keine. Ihr Lebenswille ist gut. Alles deutet darauf hin, daß sie bald völlig wiederhergestellt ist.«

»Dem Himmel sei Dank!«

Hendricks legte Decker eine Hand auf die Schulter. »Ein, zwei Stunden bin ich noch in der Klinik. Wir müssen uns unterhalten. Aber ich weiß, daß Sie zuerst Rina sehen wollen. Und ... erschrecken Sie nicht. Sie sieht mitgenommen aus.«

»Doktor, wenn Sie wüßten, was ich in meinem Leben schon gesehen habe.«

»Bei der eigenen Frau ist alles anders.«

Vom Kopf her war er vorbereitet. Gefühlsmäßig war er's nicht. Ihre Haut war talgig grau, die Lippen so blutleer, daß sie sich kaum von diesem Hintergrund abhoben. Das Haar hatte man ihr aus dem Gesicht gebunden. Die Strähnen, die zu sehen waren, waren feucht von Schweiß. Ihr linker Arm war auf ein Tablett am Bettgitter gebunden, die Unterseite blau unterlaufen und milchweiß. An ihrem Gelenk lag eine Infusion, die von einer weißen Bandage gehalten wurde. Der Rest ihres Körpers war von einem weißen Tuch bedeckt. Sie schien tief zu schlafen. Ihre Lider zuckten nicht einmal. Er hatte Leichen gesehen, die einen besseren Anblick geboten hatten. Der Gedanke ließ ihn erschaudern.

Er hatte Angst, sie zu berühren, Angst, sie könne dabei zu Staub zerfallen wie ein antikes Dokument. Vorsichtig streckte er die Hand nach ihrer Wange aus, hielt sie einen Moment an ihre Lippen und fühlte ihren Atem auf seiner Haut. Seine Finger zuckten zu ihrem Mund, dann zog er hastig die Hand zurück. Er biß sich auf die Unterlippe, schob einen Stuhl an ihr Bett und begann zu zittern. Er mußte Rinas Eltern anrufen, aber er brauchte noch etwas Zeit. Zeit, um sicher zu sein, daß mit ihr wirklich alles in Ordnung war.

Er verschränkte die Arme vor der Brust und betrachtete seine Frau im Schlaf. Dann zwang er sich zur Ruhe, nahm ihre Hand. Sie rührte sich nicht. Er wußte nicht, wie lange er so gesessen hatte. Erst der Arzt weckte ihn zum zweitenmal. Sein Blick fiel auf die Wanduhr. Es war nach Mitternacht. Langsam entzog er Rina seine Hand. Sie hatte ihre Lage nicht verändert.

Decker stand auf. Dr. Hendricks legte den Arm um ihn. »Gehen wir in mein Büro!« sagte er leise.

»Können wir sie allein lassen?«

»Ja, keine Sorge. Alles bestens.«

Sie verließen die Intensivstation. Im grellen Licht der Neonbeleuchtung wirkte der Korridor gespenstisch leer und verlassen. Decker blieb plötzlich stehen.

»Meine Tochter!«

»Dem Baby geht's großartig. Der Kinderarzt kommt morgen. Falls Sie mit ihm sprechen wollen.«

»Nein, meine andere Tochter«, sagte Decker. »Sie ist neunzehn. Sie war bei dem Baby. Ich hatte sie gebeten, nicht zu gehen, ohne sich von mir verabschiedet zu haben. Wenn sie allein zum Parkplatz gegangen ist, dreh ich ihr den Hals um. Man denkt immer, irgendwann bräuchte man sich keine Sorgen wegen der Kinder mehr zu machen...«

»Die Zeit kommt nie«, stimmte Hendricks zu.

»Ich muß wissen, wo sie ist. Geht das?«

»Natürlich. Sehen Sie nach ihr. Mein Zimmer ist 678 B. Ich warte dort auf Sie.«

Decker ließ sich von Hendricks den Weg zur Säuglingsstation J beschreiben. Dabei merkte er, daß er den Arzt zwar akustisch verstand, jedoch den Sinn seiner Worte nicht begriff. Wie in Trance und ohne Orientierung ging er einfach weiter. Angst, Sorgen und Schlaflosigkeit hatten ihm beinahe den Verstand geraubt. Ein Korridor mündete in den anderen und endete im Nirgendwo.

Nach etlichen Fehlversuchen landete er rein zufällig in der richtigen Säuglingsstation. Er starrte durch die Scheibe auf zwei Reihen mit kleinen Betten, in denen nur weiße Bündel mit wirren Haarschöpfen zu sehen waren. Während sein Blick über die winzigen Gesichter schweifte, merkte Decker plötzlich, daß seine kleine Tochter nicht dabei war. Sein Herz setzte einen Schlag lang aus. Seine Benommenheit war wie weggewischt.

Er klopfte an die Tür des Säuglingszimmers, wartete jedoch keine Antwort ab. Statt dessen drehte er den Türknauf genau in dem Moment, als eine Frau in OP-Kleidung die Tür von der anderen Seite öffnete. Sie war mittleren Alters, klein und zierlich, mit einem schmalen, spitzen Gesicht. Sie trug eine Haube auf dem Haar. Auf ihrem Namensschild stand: DARLENE JAMISON.

»Ich bin Peter Decker. Ich wollte nur wissen, wo meine kleine Tochter ist. Mein Baby... und die andere auch. Meine beiden Töchter. Haben Sie zufällig...«

»Sie sind Cindys Vater. Das sieht man am Haar. Keine Sorge. Es geht ihr gut. Sie ist hinten bei dem Baby. Beide schlafen.« Darlene schüttelte lächelnd den Kopf. »Kommen Sie rein. Wenn Sie Ihr dynamisches Duo sehen wollen, müssen Sie sterile Kleidung an- und die Schuhe ausziehen.«

Decker betrat den Warteraum der Säuglingsstation. Das grelle Licht blendete seine Augen. Babygebrüll hallte schmerzhaft in seinen Ohren wider. Sein Blick schweifte zu den Bettchen. Die kleine Jackson schien den meisten Krach zu machen. Sie hatte den Mund weit geöffnet und schrie wie am Spieß. Sie lag zwischen der vom Schreien krebsroten winzigen Rodriguez und dem kleinen Yamata, der über allem erhaben schien. Seine großen Augen starrten zur Decke, als wolle er sagen: »Mann, sind die noch dicht, oder was?«

Decker mußte unwillkürlich lächeln. Eine breite gelbe Linie trennte jenen Teil vom Säuglingszimmer ab, in dem er sich aufhalten durfte. Hinter der Linie befand sich ein gläserner Korridor, von dem Türen zu den einzelnen Zimmern führten. Soweit Decker das beurteilen konnte, war Darlene die einzige, die auf die Schäfchen aufpaßte.

»Alles in Ordnung mit meinen Töchtern?« fragte Decker.

»Bestens.« Darlene lachte leise. »Ihre ältere Tochter ist eine Löwin. Sie ist ganz vernarrt in das Baby. Wenn sich die Dinge erst beruhigt haben, sollten Sie sie daran erinnern, daß sie die Schwester und nicht die Mutter ist.«

Decker fuhr sich mit den Händen übers Gesicht.

»Das wollten Sie nicht unbedingt hören, was?« Darlene tätschelte ihm die Schulter. »Wie geht es Ihrer Frau?«

»Sie ist völlig erschöpft. Ihr Arzt wartet auf mich. Soll ich jetzt mit Cindy reden?«

»Um Himmelswillen, nein. Cindy ist für mich kein Problem. Sie ist prima. Ich sehe das locker... als alleinerziehende Mutter von drei Kindern... seit fünf Jahren auf Nachtschicht. Da lernt man, über einiges hinwegzusehen und zu lächeln, wenn man überleben will. Ich bin mein eigener Herr auf der Station. Um ein Uhr morgens steckt hier keiner seine neugierige Nase rein. Marie ist diejenige, die den ganzen Druck abkriegt.«

»Hatten Marie und Cindy Streit?«

»Streit? Das ist hier eine Frage der Kompetenz. Marie ist eine Institution. Ein Machtfaktor. Und dann kommt ein junges Mädchen wie Cindy... voller Begeisterung und Tatendrang und bringt alles durcheinander. Das ist Marie nicht gewöhnt.«

»Ich rede mit ihr.«

»Das müssen Sie nicht. Nicht jetzt. Detective...« Darlene hielt inne. »Ist das die richtige Anrede?«

Eigentlich war es Detective Sergeant, aber Decker nickte nur.

»Ich mag Cindy. Aber Marie ist der Boß. Alle müssen sich nach ihr richten.«

»Verstehe. Ich rede jetzt mit dem Arzt. Dann komme ich zurück«, versprach Decker.

»Gratuliere zu Ihrer Familie.«

»Danke.«

Darlene lachte. »Ein wahrer Irrgarten ist das hier, was? Ich bringe Sie zum Lift.« Sie deutete mit dem Finger. »Hier entlang.«

Decker folgte ihr wie ein gehorsamer Roboter und mit einem undefinierbaren schlechten Gefühl in der Magengegend. Erst als sie vor dem Lift standen, wurde ihm klar, daß Darlene Jamison die einzige Schwester war, die er auf Station J gesehen hatte. Sie hatte die Babys allein gelassen. Um ihn zum Aufzug zu bringen.

Hendricks Büro im Krankenhaus war rein funktionell eingerichtet. Auf engstem Raum standen ein Schreibtisch, ein Bürostuhl und zwei Besucherstühle, die wohl allesamt schon bessere Tage gesehen hatten. In den Metallregalen an den Wänden standen medizinische Nachschlagewerke, andere Bücher und eine Kaffeemaschine. Decker hatte unwillkürlich die wesentlich luxuriöser ausgestattete Privatpraxis des Arztes vor Augen. Seltsamerweise wirkte Dr. Hendricks in dieser Umgebung selbstverständlicher, ja sogar entspannter. Vielleicht war auch nur die Müdigkeit daran schuld.

»Setzen Sie sich.« Hendricks zog eine Patientenkarte aus der Ablage. »Haben Sie Ihre Tochter gefunden?«

»Sie war beim Baby im Säuglingszimmer. Offensichtlich ist sie der Kleinen sehr zugetan.«

»Ist ihre erste Schwester, oder?«

»Sie hat Stiefbrüder ... aber das ist was anderes.«

»Hat sie eine enge Beziehung zu ihren Stiefbrüdern?«

Die Frage fiel irgendwie aus dem Rahmen. Sie war zu persönlich. Versuchte Hendricks eine Beziehung herzustellen? Hatte der Arzt etwas auf dem Herzen und wollte nicht gleich mit der Tür ins Haus fallen?

»Sie mag ihre Stiefbrüder. Aber die Beziehung ist nicht eng. Sie haben nicht viel gemeinsam.«

Hendricks rutschte unruhig auf seinem Stuhl hin und her. »Haben *Sie* eine enge Beziehung zu Ihren Stiefsöhnen?«

Decker schwieg. Die Frage erschien ihm noch abwegiger als die erste. Befürchtete er, daß Decker seine Kinder unterschiedlich behandelte? In diesem Fall konnte er ihn beruhigen.

»Eine sehr enge Beziehung«, antwortete er. »Sie sind wie leibliche Söhne für mich. Ich liebe sie sehr.«

»Sind Sie auch gesetzlich der Vormund?«

Decker war wie vor den Kopf gestoßen.

»Nein... noch nicht.« Er bekam Herzklopfen. »Warum? Ist was mit Rina? Besteht Gefahr...«

»Nein, nein. Nichts dergleichen. Ich wollte Sie nicht ängstigen.«

Decker lehnte sich zurück und atmete auf. »Wenn die Jungs es möchten, adoptiere ich sie. Jederzeit. Ich hielt es nur nicht für klug, gleich die Identität eines Vaters in Anspruch zu nehmen. So was braucht Zeit. Wenn die beiden soweit sind, steht einer Adoption nichts im Weg.«

»Sehr feinfühlig von Ihnen.«

Decker sagte nichts. Er versuchte zu erraten, worauf Hendricks hinauswollte. Der Arzt warf einen Blick auf die Patientenakte. Decker wünschte, er würde endlich zur Sache kommen.

»Ihre große Tochter hat Ihre kleine Tochter also ins Herz geschlossen, was?«

»Finden Sie das nicht gut?«

»Nur, wenn sie deswegen ihre normalen Aktivitäten vernachlässigt. Warum fragen Sie? Hat sie denn Probleme?«

Decker rieb sich die Schläfen. »Sie scheint eine Auseinandersetzung mit der Stationsschwester provoziert zu haben. Ist ihr wohl ins Gehege gekommen... sagt man.«

Hendricks verdrehte die Augen. »Schwester Marie ist eine verdammt gute Schwester... aber sehr machtbewußt.«

»Dann sind die Probleme nicht neu?«

Hendricks schüttelte den Kopf. »Soll ich mit Marie sprechen?«

»Nein, nein. Das regle ich mit meiner Tochter selbst.«

»Geht sie nicht bald aufs College zurück?«

Decker nickte.

»Dann löst sich das von selbst«, sagte Hendricks.

»Ja, da haben Sie vermutlich recht.«

Hendricks gähnte. »Entschuldigung. War eine lange, arbeitsreiche Nacht. Nicht nur wegen Rina. Das Kinderkriegen scheint in der Luft zu liegen. Aber ich wollte noch mit Ihnen reden, bevor ich hier Schluß mache. Ich muß Ihnen sagen, was eigentlich passiert ist. Ich bin Ihnen eine Erklärung schuldig.«

Decker wartete.

»Rina hatte eine sogenannte Plazenta accreta«, seufzte Hendricks. »Kurz gesagt, die Plazenta hat sich nach der Geburt des Kindes nicht von selbst gelöst. Das kann verschiedene Ursachen haben. Am häufigsten kommt es vor, daß die Plazenta an der Gebärmutterwand haften bleibt. Ist das der Fall, müssen wir sämtliche Gewebeteile entfernen. Manchmal geht das durch eine einfache Ausschabung.«

»Nicht bei Rina?«

Hendricks wich seinem Blick aus. Decker fühlte, wie sich sein Magen zusammenkrampfte.

»Was war los?«

»Rina hatte starke Blutungen. Ihr Blutdruck sank sekündlich. Wir mußten operieren. Dabei stellten wir fest, daß die Plazenta durch die Gebärmutterwand gewachsen war. Das war die Ursache der Blutungen. Tut mir leid, Peter, aber wir mußten bei Rina eine Totaloperation durchführen.«

Hendricks Worte hallten unheilvoll in Deckers Ohren wider. Er war zu perplex, um zu reagieren. Der Raum um ihn herum begann sich zu drehen, die Wände pulsierten, die Regale bogen sich. Übelkeit stieg ihm in die Kehle. Er schluckte, um sich nicht zu übergeben, und hielt die Hand vor den Mund.

Hendricks drehte die Patientenkarte zwischen den Fingern. »Ich weiß, das ist ein Schock für Sie…«

»Hätten Sie die Plazenta nicht einfach nur herausschneiden können?« brach es aus Decker heraus. »Sie operativ entfernen können?«

»Nein...«

»Sie mußten die ganze Gebärmutter herausnehmen?«

»Ja.«

»Ich begreife nicht...«

»Peter...«

»Ich meine, ist eine Operation nicht dazu da? Um was rauszuschneiden? Bestimmte Dinge selektiv zu entfernen?«

Hendricks antwortete nicht.

»Ich begreife einfach nicht, warum...«

»Peter«, unterbrach Hendricks ihn sanft. »Rinas Plazenta war wie ein offener, mit Blut gefüllter Schlauch. Je mehr ich davon zu entfernen versucht habe, desto mehr blutete es. Ich hatte keine Wahl. Ich weiß, wie Rina über Kinderkriegen denkt. Ich habe Sammy und Jakob auf die Welt gebracht. Und ich habe nach allen drei Fehlgeburten ihre Hand gehalten...«

»Die Fehlgeburten hatte sie, weil ihr Mann so krank war. So hat sie's mir erzählt.«

Hendricks schwieg.

»Nein?« Decker klang verzweifelt.

»Peter«, begann Hendricks, »wer weiß, weshalb sie diese Fehlgeburten hatte? Ich war glücklich, als sie dieses Kind austragen konnte. Bitte, vergessen Sie über alldem nicht, daß Sie eine entzückende kleine Tochter haben. Eine gesunde Tochter. Großer Gott, natürlich weiß ich, daß Rina einen Stall voll Kinder wollte. Es wird sie hart treffen. Deshalb habe ich gefragt, wie Sie zu ihren Söhnen stehen. Manche Männer sind ganz besessen von dem Gedanken, einen eigenen Sohn zu haben...«

»Nein«, Decker schüttelte den Kopf. »Nein, das ist kein Problem.« Er schloß die Augen. Als er sie wieder aufschlug, war das Entsetzen nicht verflogen. »Was... was soll ich ihr sagen?«

»Ich sage es ihr. Das ist meine Aufgabe.«

Decker schüttelte wieder den Kopf. »Mache ich schon.«

»Peter, ich bin sicher, daß Sie in Ihrem Job schon verdammt

oft den schwarzen Peter in der Hand hatten. Diesmal lassen Sie mich den Überbringer der schlechten Nachricht sein.«

»Nein, das kann ich nicht. Ich mache das.« Decker hob langsam den Blick. »Wann soll ich es ihr sagen?«

Hendricks seufzte hörbar. »Wenn Sie darauf bestehen... Tun Sie es, sobald sie wieder einigermaßen bei Kräften ist. Ich sage Ihnen, wenn sich ihre Blutwerte stabilisiert haben.«

Decker nickte mit gesenktem Kopf.

»Sie ist eine starke Frau, Peter. Sie wird sich schnell erholen. Die Operation an sich... mein Gott, wie banal das klingt! Aber die Operation war eine Routineangelegenheit. Rinas Eierstöcke sind intakt. Hormonell gesehen ist sie wie jede andere Frau ihres Alters. Und sie kann stillen.«

»Ich liebe sie so«, flüsterte Decker. »Sie wird am Boden zerstört sein.«

»Und Sie?«

»Ich bin nicht gerade in Hochstimmung, wenn Sie das meinen, Doktor.« Er fuhr sich mit der Hand über die Stirn. »Aber ich kriege das hin. Nur Rina...«

»Es ist ein Einschnitt, Peter! Nicht wie der Tod eines Kindes – zum Glück nicht. Das haben Sie ja mit Ihrer ersten Frau schon durchgemacht.«

Decker nickte.

»Das muß die Hölle gewesen sein. Das hier ist nicht viel besser. Sie müssen es gemeinsam durchstehen. Wenn Sie entschlossen sind, es ihr zu sagen, will ich Sie nicht davon abhalten. Aber falls Sie Hilfe brauchen, rufen Sie an. Sagen Sie, es sei ein Notfall. Ich bin für Sie beide... für die ganze Familie jederzeit da. Rufen Sie mich an.«

Decker konnte nur nicken.

»Ich habe eine Liege bei Rina für Sie aufstellen lassen.« Hendricks erhob sich. »Versuchen Sie jetzt zu schlafen, okay?«

»Danke.« Decker kam langsam auf die Beine. »Ich muß jetzt mit meiner Tochter sprechen.«

»Das hat bis morgen Zeit.«

»Ich möchte es aber jetzt tun.«

»Peter, es hat Zeit.« Hendricks legte einen Arm um Decker. »Legen Sie sich schlafen. Befehl vom Arzt.«

»Ich muß Rinas Eltern Bescheid sagen...«

»Nicht bevor Sie mit Rina gesprochen haben.«

»Nein, nicht deshalb.« Decker hatte Mühe, sich zu artikulieren. »Ich hatte versprochen, sie anzurufen, sobald Rina aus dem Aufwachraum kommt... Sie müssen sich schon schreckliche Sorgen machen.«

Hendricks löschte das Licht. »Ich rufe sie an. Geben Sie mir die Nummer.«

Decker brauchte ein paar Sekunden, bis er die korrekte Zahlenfolge weitergeben konnte. »Sie sagen ihnen, daß mit Rina alles okay ist?«

»Ja, das sage ich. Es ist schließlich die Wahrheit.« Hendricks zog einen Schlüsselbund aus der Hosentasche und schloß die Tür ab. »Kommen Sie. Ich bringe Sie zur Intensivstation zurück.«

Decker wehrte sich nicht. Er fühlte sich wie ein Kind, das man zu Bett brachte. Er wollte nicht gehen, aber er war zu erschöpft, um zu protestieren.

8

Cindy wachte auf und zuckte zusammen. Ihre Muskeln schmerzten. Sie war auf einem Stuhl eingeschlafen. Neben ihr stand Hannahs Bettchen. Das Baby lag auf dem Bauch, die Augen geschlossen, das kleine rosa Gesichtchen in die Matratze gedrückt. Seit der letzten Flasche waren fast drei Stunden vergangen, und Hannah hatte noch immer keinen Mucks getan. Sie war ein großes Kind, hatte bei der Geburt fast neun Pfund gewogen. Vermutlich hatte sie einen größeren Magen als die anderen Kinder. Gut für sie, und Glück für Rina. Hannah würde vermutlich sehr bald durchschlafen.

Die Wanduhr zeigte fünf nach eins. Cindy nahm an, daß es

Nacht war. Die Säuglingsstation war so hell erleuchtet, daß es auch Tag hätte sein können. Sie stand auf und streckte sich. Schließlich überschritt sie die gelbe Linie zur Schwesternstation. Durch die Glasscheibe sah Cindy Darlene, die wild gestikulierend mit einer großen, vierschrötigen dunkelhäutigen Schwester diskutierte. Cindy klopfte an die Tür. Darlene sah auf und machte ihr ein Zeichen hereinzukommen.

»Hallo«, sagte Cindy.

»Nimm deine Gesichtsmaske ab«, begrüßte Darlene sie. »Sonst kann ich dich nicht verstehen. Alle nuscheln hier hinter ihren Masken. Wie geht's deiner Schwester? Hast du sie schon gefüttert?«

»Sie schläft noch«, sagte Cindy.

»Du hast sie durch die Zwölf-Uhr-Stillzeit schlafen lassen? Oh, oh! Da wird die Mutter nicht glücklich sein. Wir müssen sie an einen gewissen Rhythmus gewöhnen. Was bist du nur für eine Kinderschwester?«

Darlenes Augen sprühten spöttisch. Cindy erwiderte das Lächeln. »Soll ich sie jetzt füttern?«

»Da du sie schon einmal verwöhnt hast, kannst du jetzt auch warten, bis sie von selbst aufwacht. Typisch ältere Schwester. Ihr kriegt doch selten was auf die Reihe!« Sie sah auf die Uhr und wandte sich der vierschrötigen Lernschwester zu. »Lily, bringen Sie die Babys in die Säuglingsstation zurück. Die Stillzeit ist um. Sie kümmern sich um die Zimmer 350 bis 330. Ich nehme den Rest. Und sehen Sie auf dem Plan nach, wer Rooming-in hat. Diese Babys müssen nicht zurück auf die Station.«

»Ist doch klar«, erwiderte Lily ernst.

»Sehen Sie trotzdem nach, ob alles in Ordnung ist. Noch Fragen?«

»Nein.« Lily lächelte nervös.

»Dann mache ich entweder etwas sehr richtig oder ganz falsch«, sagte Darlene. »Immer locker bleiben, Lily. Versuchen Sie, Spaß an der Arbeit zu haben. Solange ist alles okay.«

»Vielen Dank, Madam.« Lily lachte ängstlich und wandte sich an Cindy. »Sie ist eine echte Sklaventreiberin.«

»Finden Sie das nett, Schwester Booker?« schmollte Darlene. »Nach allem, was ich für Sie getan habe?«

»Aber eine richtig nette Sklaventreiberin«, verbesserte sich Lily. »Passen Sie gut auf, wenn Sie erst Lernschwester sind.«

»Lernschwester?« fragte Cindy.

»Darlene hat große Pläne mit Ihnen.«

Cindy lachte. In Wirklichkeit war sie verwirrt.

»Schwester Booker, kommen Sie endlich in die Gänge und arbeiten Sie was!« befahl Darlene.

»Ja, Sir... Madam.« Lily salutierte, winkte Cindy zu und ging.

Cindy winkte zurück und sah dem breiten Rücken in der weißen Uniform nach. Trotz ihrer Größe sah Lily sehr jung aus. Sie war Anfang Zwanzig. Vermutlich hatte sie die Schwesternschule gerade hinter sich.

»Sie ist nett«, sagte Cindy zu Darlene.

»Wird mal eine verdammt gute Schwester aus ihr«, bemerkte Darlene. »Wissen Sie weshalb? Weil sie pflichtbewußt und liebevoll ist. Sie hat sich aus dem Nichts hochgearbeitet. Ihr Traum war es, Menschen zu helfen. Da sieht man mal, was man erreichen kann, wenn die Motivation stimmt. Haben Sie je daran gedacht, Krankenschwester zu werden, Cindy? Das wär doch was für Sie, oder?«

Cindy wurde rot. Darlene und Lily hatten wohl nur einen Gesprächsstoff gehabt. »Ich habe mich noch nicht entschieden... aber ich neige zur Kriminalistik.«

Darlene zog eine Grimasse. »Wir könnten Leute wie Sie brauchen. Überlegen Sie's sich.« Sie straffte den Rücken und machte ein paar Armkreise. »Wollen Sie für heute schon schlappmachen?«

Cindy lächelte erneut. »Ich wollte warten, bis Hannah aufwacht, damit ich sie füttern kann. Dann fahre ich nach Hause. Vielleicht komme ich am Vormittag wieder. Ist das okay?«

»Für mich schon, Herzchen. Aber kommen Sie Marie nicht in die Quere.«

Cindy runzelte die Stirn. »Hat Marie morgen wieder Dienst?«

»Von drei Uhr nachmittags bis elf Uhr abends ... und dann macht sie zusammen mit mir die Nachtschicht. Die andere Nachtschwester hat frei.« Darlene wurde ernst. »Marie ist eine gute Krankenschwester, Cindy. Sehr liebevoll und geduldig mit Müttern und Babys. Da bleibt nicht mehr viel Geduld übrig für die anderen ... besonders nicht für junge Mädchen, die so selbstbewußt auftreten und so hübsch sind. Sie müssen lernen, mit den unterschiedlichsten Menschen auszukommen.«

»Ich sage kein Wort zu ihr«, seufzte Cindy. »Ich kümmere mich um meine Angelegenheiten. Sie mag es einfach nicht, daß ich mich um Hannah kümmere.«

»Können Sie backen?« fragte Darlene.

»Ja.«

»Dann sag ich Ihnen was, Cindy. Wenn Sie wiederkommen, bringen Sie ihr ein paar selbstgebackene Schokoladenkekse mit. Marie wird sich sehr darüber freuen. Sie will nur ein bißchen Anerkennung.«

»Also, wenn's nur das ist. Ich binde sogar noch eine Schleife drum.«

»Jetzt muß ich die Babys holen«, sagte Darlene. »Die Arbeit ruft.«

Cindy fuhr mit der Fußspitze über den Boden. »Ist mein Dad in der Zwischenzeit hier gewesen?«

»Ungefähr vor einer Stunde. Ich habe ihm gesagt, daß Sie bei Hannah eingeschlafen sind.«

»Ich sollte mich bei ihm melden.« Sie sah auf die Uhr. »Wenn Hannah aufwacht, bin ich zurück.«

»Vermutlich«, sagte Darlene. »Tun Sie mir einen Gefallen. Bevor Sie gehen, vergewissern Sie sich, daß Angela und Chris im Hinterzimmer sind. Station C und D haben sie sich ausgeborgt. Ungefähr vor einer Stunde. Weil wir so hoffnungslos unterbesetzt sind. Sparmaßnahmen. Unsere Belegschaft besteht nur noch aus einigen altgedienten Kräften und einer Handvoll Teilzeitkräften, die von Tuten und Blasen keine Ahnung haben. Ich habe ihnen gesagt, daß sie eine Weile aushelfen können. Aber wenn man beschäftigt ist, vergißt man, auf die Uhr zu sehen. Es sollte immer jemand auf der Säuglingsstation sein.«

»Und wenn sie nicht da sind?«

»Warten Sie auf mich. Dann rufe ich jemanden.«

»Ich kann später nach meinem Vater sehen. Soll ich hier warten, bis Sie die Babys zurückgeholt haben?«

Darlene dachte nach. »Wenn's Ihnen nichts ausmacht? Wäre günstig. Diese verdammten Sparmaßnahmen... Man kann sich nur fragen, ob ein Patient im Krankenhaus tatsächlich noch gut aufgehoben ist.« Sie schnalzte mit der Zunge und reichte Cindy ihren Pieper. »Drücken Sie einfach auf den roten Knopf, falls Ihnen was komisch vorkommt. Ich bin ganz in der Nähe.«

»In Ordnung. Soll ich auch nach den anderen Babys sehen?«

»Nur wenn Sie Lust auf eine Tour haben«, antwortete Darlene. »Danke für die Hilfe, Cindy.«

»Ich gehe zu Hannah. Vielleicht ist sie wach und hat Hunger.«

Als sie sich zum Gehen wandte, hielt Darlene sie noch einmal zurück. »Haben Sie nichts vergessen?«

»Was denn?« fragte Cindy.

Darlene deutete auf ihren Mundschutz.

»Entschuldigung.« Cindy zog den Mundschutz über die Nase und band ihn zu. »Besser so?«

Darlene nickte.

Die Flasche in der Hand hörte Cindy das Klopfen und drehte sich um. Darlene und Lily waren noch unterwegs, um die Babys einzusammeln. Cindy betrachtete das Bündel in ihrem Arm. Hannah hatte die Augen geschlossen. Ein feuchter Streifen lag über ihrem Kinn. Das Klopfen hielt an. Der Krach würde gleich die anderen Babys wecken. Cindy legte Hannah in ihr Bettchen und ging in den vorderen Teil der Station. Durch die Glasscheibe sah sie ihren Vater. Sein Gesicht war von Erschöpfung gezeichnet. Sie öffnete hastig die Tür.

»Alles in Ordnung?« Sie sah ihn prüfend an und trat einen Schritt zurück. »Ich kann dich nicht umarmen. Ich habe sterile Kleidung an.«

»Schon gut.« Decker hatte Mühe, sich auf den Beinen zu halten. »Ich bin gerade aufgewacht und habe gemerkt, daß ich noch nicht bei dir gewesen bin. Ich wollte nach dir sehen.«

»Mir geht's gut, Daddy. Schlaf ruhig weiter.«

»Was machst du noch hier?«

»Ich habe gerade Hannah gefüttert. Sie hat ihr Bäuerchen noch nicht gemacht. Wenn du das übernehmen willst, mußt du dich umziehen.«

Decker wich unwillkürlich von der gelben Linie zurück. »Ich würde sie gern im Arm halten ... aber ich bin so müde ... Ich habe Angst, daß ich sie fallen lasse. Wie geht es ihr?«

»Großartig.«

Decker fühlte, wie er lächelte. Es mußte ein Reflex gewesen sein, denn seine Gesichtsmuskeln fühlten sich ganz taub an. »Danke, daß du dich kümmerst. Sobald Rinas Mutter kommt, fährst du nach Hause und ruhst dich aus. Ihr jungen Leute haltet euch immer für unverwüstlich ... aber auch du brauchst deinen Schlaf.«

Cindy starrte ihren Vater an. »Es ist doch nicht, weil du denkst, daß ich zu sehr an Hannah hänge, oder?«

Decker zögerte. »Wer hat das denn behauptet?«

»Schwester Marie. Sie fürchtet, ich könne eifersüchtig werden, wenn Rina kräftig genug ist, um sich um Hannah zu kümmern. Aber das stimmt nicht. Ich will nur helfen.«

»Das weiß ich doch.«

»Dann bist du nicht wütend auf mich?«

»Nein, mein Engel. Ich hab dich sehr lieb. Wenn du nur das Personal nicht gegen dich ...«

»Du meinst Schwester Marie?«

»Versuch einfach mit ihr auszukommen. Auch wenn das eigentlich ihr Problem ist.«

»Daddy, du bist ja zum Umfallen müde. Du siehst übel aus. Setz dich doch.«

»Nein, ich bin okay.« Decker unterdrückte ein Gähnen. »Ich muß wieder zu Rina.«

»Wie geht es ihr?«

»Sie schläft noch.« Decker drohten die Augen zuzufallen. »Also, du wartest auf Mrs. Elias, dann fährst du nach Hause. Verstanden?«

»Daddy, warum soll ich auf Mrs. Elias warten?« Cindys Augen wurden groß. »Du traust Schwester Marie also auch nicht. Hast du einen Verdacht?«

Trotz seiner grenzenlosen Müdigkeit mußte Decker lachen. »Du hast zu viele schlechte Filme gesehen, Kleines.«

»Du bist nicht ehrlich, Daddy. Warum vertraust du ihr nicht?«

Decker seufzte: »Es ist nicht Schwester Marie. Es ist die Nachtschwester, Darlene...«

»*Darlene!* Aber sie ist ein Engel!«

»Cindy, sie hat die Babys allein gelassen, um mich zum Lift zu bringen.«

»Bist du sicher, Daddy? Vielleicht war jemand im Hinterzimmer, den du nicht gesehen hast.«

»Meinst du?« Decker zögerte. »Hm... Ist denn jetzt jemand im Hinterzimmer?«

Jetzt zögerte Cindy. »Also Darlene hat mich ausdrücklich gebeten, hier auf sie zu warten, weil sie die Babys nicht allein lassen wollte. Sie und Lily, das ist die Lernschwester, holen die Babys nach der Stillzeit aus den Zimmern. Das dauert länger, weil Darlene freiwillig in der Säuglingsstation nebenan aushilft. Die sind unterbesetzt. Wegen Etatkürzungen.«

»Dann hat Darlene dir die Verantwortung übertragen?«

Cindy rollte die Augen. »Sie ist gleich nebenan, Daddy. Ich habe ihren Pieper. Aber nicht mal das ist nötig. Sie muß jede Minute wieder hier sein. Sie tut ihr Bestes.«

»Cindy, du bist ein Schatz ... Aber das weiß Darlene nicht. Du könntest alles mögliche sein ... Hast du je erlebt, daß Marie die Babys allein gelassen hat?«

Cindy schüttelte den Kopf. »Ich finde, Darlene ist sehr vertrauenswürdig.«

»Sie ist dumm! Sie fordert das Unglück ... und eine Klage geradezu heraus.« Decker steckte die Hände in die Taschen. »Ich bin froh, daß du auf Hannah aufpaßt. Und ehrlich gesagt – Marie gefällt mir auch nicht besonders. Wenn Rina nicht so ... so erschöpft wäre, würde ich meine ganze Familie hier rausholen. Aber das ist im Moment nicht möglich. Also, wenn Mrs. Elias dich eine Weile ablösen will, dann okay. Marie ist ihr gegenüber sicher duldsamer.«

»Frage, Daddy ... Findest du das in Ordnung?«

»Nein, das ist nicht in Ordnung. Aber es ist mir egal. Du kannst wiederkommen, wenn Mrs. Elias nach Hause geht und sich um die Jungen kümmert. Okay?«

Cindy nickte.

»Und, bitte, mach keine Schwierigkeiten. Ich will, daß du hier in der Säuglingsstation bleibst, weil ich dir vertraue.«

»Danke, Dad. Nett zu hören.«

»Keine Ursache.« Decker rieb sich die Augen. »So, und jetzt laß deine Schwester ihr Bäuerchen machen. Gib ihr einen Kuß von mir.«

»Sie wartet auf dich. Tut mir leid, Dad, wenn ich dir Sorgen mache.«

»Nein, machst du nicht. Du bist großartig. Deine Mutter und ich, wir haben gewiß unsere Differenzen gehabt, aber dich hat sie großartig hingekriegt.«

»Da warst du wohl nicht ganz unbeteiligt.«

»Nicht in dem Maß, wie ich es hätte sein sollen.« Decker zog die Augenbrauen hoch. »Vermutlich ist deshalb was aus dir geworden.«

9

Nachdem sie sich übergeben hatte, ging es ihr besser. Mack war nett, half ihr auf einen Stuhl, wischte ihr den Mund ab. Dann holte er eine Plastikbox und nahm den Deckel ab. Er löffelte eine Portion braunes Mus heraus.

»Mund auf!«

»Mir ist schlecht.«

»Mund auf, Tandy. Du brauchst deine Kalorien.«

Sie rührte sich nicht.

»Du machst mich wütend, klar?«

Mack drückte ihr mit Daumen und Zeigefinger den Kiefer auf. Sie wehrte sich vergebens. Unfaßbar, welche Kraft in zwei Fingern stecken konnte. Sie mußte ihn bewundern. Schließlich schob er ihr zwangsweise mehrere gehäufte Löffel des Pürees in den Mund. In ihrem anderen Leben hätte sie gewürgt. Aber jetzt hatte sie sich unter Kontrolle.

Hühnerpüree. Gar nicht so schlecht.

»Komm schon, Tandy. Mach den Mund auf. Ordentlich!«

Sie gehorchte willenlos.

»Braves Mädchen.«

Der nächste Löffel.

»Wieviel muß ich essen?«

»Die ganze Portion.«

»Mack...«

»Du bist, was du ißt! Also halt die Klappe und mach den Mund auf!«

Sie hielt inne. »Wie soll das denn bitte gehen?«

Mack lachte und fütterte ihr eine weitere Portion. »Du warst heute abend nur mäßig gut. Hab dich schon besser gesehen.«

»War nicht mein Tag.«

»Bedrückt dich was?«

Sie zuckte mit den Schultern.

»Was ist es?«

»Nur die Arbeit... vermutlich.«

»Machen sie Ärger, die anderen Tussis?«

»Wie immer.«

»Mund auf, Tandy. Du gehst nicht eher, bevor du nicht deine Kalorienration intus hast. Wie willst du Muskeln ausbilden, wenn du deinem Körper keinen Brennstoff gibst?«

»Vor einem Monat hat Leek mich zwei Wochen lang auf 800 Kalorien pro Tag gesetzt.«

»Vor einem Monat hast du für die Form gearbeitet. Jetzt nicht mehr, Tandy. Jetzt arbeiten wir fürs Volumen.«

Sie seufzte, gehorchte und schluckte. »Immer dieses Hin und Her. Gestern noch ein fettes Schwein, heute am Verhungern.«

»He, soll dein Körper dich beherrschen oder du deinen Körper?«

Sie schwieg.

»Weißt du, was ich meine, Tandy?«

»Ja, ich weiß. Alles unter Kontrolle, verlaß dich drauf.«

»Keiner hat dir erzählt, daß es leicht ist. Wenn du den Weg des geringsten Widerstandes gehen willst, bist du hier fehl am Platz. Geh zu den Promi-Schönheitsfarmen, zahl eine Million Dollar pro Tag und mach alles falsch.«

»Ich will's mir nicht leichtmachen, Mack.« Sie leckte sich die Lippen. »Darauf war ich nie aus. Leicht ist ungesund. Vielleicht ist es meine Arbeit. Meine andere Arbeit. Ich tu soviel, und niemand sagt was. Sie halten es für selbstverständlich.«

»Auch die Ärzte?«

»Nein, die mögen mich. Sie wissen, daß ich gut bin. Es sind die Leute, mit denen ich arbeiten muß ... die Krankenschwestern ... die Oberschwestern.«

»Die sind nur eifersüchtig, Tandy. Halten's nicht aus, daß du mehr weißt. Und vermutlich stinkt es ihnen, daß du so gut aussiehst.«

Sie nickte.

Mack hielt ihr die nächste Portion hin. »Achte einfach nicht auf sie, okay? Die haben's nur auf dich abgesehen.«

»Aber meine Arbeit ist wichtig, Mack. Die Menschen verlassen sich auf mich. Nur von den Kollegen, da kommt keine Rückmeldung.«

»Reine Eifersucht. Sage ich doch.«

»Aber meine Patienten... Für die bin ich wichtig.«

»Kann ich verstehen.«

»Die Ärzte haben nicht die Zeit. Die Schwestern machen die Schwerstarbeit.«

Mack begann die Plastikbox auszukratzen. »Fällt den Leuten im Krankenhaus überhaupt auf, wie gut du aussiehst?«

Tandy zuckte zusammen. Er *begriff* nichts. Genausogut hätte sie sich mit einer Wand unterhalten können. Aber zumindest war er ein Mensch aus Fleisch und Blut. Das wußte sie.

»Eine Schwesterntracht verbirgt viel.«

»Auch die da?«

Er zwickte ihr in die Brüste. Sie schrie vor Schmerz auf.

»Mann, mach das nicht noch mal! Mir tut alles weh!«

Er begann sie abzutasten, ließ die Finger über ihre Brust gleiten. Die Berührung war eher medizinisch als erotisch.

»Fühlt sich geschwollen an. Hast recht.«

»Morgen kann ich mich sicher kaum bewegen.«

»Schon in Ordnung. Schmerzen kann man ertragen, wenn man sie hat.«

»Nichts mehr.« Sie stieß die Hand mit dem Löffel beiseite. »Nichts mehr! Ich muß zur Arbeit. Kapiert?«

»Ja. Ich habe was druntergemischt, das das Schlimmste lindert. Ich meine, du hast bestimmt Muskelkater und den *mußt* du auch spüren, aber nicht so, als hätte dich ein Lastwagen überfahren. Wie willst du's haben?«

»Wie üblich, schätze ich.«

Sie seufzte und ließ sich auf Händen und Knien nieder. Sie fühlte, wie er ihr den Slip auszog.

»Gott, du hast einen traumhaften Hintern.«

»Du meinst ein traumhaftes Sitzkissen.«

Sie fühlte, wie er eine Gesäßhälfte küßte und ihr mit seiner Pranke über ihr festes Fleisch fuhr. Macks Stimme war nur ein Flüstern: »Ist lange her, daß ich eine Frau gehabt habe.«

»Ich kann nicht, Mack. Außerdem würd's nicht funktionieren. Das weißt du.«

»So eine Verschwendung...« Seine Stimme war heiser vor Begierde. »Für uns beide.«

Bring ihn um!

Tandy hob abrupt den Kopf, riß die Augen auf. Die plötzliche Bewegung überraschte Mack.

»Alles in Ordnung, Tandy?«

Schweiß rann ihr übers Gesicht. Die gemeine Stimme. Oder nicht? Hörte sie sie wirklich? Tricks über Tricks über...

»Tandy?«

»Ich bin...« Sie holte tief Luft und lachte gezwungen. »Mir geht's gut. Bringen wir's hinter uns. Ich muß gehen.«

Sie biß die Zähne zusammen und zuckte nicht einmal, als sie den Nadelstich fühlte. Langsam stand sie auf. Ihre Muskeln schmerzten. Wie eine alte Frau schlich sie in die Ecke, nahm ihre Schwesterntracht vom Kleiderhaken und zog sie an.

Sie sah in den Spiegel, rückte den Kragen zurecht und zupfte am Saum. Ihre durchtrainierte Brust zog das Kleid nach oben und gab damit ihre langen, wohlgeformten Beine frei. Sie bewegte und bog ihre Zehen mehrfach nach oben und beobachtete, wie sich ihre Wadenmuskeln bei jeder Bewegung auseinander- und wieder zusammenzogen.

Unglaublich elegant. Wie eine Ballettänzerin.

Ihr Gesicht war wieder blasser geworden. Sie wartete, bis ihre Hände ruhig waren, dann legte sie Puder und Rouge auf. Sie band ihr Haar zu einem Pferdeschwanz zusammen. Ein Blick in den Spiegel sagte ihr, daß sie schön war. Es war nicht Macks Fehler. Mack konnte nicht anders.

Erneut straffte sie die Schultern. In ihrer Tracht war sie jetzt der Prototyp der Tüchtigkeit. Sie wußte, daß sie Zuverlässigkeit und Vertrauenswürdigkeit ausstrahlte.

Das war wichtig. Vor allem Vertrauenswürdigkeit.

Sie sah auf die Uhr.

Zeit zu gehen.

10

Darlene schob das letzte der Babybettchen an seinen Platz in der Säuglingsstation J, dann stemmte sie die Hände in die Hüften. Sie trug Gummihandschuhe. Ihr Blick schweifte über die zehn Babys – zwei Dunkelhäutige, vier spanischer Abstammung, drei Weiße und ein Asiate –, ein repräsentativer Querschnitt der Bevölkerung von Los Angeles. Jedes hatte bereits eine eigene Persönlichkeit, doch alle waren Engel.

Nur klangen sie nicht wie Engel. Die kleine Rodriguez und die kleine Jackson schrien Himmel und Hölle zusammen. Der kleine Yamata war ruhig und brav.

Schrien Himmel und Hölle zusammen.

Bei dem Ausdruck mußte sie unwillkürlich lächeln. Keiner kannte die eisige Hölle wie sie. Die Novemberstürme auf dem See… so eisig, so klirrend, daß einem die Zähne erfroren.

Die kleine Decker fehlte… vermutlich war sie noch mit Cindy im Hinterzimmer. Darlene dachte an Cindy. Ein gutes Kind. Gab nicht viele Schwestern, die so liebevoll waren. Das mochte Darlene an ihrem Beruf. Man gab den anderen, half ihnen. Half ihnen mehr als die Ärzte, wenn man die Dinge beim Namen nennen wollte.

Eine Weile betrachtete sie die Säuglinge mit ihren offenen Mündchen und verdrehten Augen. Die kleine Rodriguez hatte sich krebsrot geschrien, die kleinen Hände zu Fäusten geballt, während sie forderte, hochgenommen zu werden. Leider hatte Darlene nur zwei Arme. Ein Jammer, daß Frauen nicht achtarmig wie Oktopusse zur Welt kamen.

Sie rieb sich die Arme und warf einen verstohlenen Blick über die Schulter. Langsam streckte sie die Hände nach der kleinen Rodriguez aus. Eine zerbrechliche kleine Puppe. Darlene hatte schon Hühner gekocht, die mehr gewogen hatten. Aber an dem Baby war alles dran, und es entwickelte sich gut. Es hatte schöne kaffeebraune Augen unter dicken, seidigen schwarzen Locken. Die Kleine beruhigte sich, als Darlene sie hochnahm, ihren zarten Rücken tätschelte. Zarte, zerbrechliche Knochen. Alle Babys waren klein und doch schon perfekte Menschen. Das Wunder des Lebens. Es erstaunte sie immer wieder.

Sie wickelte die Flanellwindel auf, und der kühle Luftzug löste bei dem Baby erneut hysterisches Schreien aus. Die Schwester trug das nackte Kind hastig zu den Waagen.

»Das dauert nur eine Minute, Herzchen«, redete Darlene beruhigend auf die Kleine ein, während sie die Gewichte einstellte. Das Mädchen wog noch immer knapp unter zwei Kilo. Es mußte noch ein paar Tage im Krankenhaus bleiben, bis es das Gewicht erreicht hatte, mit dem man es nach Hause schicken konnte.

»Hör auf mit dem Gebrüll! Der härteste Teil kommt erst noch.«

Mit energischem Griff hob Darlene den Winzling aus der Waage. Sie legte die Kleine wieder auf den Tisch und wickelte sie in die Decke. Das laute Schreien wurde zu leisem Gejammer. Auf dem Tisch lagen ein Tablett mit Instrumenten und ein Stapel Patientenkarten. Eine Hand auf dem Bauch des Babys, blätterte Darlene den Stapel durch, bis sie die Karte der kleinen Rodriguez gefunden hatte. Sie suchte darauf nach zusätzlichen Anordnungen des Kinderarztes. Da sie nichts fand, notierte sie Datum und letztes Gewicht.

Mittlerweile war das Kind hellwach. Schwarze Augen versuchten alles in der Umgebung zu erfassen, zierliche Beinchen strampelten unter der Decke. Darlene kitzelte sie am Kinn und nahm dann vorsichtig einen winzigen Fuß aus den Falten der Decke.

Winziges Füßchen ... so klein und weich wie ein Frauenfinger. Kleine, rosarote Zehen.

Darlene warf einen hastigen Blick über die Schulter. Ihre Schultermuskeln verkrampften sich, als sie die Hand nach dem Instrumententablett ausstreckte. Beim ersten war man immer verkrampft. Sie hatte den Fuß fest im Griff, hielt die Luft an, als sie die spitze Nadel in die Ferse der Kleinen stach.

Decker wachte von seinem eigenen Schnarchen auf. Er hörte sich schnarchen und grunzen, dann schüttelte er den Kopf in dem schwachen Versuch, seine Benommenheit loszuwerden. Seine Knochen schmerzten, seine Muskeln waren steif und verkrampft. Mühsam öffnete er die Augen. Grelles Licht attackierte die Netzhaut. Er brauchte einen Moment, um seine Umgebung wahrzunehmen. Dann bemerkte er erschreckt, daß Rinas Blick auf ihm ruhte. Hastig setzte er sich auf, schwang die steifen Beine über den Rand der Liege. Er nahm ihre Hand und küßte sie.

»Morgen, Liebes.« Er sah zur Wanduhr. Es war zehn vor sechs morgens. Er beugte sich über sie und küßte ihre Wange. Sie war heiß und trocken. »Wie fühlst du dich?«

Rinas Lider flatterten, aber sie hielt die Augen offen. »Wie geht es ... unserem Baby?«

»Prächtig!« Decker versuchte überschwenglich zu klingen. »Sie ist bezaubernd. Ganz wie du.«

»Erzähl mir mehr.«

»Also ...« Decker räusperte sich. »Sie ist groß und robust. Schön und sehr wach. Entschieden das beste Baby im ganzen Krankenhaus.«

Rinas Lippen verzogen sich zu einem erschöpften Lächeln. »Ich möchte sie in meinen Armen halten.« Ihre Augen wurden feucht. »Aber das darf ich nicht, oder?«

»Natürlich darfst du sie bei dir haben. Du kannst sie stundenlang in deinen Armen halten. Aber zuerst mußt du dich erholen.«

»Von der Operation«, flüsterte Rina.

»Ja, von der Operation«, wiederholte Decker. »Schlaf wieder, Liebling. Das ist jetzt das beste.«

Rina wandte den Kopf ab. Dann sah sie ihn wieder an. »Es ist ...« Sie schluckte. »Es stimmt was nicht, Peter.«

»Ich rufe die Schwester ...«

»Nein«, wehrte Rina heiser ab. »Das meine ich nicht.«

Decker schwirrte der Schädel. »Der Arzt sagt, daß du bald völlig wiederhergestellt bist, Rina. Aber du brauchst Ruhe.

Du mußt wieder zu Kräften kommen. Das ist alles, was zählt. Also mach die Augen zu und schlaf weiter.«

Rina versuchte tief Luft zu holen. Ihr Gesicht verzerrte sich bei der Anstrengung. »Ich blute nicht normal. Nicht wie bei den anderen...« Sie schluchzte. »Nicht mal wie nach den Fehlgeburten. Das ist nicht normal.«

Decker unterdrückte aufsteigende Übelkeit. »Rina, du bist so müde. Schlaf wieder, Liebes.« Seine Stimme hallte seltsam hohl in seinen Ohren wider. »Ich bin da, wenn du aufwachst.«

»Dein Gesicht...« Ihre Stimme war rauh wie ein Reibeisen. »Warum siehst du mich nicht an? Sag mir die Wahrheit!«

Decker brachte kein Wort heraus. Angst und Erschöpfung lähmten ihn.

»Was ist mit mir los, Peter? Was stimmt nicht?«

»Es ist alles in Ordnung, Liebes.«

Decker bereute die Lüge sofort. Er mußte ihr die Wahrheit sagen. Er durfte sie nicht in falschen Hoffnungen wiegen, nur um sie später noch mehr zu deprimieren. Sie würde ihm das nie verzeihen. Er zwang sich, ihr in die Augen zu sehen. Sie waren blau und unergründlich wie ein See.

»Ich liebe dich, Baby.«

»Was ist los, Peter?«

Er küßte ihr die Hand. »Rina, dir wurde die Gebärmutter entfernt«, flüsterte er. »Das ist der Grund, weshalb du keine normalen Blutungen hast.«

Sie reagierte nicht.

Nach einigen vergeblichen Versuchen fand er seine Stimme wieder. »Rina, wir haben eine bezaubernde Familie. Ein entzückendes Baby... ein Geschenk Gottes. Das sollten wir nicht vergessen.«

Sie sagte nichts. Ihre Augen waren ausdruckslos auf ihn gerichtet.

»Ich weiß, wie dir zumute sein muß... Nein, natürlich weiß ich das nicht. Ich weiß nicht, wovon ich rede.«

Er küßte erneut ihre Hand.

»Rina, ich bin ein alter Mann. Mein Gott, wer will schon mit fünfzig im Sandkasten spielen, oder?«

In ihrem Gesicht spiegelte sich die Unsinnigkeit seiner Argumente wider. Er wußte, er sollte den Mund halten. Aber seine Angst ließ ihn immer weiter reden.

»Ich weiß, wieviel dir Kinder bedeuten, Liebes. Und ich liebe Kinder doch auch. Aber wir haben drei wunderbare, gesunde Kinder. Ich habe eine fast schon erwachsene Tochter. Babys sind reizend, aber es ist auch nett, wenn Kinder erwachsen und groß werden... ihr eigenes Leben führen. Dann haben wir für uns Zeit... was wir eigentlich nie hatten. Stimmt's?«

Keine Antwort.

»Rina, vier Kinder liegen einem ganz schön auf der Tasche. Gute Schulen, das College. Ich fasse es immer noch nicht, wieviel es kostet, Cindy ein Jahr auf die Columbia University zu schicken...«

Er sabbelte weiter. An Rina glitt alles ab.

»Peter, ich bin erst dreißig!«

Und dann kamen die Tränen, die Trauer, so pur und herzzerreißend, daß sie gnädig seine dümmlichen Ausführungen ertränkte. Er zog ihren Kopf an seine Brust, und sie schluchzte an seiner Schulter.

»Es ist so gemein, Rina«, flüsterte er. »Es tut mir leid, Baby. So wahnsinnig leid.«

Die Nachricht war zu niederschmetternd, als daß man rational hätte damit umgehen können. Schließlich weinte Rina sich in den Schlaf.

Mit seiner Tochter im Arm fand Decker Trost. Es gab etwas, wofür er aufrichtig dankbar sein konnte. Wenn Rina Hannah auch nur einen Moment in den Armen halten könnte, dachte er. Er wußte, daß dieser Kontakt, diese Nähe, ihre Depression abschwächen würde.

Das Baby schlief, während er es sanft wiegte... ein duftendes Paket in seiner Armbeuge. Decker küßte sie durch seinen

Mundschutz auf die Stirn, während sein kaffeegeschwängerter Atem durch seine Lungen kreiste. Es war kein unangenehmes Gefühl und überdeckte die Übersäuerung seines Magens in den frühen Morgenstunden. Rabbi Schulman war auf seinen Anruf hin sofort gekommen. Er war jetzt bei Rina, wachte über ihren Schlaf und verschaffte Decker die Chance, bei seiner kleinen Tochter zu sein, ohne sich um seine Frau sorgen zu müssen.

Decker hatte dem Rabbi nicht direkt gesagt, was mit Rina geschehen war. Aber der alte Mann hatte sich aus dem, was ungesagt geblieben war, die Wahrheit zusammengereimt. Decker war sich Rina gegenüber zwar wie ein Verräter vorgekommen, glaubte jedoch, mit dem Anruf beim Rabbi die richtige Entscheidung getroffen zu haben. Der alte Mann war stets Trost für sie beide gewesen.

Cindy zog einen Stuhl zu ihm heran. »Sie ist süß, was?«

Decker lächelte hinter seinem Mundschutz. »Ich mache nur schöne Mädels!«

Cindy lachte leise. »Du siehst direkt fröhlich aus, Dad!«

»Babys schaffen das irgendwie immer. Löst viele Erinnerungen bei mir aus, wie es war, als du geboren worden bist, Schätzchen. Es war heiß und schwül damals. Kaum zu glauben, daß es neunzehn Jahre her ist. Wo bleibt die Zeit?« Decker kicherte. »Klasse! Jetzt rede ich schon wie ein alter Tattergreis. Bring mich zum Schweigen, bevor ich wie mein Vater zu sabbern anfange.«

Cindy lachte. Decker sah seine ältere Tochter an. Sie hatte dunkle Ringe unter den Augen.

»Du bist letzte Nacht nicht nach Hause gefahren, stimmt's?«

»Ich bin eingeschlafen. Ich habe mich ausgeruht.«

»Fahr jetzt heim, Prinzessin. Rabbi Schulman ist bei Rina. Ich warte, bis Rinas Eltern Hannah übernehmen.«

»Die sind vor fünf Minuten mit den Jungen gekommen. Sie möchten das Baby sehen. Leg Hannah in ihr Bettchen, damit die Schwester sie zum Fenster schieben kann.«

»Ja, natürlich.« Decker stand auf und legte den schlafenden

Säugling in sein Bettchen. »Hast du Mrs. Elias gefragt, ob sie bei Hannah bleiben kann?«

»Ja. Sie ist entzückt!« Cindy ließ den Kopf hängen. »Schätze, ich werde hier nicht mehr gebraucht.«

»Du bist mir in den vergangenen achtzehn Stunden eine große Hilfe gewesen, Prinzessin. Ich weiß nicht, was ich ohne dich gemacht hätte.«

»Wenn du willst, komme ich wieder, sobald Mrs. Elias gehen muß.«

»Ja, das wäre schön. Ist die Sache mit Schwester Marie bereinigt?«

»Nein, nicht wirklich. Sie haßt mich noch immer. Warum, ist mir schleierhaft.«

»Keine Sorge. Das ist ihr Problem.«

Cindy lächelte, war jedoch sichtlich beunruhigt.

»Was ist los?« wollte Decker wissen.

»Daddy, hast du gewußt, daß Schwester Marie mindestens zweimal pro Woche eine Doppelschicht macht?«

»Woher weißt du das?«

»Von Darlene. Sieht fast so aus, als habe sie einen Komplex mit Babys, oder?«

»Darlene hat nicht gesagt, daß Marie einen Komplex hat. Das ist nur mein Eindruck. Und nicht nur was die Babys, auch was die Mütter betrifft. Ich habe zufällig gehört, wie sie diese minderjährige Mutter belehrt hat, wie sie mit dem Baby umgehen muß. Tun Sie dies, und tun Sie jenes, so ging es die ganze Zeit. Und weißt du, was sie dann getan hat?«

»Nein. Aber du sagst es mir sicher gleich.«

Cindy lächelte. »Sie hat ein paar Mütter aufgefordert, mit ihr zu Jesus zu beten. Findest du das passend?«

Decker schwieg nachdenklich. »Nein, das finde ich nicht.«

»Ich finde, wir sollten mal mit ihrem Chef reden.«

Decker zog scharf die Luft ein. »Cindy, ich schätze deinen Sinn für Takt und Stil . . .«

»Aber ich soll meinen Mund halten, richtig? Wenigstens solange Hannah hier ist.«

Decker antwortete nicht.

»Vielleicht sollten wir Hannah in eine andere Säuglingsstation verlegen lassen«, schlug Cindy vor.

»Und wenn sie nach dem Grund fragen?« erwiderte Decker. »Was soll ich ihnen sagen? Daß meine Tochter die Oberschwester nicht mag, die hier seit Jahren arbeitet? Eine Schwester, die so freundlich war, sie auf der Station zu dulden, obwohl das gegen alle Gepflogenheiten verstößt? Wenn Marie es gewollt hätte, hätte sie dich jederzeit hinausbefördern können. Aber das hat sie nicht getan. Das ist was wert, Cynthia.«

»Warum benimmt sie sich mir gegenüber dann so feindselig?«

»Vermutlich weil du unaufgefordert in ihren Herrschaftsbereich eingedrungen bist. Und nach allem, was du erzählst, scheint die Frau ja nicht unproblematisch zu sein.«

»Vielleicht hat sie was gegen Rina und dich ... weil ihr keine Christen seid.«

Decker zuckte die Schultern. »Glaube ich nicht. Sie verteidigt lediglich ihre Machtposition.«

»Darlene ist überhaupt nicht so.«

»Reden wir über dieselbe Darlene, die dir die alleinige Verantwortung für zwölf Neugeborene überlassen hat?«

»Sie hat mir keine Verantwortung ...«

»Cindy ...«

»Daddy, besser ich habe die Verantwortung als eine der ständig wechselnden Nachtschwestern. Nachts ist es hier richtig gespenstisch.«

Decker zögerte. »Was soll das heißen ›gespenstisch‹?«

»Darlene sagt, daß das Krankenhaus wegen der Etatkürzungen eine Menge Teilzeitkräfte einsetzen muß. Ein paar von denen sind recht seltsame Vögel. Glaub mir, wir können von Glück sagen, daß Darlene für Hannah zuständig ist.«

»Na, das ist ja sehr vertrauenserweckend!« Decker kaute an seinem Schnurrbart. »Vielleicht sollte ich Hannah noch heute mit nach Hause nehmen. Der Kinderarzt hat mir gesagt, daß sie vom medizinischen Standpunkt aus entlassen werden kann. Aber ich möchte eigentlich, daß sie heute nacht hier bleibt. Es dauert mindestens noch einen Tag, bis Rina nach Hause kann. Und ich wollte ihr die Chance geben, Hannah wenigstens einmal bei sich zu haben. Sie soll sich nicht isoliert fühlen. Aber wenn du sagst, daß es dir hier unheimlich ist, bringe ich beide heute noch heim.«

Cindy schien plötzlich Angst vor der eigenen Courage zu haben. »Dad, ich bin todmüde. Vielleicht übertreibe ich.«

Decker setzte sich wieder. »Großer Gott, das Gefühl kenne ich.«

»Dad, ich passe heute nacht wieder auf Hannah auf. Rina das Baby wegnehmen – das ist das letzte, was ich möchte.« Cindy zögerte. »Wie geht es ihr?«

Decker antwortete nicht.

»Daddy!«

Decker fuhr sich durchs Haar. »Es gab ein paar Komplikationen. Aber es geht ihr gut.«

»Ernsthafte Komplikationen?«

»Sie ist bald wieder auf dem Damm«, wich Decker erneut aus.

»Du verschweigst mir doch was, oder?«

Decker sah seine Tochter an. »Ich möchte nur nicht in Rinas Abwesenheit darüber sprechen.«

»Das verstehe ich. Ich wollte nicht neugierig sein.«

Decker legte den Arm um seine Tochter. »Cindy, sag der Schwester, sie kann Hannah nach vorn holen. Dann gehst du nach Hause und schläfst dich aus. Danach kannst du wiederkommen. Ich brauche deine Hilfe... ehrlich.«

Cindy senkte den Kopf. »Ich helfe sehr gern. Es war schön, so mit dir zusammenzusein. Wir beide haben wie Freunde miteinander gesprochen. Ich weiß, du bist mein Vater... trotzdem ist es nett, den Vater zum Freund zu haben, oder?«

Decker fuhr Cindy durch das kupferrote Haar. »Ja, sehr nett.«

Sie hatten sie in ein Krankenzimmer gebracht, ein Zeichen dafür, daß sie außer Lebensgefahr war. Jetzt war sie eine ganz normale Patientin. Man würde sie noch ein bis zwei Tage pflegen, dann konnte sie entlassen werden. Ungeachtet dessen, daß sie das Krankenhaus nur als ein Schatten jener Person verlassen würde, die es betreten hatte. Wenn ihr Herz schlug und sie normal atmete, würde man sie nach Hause schicken.

Sie sah Rabbi Schulman nicht an. Ein einziger Blick hatte genügt, um zu wissen, daß Peter es ihm gesagt hatte. Ein Teil von ihr fühlte sich verraten und wütend. Der andere Teil war erleichtert. Die schmerzlichen Gefühle waren zu erdrückend, um sie allein zu tragen. Warum wurde ihr das Glück stets entrissen? Nach Yitzchaks Tod hatte sie geglaubt, nie wieder lieben zu können. Aber *Haschem* hatte es besser gewußt. Sie war Peter begegnet, und sie liebte wieder. Es war ein Wunder.

Dann das.

Warum setzte *Er* sie ständigen Prüfungen aus? War ihr unerschütterlicher Glaube nicht genug?

Ohne daß sie es merkte, waren heiße, bittere Tränen in ihre Augen getreten. Sie starrte noch immer die Wand an. »Er hätte es Ihnen nicht sagen dürfen. Er hatte kein Recht dazu.«

»Ich habe gewußt, daß etwas Schlimmes geschehen war, Rina Miriam«, sagte der Rabbi leise. »Akiva hat mir nur die besonderen Umstände geschildert.« Er hielt inne. »Vielleicht war es mein Fehler. Ich habe Akiva ganz gezielte Fragen gestellt. Entschuldige, daß ich deine Privatsphäre verletzt habe.«

Rina antwortete nicht. Statt wütend war sie nur noch schuldbewußt. Sie hatte Rabbi Schulman dazu gebracht, sich zu entschuldigen. Schwach und krank, vom Schmerz umhüllt wie von einem Kokon, wollte sie hundert Jahre schlafen.

»Ich möchte dir eine *Refuah schelenah* wünschen, Rina Miriam, eine schnelle Genesung. Tut mir leid, was du erdulden mußt. Man ist immer so hilflos, wenn nette Leute ein Unglück trifft. Es entspricht nicht unserem Gerechtigkeitssinn.«

Rina wandte sich dem *Rosch Jeschiwa* zu. Der Mann war

Ende Siebzig, und sein Alter machte sich allmählich bemerkbar. Seine Haut war faltig, aber seine dunklen Augen waren klar wie immer. Er saß leicht vornübergebeugt, die Beine übereinandergeschlagen, die Hände mit den Leberflecken hielten über dem Knie den Rand seines Homburgs. Er trug den üblichen schwarzen Anzug mit Krawatte und weißem Hemd. Sein Bart war weiß wie sein Haar. Auf dem Haupt saß ein seidenes Scheitelkäppchen.

Rabbi Schulman war in Stimme und Ausstrahlung ein ruhiger, ein beruhigender Mann. Gleichgültig, was das Leben von ihm forderte, er hatte immer Zeit für die, die ihn brauchten. »Ich schätze, das ist nur ein kleiner Rückschlag im Lauf der Dinge«, sagte Rina und seufzte. Dann zog sie eine Grimasse, als ihre Narbe pochte. Sie hatte ihre Stimme wieder, doch ihr Hals war noch wund. »Es ist nicht der Holocaust.«

»Nein, es ist nicht die *Shoah*. Aber das bedeutet nicht, daß du kein Recht auf Trauer hast, Rina Miriam. Ich habe die *Shoah* durchlebt. Ich habe meinen einzigen Sohn verloren. Und doch bin ich noch immer ärgerlich, wenn ich meine Brieftasche verlege. Was sagt uns das über die menschliche Natur, frage ich?«

Rina sank in ihre Kissen zurück und starrte zur Decke. »Ich komme mir so... kleinlich vor, weil ich so... bitter bin.«

»Deine Operation war alles andere als ›kleinlich‹. Deine Bitterkeit ist verständlich.« Schulman fuhr sich mit der Zunge über die Lippen. »Hast du Schmerzen? Brauchst du etwas?«

Rina sah auf die Infusion an ihrem Arm. »Nichts, danke. Der Arzt hat gesagt, daß ich zum Mittagessen schon eine richtige Mahlzeit bekommen kann. Nicht gerade aufregende Nachrichten. Aber mehr Neuigkeiten habe ich nicht.«

»Ich bin froh, daß du dich gut erholst.«

»Danke, daß Sie gekommen sind, Rabbi Schulman. Sie sind für mich und meine Familie immer ein Fels in der Brandung gewesen.«

»Freut mich, Rina Miriam. Hast du dein Baby schon gesehen?«

»Sie wollen nicht... Ich habe noch Fieber. Das Baby könnte was aufschnappen.«

»Es wird dir helfen, wenn du dein Kind bei dir haben kannst.«

Rina starrte weiter zur Decke, feuchte Spuren auf den Wangen. »Ich habe drei gesunde Kinder, *Baruch Haschem*. Ich sollte mich nicht so anstellen.«

»Bitte keine Selbstbezichtigungen! Das sind normale, menschliche Gefühle. Nirgendwo in der *Tora* steht geschrieben, daß wir Trauer und Glück, Wut und Zweifel nicht empfinden dürfen.«

Rina nickte. »Ich bin wütend auf Gott«, flüsterte sie.

»Auch ich war wütend auf Gott. Er ist stark. Er nimmt unseren Ärger nicht persönlich.«

Rina lächelte unwillkürlich und war selbst am meisten darüber überrascht.

»Du bist keine unverständige Person, Rina Miriam«, fuhr Rabbi Schulman fort. »Du solltest dankbar für deine drei gesunden Kinder sein. Und du *bist* dankbar. Aber ich könnte mir vorstellen, daß du auch traurig bist, weil nicht du, sondern ein Chirurg die Zahl deiner Kinder bestimmt hat. Aber welche Kontrolle haben wir schon wirklich über unser Leben? Das Leben ist eine Leihgabe Gottes. Sein Wille hat uns auf diese Erde gebracht und wird uns dereinst auch wieder abberufen. Wenn Tod wie Leben ein Teil des göttlichen Plans sind, warum sagen wir dann Bittgebete für die Kranken? Glauben wir wirklich, daß unsere Gebete Gottes Wege ändern können?«

Der Rabbi hob einen Finger.

»Die Antwort ist, ja, das können sie. Wir glauben an einen persönlichen Gott – einen Gott, der zumindest unseren Gebeten zuhört. Wir begreifen den Plan Gottes nicht bis in seine letzte Konsequenz. Aber das bedeutet nicht, daß wir nicht bitten dürfen. König David wußte, daß sein Erstgeborenes ein Kind der Sünde war. Es war prophezeit worden, daß das Kind nicht leben würde, und die Worte kamen aus dem Munde des

Propheten Nathan. Und doch fastete und betete David, *Haschems* Auserwählter, zu seinem Gott, das Kind zu verschonen.«

»Ohne Erfolg«, sagte Rina.

»Ja, ohne Erfolg. Aber David versuchte es. Es gibt Zeiten, zu denen *Haschem* bereit ist, von seinen ursprünglichen Plänen Abstand zu nehmen, Zeiten, in denen er selbst die schlimmsten Sünden vergibt. Unsere Gebete sind keine leeren Worte, Rina Miriam. Auch wenn die Welt gerade sehr dunkel aussehen mag, hat *Haschem* für dich ein offenes Ohr. Du kannst fragen. Vielleicht wirst du nicht erhört, aber du kannst *fragen*.«

Rinas Hand berührte die Klammer über ihrer Operationswunde. Um ihr Leben zu retten, hatten sie ihr die Möglichkeit genommen, Leben zu geben. »Ich will keine ... ich erwarte keine Wunder. Ich weiß ...« Ihre Augen wurden feucht. »Ich kann keine Kinder mehr bekommen. Und ich werde lernen, das zu akzeptieren. Aber im Augenblick will ich nur, daß die Wut vergeht. Es tut weh, so wütend zu sein.«

Schulman tätschelte ihre Hand. »Du bist sehr müde. Ruh dich aus, solange du es noch kannst. Es ist schließlich nicht so lange her, als daß du vergessen haben könntest, wieviel Kraft es kostet, einen Säugling zu versorgen.«

»Rabbi Schulman ...«

»Ja?«

»Diese Stelle über König David? Etwas daran hat mich immer gestört.«

»Ja?«

»David weinte und fastete und betete und klagte, *bevor* das Kind gestorben war. So als ob er seine Trauer vorwegnehmen würde.«

»Das ist richtig.«

»Aber hinterher, da stand er auf, wusch, kleidete und salbte sich. Wäre nicht eine Art Trauerritual zu erwarten gewesen, *hinterher*, nachdem das Kind gestorben war?«

»Ja, das wäre zu erwarten gewesen. Und Davids Verhalten

erstaunte seinen Diener so sehr wie dich. Es gibt verschiedene Erklärungen für diese Frage. Die Erste: Erst nach dreißig Tagen gilt ein Kind als am Leben, es wäre also unrecht von David gewesen, nach dem biblischen Gesetz zu trauern. Zweitens: König David hat tatsächlich um seinen Sohn getrauert. Die entsprechende Stelle in der Schrift – ›und er erhob sich von der Erde‹ – verweist auf die traditionellen sieben Trauertage.«

Der Rabbi atmete tief ein und zupfte mit den Fingern an seinem Bart.

»Die dritte Interpretation stammt von Rabbi David Kimchi – und beinhaltet, worüber wir soeben sprachen: Daß Davids Fasten vor dem Tod des Kindes ein Gebet an *Haschem* war, es zu verschonen. Aber nachdem das Kind gestorben war, sah David den Willen Gottes und zeigte seinem Königreich, als er seine Trauer beendete – sich salbte, wusch und kleidete –, daß er den Willen Gottes akzeptiert, ganz gleich wie schmerzhaft er für ihn auch ist.«

»Also sollte ich aufstehen und mich waschen und mir ein neues Kleid kaufen, nicht wahr?«

»Keine schlechte Idee, sogar wenn du das nur im übertragenen Sinne meinst. Rina Miriam, du solltest das tun, was auch immer *du* tun mußt, um diese schwere Zeit zu überstehen. Wenn du trauern mußt, dann trauere. Wenn du wütend sein mußt, sei wütend. Wenn du vergessen möchtest, dann kannst du das ebenfalls. Der jüdische Glauben hat eine Menge Rituale, eine Menge unabläßlicher Verhaltensregeln. Aber er läßt auch Raum für persönliche Freiheit. Persönliche Freiheit und die damit einhergehende persönliche Verantwortung sind das, was diese Religion so schwierig machen. Sie sind aber auch das, was so viel Zufriedenheit in dieser Religion bereitet.«

11

Es war ein Härtetest. Cindy blieb aus purem Eigensinn wach. Wenn sie auch wackelig auf den Beinen und ihr schwindlig war, wußte sie doch, daß sie durchhalten würde. Während der Examensvorbereitungen hatte sich ihr Durchhaltevermögen schon einmal bewährt.

Es war kurz nach ein Uhr. Alles war in Ordnung. Stunde um Stunde war sie auf den Beinen gewesen. Sie erinnerte sich, daß ihr Vater zwei, ja manchmal sogar drei Tage lang durchgehend Dienst gehabt hatte. Ihre Mutter hatte sich stets darüber beklagt, wobei ein guter Teil ihres Ärgers der puren Sorge entsprungen war. Wie konnte ihr Vater nur mit so wenig Schlaf funktionieren? Aber Dad war von jeher ein Besessener gewesen. Ein Besessener seines Berufs.

Cindy hatte ein Nickerchen erwogen. Hannah war gerade eingeschlafen und mußte erst in zwei Stunden wieder gefüttert werden. Dann hatte sie sich dagegen entschieden, nachdem sie mit Dad über Marie und Darlene gesprochen hatte. Hannah war ihr zu wichtig. Schlaf konnte warten.

An diesem Punkt der Erschöpfung mißtraute Cindy allen, die in der Säuglingsstation Dienst hatten. Seltsame, gespenstisch anmutende Gestalten in Chirurgenkleidung, die Gesichter halb hinter einem Mundschutz verborgen, bevölkerten die Gänge. Um diese nächtliche Stunde neigte man dazu, wie im Spiegelkabinett die Umgebung in Zerrbildern wahrzunehmen.

Cindy war fest entschlossen, die wenigen Stunden bis zum Morgen zu überstehen. Dann war sie für Hannah nicht mehr verantwortlich. Am Vormittag durfte Rina das Krankenhaus verlassen. Und das Baby mit ihr. Dad hatte sogar eine Kinderschwester namens Nora engagiert. Und das, obwohl Cindy angeboten hatte, sich um Hannah zu kümmern, bis Rina wieder bei Kräften war. Aber so war eben ihr Daddy. Er sorgte sich, daß ihr dann nicht genügend Zeit blieb, sich zu amüsieren. Und wenn sie sich amüsierte, sorgte er sich um ihre Sicherheit.

Es war wie eine Berufskrankheit bei ihm, die Welt stets als

Schlachtfeld zu sehen. Schon aus diesem Grund hatte sie beschlossen, sich erst einmal theoretisch mit der Kriminalistik auseinanderzusetzen. Trotzdem stellte sie es sich sehr aufregend vor, inmitten des Asphaltdschungels zu agieren.

Ein Uhr fünfzehn.

Alle Babys aus der Abteilung J waren wieder auf der Station. Aus dem Nebenraum drang ohrenbetäubendes Gebrüll. *Symphonie aux Bébés*! Der Krach deutete darauf hin, daß Marie die üblichen Untersuchungen durchführte. Nicht, daß Marie besonders grob mit den Babys umgegangen wäre. Obwohl Cindy den Eindruck hatte, daß Darlene behutsamer vorging. Die Babys mochten die Prozedur einfach nicht. Sie haßten das Wiegen, weil die Schwester sie dann aus der warmen Decke wickelte und sie der kalte Luftzug auf ihrer Haut störte. Sie ließen sich nur ungern messen, weil sie dann auf dem Rücken liegend ihre Gliedmaßen ausstrecken mußten. Und erst das Drücken und Zwicken! Aber wehe, wenn ihnen mit einem Stich Blut aus der Ferse abgenommen wurde! Das war immer für einen hysterischen Anfall gut.

So etwas lernte man bald in einem Krankenhaus.

Das Geschrei der Kinder schien in dieser Nacht lauter zu sein als sonst. Aber vielleicht lag das an ihr. Bei Schlafmangel pflegten sich Geräusche besonders zu verstärken.

Cindy sah erneut zur Uhr. Der große Zeiger hatte sich ganze zwei Minuten weiterbewegt.

Zu müde, um zu lesen, blätterte sie eine Ausgabe des *Scientific American* durch. Der Zellaufbau einer seltenen Baumflechte jedoch vermochte sie kaum zu fesseln. Sie stand auf und sah in Hannahs Bettchen.

Das Baby schlief wie ein Murmeltier.

Cindy langweilte sich tödlich. Eigentlich wollte sie den Schwestern nicht zur Last fallen. Sich wachzuhalten, ohne mit jemandem reden zu können, war ein Alptraum. Zumindest konnte sie versuchen, sich nützlich zu machen. Darlene war stets bereit, sie zu beschäftigen. Die Absicht, die dahinterstand, war teilweise nur zu offensichtlich. Darlene malte

Cindy die Wunderwelt des Berufes Kinderschwester in den schönsten Farben aus, lobte sie bei allem, was sie tat, über den grünen Klee und sagte, was für eine patente Krankenschwester sie abgeben würde. Cindy nahm die Komplimente hin. Die Botschaft war jedoch verschwendet.

Ein Pflegeberuf übte nicht dieselbe Anziehungskraft auf sie aus wie Strafrecht und Kriminalistik.

Cindy starrte aus dem Fenster der Säuglingsstation. Sie massierte sich die Schläfen. Die ersten Anzeichen von Kopfschmerzen machten sich bemerkbar. Bei ihr wurde leicht eine Migräne daraus. Der Krach war daran schuld. Die Babys schrien um die Wette. Die Lautstärke war unerträglich.

Auf Zehenspitzen schlich sie zum Hauptraum der Säuglingsabteilung, den Blick auf die Bettchen gerichtet, die in Reih und Glied standen. Niemand war zu sehen, weder Marie noch Darlene oder eine der anderen Schwestern. Verzweifeltes Kindergeschrei hallte vielfach von den Wänden wider.

Cindy beschlich ein merkwürdiges Gefühl. Sie fröstelte.

Dann rief sie gegen das Geschrei laut »Hallo!«

Keine Reaktion.

Die Arme vor der Brust verschränkt, schlenderte sie zu den Bettchen. Die Windeln der kleinen Jackson waren durchweicht. Die Unterlage war feucht. Spencer Dole hatte sich völlig freigestrampelt. Die Decke lag über seinem Gesicht. Sogar der kleine Yamata brüllte. Er hatte auf seine Decke gespuckt. Das schwarze Haar war naß und klebrig.

Cindy nahm die Decke von Spencers Gesichtchen, wickelte ihn wieder ordentlich ein und legte ihn auf den Bauch. So gewärmt und in gemütlicher Lage, schlief der kleine Junge augenblicklich ein. Dann säuberte sie das Gesicht des kleinen Yamata mit einem sterilen Tupfer, hüllte ihn in eine saubere Decke und drehte ihn ebenfalls auf den Bauch. Das war die Lage seiner Wahl. Er schloß die dunklen Augen und glitt ins Babyschlummerland hinüber.

Cindy sah sich um. Allein und unsicher, wechselte sie der kleinen Jackson die Windel und hoffte, daß niemand kam und sie beschuldigte, sich an den Babys zu vergreifen. Sie wußte, daß sie kein Recht hatte, die Kleinen auch nur zu berühren, aber es war niemand da, den sie hätte fragen können.

Da stimmte doch etwas nicht.

Sie spähte durch die Glasfront der Schwesternstation von Abteilung J.

Gähnende Leere.

Wo, zum Teufel, waren Marie und Darlene?

Cindy sah auf die Uhr, sah durchs Fenster, sah zu den Babys hinüber. Der Kopf schwirrte ihr. Sie war unentschlossen. Schließlich ging sie auf die gelbe Linie zu. Dann wurde ihr klar, daß sie sterile Kleidung trug. Hatte sie die gelbe Linie einmal überquert, mußte sie sich umziehen, wenn sie wieder zu Hannah wollte. Sie wußte nicht einmal, wo die Schwestern die sterile Kleidung aufbewahrten.

Ihr Blick fiel auf das Telefon an der Wand. Rechts davon lag ein Telefonbuch. Sie wählte die Nummer des Schwesternzimmers. Das Rufzeichen ertönte endlos. Niemand meldete sich. Schließlich versuchte sie es in der Zentrale. Nach zehnmaligem Klingeln meldete sich eine Telefonistin. Cindy erklärte ihr die Lage und wurde daraufhin mit der Empfangstheke der Station verbunden. Niemand antwortete.

Darlene hatte erzählt, daß im Krankenhaus massiv an Personal gespart wurde. Aber das war lächerlich! Angenommen, Cindy wäre eine Patientin gewesen, die dringend Hilfe brauchte? Oder eines der Babys brauchte Hilfe? Cindy stellte sich plötzlich die schlimmsten Katastrophen vor.

Die Uhr zeigte drei Viertel zwei.

Plötzlich verging die Zeit wie im Flug.

Zwei erfahrene Schwestern taten angeblich Dienst, und es war keine Menschenseele zu sehen.

Was sollte sie tun?

Gib ihnen noch fünf Minuten.

Und was dann?

Um zwei Uhr versuchte sie es erneut mit einem Anruf an der Rezeption.

Keine Antwort.

Wo waren sie nur alle? Was, wenn ein Baby plötzlich Atemnot bekam?

Jetzt dachte sie bereits wie Dad.

Dad!

Guter alter Dad!

Sie würde ihn anrufen. Aber dann weckte sie Rina auf. Außerdem sollte Rina nichts von den Zuständen erfahren, die in der Säuglingsstation herrschten. Daddy hatte recht. Seltsam, daß Darlene und Marie die Babys einfach allein ließen. Trotzdem hätte sie in diesem Moment viel darum gegeben, die beiden zu sehen.

Was, zum Teufel, war hier los?

Zehn nach zwei trat Cindy zögernd über die gelbe Linie. Sie eilte durch die leeren Korridore direkt zu Rinas Zimmer und klopfte leise an. Als niemand reagierte, öffnete sie die Tür und trat ein.

Dad schlief auf einer Liege neben Rinas Bett. Sie rüttelte sanft an seiner Schulter. Er wachte so schnell auf, daß sie erschreckt zurückfuhr. Er trug einen grauen Jogginganzug und Tennisschuhe. Seine schlafgetrübten Augen musterten sie prüfend. Ein Blick genügte, und er führte sie wortlos in den Korridor hinaus.

»Was ist passiert?«

»Hannah geht's prächtig, Daddy.«

Decker schluckte erleichtert.

»Tut mir leid, wenn ich dich erschreckt habe«, sagte Cindy. »Ich wußte nur nicht, was ich tun…«

»Was du tun solltest? Weshalb?«

»Kein Mensch ist in der Säuglingsstation…«

»Was!«

»Seit ungefähr einer Dreiviertelstunde«, sagte Cindy. »Ich habe versucht, am Empfang anzurufen, aber niemand meldet…«

»Wer ist jetzt bei den Säuglingen, Cindy?«

»Niemand.«

»Großer Gott!« Decker begann zu laufen. »Du hast Hannah allein gelassen.«

»Entschuldige, aber ich wußte nicht...«

»Warum hast du *mich* nicht angerufen?«

»Ich wollte Rina nicht wecken...«

»Herrgott, Cindy... benutz deinen Verstand! Es ist besser, Rina aufzuwecken, als Hannah allein zu lassen...«

»Daddy, das ist die falsche Richtung!« Sie zupfte ihn am Arm und schob ihn nach links. »Hier lang.«

Sie rannten den Hauptkorridor der Säuglingsstation entlang und stießen beinahe mit Darlene zusammen. Die mollige Schwester starrte sie mit großen Augen an und ging dann energisch in Richtung Station J.

»Was ist passiert?«

»Wo sind *Sie* gewesen?« fragte Cindy.

»In Abteilung B«, rechtfertigte sich Darlene. »Wenn Sie was gebraucht haben, warum haben Sie nicht Marie gefragt?«

»Weil ich Marie nirgends finden konnte.«

»Wie bitte? Wer ist dann bei den Kindern?«

»Gute Frage?« warf Decker schneidend ein.

»Da ist schon seit ungefähr einer Stunde keiner mehr gewesen«, erklärte Cindy.

»Das ist Wahnsinn!« Darlene schnappte nach Luft. »Ich bin Marie schon vor einer ganzen Weile begegnet. Sie sagte, sie sei auf dem Weg zurück zur Station J.«

»Dort ist sie nicht aufgetaucht«, warf Decker ein.

Kaum hatten sie die Abteilung erreicht, blieb Darlene stehen. »Detective, ohne sterile Kleidung müssen Sie hier warten.«

»Cindy, du gehst rein und vergewisserst dich, daß mit Hannah alles in Ordnung ist.«

»Wird gemacht.«

Darlene sah Decker an. »Es tut mir sehr leid. Ich begreife nicht, wie das pass...«

»Ich schon. Durch Ihre Nachlässigkeit!« fuhr Decker sie an.

»Ihr Ton gefällt mir nicht, Detective.«

»Und ich habe was gegen Schlamperei in einem Krankenhaus.«

Darlene verschränkte die Arme vor der Brust. »Es hat wohl keinen Sinn, daß wir uns weiter unterhalten.«

»Da stimme ich Ihnen zu. Also vergessen Sie mich und machen Sie sich einfach wieder an Ihre Arbeit.«

Mit rotem Gesicht und zitternd schnappte Darlene nach Luft. Dann machte sie kehrt und verschwand im Inneren der Abteilung J. Decker merkte, daß er die Hände zu Fäusten geballt hatte. Langsam entspannte er sich. Kurz darauf kam Cindy zurück.

»Sie ist in Ordnung, Daddy«, begann sie atemlos. »Schläft wie ein...« Cindy brach unvermittelt in Tränen aus. »Entschuldige.«

Decker zog seine Tochter an sich. »Nein, ich muß mich entschuldigen, Cindy. Ich hätte dir keine Vorwürfe machen dürfen. Das war gemein.« Er lachte nervös. »Tausend Dank für all deine Hilfe!«

Cindy lächelte schon wieder. »Schon gut, Daddy. Hauptsache, Hannah ist okay.«

»Ich bringe Rina und Hannah nach Hause, sobald ich die Erlaubnis von Rinas Arzt habe. Dieses Krankenhaus ist ein Alptraum. Die Verwaltung kriegt was zu hören. Verlaß dich drauf. Da rollen Köpfe.«

»Daddy, Darlene ist eine alleinerziehende Mutter...«

»Das ist mir egal. Wenn das ein typisches Beispiel für ihr Verantwortungsgefühl ist, dann stinkt das zum Himmel.«

»Was ist mit Marie?« erinnerte Cindy ihn. »Ist es nicht auch ihr Fehler?«

»Wie ich das sehe, kann man den beiden nicht mal die Verantwortung für einen Hühnerstall übertragen.«

»Daddy, schrei bitte nicht so«, flüsterte Cindy heiser.

Decker schluckte. »Dein Dad auf Kriegspfad, was?«

Cindy hakte sich bei ihm ein. »Ich verstehe dich ja. Ich war auch völlig durcheinander. Zwölf Babys und niemand war da, der...«

In diesem Moment tauchte Darlene auf. Sie wirkte wie betäubt.

»Was ist los, Darlene?« fragte Decker gereizt. »Alles in Ordnung?«

»Es ist...« Darlene schlug die Hand vor den Mund. »Wo, zum Teufel, ist Marie? Ich versuche sie dauernd über ihren Pieper zu erreichen, aber sie meldet sich nicht. Ich...«

Decker musterte die Kinderschwester prüfend. Sie war leichenblaß und zitterte. »Setzen Sie sich. Erzählen Sie uns, was los ist.«

Darlene warf Cindy einen hilflosen Blick zu. »Ich habe den Sicherheitsdienst benachrichtigt. Sie möchten sicher mit Ihnen reden.«

»Mit mir?« Cindys Handflächen wurden feucht. »Weshalb sollten sie mit mir reden wollen?«

»Was soll das?« Decker wurde laut.

»Ich kann es nicht fassen«, murmelte Darlene. »Um fünf nach zwölf ist sie zurückgekommen. Sie war auf dem Weg hierher, als ich rüber zu einer der anderen Säuglingsstationen gegangen bin, um dort auszuhelfen.«

»*Wer* soll hier gewesen sein?« fragte Cindy. »Marie? Marie ist in der vergangenen Stunde nicht einmal hier gewesen.«

»Ich kann nicht... Es ist einfach nicht... und Marie meldet sich nicht über ihren Pieper. Es ist völlig absurd! In all den Jahren als Krankenschwester... Ich habe nie...« Erneut sah sie Cindy an. »*Irgend jemand* muß hier gewesen sein, Cindy. Jemand war in der Säuglingsstation.«

»Vielleicht war jemand hier, Darlene«, erwiderte Cindy. »Ich war bei Hannah. Ich war nicht vorn im Hauptraum...«

»Aber Sie müssen jemand gesehen haben, Cindy. Wen haben Sie gesehen?«

»Ich habe *niemanden* gesehen«, betonte Cindy erneut. »Ich war mit Hannah beschäftigt.«

»Wieso nehmen Sie meine Tochter ins Verhör?« sagte Decker.

»Ich nehme sie nicht ins Verhör. Ich frage nur...«

»Warum?«
»Wenn nur Marie...«
»Warum wollen die Leute vom Sicherheitsdienst mit meiner Tochter sprechen?« erkundigte sich Decker streng.
»Weil Marie nicht da ist.« Darlene begann heftig zu zittern. »Und Cindy war vermutlich die letzte Person, die sie gesehen hat.«
»Aber Sie haben doch gesagt, daß Sie Marie im Korridor getroffen haben, Darlene!« entgegnete Cindy. »Damit sind Sie die letzte, die sie gesehen hat!«
»Nein, nicht Marie!« Darlene brach in Tränen aus. »Es geht um einen der Säuglinge. Ich kann die kleine Rodriguez nicht finden.«

12

Die Nase an der Glasscheibe starrte Decker auf die Reihen der Neugeborenen, menschliche Wesen, nicht größer als Puppen und völlig hilflos, unschuldig. Decker wurde das Herz schwer, wenn er daran dachte, daß das Leben selbst für die Glücklichen unter ihnen noch eine ganze Ration Schmutz bereithielt. Das Sicherheitsnetz der kleinen Rodriguez hatte bereits wenige Tage nach der Geburt versagt. Sein Blick schweifte über die Säuglinge verschiedener Rassen und Geschlechter, bis er an dem leeren Bettchen hängenblieb. Sein Herz schlug schneller.
»Hallo, Sergeant!«
Decker fuhr herum.
Officer Brian Harlow stand vor ihm. Er war seit gut drei Jahrzehnten Polizist, noch immer muskulös und körperlich fit, aber das Alter hatte Spuren hinterlassen.
»Wir haben die Parkplätze und die unmittelbare Umgebung dreimal abgesucht.« Er schüttelte den Kopf. »Keine Spur von einem roten Honda. Es ist noch dunkel. Farben lassen sich schwer erkennen. Aber wir machen weiter. Im Hellen wird's

besser. Soll ich eine Suchmeldung nach dem Wagen durchgeben?«

»Ja, tun Sie das.«

Harlow nickte. »Wird gemacht.«

»Hat sich bei der Bellson-Wohnung was getan?«

»Ich habe gerade mit der Streife gesprochen. Alles ruhig.«

»Und in der Wohnung selbst?«

»Nichts.«

»Brennt irgendwo Licht?«

»Alles stockfinster«, antwortete Harlow. »Wann, glauben Sie, kriegen wir den Durchsuchungsbefehl?«

»Vermutlich in einer Stunde«, sagte Decker. »Hollander konnte die ersten beiden Richter nicht erreichen. Den dritten hat er schließlich aus dem Bett geholt. Er ist jetzt auf dem Weg zu ihm.«

»Wie geht es der jungen Mutter?«

»Lourdes Rodriguez?« Decker seufzte. »Detective Dunn ist bei ihr.«

»Ich gebe jetzt die Suchmeldung durch.« Harlow klopfte Decker auf den Rücken. »Übrigens ... Gratulation zu Ihrer Tochter.«

»Danke.«

Decker sah auf die Uhr. Darlene hatte Marie um Mitternacht zum letztenmal gesehen. Sollte Marie sich mit dem Baby aus dem Staub gemacht haben, hatte sie mittlerweile einen enormen Vorsprung. Er hatte einige Streifenpolizisten zur Bewachung ihrer Wohnung abgestellt. Bis jetzt ohne Erfolg.

Warum sollte eine Frau, die seit Jahren mit Säuglingen arbeitete, plötzlich ein Kind stehlen? Hatte sie einen verborgenen Mutterkomplex? Einen Anfall von Unzurechnungsfähigkeit? Vielleicht hatte sie es auch gegen ihren Willen getan. Vielleicht hatte irgendein Psychopath sie mit vorgehaltener Waffe gezwungen, das Baby mitzunehmen. Dieser Gedanke machte Decker am meisten angst ... Marie und der Säugling in den Händen eines Geisteskranken.

Er steckte die Hände in die Taschen und sah den Mann vom Sicherheitsdienst an. Der Junge war sauer... fühlte sich vermutlich bevormundet. Pech für ihn. Er und seine Kollegen hatten ihre Chance gehabt und sie vermasselt. Mit Pauken und Trompeten. Die Firma TECHWATCH von der Wach- und Schließgesellschaft machte jetzt Überstunden, um ihren Hintern zu retten, bemühte sich um Schadensbegrenzung.

Viel Glück, mein Junge.

Die Mutter des Säuglings war noch so verzweifelt und hysterisch, daß sie nicht daran dachte, eine Klage einzureichen. Aber nach ein, zwei Tagen, wenn das Baby nicht wieder bei ihr war, würde sich das ändern. Dann mußte das Krankenhaus mit dem Anruf eines aufgeplusterten Anwalts rechnen.

Marge Dunn kam zu ihm. Das Notizbuch in der Hand. »Wie sieht's aus, Rabbi?«

»So lala.« Decker seufzte. »Wie geht es Lourdes Rodriguez?«

»Sie schläft.«

»Konntest du mit ihr sprechen?«

»Kurz. Sie ist mit dem Vater nicht verheiratet, aber sie leben zusammen. Kann sich nicht vorstellen, daß Papi die Kleine entführt hat. Oder Marie dazu gezwungen hat. Bei der Aussicht, ihm sagen zu müssen, was passiert ist, ist sie fast durchgedreht. Sie hat Angst vor seiner Reaktion.«

»Ihr gegenüber?«

»Auch. Aber eher gegenüber dem Krankenhaus.« Marge zog die Augenbrauen hoch. »Sieht so aus, als spiele Matty gern mit dem Feuer und besitze ein oder zwei Handfeuerwaffen...«

»Großer Gott!«

»Wenn ich du wäre, würde ich Rina hier wegbringen.«

»Sie wird heute um zehn entlassen. Wir sollten den Jungen überwachen. Wie heißt er mit vollem Namen?«

»Matthew Luke Lopez.«

»Hat er seinen Namen anglisiert?«

»Nein, das ist sein richtiger Name. Er ist in Amerika geboren, aber im spanischen Ghetto aufgewachsen. Lourdes behauptet, er habe ein gutes Herz, aber ein gefährliches Temperament.«

»Ist ja mal was ganz Neues«, murmelte Decker leise. »Wie alt?«

»Siebzehn, achtzehn. Lourdes ist sich nicht sicher.«

»In dem Alter sind sie alle sehr impulsiv.«

»Ja.« Marge überlegte. »Fairerweise muß ich sagen, daß Lourdes ziemlich unzusammenhängendes Zeug erzählt hat. Der Arzt hat ihr ein Beruhigungsmittel gegeben. Jetzt ist sie wie gedopt, das arme Kind.« Marge strich sich braune Haarsträhnen aus der Stirn. »Mann, das ist wirklich der Horror. Du mußt ja das große Zittern gekriegt haben.«

»So ungefähr... ja.« Decker schwieg. »Hast du aus der Familie Rodriguez was rausbekommen?«

»Mamacita ist jetzt bei Lourdes. Sie spricht nur gebrochen Englisch und verweist ständig auf ihre Söhne.«

»Lourdes' Brüder sind hier?«

»Sie warten in der Lobby auf mich. Ich habe sie aus dem Krankenzimmer rausgeworfen. Hat mich nicht unbedingt beliebt gemacht. Aber wenn dir drei Machos ständig über die Schulter schauen, funktioniert gar nichts. Ich hatte ihnen allerdings gesagt, daß sie in der Nähe bleiben sollen, weil ich mit ihnen reden muß. War auch nicht gerade nach ihrem Geschmack. Scheinen bisher keine positiven Erfahrungen mit der Polizei gemacht zu haben. Bei solchen Leuten weißt du am Abend, was du getan hast. Was meinst du, soll ich die Nachtschwester vernehmen?«

»Darlene Jamison?« Decker schüttelte den Kopf. »Nein, das übernehme ich. Ich habe schon mit ihr gesprochen. Kurz nachdem es passiert war. Sie war auch reichlich konfus. Aber sie konnte mir ungefähr sagen, wo sie wann gewesen ist. Sie sagt die Wahrheit. Soviel ist klar. Aber ich bin mit ihr noch nicht fertig.«

»Wo ist sie?«

»Im Stationszimmer. Sie ruft ihren Babysitter an, damit sie

länger bleiben kann. Ich bin wütend auf die Frau. Trotzdem tut sie mir leid. Sie ist am Boden zerstört. Natürlich hat sie vor den Konsequenzen Angst. Sie ist an der Sache nicht ganz unschuldig.« Decker sah auf die Uhr. »Sie ist jetzt seit einer Viertelstunde weg. Ich gebe ihr noch fünf Minuten. Dann nehme ich sie noch mal in die Mangel.«

Marge überlegte. »Was machst du wegen Cindy?«

»Sie ist bei Rina. Du kannst sie vernehmen, sobald mein Ex-Schwiegervater hier ist.«

»Ist es nicht übertrieben, einen Anwalt dazu zu bitten?«

»Er ist nicht ihr Anwalt, Marge. Er ist ihr Großvater. Jack wollte auf keinen Fall, daß sie in seiner Abwesenheit etwas sagt. Was soll's?« Er zuckte die Schultern. »Soll jemand anderes Cindy vernehmen?«

»Nein, Pete. Für mich ist das in Ordnung«, sagte Marge. »Cindy ist Zeugin, keine Verdachtsperson. Wenn du willst, übernehme ich den ganzen Fall. Du hast noch immer Urlaub. Vielleicht ist es besser, du verbringst ihn mit Rina.«

»Das versuche ich mir auch schon einzureden. Aber dann...« Er schlug die Faust in die flache Hand. »Es hätte Hannah treffen können, Marge! Wenn Cindy nicht bei ihr gewesen wäre... Wer weiß? Ich bin es diesem kleinen Mädchen schuldig, sie wieder zu ihrer Mutter zurückzubringen.«

»Pete, alle arbeiten mit vollem Einsatz. Der Fall hat absolute Priorität. Das Krankenhaus ist hermetisch abgeriegelt. Wir vernehmen jeden, der hier reingekommen ist, jeden, der Dienst hatte, und jeden, der hier herumgelungert ist. Die Reporter der Morgennachrichten haben ihre Kameras schon aufgestellt... Wir starten eine Riesenöffentlichkeitskampagne. Das bin ich schon allein Rina schuldig.«

»Du weißt, was Rina dazu sagt, Marge.«

»Findet das Kind.«

»Findet das Kind«, wiederholte Decker.

Marge gab auf. »Also, wie willst du die Arbeit aufteilen?«

»Ich befasse mich mit Marie Bellson. Gerade hat mir jemand ihre Personalakte gebracht. Wenn ich mit Darlene fertig bin, heißt das. Und ich rufe Hollander an. Ich will wissen, ob der Durchsuchungsbefehl raus ist. Wenn ja, dann sehe ich mir die Bellson-Wohnung persönlich an.«

»Gut. Sobald ich mit den Rodriguez-Brüdern fertig bin, gehe ich die Vernehmungsprotokolle der Krankenhausangestellten durch. Bin gespannt, wer was gesehen hat, ob den Kollegen was entgangen ist. Wie viele Leute sind mit dem Fall befaßt?«

»Zwölf, zwei pro Stockwerk. Mike will dir helfen, sobald er das mit dem Durchsuchungsbefehl geregelt hat.«

»Ausgezeichnet.«

»Geh die Protokolle mit der Lupe durch, Marge.«

»Danke für den Tip, Pete. Wäre von selbst nicht draufgekommen.«

Decker runzelte die Stirn. »Bin ich oft so ein Klugscheißer?«

»Gelegentlich.« Marge klopfte ihm auf die Schulter. »Entspann dich, und konzentriere dich auf die Bellson.«

Marge sah sich um. »Da kommt Cindys Anwalt.«

Decker winkte seinen Ex-Schwiegervater zu sich. Jack Cohen war Mitte Sechzig, redete, bewegte und kleidete sich jedoch wie ein junger Mann. Er hatte eine lebhafte Stimme, hellblaue Augen und auf alles eine schnelle Antwort. Sein scharfer Intellekt milderte seine Aggressivität, was ihn durchaus amüsant machte. Bei seiner Tochter war das anders. »Rechtsanwalt Cohen«, stellte Decker vor. »Meine Kollegin Detective Dunn. Sie wird Cindy nachher vernehmen.«

»Wir kennen uns doch. Freut mich, Sie wiederzusehen.« Cohen schüttelte Marge die Hand. »Wo ist denn mein Mädchen?«

»Sie ist bei Rina«, sagte Decker. »Ich sage ihr Bescheid. Danke, daß du gekommen bist, Jack. Ist vermutlich nicht nötig...«

»... aber es kann nicht schaden.« Cohen zog am Revers seines Jacketts. »Sie klang ziemlich aufgebracht, Peter. Verängstigt. Gut, daß du mich angerufen hast. Ich will bei ihr sein.

Nicht, weil sie in Schwierigkeiten ist, sondern, weil sie meine Enkelin ist. Und ich liebe sie.« Er wandte sich an Marge. »Lassen Sie mich kurz allein mit ihr reden. Dann sind Sie dran.«

»Einverstanden«, antwortete Marge.

Cohen schüttelte Decker die Hand. »Gratulation zu deiner kleinen Tochter, Pete.«

»Danke, Jack.« Decker lächelte.

»Soll ich Jan die Neuigkeit mitteilen, wenn sie und Alan aus Europa zurück sind?« fragte Cohen.

»Nein, Jack. Wenn sie's nicht von mir erfährt, macht sie mir die Hölle heiß.« Decker überlegte kurz. »Was nicht heißt, daß es sie glücklicher macht. Nur ist sie mir dann nicht böse.«

»Sie schickt dir vermutlich sogar ein Geschenk für das Baby.« Cohen grinste. »Wenn du die Wahrheit wissen willst... Du bist mir egal. Ich habe eine großartige Enkeltochter aus dieser Ehe. Ciao!«

Marge wartete, bis Cohen außer Hörweite war. »Ciao?«

»Jack hat gelegentlich einen Hang zu Hollywood.«

»Wie lange hast du für ihn gearbeitet?«

»Ungefähr sechs Monate, Treuhandfälle und Nachlaßgeschichten. Kannst du dir das vorstellen?«

»Warum hast du nicht für die Staatsanwaltschaft gearbeitet?«

»Weißt du, was stellvertretende Staatsanwälte am Anfang verdienen?«

»Mehr als Anfänger bei der Polizei.«

»Aber ich war kein Anfänger. Ich war ein erfahrener Kriminalbeamter. Als stellvertretender Staatsanwalt hätte ich weitaus weniger verdient. Die Nachlaßgeschichten waren ein lukratives Geschäft.« Decker rieb sich den Nacken. »Ich bedaure nichts. Hat sich letztendlich alles von selbst geregelt. Ich löse lieber Verbrechen, als Kapitalverbrechen auf Ordnungswidrigkeiten zu frisieren.«

Darlene lehnte Deckers Angebot einer zweiten Tasse Kaffee ab. »Danke, Detective. Ich bin nur so... geschockt.«

»Das geht uns allen so. Hat es mit dem Babysitter funktioniert?«

»Ja. Sie hat gesagt, sie bleibt.«

Die Kinderschwester senkte den Kopf. Ihre Augen waren gerötet und geschwollen, ihre spitze Nase wund.

»Ich möchte das alles mit Ihnen noch mal durchgehen«, begann Decker. »Sie behaupten, die Babys seien versorgt gewesen, als Sie die Abteilung verlassen haben.«

»Chris war da, und Marie war auf dem Rückweg.« Darlene sah auf. »Und natürlich war Ihre Tochter da.«

»Cindy hatte auf der Station keinerlei Verantwortung, Darlene.«

»Natürlich nicht. Aber sie war mit Hannah im Hinterzimmer. Ich dachte nur, daß sie etwas gehört haben könnte.«

»Eine Kollegin unterhält sich noch mit Cindy. Aber wir sprechen jetzt über Sie. Also, als Sie Station J verlassen haben, war Chris dort und Marie auf dem Weg dorthin?«

»Ja.«

»Und was ist dann passiert?«

»Ich habe auf den anderen Stationen ausgeholfen. Wir haben eine Menge Babys und kein Personal. Ein paar fest angestellte Schwestern sind nicht zum Dienst erschienen. Deswegen mußten wir uns mit Teilzeitkräften und Kollegen aus anderen Abteilungen behelfen. Vielleicht hat eine von ihnen...«

»Jeder wird vernommen. Wer ist denn diese Chris überhaupt?«

»Christine Simms. Eine unserer Schwestern.«

»Und sie ist auf Station J gewesen, als Sie gegangen sind?«

»Ja. Und Marie hätte jeden Augenblick zurück sein müssen. Dann habe ich Chris kurz darauf im Korridor gesehen. Sie war auf dem Weg zu Station C. Man hatte sie gebeten, dort beim Wiegen zu helfen. Ich habe sie gefragt, wer jetzt auf Station J sei und sie hat ›Marie‹ gesagt. Marie hatte ihr erlaubt, zu Station C zu gehen. Sie hatte gesagt, sie würde allein fertig werden.«

»Aber Sie haben mir erzählt, Sie hätten Marie im Korridor getroffen!«

»Das habe ich auch. Sie hat gesagt, sie sei auf dem Weg zur Station J. Irgend jemand muß schließlich immer bei den Babys sein.«

»Jemand wie meine Tochter?«

»Das war immer nur für ganz kurze Zeit«, verteidigte sich Darlene.

»Als Sie mich zum Aufzug gebracht haben, haben Sie die Station vollkommen allein gelassen.«

Darlene biß sich auf die Unterlippe. »Ich laufe gelegentlich raus... aber nur für ein paar Minuten. Ich weiß, es ist nicht zulässig, Sergeant. Aber ich war nicht für die Station J verantwortlich, als der Säugling verschwunden ist. Als ich ging, waren zwei Personen dort, Marie und Chris.«

»Wer trug offiziell die Verantwortung auf Station J in dieser Nacht?«

»Marie. Sie ist die Oberschwester aller Säuglingsstationen. Auf jeder Abteilung tun zwei Schwestern Dienst. Offiziell, heißt das. In Wirklichkeit können wir froh sein, wenn wir pro Abteilung eine Schwester haben. Haben Sie eine Ahnung, wieviel Arbeit das für eine einzelne Schwester ist?«

Decker antwortete nicht. Er dachte über ihre Worte nach. Krankenhäuser nahmen aus Geldknappheit schwerwiegende Abstriche bei der Versorgung der Patienten hin.

»Haben Sie je erlebt, daß Marie auch nur kurz die Station verlassen und die Babys allein gelassen hat?«

»Nein.«

»Nie? Kein einziges Mal?«

»Kein einziges Mal.«

»Wer, glauben Sie, war auf Station J, als das Baby gestohlen wurde?« wollte Decker wissen.

»Könnte praktisch jeder gewesen sein, der in der Nacht gearbeitet hat, einschließlich der Pendler und Teilzeitkräfte.«

»Wir stellen im Moment eine Liste zusammen. Diese sogenannten Pendler... wer ist das?«

»Schwestern, die dort eingesetzt werden, wo man sie gerade braucht. Wir kriegen immer weniger Kinderschwestern, die permanent bei uns arbeiten. Im vergangenen Jahr hatten wir nur drei Schwestern mit einer Ausbildung in Kinderheilkunde oder Frühgeborenenmedizin.«

»Sind diese Pendler Angestellte des Krankenhauses?«

»Ich glaube schon. Aber sicher bin ich nicht.«

»Was ist mit den Teilzeitkräften? Sind sie Angestellte des Krankenhauses, oder werden sie über Agenturen angefordert?«

»Keine Ahnung.«

»Sehen Sie immer dieselben Teilzeitkräfte oder Pendler?«

»Manche Gesichter sind mir vertraut. Von einigen weiß ich sogar die Namen. Detective, ich bin ziemlich fertig... Vielleicht ist es besser, wir unterhalten uns ein andermal weiter.«

Decker unterdrückte ein Gähnen. Die Frage des Personals mußte er mit der Krankenhausverwaltung besprechen. Dort würde man über die Modalitäten Bescheid wissen. Dann erinnerte er sich daran, was Cindy über die »gespenstischen Gestalten« erzählt hatte, die nachts die Korridore bevölkerten. Decker war überzeugt, daß das Krankenhaus die billigsten Kräfte anheuerte, die es bekommen konnte, ohne deren Arbeitsunterlagen in jedem Fall zu überprüfen. Schon aus diesem Grund mußte er damit rechnen, daß die Verwaltung nicht besonders bereitwillig die Akten öffnen würde.

»Ich möchte mit Ihnen über Marie Bellson sprechen«, sagte er.

Darlene nickte. »Hat man Maries Wagen gefunden?«

»Noch nicht.«

»Ich kann einfach nicht glauben, daß Marie...« Darlene fing Deckers Blick auf. »Es ergibt einfach keinen Sinn, Sergeant.«

»Hat Marie in letzter Zeit einen nervösen Eindruck gemacht?«

»Nein.«

»Besorgt? Bedrückt?«

»Nein.«

»Machte sie einen ungewöhnlich glücklichen Eindruck? So als habe sie in der Lotterie gewonnen?«

»Nein, sie war wie immer... die langweilige, alte Marie.«

»Na gut. Dann interessiert mich eines. Erinnern Sie sich, daß Marie je harte Zeiten durchgemacht hat, Darlene?«

»Jeder macht mal harte Zeiten durch.«

»Erzählen Sie mir von Maries Problemen.«

»Davon weiß ich nichts, Sergeant. Sie sind doch Sergeant, oder?«

»Richtig«, erwiderte Decker. »Denken Sie nach, Darlene. Das Leben eines Babys steht auf dem Spiel.«

»Mein Gott, das weiß ich!« Sie begann zu schluchzen. »Alles meine Schuld.«

»Darlene...«

»Ich bin einfach zu vertrauensselig!« jammerte sie. »Ich konnte mir einfach nicht vorstellen, daß jemand einem Baby... Und jetzt ist ein Säugling verschwunden, weil ich zu gutgläubig war!«

»Selbstbezichtigungen helfen auch nicht weiter, Darlene.« Decker gab ihr ein Taschentuch. »Reden wir von Marie. Denken Sie über Marie nach.«

Darlene trocknete die Tränen.

»Also«, begann Decker erneut. »Erinnern Sie sich, ob Marie einmal unter starkem Streß stand?«

»Bei der Arbeit?«

»Bei der Arbeit oder privat. Hat sie sich von einem Partner getrennt, ist ein Elternteil gestorben, Probleme mit Kindern – so in der Richtung.«

»Marie hatte keine Kinder. Und ich kann mich nicht erinnern, daß Marie je einen Partner gehabt hätte. Soviel ich weiß, besteht ihr Leben nur aus ihrem Beruf und dem lieben Gott.«

Sie hat die Mütter aufgefordert, mit ihr zu Jesus zu beten.

Decker erinnerte sich an das goldene Kreuz über der Brusttasche ihrer Schwesterntracht. Er hatte es fälschlicherweise für ein medizinisches Abzeichen gehalten, wie beim Roten Kreuz.

»Der liebe Gott?«

»Sie hat fest an Jesus geglaubt. Aber sie war nicht verbohrt.«

»Cindy hat erzählt, daß sie Patientinnen aufgefordert hat, mit ihr zu beten.«

»Nur wenn sie das Gefühl hatte, die Frauen wollten das. Sie war nie aufdringlich mit ihrem Glauben. Sie war nicht bigott.«

»Es kam also nicht dauernd vor?«

»Nein, überhaupt nicht.«

Decker klopfte mit dem Stift gegen sein Klemmbrett. »Und solange Sie Marie kennen, war sie alleinstehend?«

»Ja.«

»Hat sie je bedauert, keine Kinder zu haben?«

Darlene schüttelte den Kopf. »Sie hatte die Babys gern, aber auf eine sehr normale Art. Marie konnte fabelhaft mit den Kleinen umgehen. Aber noch besser verstand sie sich mit den Müttern. Sie hat ihnen geholfen, richtig mit den Neugeborenen umzugehen. Und auch als ausbildende Schwester war sie fabelhaft. Ich habe bei ihr gelernt, Sergeant. Fast jede Schwester, die in den letzten zehn Jahren die Säuglingsstation hier durchlaufen hat, wurde von ihr ausgebildet.«

»Gehört das zu ihrem Job? Ich meine, Schwestern auszubilden?«

»Ja, natürlich. Aber sie hat das sehr ernst genommen. Es lag ihr wirklich am Herzen. Sie hat sich um jede von uns besonders gekümmert. Hat uns beigebracht, was eine wirklich gute Kinderschwester ausmacht. Sie war eine vielbeschäftigte Frau. Und doch hatte sie immer Zeit für unsere Fragen. Deshalb ist das alles ja auch so absurd!«

»Was heißt das, sie hat sich um jede besonders gekümmert?«

»Am Anfang, in der ersten Woche, hat sie mich zum Beispiel zu sich eingeladen. Ich war nervös. Ich habe das für einen Test gehalten.« Darlene schüttelte den Kopf. »Es war nur eine freundliche Geste. Sie wollte mehr über mich erfahren, wissen, warum ich Kinderschwester werden wollte und ob ich Probleme habe, die ich mit ihr besprechen möchte.«

»Klingt gar nicht nach der Marie Bellson, von der ich gehört habe«, bemerkte Decker. »Die, die ich kenne, war unpersönlich und hatte Haare auf den Zähnen.«

»Marie kann ganz schön bissig sein. Wir stehen hier alle unter starkem Druck. Aber die Arbeit liegt ihr sehr am Herzen.«

Darlene hielt verwirrt inne. Decker fragte sie, was los sei.

»Das einzige Problem bei Marie war...« Darlene suchte nach Worten. »Nachdem ich alles gelernt hatte, hat sie jede persönliche Beziehung abgebrochen, hat mich nie wieder zu sich eingeladen und keine meiner Einladungen angenommen. Sie war freundlich bei der Arbeit, freundlich aber absolut sachbezogen. Jede persönliche Regung wurde abgewehrt.«

Darlene seufzte.

»Aber man muß Marie verstehen, Sergeant. Sie spart all ihre Energie für diejenigen auf, die sie wirklich brauchen. Und sie hat strenge Moralvorstellungen. Sie ist gottesfürchtig. Deswegen kann ich nicht glauben, daß sie diesem Säugling je etwas zuleide tun würde.«

»Wer sagt, daß sie vorhat, dem Kind etwas anzutun? Vielleicht hat sie das Baby nur gestohlen, um es als ihr eigenes aufzuziehen.«

»Nein, das glaube ich nicht.«

»Hatte Marie je eine Fehlgeburt?«

»Soviel ich weiß, war sie nie verheiratet.«

»Fehlgeburten haben auch ledige Frauen.«

Darlene wurde rot. »Von Fehlgeburten weiß ich nichts.«

»Eine Abtreibung?«

Darlene wurde dunkelrot. »Nicht daß ich wüßte.«

»Hat Marie je ein Kind verloren?«

»Keine Ahnung.«

»Was ist mit einem jüngeren Geschwisterkind?«

»Wenn Sie damit eine Motivation meinen, das Kind zu stehlen, dann sind Sie auf dem falschen Dampfer.«

»Warum sonst sollte sie ein Baby entführen?«

»Ich glaube einfach nicht, daß sie das getan hat.«

»Aber wo ist sie dann, Darlene?« drängte Decker. »Und wo ist das Baby?«

»Das weiß ich nicht.« Darlene fröstelte unwillkürlich. »Ich weiß es wirklich nicht.«

13

Es spielte keine Rolle, was *sie* sagte.

Es spielte keine Rolle, was *er* sagte.

Die Vergangenheit war irrelevant. Genauso wie die Zukunft.

Das Hier und Jetzt.

Das Hier und Jetzt.

Was war wichtig?

Wer war mit dem Herzen dabei?

Sie war mit dem Herzen dabei.

So hatte alles angefangen. Weil sie mit dem Herzen dabei war.

Die anderen waren es nicht, aber sie.

Sie war mit dem Herzen dabei.

Mit dem Herzen.

Mit Haut und Haaren.

Blumen nahmen jeden freien Raum ein, das hatte ein Krankenzimmer mit einem Sterbezimmer gemeinsam. Decker stellte seine Kaffeetasse ab und roch an einem Strauß gelber Rosen. Er zog eine Blüte heraus und reichte sie Rina. Rina nahm sie und legte sie in ihren Schoß. Ihr Blick war selbstvergessen in die Ferne gerichtet.

Als sie ins Krankenhaus gekommen war, hatte sie einen rosigen Schimmer auf den Wangen gehabt. Jetzt waren sie bleich und eingefallen. Decker setzte sich auf die Bettkante. Er nahm ihre Hand und küßte sie.

»Wie fühlst du dich?«

Rina betrachtete das Gesicht ihres Mannes, das von Anspannung und Sorge gezeichnet war. »Ich habe gerade die Sechs-Uhr-Nachrichten gesehen. Sie haben das Foto des Babys im Fernsehen gezeigt.« Sie senkte den Blick. »Du weißt schon, das Sofortbild des Neugeborenen, das im Krankenhaus gemacht wird. Die Decke im Hintergrund war dieselbe wie auf Hannahs Foto.«

Decker nickte.

»Oh, Peter! Und ich zerfließe vor Selbstmitleid!« Rina hielt die Tränen zurück. »Ich bin ein Idiot, daß ich nicht zu schätzen weiß, was ich habe.«

Decker drückte sanft ihre Hand. »Rina, du hast viel durchgemacht. Ist doch in Ordnung, wenn du dich schlecht fühlst. Ich kann's dir nachempfinden. Ich finde, wir haben da beide einiges aufgebürdet gekriegt.«

»Im Vergleich mit dem, was diese arme Mutter mitmacht, ist das ein Pappenstiel.«

»Deine Operation war kein Pappenstiel, Liebes. Aber wenn wir schon die einzelnen persönlichen Höllen miteinander vergleichen, dann ist mir unsere Lage lieber als die von Lourdes Rodriguez.« Decker sah, wie Rinas Mundwinkel zuckten. Er zog ihren Kopf an seine Schulter. »Laß es raus, Liebes. Laß es einfach raus!«

»Ich fühle mich miserabel!«

»Hast du Angst?«

»Panische!«

»Ich auch.«

Rina hob den Kopf. »Wirklich? Du auch?«

»Es hätte nicht viel gefehlt.« Decker richtete sich auf. »Jedenfalls nimmst du Hannah heute mit nach Hause. Deine Mutter zieht zu uns. Sie ist überglücklich, daß ich sie um Hilfe gebeten habe. Hätte nie gedacht, daß ich für Schwiegermütter mal dankbar sein würde.«

Rina brachte ein Lächeln zustande. »Cindy war wirklich glücklich, daß sie alles miterlebt hat. Sie hat der liebe Gott geschickt. Wenn sie nicht gewesen wäre...«

»Du solltest nicht mal daran denken«, fiel Decker ihr ins Wort.

Einen Moment war es still. Ihr Schweigen war eher bedrückend als tröstlich. Decker räusperte sich. »Also, deine Mutter und Cindy passen auf dich auf und auf die Kinderschwester. Es ist schrecklich, so mißtrauisch zu sein, aber nach allem, was passiert ist...«

»Das kann man wohl sagen. Peter, Georgina meint, Nora sei die Beste. Auf Georgina ist Verlaß.«

»Versprich mir nur, daß du gut auf dich aufpaßt! Keine unnützen Klimmzüge, Rina. Gönn dir Ruhe und Entspannung. Lies das Buch, das du schon so lange herumliegen hast.« Decker sah auf die Uhr. »Weißt du, wo Cindy ist?«

»Jack ist vor ungefähr einer halben Stunde mit ihr weg.« Rina verschränkte nervös die Hände. »Peter, wer paßt auf Hannah auf.«

»Sämtliche Säuglingsstationen werden scharf bewacht. Um Hannahs Sicherheit mußt du dir keine Sorgen machen. Sie ist gut aufgehoben. Keine Angst.«

»Als die Schwester das letzte Mal bei mir Fieber gemessen hat, hatte ich keine Temperatur mehr.« Rinas Augen glänzten feucht. »Meinst du, sie würden sie mir jetzt bringen?«

Decker erinnerte sich, wie sehr es ihm geholfen hatte, seine Tochter in den Armen zu halten. Rina hatte dieses Gefühl bitter nötig.

»Ich frage den Arzt, Liebes.« Decker stand auf. »Ich bin sicher, es wirkt Wunder.«

»Es ist das einzige, wonach ich mich jetzt sehne!«

»Kann ich verstehen. Ich suche Dr. Hendricks.«

Rina trocknete ihre Tränen. »Peter, die Sache mit dem entführten Baby... Ist das dein Fall?«

»Ich habe ihn dazu gemacht.«

»Darüber bin ich froh. Du hast die richtige Wahl getroffen.«

Decker dachte darüber nach. *Die richtige Wahl!*
Es war seine einzige Wahl gewesen.

Die Vernehmung fand in einem leeren Entbindungszimmer statt. Ein Metallbett mit Fußstützen am Fußende, Infusionsständer, wie Soldaten aufgereiht an der Wand, Monitore, ein Nachttisch und ein Klingelknopf. Kalt und unpersönlich, dachte Marge. Sie fragte sich, ob es nicht einen Mittelweg zwischen der High-Tech-Geburt und der sogenannten natürlichen Geburt gab.

Sie zog einen roten Plastikstuhl heran und bedeutete Cindy und ihrem Großvater, auf dem Bett Platz zu nehmen. Peters Tochter zu vernehmen würde keine leichte Sache werden. Aber im Vergleich zu den Rodriguez-Brüdern war es ein Kinderspiel. Die Brüder waren eine harte Nuß gewesen. Trotzdem hatte Marge das Gefühl, daß sie mit der Entführung nichts zu tun hatten.

Cindy war aufgeregt. Ein Quentchen Schuldbewußtsein war sicher auch dabei. Jack Cohen saß dicht neben ihr, hatte den Arm um ihre Schultern gelegt.

»Alles in Ordnung, Kleines?« fragte er Cindy.

»Ja, bestens.«

»Möchtest du was essen oder trinken?« erkundigte sich Marge.

»Nein, danke«, lehnte Cindy ab.

»Bitte, sei ganz entspannt«, fuhr Marge fort. »Je ruhiger du bist, desto besser kannst du dich erinnern.«

»Ich wünschte, ich könnte mich an mehr erinnern! Wenn ich nur besser aufgepaßt hätte!«

»Kleines, niemand konnte vorhersehen, daß so etwas passiert«, beruhigte Cohen sie. »Entspann dich und beantworte die Fragen nach bestem Wissen und Gewissen.«

Cindy fühlte einen Kloß im Hals.

»Also fangen wir an«, sagte Marge. »Cindy, erinnerst du dich, wann du in die Säuglingsstation J gekommen bist?«

»Gegen drei, vielleicht auch vier Uhr am Nachmittag.«

»Wer ist alles dort gewesen, als du ankamst?«

»Marie... Marie Bellson.«

»Sonst noch jemand?«

Cindy dachte kurz nach. »Es könnte noch... nein, ich erinnere mich nicht.«

»Aber du erinnerst dich genau, daß Marie Bellson auf Station J gewesen ist?«

»Als ich ankam, ja.«

»Wen hast du sonst noch auf der Station J gesehen?«

Cindy seufzte. »Die Frage ist eher, wen ich nicht gesehen habe. Da herrschte ein ständiges Kommen und Gehen. Einige Leute trugen sterile Kleidung, die Väter und Großeltern zum Beispiel. Sie durften in die Nähe der Babys. Andere blieben draußen, brachten etwas in den Lagerraum oder verschwanden in der Schwesternstation. Da waren außerdem die Putzfrauen und Sanitäter. Die einen haben sauber gemacht, und die anderen haben die Lagerbestände aufgefüllt und sind wieder gegangen. Es war wirklich nicht zu übersehen, wer gerade da war und wer nicht.«

Marge legte den Stift auf ihr Brett. »Du hast also Sanitäter und Reinigungspersonal auf der Station gesehen?«

»Ja, natürlich.«

»Hast du jemand ohne sterile Kleidung in der Nähe der Babys bemerkt?« wollte Marge wissen.

Cindy überlegte. »Kann mich nicht erinnern. Aber ich bin ja die meiste Zeit mit Hannah im Hinterzimmer gewesen. Von dort konnte ich nicht sehen, was vorn los war. Und bei dem Krach, den die Säuglinge veranstalteten, habe ich auch nicht viel gehört.«

»Abgesehen von den Sanitätern und Putzfrauen, Cindy... Wer ist noch auf der Station ein- und ausgegangen?«

»Vor allem Schwestern natürlich. Und Ärzte. Außerdem eine Menge Leute in Zivil, Vertreter. Sie bringen alles mögliche, Babynahrung, Windeln, kostenlose Medikamentenproben und so weiter. Und dann Personal aus der Wäscherei, das die Decken für die Bettchen liefert.«

Marge runzelte die Stirn. Das klang nach dem Betrieb in einem Einkaufszentrum.

»Aber ich war die meiste Zeit mit Hannah im Hinterzimmer«, fuhr Cindy fort. »Ich wollte niemandem im Weg sein, vor allem nicht Marie. Sie mag mich nicht.«

»Hm«, murmelte Marge. »Aber du konntest die anderen von dahinten sehen oder hören?«

»Sehen konnte ich sie immer nur für einen Moment. Und ich habe Gesprächsfetzen aufgeschnappt. Mehr nicht. Ich hätte Marie besser im Auge behalten sollen.«

»Cindy, es war nicht deine Aufgabe, das Pflegepersonal zu überwachen. Du warst nur da, um deinem Vater zu helfen. Also mach dir keine Vorwürfe.«

Cindy seufzte. »Ich wünschte trotzdem...«

»Schluß damit!« sagte Cohen.

Cindy sah Marge an. »Natürlich erinnere ich mich, daß Marie und Darlene auf der Station gewesen sind. Sie waren sozusagen am längsten da. Und Christine Simms, aber die kam und ging. Und Lily, das ist Darlenes Lernschwester. Aber letzte Nacht habe ich sie nicht gesehen. Trotzdem... wer weiß! Da waren so viele Leute. Und die Babys wurden in Abständen zu ihren Müttern geschoben und wiedergebracht.«

»Viel Verkehr, was?« sagte Marge.

»Kann man wohl sagen.«

»Ist dir jemand aufgefallen, der nicht dorthin zu gehören schien?« fragte Marge.

»Eigentlich nicht. Fast alle trugen entweder Schwesterntracht, Krankenhaus- oder OP-Kleidung. Aber genau habe ich darauf nicht geachtet.«

»Reden wir mal von Marie«, begann Marge. »Du hast gesagt, daß sie dich nicht mag?«

»Richtig. Ich bin ihr aus dem Weg gegangen.«

»Trotzdem hast du sie gelegentlich gesehen?«

»Zwangsläufig, ja.«

»Machte sie einen professionellen Eindruck bei der Arbeit?«

»Ja. Ich glaube.« Cindy schien verwirrt. »Gelegentlich habe ich gehört, wie sie mit anderen Schwestern oder mit Müttern geredet hat. Marie hatte für gewisse Mütter ausgeprägte Vorlieben. Das hat mir nicht gefallen.«

»Hat sie in deiner Gegenwart je etwas über Lourdes Rodriguez gesagt?«

»Aber ja, natürlich. Sie hat mir erzählt, daß sie ihr viel beigebracht hat.«

Marge richtete sich auf. »Beigebracht? Inwiefern?«

»Na, wie man mit Babys umgeht. Wie man sie wickelt… das Übliche. Marie konnte schrecklich belehrend sein. Das hat mir auch nicht gefallen.«

»Belehrend?« wiederholte Marge.

»Ja, sie tat so, als sei man ohne sie einfach hilflos. Darlene hat mir erzählt, daß Marie das ganz besonders gern tut… Müttern beizubringen, wie sie mit ihren Babys umgehen sollten. Wenn eine Mutter diese Ratschläge nicht brauchte, war sie gleich unten durch.«

»Marie hat dir erzählt, daß sie kompetente Mütter nicht mag?« fragte Marge nach.

»Nein, das war nur mein Eindruck, nach allem, was Darlene mir erzählt hatte.«

»Kleines, bleib bei den Tatsachen«, ermahnte Cohen seine Enkeltochter. »Alles andere interessiert nicht.«

Marge lächelte. »Also, Marie hat dir gesagt, daß sie der Mutter Unterricht in Babypflege erteilt hat?«

»Ja, das Wort Unterricht hat sie wohl nicht benutzt.«

»Gut. Jedenfalls schien sie an Lourdes Rodriguez besonderes Interesse zu haben. Was war mit der Kleinen, Cindy? Hat sie auch besonderes Interesse an Lourdes' Baby gezeigt?«

Cindy schüttelte den Kopf. »Nein, sie hat mehr von Lourdes als dem Baby gesprochen. Marie glaubte, daß Lourdes nicht in der Lage sei, richtig mit der Kleinen umzugehen.«

»Das hat sie tatsächlich gesagt?« wollte Marge wissen.

»Nein, nein«, wehrte Cindy ab. »Das ist nur meine Meinung.«

»Kleines, bitte, halte dich mit deiner Meinung zurück!« warf Cohen ein.

»Aber Großvater, vielleicht interessiert es Marge, was ich denke!«

»Natürlich, später vielleicht«, murmelte Marge. »Bleiben wir bei Lourdes. Hat Marie je behauptet, Lourdes Rodriguez sei als Mutter unfähig?«

»Ehrlich gesagt... nein. Nur, daß sie nicht viel Ahnung habe. Und daß sie Jesus für das Kind dankbar sein solle, das er ihr geschenkt habe.«

Marge zog die Augenbrauen hoch. »Hat Marie viel von Jesus gesprochen.«

»Ja, sie hat gern mit den Patientinnen gebetet. Das habe ich auch Dad erzählt. Wir fanden das beide unpassend.«

»Hat Marie je davon gesprochen, sie würde Gottes Arbeit verrichten?«

»Nein, hat sie nicht.«

»Aber sie hat mit Lourdes gebetet?«

»Daran erinnere ich mich nicht.«

»Hat Marie je erwähnt, man solle Lourdes das Baby wegnehmen, da sie die Gabe Gottes nicht zu schätzen wisse?«

»Nein.«

»Und du hast nie beobachtet, daß Marie sich zu dem Rodriguez-Baby besonders hingezogen gefühlt hat?«

»Nein.«

»Schien Marie vielleicht ein anderes Baby allen anderen vorzuziehen?« wollte Marge wissen.

»Nicht daß ich wüßte«, erwiderte Cindy.

»Hat sie mal davon gesprochen, daß sie weggehen wolle... in naher Zukunft?«

»Marge, Marie hat kaum mit mir geredet! Es sei denn, um mir zu sagen, daß ich mich gefühlsmäßig zu sehr an Hannah hinge. Wenn Marie in der Nähe war, habe ich mich sehr im Hintergrund gehalten, mich nur um Hannah gekümmert.«

Cindy sah von einem zum anderen. »Ich war keine große Hilfe, was?«

»Doch, Cindy. Das kommt dir nur so vor. Solche Dinge brauchen Zeit. Das hast du prima gemacht, Cindy.«

Cindy seufzte und stand auf. »Ich muß ständig daran denken, wer sich jetzt wohl um das Rodriguez-Baby kümmert. Und wer hilft nur der armen Mutter?«

Marge musterte die Tochter ihres Partners und sah etwas Vertrautes in ihren Augen aufblitzen, das Feuer der Entschlossenheit. Deckers Ausdruck. Diese Leidenschaft bei der Aufklärung eines Verbrechens war bei einem Kriminalbeamten durchaus lobenswert, bei einer unerfahrenen Neunzehnjährigen konnte sie tödlich sein.

»Cindy, ich will ganz offen mit dir sein«, begann Marge. »Mach bitte keine Dummheiten. Komm ja nicht auf die Idee, auf eigene Faust nach dem Baby zu suchen, ja?«

Cindys Augen wurden groß. »Daran habe ich gar nicht gedacht!«

Ihre Verblüffung schien echt zu sein. Und in diesem Moment wurde Marge klar, daß sie Cindy erst auf die Idee gebracht hatte. Sie steckte ihren Notizblock ein und verfluchte sich stumm, weil sie den Mund nicht gehalten hatte.

»Na, wie lief's?« fragte Decker.

»Deine älteste Tochter ist ein Schatz«, antwortete Marge. »Trotzdem mache ich mir Sorgen. Hoffentlich läßt sie sich nicht zu unbedachten Aktionen hinreißen. Sie nimmt sich die Sache sehr zu Herzen.«

»Ich rede mit ihr.«

»Laß mich das machen, Pete. Von einer Fremden nimmt sie's vielleicht eher an.«

»Da kannst du recht haben. Was hast du aus den Rodriguez-Brüdern rausbekommen?« fragte Decker.

»Die waren stocksauer... auf mich, auf das Krankenhaus, die Obrigkeiten im allgemeinen. Trotzdem glaube ich nicht, daß sie involviert sind. Alles deutet auf Marie Bellson hin.«

»Der Durchsuchungsbefehl für die Bellson-Wohnung ist raus«, berichtete Decker. »Kommst du mit?«

»Wir treffen uns in einer Stunde in ihrer Wohnung«, sagte Marge. »Ich möchte noch eine Weile hier bleiben. Mal sehen, was ich finde.« Sie griff nach Maries Personalakte. »Hast du sie dir schon angesehen?«

»Nur flüchtig. Ich lasse sie für meine Unterlagen kopieren.« Decker fuhr sich durchs Haar. »Nicht sehr ergiebig, ist mein erster Eindruck. Die Frau hat seit elf Jahren hier gearbeitet. Zwei verschiedene Ärzte haben sich ein paarmal über Eigenmächtigkeiten beschwert. Eine Patientin war der Meinung, sie sei unhöflich. Eine andere meinte, sie sei herzlos und gleichgültig.«

»Irgendeine Beschwerde, daß Marie mit dem lieben Gott hausieren gegangen ist?« wollte Marge wissen.

»Cindy hat dir also erzählt, daß Marie mit den Patienten gebetet hat.«

»Das ist doch ungewöhnlich, Pete. Oder?«

»Schon. Vielleicht hat Jesus' Stimme sie dazu verführt, mit dem Kind zu verschwinden.« Er knirschte mit den Zähnen. »Ich hätte früher mit ihr darüber reden müssen.«

Marge sah ihren Partner an. Seine Schuldgefühle waren ehrlich. »Pete, tief religiöse Menschen entführen im allgemeinen keine Kinder!«

Decker wußte eine Menge über religiöse Menschen, seine Mutter und seine Frau gehörten in diese Kategorie. Marge hatte recht. Von Herzen an Gott zu glauben hatte nichts mit Kindesentführung zu tun. Allerdings benutzten eine Menge verdrehter Leute Gott als Ausrede für ihr impulsives oder falsches Handeln.

»Was hast du von Cindy erfahren?« fragte Decker.

Marge berichtete und fragte dann: »Was hältst du davon, daß Marie Lourdes Babypflege beigebracht hat?«

»Hat Lourdes das dir gegenüber nicht erwähnt?«

»Nein. Auch nicht, daß Marie mit ihr gebetet hat. Aber das will nichts heißen. Sie war völlig aufgelöst, als ich mit ihr gesprochen habe. Später werde ich sie genauer befragen, herauskriegen, was Marie ihr gesagt hat.«

Es war einen Moment still.

»Woran denkst du?« fragte Decker.

»Falls Marie der Meinung war, daß Lourdes mit ihrem Kind nicht umgehen kann, hat sie das Kind vielleicht tatsächlich entführt. Aus Sorge um seine Sicherheit.«

»Kam Lourdes dir besonders leichtfertig vor? Oder hat sie vielleicht ein Drogenproblem?«

»Nein, aber unsere Unterhaltung war sehr oberflächlich.«

»Schätze, Marie hat schon Hunderte von jungen Müttern wie Lourdes Rodriguez erlebt. Warum also ausgerechnet dieses Baby?«

»Vielleicht ist eine Sicherung durchgebrannt. Vielleicht glaubte sie in Gottes Auftrag zu handeln!«

»Marie scheint kaum die Frau zu sein, die allmählich durchdreht. Jedenfalls hat sie keinen Anlaß zu Befürchtungen in dieser Richtung gegeben.«

»Nicht äußerlich, Pete«, mahnte Marge.

»Ja, natürlich. Und niemand scheint sie näher gekannt zu haben.«

»Vielleicht findest du was in ihrer Wohnung.«

»Möglich.« Decker hörte jemand seinen Namen rufen. Er drehte sich um. »Was gibt's, Sergeant Harlow?«

»Sergeant Decker, wir haben im Parkdeck was gefunden.«

»Maries Wagen?« fragte Marge.

»Nein. Sieht eher nach frischem Blut aus.«

14

Zuviel Adrenalin, dachte Tandy. Mach langsamer. Denk an die Worte des Gurus: weniger Wiederholungen, mehr Gewicht.

Das war ihr Fixpunkt. Den durfte sie nicht aus den Augen verlieren. Die Ausbildung der Muskeln. Anderenfalls entglitt ihr die Kontrolle. Und das war ein Sakrileg.

Verliere nie die Kontrolle!

Weniger Wiederholungen, mehr Gewicht.

Verlier sie nicht, die Kontrolle, Roberts. Behalte alles im Griff.

Weniger Wiederholungen, mehr Gewicht.

Kontrollierte Kraft!

Sie holte tief Luft und atmete langsam aus. Dann legte sie eine Hantelscheibe auf jeder Seite zu. Sie wischte sich den Schweiß vom Gesicht. Die Haut ihrer Wangen war wie samtweicher Brandy. Damals, als sie als Model gearbeitet hatte, hatten ihr die Leute die Poren mit Gift zugeschmiert. Die Unmengen von Make-up sollten die Illusion einer glatten, makellosen Haut entstehen lassen. Warum sich nicht richtig ernähren, trainieren und wirklich makellos sein?

Nie die Kontrolle verlieren.

Anderenfalls kommen sie zurück.

Nicht versagen, Roberts! Diesmal nicht!

Sie biß die Zähne zusammen und glitt unter der Hantelstange des Fitneßcenters in die richtige Position. Ihre Finger schlossen sich um das Metall.

Richtige Lage.

Arme parallel, Rücken durch ein zusammengerolltes Handtuch gesichert, Füße fest auf dem Boden.

Sie fühlte ihr Herz jagen.

Einatmen und ausatmen während der Übung.

Eins.

Das laute metallische Klirren, als die Gewichte gegeneinanderschlugen.

Nicht gut. Nicht kontrolliert genug. Sie mußte die Hantelstange vorsichtig wieder ablegen. Niemals durfte man sie einfach fallen lassen.

Noch einmal.

Einatmen, ausatmen.

Zwei.

Die Muskeln zuckten vor Anstrengung, Schweiß rann ihr über Gesicht, Bauch und aus den Achseln.

Langsam ablegen.

Besser, viel besser.

Kontrolliert.

Du kannst es!

Noch mal!

Einatmen, ausatmen.

Die Anspannung der Muskeln, das Zittern der Glieder, sie ließ mit einem Gebrüll los, das einen Löwen verscheucht hätte.

Tu es, Mädchen! Tu's!

Rums! Drei.

Das Klirren des Metalls schmerzte in ihren Ohren.

Du verlierst es, Tandy. Du verlierst es, du verlierst es...

»Du bist aber früh dran.«

Erics Stimme.

Gott sei Dank! Da war jemand, der die Dämonen verscheuchte.

»Ich bin direkt von der Arbeit gekommen«, sagte sie leise. »Bist du nicht stolz auf mich?«

»Braves Mädchen!« Eric grinste. »Du schaffst es!«

Wieder einatmen. Ausatmen mit Gebrüll.

Dann versuchte sie erneut, die Hantelstange zu drücken.

Zu schwer.

Auf halber Höhe knickten ihr die Arme ein.

Ohrenbetäubendes Krachen und Scheppern.

Sie hörte es. Eric hörte es. Ihr Versagen war unüberhörbar. Schweiß sammelte sich über ihren Brauen. Sie zwang sich, tief durchzuatmen.

»Warum hast du keine Handschuhe an?« fragte Eric.

»Brauche keine.«

»Du brauchst welche, Tandy«, sagte Eric. »Ohne Handschuhe kann man nicht ernsthaft an Gewichten arbeiten.« Er streckte die Hand aus und half ihr hoch. Er musterte sie auf Armeslänge. »Alles in Ordnung, Tandy. Du hast die richtige Einstellung. Mach dir keine Sorgen. Rückschläge sind immer drin. Und jetzt hol dir Handschuhe.«

»Eric, ich wollte sowieso aufhören.«

»Aufhören?«

»Bin schon eine Weile dabei.«

»Aber du hast eine Übung versucht und nicht geschafft. Also geh zurück und mach's noch mal. Man hört nie, niemals, nie mit einem Fehlversuch auf. Das weißt du!«

»Eric, ich habe die ganze Nacht gearbeitet!«

»Ich auch, Babe. Die alte Dame, die ich versorge, hat Stunden auf dem Klo verbracht. Darmgeschichten.« Eric schüttelte den Kopf. »Falls ich im Alter je inkontinent werden sollte, tu mir den Gefallen und zieh den Stecker raus. Ihre Familie meidet sie, als habe sie die Pest. Mann, sie kann von Glück sagen, daß sie mich aufgetan hat.«

Glück, nur solange die Trinkgelder sprudeln, dachte Tandy. Eric war wie alle anderen. Nicht wie sie. Sie arbeitete, weil es ihr ein Bedürfnis war. Deshalb tat sie, was sie tat. Das sagte sie sich immer, und immer, und immer wieder...

»He, Tandy, bist du noch von dieser Welt?«

»Klasse, Eric, daß du den Leuten hilfst!«

»Bringt gutes Geld, aber ich bin hundertprozent bei der Sache. Was immer man tut, und wenn's Toilettenputzen ist, du mußt hundertprozent bei der Sache sein. Das ist faul im Staate Amerika! Niemand nimmt das Leben noch ernst. Ist alles ein großer Spaß. Gewichtheben ist kein Spaß, Tandy. Also Schluß mit der Faulenzerei! Hol die Handschuhe, und dann ran an die Gewichte.«

»Ich bin so müde, Eric. Ich kann nicht.«

»Tandy, ›ich kann nicht‹ gibt's bei uns nicht.«

Eric hatte dabei ihre Stimme imitiert.

Er machte sich über sie lustig. Machte sie nieder. Aber sie war nicht schlecht, verdammt! Arbeitete die ganze Nacht zum Wohl der Menschheit! Und dann direkt von der Arbeit zum Gewichtheben. Zu viel. Zu anstrengend. Sie würde zusammenbrechen.

Sie war auf der Verliererstraße.

Unfähig sich zu bewegen, beobachtete sie, wie Eric die Straßenkleidung auszog, bis er nur noch in seinem Tanga vor ihr stand. Die Ausbeulung vorn zeichnete sich groß und deutlich ab.

Eric wandte sich zu ihr. Er nahm ihr Gesicht in beide Hände. »Weinst du jetzt?«

»Nein...«

»Doch, du weinst gleich.«

»Nein, ehrlich nicht. Bin okay.«

»Okay?« Erics Stimme wurde gemein. »Du bist nicht okay, Tandy. Weißt du, was du bist? Du bist ein Jammerlappen.«

Und sofort wußte sie, daß sie nur zwei Möglichkeiten hatte: entweder der Jammerlappen zu bleiben oder wütend zu werden.

Bring ihn um, sagte die tiefe Stimme.

Bring ihn um, sagte die hohe Stimme.

Ein Lächeln huschte über ihr Gesicht. Sie schlug seine Hände weg und tat sich dabei selbst weh. »Willst du wissen, wer ein Jammerlappen ist, Eric? Du bist ein Jammerlappen. Hast nur den zweiten gemacht bei der Mr.-L.A.-Wahl am Muskelbeach. Hast wie ein Hutzelzwerg ausgesehen neben der Nummer Eins. Also verpiß dich!«

Eric lachte. »Braves Mädchen! Das ist wieder die Tandy, wie ich sie kenne und liebe. Scheiß drauf! Hol dir die Handschuhe.«

Tandy schloß die Augen. Sie fühlte heißen Schweiß an ihren Handflächen, das Klopfen ihres Herzens. Sie hatte keine andere Wahl, als zu gehorchen. Wenn nicht, würden Eric und die anderen ihr das Leben schwermachen. Und dann würde sie außer Kontrolle geraten.

Sie wußte, Eric wollte ihr nur helfen. Nicht so wie die *anderen*. Die Leute, die ihr das Leben geschenkt hatten, nur um es ihr dann zur Hölle zu machen. Eltern konnte man sie kaum nennen. Eltern waren sie nie gewesen.

Bilder schossen ihr durch den Kopf... aus der Zeit bevor sie die Kontrolle gewonnen hatte. Mengen von Essen. Berge von Essen.

Berge über Berge über Berge...

»Hol dir die verdammten Handschuhe!« brüllte Eric.

Berge über Berge...

»Tandy? Alles in Ordnung?« fragte Eric.

Sie holte tief Luft und schrie, so laut sie konnte. In ihrem Kopf hallte der Schrei noch nach, als er ihre Kehle längst schon verlassen hatte.

Dann ging sie hinaus und holte die Handschuhe.

Die kleinen roten Flecken wirkten auf dem Häufchen Schmierfett wie abstrakte Kunst. Harlow hatte die Stelle mit gelbem Band eingegrenzt. Wenn's drauf ankam, ging nichts über einen alten Routinier.

»Wie kommen Sie darauf, daß die Flecken was mit Marie Bellson zu tun haben könnten?« fragte Decker.

»Ist eine längere Geschichte, Sergeant. Einer meiner Männer ist bei den Vernehmungen im Krankenhaus auf eine Schwester gestoßen, die Marie Bellson kennt. Die Bekanntschaft der beiden beschränkt sich allerdings darauf, sich gegenseitig Geleitschutz von der Tiefgarage durch den Tunnel bis ins Krankenhaus zu geben, wenn sie zur gleichen Zeit Nachtschicht haben. Die Parkplätze ihrer Autos sind nebeneinander.«

»Na und?«

»Mein Mann hat diese Janie Hamnick gefragt, ob sie Marie zufällig gestern nacht bei Antritt des Nachtdienstes begegnet sei. Die Antwort war positiv. Und sie hat uns gezeigt, wo ihre Autos normalerweise parken. Ich dachte, wir könnten hier vielleicht einen Schuhabdruck oder andere Spuren sicherstellen. Dabei habe ich *das* entdeckt.«

»Gute Arbeit, Brian«, sagte Decker. »Fordern Sie einen Labortechniker an. Vielleicht kriegt der eine saubere Blutprobe raus.«

»Dürfte schwer werden«, bemerkte Harlow. »Auf einem Garagenfußboden findet sich alles mögliche... Öl, Fett, Benzin und Dreck.«

»Im Labor haben sie Mittel und Wege, die einzelnen Stoffe

voneinander zu trennen. Wenn wir Glück haben, kriegen sie was Brauchbares raus. Für einen Vergleich ist dann nur noch Marie Bellsons Blutgruppe nötig.«

»Oder die des Babys«, warf Marge ein.

Decker zog eine Grimasse. Der Gedanke war entmutigend. Aber Marge hatte recht. »Gut, ihr organisiert das. Wenn die Kollegen von der Spurensicherung hier sind, können sie auch gleich die Reifenabdrücke sicherstellen. Marie ist vielleicht schlau genug, das Nummernschild oder die Farbe ihres Wagens zu ändern. An einen Reifenwechsel denken die wenigsten. Und seht euch nach Schuhabdrücken um. Ziemlich viel Schmierfett hier auf dem Boden.«

»Wie wollen Sie die Blutgruppe der Bellson rauskriegen?« erkundigte sich Harlow.

»Vielleicht hat sie ja einen Hausarzt«, antwortete Decker.

»Oder sie wurde hier im Krankenhaus mal operiert«, ergänzte Marge. »In diesem Fall müßte eine Krankenakte existieren.

»Gute Idee.« Decker seufzte. »Jemand soll in der Krankenhauskartei nachsehen.« Er steckte die Hände in die Taschen. »Ich fahre jetzt zur Bellson-Wohnung. Ruft mich über Funk, sobald ihr hier fertig seid.«

»Okay.« Marge starrte auf die Blutflecken. »Gefällt mir gar nicht.«

»Bringt einen aber wenigstens auf Trab«, sagte Harlow.

»Eine gute Tasse Kaffee morgens tut das auch«, konterte Marge. »Ohne den bitteren Nachgeschmack.«

15

Die Temperaturen stiegen bereits, als Decker vom Parkplatz des Polizeireviers fuhr. Den Durchsuchungsbefehl in der Tasche, bog er in die Osborne Street ein und steuerte den Wagen in Richtung Freeway. Deckers Perspektive hatte sich durch den zweiundsiebzigstündigen Aufenthalt in einem geschlossenen Gebäude erstaunlich verschoben. Die Straßen erschienen ihm breiter, die Häuser höher, und der Verkehrslärm schmerzte in seinen Ohren. Aber zumindest war er draußen, war nicht länger gefangen in den Schreien der Kranken und dem Geruch des Todes.

Abgefüllt mit Kaffee griff er in die Tasche und nach dem Zettel mit Marie Bellsons Adresse. Sie wohnte nur ungefähr fünf Kilometer von seiner Ranch entfernt, seiner und Rinas Ranch, verbesserte er sich sofort im Geiste. Nachdem er so lange allein gelebt hatte, fiel es ihm noch immer schwer, das »mein« durch »unser« zu ersetzen. Nicht daß er egoistisch war! Rina konnte haben, was sie wollte. Decker sah in seinem Ausschließlichkeitsdenken die Macht der Gewohnheit. Vielleicht würde Hannah das ändern. Sie war immerhin ein gemeinsames Produkt.

Marie Bellson wohnte in einer zugigen Seitenstraße, die als Sackgasse in einer weiten Wendeschleife endete. Der Block bestand aus einer Mischung von alten, kleinen, einstöckigen Häusern im Ranchstil, Doppelhäusern und modernen Apartments. Maries Komplex lag am oberen Ende der Wendeschleife, dreistöckig, hinter einer hellen, verwitterten Holzfassade. Decker stellte den Plymouth zwischen einem weißen Ford Bronco und einem weißen Volvo ab. Weiter unten an der Straße stand der Streifenwagen. Der semmelblonde Tim Swanson saß am Steuer. Decker winkte ihm unauffällig zu. Swanson stieg aus.

»Sergeant«, sagte Swanson.

»Was gibt's, Officer?«

»Nichts.« Swanson hakte die Daumen in den Gürtel. »Absolut nichts los hier. Tote Hose.«

»Wer bewacht Bellsons Wohnungstür?«

»Len Kovacs. Da tut sich auch nichts.«

»Sie sehen gelangweilt aus.«

»Fühle mich fast schon gehirnamputiert, Sergeant. Schicksal! Ich vermisse irgendwie den Trubel und die Hektik der Rassenunruhen. Auch wenn der Haß verdammt hochschlug, ich hatte wenigstens was zu tun.« Swanson lächelte. »Ist uns schließlich gelungen, die Hausmeisterin aufzutreiben. Sie war über Nacht bei ihrer Tochter. Müßte jetzt jeden Moment mit dem Schlüssel aufkreuzen. Spart uns ein paar Schulterblessuren. Oder wollen Sie unbedingt mit Gewalt in die Wohnung?«

»Wir nehmen den Schlüssel, Tim.« Decker zückte den Durchsuchungsbefehl und forderte Swanson auf mitzukommen. Er wollte sichergehen, daß sich niemand in der Wohnung versteckte. Erst wenn feststand, daß die Wohnung leer war, würde er allein weitermachen. Je weniger Leute, desto weniger Gefahr, daß Spuren vernichtet wurden.

Marie Bellson wohnte im zweiten Stock. Der Lift fuhr im Schneckentempo, stank nach Moder und ächzte in allen Fugen. Kovacs saß im Schneidersitz vor der Wohnungstür auf dem Fußboden. Beim Anblick Deckers wurde er rot. Er stand auf und klopfte den Staub von seinem Hosenboden.

»Ich bin es nicht gewohnt, so lange zu stehen.« Kovacs schüttelte die Beine aus. »Würde einen lausigen Türsteher abgeben.«

»Irgendwas Verdächtiges?« fragte Decker.

»Nicht die Bohne, Sergeant.«

Decker klopfte laut, rief seinen Namen und erhielt keine Antwort. Er wandte sich an Swanson. »Wann wollte die Hausmeisterin hier sein?«

»So gegen acht. Vielleicht in fünf Minuten.«

Decker betrachtete den Zwischenraum zwischen Tür und Türrahmen. Marie hatte eine Doppelverriegelung. Mit einer Kreditkarte ließ sich das Schloß also nicht öffnen. Decker rüttelte am Türknauf. Die Tür war dünn, und er war ungeduldig. Ein Kind war entführt worden, eine Krankenschwester wurde vermißt. Lediglich ein paar Blutspritzer waren auf einem leeren Parkplatz zurückgeblieben. Ein gezielter Schlag, und sie wären drinnen gewesen. Aber er wußte, es war klüger zu warten.

Zehn Minuten später tauchte die Hausmeisterin auf.

Decker schätzte sie auf Ende Fünfzig. Sie war mager, hatte faltige Haut und wirres, karottenfarbenes Haar. Ihre Stimme war heiser, ihr Atem roch schwer nach Nikotin.

»Renee Fulbright.« Sie streckte ihm eine knochige Hand entgegen. »Was ist mit Marie passiert?«

»Wer hat gesagt, daß ihr was passiert ist?« konterte Decker.

Renee zog einen dicken Schlüsselbund aus der Tasche und begann nach einem Schlüssel zu suchen. »Muß was Ernsteres sein. Warum wäre sonst die Polizei hier? Ah, da ist er ja. Apartment 3/12. Marie war übrigens die ideale Mieterin. Hat immer pünktlich bezahlt.« Sie steckte den Schlüssel ins Schloß, drehte den Knauf und öffnete die Tür. »Machen Sie bitte den Teppich nicht schmutzig... wenn's geht. Ich hab ihn gerade reinigen lassen.«

Decker putzte seine Schuhe auf dem Fußabstreifer ab. »Ich ziehe die Schuhe aus, sobald ich weiß, daß niemand drin ist.«

»Die Polizei, dein Freund und Helfer, was?« Renee lächelte zögernd. »Ich habe was übrig für Rotschöpfe, wissen Sie.«

»Meine neugeborene Tochter ist ein Rotschopf. Die würde Ihnen gefallen.«

Das Lächeln verschwand. »Das war deutlich.«

Decker lachte. »Sie müssen nicht hierbleiben, Mrs. Fulbright. Aber den Schlüssel brauch ich für 'ne Weile.«

Renee nahm den Schlüssel vom Bund. »Sie finden mich in Nummer 101. Werfen Sie ihn einfach in den Briefkasten.«

»Wird gemacht.« Decker trat über die Schwelle. »Polizei!« rief er. Als niemand antwortete, sah er sich zunächst im Wohnzimmer um. Zuerst öffnete er die Schränke: Kleider, Geschirr, Durchlauferhitzer, nichts. Dann nahm er sich die Küche vor, während Swanson und Kovacs Schlaf- und Badezimmer prüften.

Nichts Auffälliges. Kleine Anrichte, weißer Herd und Kühlschrank, ein Korkbrett an der Wand, und daran ein Kalender, gehalten von einer Reißzwecke. Decker zog die Reißzwecke heraus und blätterte durch das laufende Jahr. Nirgends war eine Notiz zu finden. Die Bellson war ein harter Brocken. Er nahm sich vor, den Kalender später gründlicher durchzusehen.

Swanson kam aus einem Schlafzimmer. »Raten Sie mal, was ich gefunden habe, Sergeant?«

»Eine Katze«, sagte Decker, ohne sich umzudrehen.

Swanson antwortete nicht sofort. »Woher wissen Sie das?«

»Mülleimer und Freßnapf in der Küche.« Decker sah Swanson an, der eine grau-schwarz getigerte junge Katze im Arm hielt. Er kraulte das Tier unter dem Kinn. »Niedliches kleines Biest. Eine Getigerte, oder wie nennt man die?«

»Bei Katzen bin ich überfragt.«

»Anders, wenn's um seine Pussys geht«, sagte Kovacs. Die Uniformierten lachten.

»War die Katze im Zimmer eingesperrt?« fragte Decker.

»Ja, die Tür war zu«, antwortete Swanson.

»Habt ihr sonst noch was Bewegliches gefunden?«

Kovacs schüttelte den Kopf.

»Sieht so aus, als sei das Nest leer. Ihr beiden könnt euch wieder in der Zentrale melden.«

»Und was machen wir mit der hier?« Kovacs hielt die Katze hoch.

»Lassen Sie sie hier. Ich kümmere mich drum.«

Swanson setzte das Tier auf den Fußboden. Das Kätzchen war mit einem Satz bei seinem Napf. In der einen Hälfte war Wasser, aber der Teil fürs Fressen war leer. Sie miaute kläglich.

»Sie hat Hunger«, stellte Swanson fest.

»Scheint so«, sagte Decker.

»Kätzchen muß man füttern«, sagte Kovacs und lachte über seinen Witz.

Decker zog Handschuhe an und öffnete mehrere Schränke, bis er eine Schachtel Katzenfutter gefunden hatte. »Bis später, Jungs!«

Nachdem die Uniformierten gegangen waren, schüttete er das Trockenfutter in den Napf. Die Katze machte sich sofort darüber her. Decker nahm sein Notizbuch heraus.

Die Wohnung machte den Eindruck, als habe die Besitzerin vor, jeden Moment zurückzukommen. Die Katze war der durchschlagendste Beweis. Ohne Futter wäre das Tier in einigen Tagen verhungert. Auf dem Abtropfgestell neben der Spüle stand Geschirr, zwei Bücher aus der Leihbibliothek lagen auf dem Küchentisch. Decker las die Titel:

Ein Single in den Neunzigern: Ein neuer erfrischender Überblick über die Frauenbewegung.

Erwachsene Töchter, Kinder-Mütter: Wenn sich Erziehungsmodelle umkehren.

Am Kühlschrank hing ein Zettel: *3 Uhr Paula.* Decker schlug das heutige Datum in Maries Kalender auf. Der Drei-Uhr-Termin war rot angestrichen. Daneben standen die Initialen PD.

Bis drei Uhr war es noch eine lange Zeit. Falls Marie nicht auftauchte, würde Paula vermutlich anrufen. Hatte Marie einen Anrufbeantworter? Decker entdeckte Telefon und Anrufbeantworter im Wohnzimmer. Eine Null glühte rot auf dem Display.

Gestern nacht, während Marie Dienst gehabt hatte, hatte demnach niemand angerufen. Oder es hatte jemand angerufen, aber die Nachrichten waren inzwischen abgehört und das Band zurückgespult worden.

Decker drückte auf die PLAY-Taste. Der Apparat begann sofort Nachrichten von sich zu geben. Eine stammte von einer Frau mit einer alten, heiseren Stimme, die so gehetzt klang, als rufe sie heimlich an. Dann kam eine Frau namens Dotty, die keine Telefonnummer hinterließ, und eine Paula, die ihre Nummer nannte. Decker notierte sie. Dann tippte er die Zahlen ins Telefon. Nach zweimaligem Rufzeichen schaltete sich Paulas Anrufbeantworter ein. Decker legte auf. Er nahm sich vor, später wieder anzurufen.

Er hatte keine Ahnung, wann diese Anrufe erfolgt waren. Maries Anrufbeantworter hatte keine eingebaute Uhr. Am Vortag war Marie am späten Vormittag zum Dienst erschienen und hatte bis zu ihrem Verschwinden gearbeitet. Waren die Anrufe erfolgt, während Marie im Krankenhaus war, bedeutete das, daß jemand Maries Anrufbeantworter abgehört und zurückgespult hatte. Anderenfalls hätte das Display die Zahl der Nachrichten angezeigt.

Decker notierte sich diese Überlegungen und sah sich im Wohnzimmer um. Weiblicher Geschmack herrschte vor. Angefangen vom flauschig pinkfarbenen Teppichboden bis zu den pausbackigen Engelsfiguren, die in einem Vitrinenschränkchen standen. Auch die weißen Wände hatten einen leicht rosigen Schimmer und waren mit Katzenpostern dekoriert. Auf einem großen Fernsehapparat stand eine Schale mit Duftblättern. Die ausladende Couch war mit einem hellblau und pink gemusterten Stoff bezogen und mit gestickten Kissen geschmückt. Zu beiden Seiten des Sofas standen Beistelltische. Vor der Couch stand ein Couchtisch.

Auf dem Couchtisch lag ein Buch – die Bibel.

Schräg gegenüber dem Couchtisch stand ein weißer Schaukelstuhl, eine orientalische Decke hing über der Rückenlehne. Ein passender Polsterhocker stand davor.

Nachdem die Katze gefressen hatte, sprang sie auf den Hocker und von dort in den Schaukelstuhl, wo sie sich in die weichen Falten der Decke kuschelte.

»Hauptsache, einer von uns kriegt seinen Schönheitsschlaf«, murmelte Decker.

Bellsons Bücherregale waren bis auf ein Dutzend zerlesener Taschenbücher und einige medizinische Lehrbücher fast leer. In den Schränken darunter fanden sich so unterschiedliche Dinge wie Brettspiele, ein Picknickkorb, einige Kameras. Marie Bellson besaß eine Fotoausrüstung, aber keine Fotos.

Decker war der Meinung, jeder Mensch müsse Fotos haben. Wo waren Maries Fotos? Er machte sich wieder an die Arbeit.

Die Wohnung sah nicht so aus, als habe Marie häufiger Besuch von kleinen Kindern. Die hellen Polstermöbel waren nicht das Ideale für klebrige Kinderfinger. Und der Teppichboden war noch weniger für schmutzige Schuhe und Spielsachen geeignet. Außerdem standen zahllose zerbrechliche

Dinge in offenen Regalen, und die Steckdosen waren ohne Kindersicherung.

Decker ging weiter zu den Schlafzimmern.

Der erste Schlafraum enthielt ein Doppelbett, die Decken waren militärisch straff und exakt gefaltet. Der Bettüberwurf war eine daunengefüllte Patchworkdecke in Pink, Rosé und Weiß. Auf dem linken Nachttisch stand ein Telefon. Den rechten zierte ein Radiowecker. Der Wecker war auf zehn Uhr morgens eingestellt. In einem der Fächer darunter steckte eine Fernsehzeitschrift und ein Buch über bekannte Fernsehfilme. Im Fach des anderen Nachttischs lag eine zweite Bibel.

Decker blätterte sie durch. Zahllose Stellen waren unterstrichen. Eine bestimmte Systematik war nicht festzustellen.

Marie, die Krankenschwester.

Marie, die Bibelleserin.

Viel mehr gab das alles nicht her. Marie, die Frau, blieb jede Information schuldig.

Decker trat an die Schränke.

Maries Kleidung war sorgfältig auf eine weiße Schleiflackkommode und einen Wandschrank verteilt. Weder Babysachen noch andere Kleinkinderutensilien lagerten irgendwo im verborgenen. Falls Marie vorgehabt hatte, einen Säugling mit nach Hause zu nehmen, hatte sie in keiner Weise vorgesorgt.

So intim und weiblich das Schlafzimmer war, vermittelte es doch die sterile Neutralität einer Filmkulisse, von der Bibel einmal abgesehen.

Decker ging durch das Badezimmer, das die beiden Schlafzimmer miteinander verband. Die Tapete zeigte ein Kletterrosenmuster in Pink auf weißem Grund, Handtücher und Waschlappen in passenden Farben hingen an den Haken. Eine weitere Schale mit Duftblättern stand auf den mit Linoleum bezogenen Ablagen. Der Medizinschrank enthielt die normalen Hausmittel, darunter einige verschreibungspflichtige Medikamente. Unter dem Waschbecken lag ein Vorrat an Toilettenpapier, Kosmetikpads und Shampoo.

Bei der Begutachtung des letzten Schlafzimmers, das als

Büro diente, fand sich auch nicht mehr. Zentrales Möbelstück war ein kleiner Schreibtisch mit einer weißen Löschpapierunterlage, einem Stifthalter aus Bronze, einer Kristalluhr und der dritten Schale mit Duftblättern. Marie schien süßliche Duftnoten zu bevorzugen, obwohl Decker keinerlei Parfümflaschen in ihrem Badezimmer hatte entdecken können. Dann fiel ihm ein, daß viele Krankenschwestern aus Rücksicht auf die Patienten kein Parfüm benutzten.

Er durchsuchte die Schreibtischschubladen.

Die Schublade in der Mitte enthielt wertlose Kleinigkeiten. In der linken Schublade befand sich Maries persönliches Briefpapier mit ihrem Namen in einer schwungvollen Schnörkelschrift. Die passenden Briefumschläge trugen ihre Adresse. Auch die kleineren Briefkarten hatten einen entsprechenden Aufdruck. Auf der rechten Seite des Schreibtisches bewahrte sie Akten auf… Auto, Versicherungen, Steuern, Rechnungen, Bankauszüge, Quittungen.

Decker nahm die Bankauszüge heraus. Nach einstündigem Studium der Unterlagen hatte er herausgefunden, daß Marie Bellson über ein Girokonto mit ungefähr dreihundert Dollar verfügte. Sie besaß außerdem ein Sparkonto mit ungefähr dreitausend Dollar. Es war drei Jahre zuvor eröffnet worden. Decker rief die Bank an, nur um festzustellen, daß das Sparkonto noch existierte und in der vergangenen Woche keinerlei Transaktionen auf dem Girokonto vorgenommen worden waren.

Eigentlich sprach alles dagegen, daß Marie sich mit ihrem Geld aus dem Staub gemacht haben sollte.

Decker dachte nach. Nichts, was er gesehen hatte, deutete auf eine Frau hin, die eine Entführung geplant hatte. Falls sie dennoch das Baby gekidnappt hatte, hatte sie das Krankenhaus nur mit dem verlassen, was sie auf dem Leib trug. Ihr Apartment war sauber und ordentlich. Wäre sie inzwischen zu Hause gewesen, um in aller Hast zu packen, hätte das Spuren hinterlassen.

Es war Zeit, die Polster zu lüften und unter die Betten zu

kriechen. Decker hatte das Wohnzimmer zum zweiten Mal gründlich unter die Lupe genommen, als das Telefon klingelte. Er hielt inne und wartete, bis sich der Anrufbeantworter einschaltete. Paula war in der Leitung.

Decker hob den Hörer ab und unterbrach die Aufzeichnung. Die Frau am anderen Ende erkundigte sich umgehend nach seinem Namen. Sie klang argwöhnisch.

»Detective Sergeant Peter Decker von der Kripo Los Angeles«, stellte er sich vor. »Ich wollte Sie sowieso anrufen. Soviel ich feststellen konnte, haben Sie heute um drei Uhr eine Verabredung mit Miß Bellson.«

Am anderen Ende war es still.

»Paula?«

»Woher wußten Sie, wer ich bin?«

»Sie haben gerade Ihren Namen auf Band gesprochen.«

»Woher weiß ich, daß Sie der sind, für den Sie sich ausgeben?«

»Rufen Sie das Revier Foothill an und überprüfen Sie meine Dienstnummer. Aber tun Sie mir jetzt den Gefallen und reden Sie mit mir. Sind Sie heute mit Marie verabredet?«

Die Frau am anderen Ende zögerte. »Ja.«

»Warum haben Sie Marie angerufen, Paula? Nur um Zeit und Ort zu bestätigen?«

»Mir ist das nicht ganz geheuer...«

»Sie haben Marie schon gestern angerufen.«

»Woher wissen Sie... Was soll das alles?«

»Wissen Sie noch, um welche Uhrzeit Sie angerufen haben?«

Am anderen Ende war es wieder still. »Bitte helfen Sie mir!« drängte Decker.

»Ich schätze, das war so gegen vier Uhr nachmittags«, kam die Antwort zögernd. »Sie war nicht zu Hause. Ich nahm an, daß sie Dienst hatte. Deshalb rufe ich jetzt an. Ich wollte mich vergewissern... Wie war noch gleich Ihr Name?«

Decker massierte sich die Schläfen. Vier Uhr. Um diese Zeit hatte Marie gearbeitet. Irgend jemand mußte in der Wohnung gewesen sein und die Nachrichten abgehört haben. »Paula, Marie ist verschwunden...«

»Was soll das heißen ›verschwunden‹?«

»Ganz einfach: Sie ist vergangene Nacht im Dienst verschwunden. Haben Sie eine Ahnung, wo sie sein könnte?«

»Nein, ich... Wer sind Sie?«

Decker wiederholte seinen Namen und Rang. »Keine Ahnung, wo sie ist?«

»Nein.« Wieder ein Zögern. »Wenn sie so plötzlich weg war, hatte sie sicher einen triftigen Grund. Warum suchen Sie überhaupt nach einer erwachsenen Frau... O Gott, o Gott! Es ist wegen des Babys aus dem Fernsehen, stimmt's? Ich meine, warum sollten Sie sonst nach einer erwachsenen Frau suchen? Habe ich recht?«

»Die Entführung geschah während Maries Dienstzeit.«

»Entführung!« wiederholte Paula schrill. »Mein Gott, es war mir gar nicht aufgefallen, daß es in Maries Krankenhaus passiert ist. Wenn Marie verschwunden ist, heißt das, daß die Person, die das Baby gekidnappt hat, auch Marie hat. Warum sonst sollte sie verschwunden sein? Sie hätte bis zum letzten Blutstropfen gekämpft, um das Baby zu retten. Sie ist die aufopferndste Krankenschwester, die ich kenne. O Gott, o Gott!«

»Paula, wir müssen uns unterhalten. Wir könnten uns in circa einer Stunde treffen. Sagen wir so gegen elf.«

»Ich bin noch im Dienst.« Pause. »Glauben Sie, Marie geht es gut? Ich meine, Sie glauben doch nicht, daß sie... O Gott, o Gott!«

»Ich kann zu Ihrer Arbeitsstelle kommen. Ist das in Ordnung?«

»Selbstverständlich. Ich mache eine Pause. Kein Problem.«

»Wo arbeiten Sie?«

»Am St.-Jerome-Krankenhaus, San Fernando. Wissen Sie, wo das ist?«

»Sie sind auch Krankenschwester?«

»Ja. Ich habe Marie am Sun-Valley-Presbyterian-Hospital

kennengelernt. Sie hat mich zur Säuglingsschwester ausgebildet. Danach habe ich umgesattelt. Ich bin Kinderschwester geworden. Ich liebe Kinder.«

»Wir sehen uns dann um elf, Paula. Ich lasse Sie über Ihren Pieper rufen, sobald ich da bin. Wie heißen Sie mit Nachnamen?«

»Delfern. Paula Delfern. Ich bin auf der Kinderstation.«

»Danke, Miß Delfern. In einer Stunde.«

»Keine Ursache.« Pause. »Wie sagten Sie, war doch gleich Ihr Name?«

Marge tauchte mit Cindy im Schlepptau auf. Decker sah zuerst Marge, dann Cindy an. Er war wütend.

»Was hat sie hier zu suchen?«

»Sie ist mir gefolgt.«

»Daddy, laß mich's erklären ...«

»Überleg's dir gut.«

»Sei bitte nicht böse auf Marge. Ich habe sie weichgekocht. Schließlich hatte sie Mitleid mit mir.«

»Ich hielt es für besser, sie unter Aufsicht zu haben, bevor sie was Dummes anstellt«, sagte Marge.

»Cindy, du gehst nach Hause und schläfst dich aus!«

»Daddy, wie soll ich schlafen, solange das Baby verschwunden ist? Ich bin eine halbe Stunde bei Lourdes Rodriguez gewesen und habe ihr nur die Hand gehalten. Sie hat geweint.« Ihre Stimme klang brüchig. »Es ist so verdammt ungerecht.«

Decker wandte sich an Marge: »Was hatte sie bei Lourdes zu suchen?«

»Ich bin zufällig ins Zimmer gekommen und habe sie dort gefunden.«

»Cindy ...«

»Daddy, sie brauchte jemanden. Jemand anderen als einen Polizisten oder Reporter, Anwalt oder Krankenhausdirektor, der versucht, sie zu überreden, auf ihre Rechte zu verzichten.«

»Ich fasse es nicht.« Decker rieb sich die Augen.

»Wie wär's, wenn ich einfach nur zusehe?«

»Zusehe? Wobei?« Decker sah auf die Uhr. »O Mann! Setz dich einfach hin, und rühr ja nichts an. Und hör auf, so dämlich zu grinsen. Wir sprechen uns später noch.«

Cindy versuchte eine ernste Miene zu machen. Sie setzte sich auf den weißen Hocker. Dann entdeckte sie die Katze. »Wer ist denn das?«

»Vermutlich Maries Katze. Sie war im Schlafzimmer eingesperrt und hatte Hunger.«

»Arme Kleine.« Cindy kraulte die Katze. »Können wir sie behalten?«

»Wir können sie in Pflege nehmen«, sagte Decker. »Sie kann bei den anderen Streunern im Stall Unterschlupf finden.« An Marge gewandt fuhr er fort: »Wenn der Anrufbeantworter hier richtig funktioniert, muß jemand vergangene Nacht hier gewesen sein, ihn abgehört und wieder vorgespult haben.«

»Könnte Marie selbst gewesen sein.«

»Könnte.«

»Was heißt das?«

»Ich bin nicht sicher. Hier deutet nichts auf einen hastigen Aufbruch hin. Ich wollte die Wohnung schon verlassen, da habe ich zwei Schlüssel gefunden, die mit Klebeband unter dem Schreibtisch befestigt waren. Dieser hier«, Decker hielt einen Schlüssel hoch, »gehört zu einem Staufach über ihrem Parkplatz in der Tiefgarage. Detective Snail hat nur eine halbe Stunde gebraucht, um es zu finden.«

Marge lächelte. »Und was war in dem Fach?«

»Eine Menge alter College-Skripte, Geschichte, Völkerkunde, Politik, Naturwissenschaften und eine Sammlung radikaler Schriften aus den Sechzigern.«

»Radikale Schriften?«

»Eldridge Cleaver, Malcolm X, Abbie Hoffman ...«

»Hm, da scheint sich Marie aber sehr verändert zu haben«, sagte Marge. »Irgendwann muß sie eine Art Wiedergeburt erlebt haben.«

»Diese Veränderung ist anhand der Unterlagen gut nachzuvollziehen. Da waren auch eine Menge Schriften über vergleichende Religionswissenschaften und Texte von ostasiatischen Philosophen.«

»Von Gurus zu Jesus«, bemerkte Marge.

»Alle Religionen ähneln sich, wenn man mal über die Äußerlichkeiten hinausgekommen ist.«

»Was ist mit dem anderen Schlüssel?« fragte Marge.

Decker zuckte mit den Schultern. »Keine Ahnung! Sieht so aus, als gehöre er zu einer Kassette. Ich suche schon zwanzig Minuten und kann nichts finden. Ich habe eine Verabredung mit einer Paula Delfern. Sie ist Schwester am St.-Jerome-Krankenhaus. Sie wollte sich heute um drei Uhr mit Marie treffen. Keine Ahnung, wie die beiden zueinander stehen. Ich sollte um elf Uhr dort sein.«

»Dann bist du spät dran«, sagte Marge.

»Das weiß ich, Marge. Diese Paula könnte eine gute Informationsquelle für uns sein.«

»Soll ich hier weitermachen oder lieber mit Paula Delfern sprechen?«

»Übernimm du Miß Delfern«, entschied Decker. »Ich kenn mich hier schon besser aus. Dieser verdammte Schlüssel muß doch irgendwo passen!«

»Ich helfe dir, Dad«, sagte Cindy.

»Du, mein Fräulein, bleibst da sitzen und hältst den Mund!«

»Ist er nicht süß, wenn er den harten Mann spielt?« fragte Marge.

Decker mußte lachen. Er griff in die Tasche, holte ein paar Handschuhe heraus und warf sie Cindy in den Schoß. »Zieh sie an. Damit du mir meine Spuren nicht versaust.«

Cindy grinste und zog die Handschuhe an. »Spuren wovon?«

Darauf wußte Decker keine Antwort. Aber das behielt er für sich. »Irgendwelche Informationen gefunden, was Maries Blutgruppe betrifft, Marge?«

»Ja, aber es hilft uns nur bedingt weiter. Marie ist A Positiv und hat einen normalen Blutgerinnungsfaktor. Diese

Daten stimmen mit dem Blut überein, das wir auf dem Parkdeck entdeckt haben. Allerdings ist A-Positiv eine häufige Blutgruppe.«

»Ja, ungefähr vierzig Prozent der Bevölkerung haben sie.«

»So ist es. Aber mehr steht nicht auf Maries Patientenkarte.«

»Weshalb war Marie im Krankenhaus?«

»Wegen einer Ausschabung. Vor drei Jahren.«

»Einer Ausschabung? Hatte sie eine Fehlgeburt.«

»Davon steht nichts in den Akten«, antwortete Marge. »Nur, daß bei ihr eine Ausschabung gemacht wurde. Ich habe mir den Namen ihres Arztes notiert. Ist ein gewisser Stanley Meecham. Warum kommt der Name mir nur so bekannt vor?«

»Der Fall Darcy vor ein paar Jahren«, sagte Decker. »Erinnerst du dich?«

»Ja, natürlich.«

Ein dreifacher Mord, dachte Decker. »Meecham war Linda Darcys Arzt. Er hat sie wegen Unfruchtbarkeit behandelt. Ich frage mich, ob Marie das gleiche Problem hatte.«

»Wenn ja, haben wir ein mögliches Motiv für das Kidnapping.«

»Frau dreht durch, weil sie keine Kinder kriegen kann?« bemerkte Decker.

»Warum nicht?« sagte Marge.

Ja, warum nicht, wiederholte Decker stumm. Er dachte an Rina. Die Entfernung ihrer Gebärmutter hatte sie in tiefe Depressionen gestürzt. Dabei war sie eine Frau, die bereits drei gesunde Kinder hatte.

»Ja, warum eigentlich nicht«, sagte Decker laut. »Angenommen, sie hatte entsprechende Probleme, bedeutet das, daß ein Kerl im Spiel war?«

Marge zuckte die Schultern. »Ich frage Paula.«

»Warum sonst sollte ein Arzt eine Ausschabung vornehmen?« fragte Decker.

»Grandma hatte eine Ausschabung, als sie ihre Periode wegen der Menopause nur unregelmäßig bekam«, warf Cindy ein.

»Wirklich?« Decker war überrascht.

»Für die Menopause ist Marie noch zu jung«, stellte Marge fest.

»Ist auch schon vorgekommen«, sagte Decker. »Könnte ebenfalls der Grund für eine psychische Störung sein. Marie sieht die letzte Chance auf ein Kind schwinden und nimmt sich eines.« Er starrte auf den Schlüssel in seiner Hand. »Ich suche weiter nach der Kassette. Du fährst zu Paula Delfern. Krieg raus, was da zwischen den beiden war.«

»Wird gemacht.«

»Ich habe übrigens mit Marie Bellsons Bank Kontakt aufgenommen. Sie rufen an, sobald Marie oder sonst jemand versucht, Geld von ihrem Konto abzuheben. Wenn sich jemand von der American International bei dir meldet, weißt du Bescheid.«

»Geht klar.« Marge setzte ihre Sonnenbrille wieder auf. Dann nahm sie ein Papiertaschentuch und legte es auf ihre rechte Handfläche. »Laß mich mal diesen Schlüssel anschauen.«

Decker legte ihn auf das rosafarbene Papiertuch.

»Nicht die richtige Form für ein Bankschließfach«, urteilte Marge.

»Stimmt.«

»Postschließfach oder Briefkasten?«

»Möglich. Für mich sieht er eher wie ein Kassettenschlüssel aus.«

»Finde ich auch«, stimmte Marge zu. »Dachte nur gerade daran, daß die Person, die den Anrufbeantworter abgehört hat, die Kassette mitgenommen haben könnte.«

»Der Gedanke ist mir auch schon gekommen.« Decker nahm den Schlüssel. »Ich suche hier weiter.«

»Ruf an, wenn du fertig bist. Dann tauschen wir Informationen aus.« Marge winkte Cindy zu. »Paß auf ihn auf, Kindchen!«

Decker wartete, bis Marge gegangen war. »Hat bei Rinas Entlassung alles geklappt?« fragte er.

Cindy nickte. »Ihre Eltern haben sie pünktlich abgeholt. Sie ist sehr stolz auf das, was du tust, Dad. Sie macht sich auch Sorgen wegen Caitlin.«

»Caitlin?«

»So heißt das Baby. Lourdes hat's mir gesagt.«

Caitlin, dachte Decker. Die Kleine hatte also bereits einen Namen. »Cindy, normalerweise hätte ich dir einen Tritt in den Hintern verpaßt. Dafür, daß du hier aufgetaucht bist, meine ich. Nur weil ich in deiner Schuld stehe...«

»Stehst du gar nicht.«

»Doch. Rina und ich haben dir zu danken. Aber als dein Vater bin ich stocksauer auf dich.«

»Ist doch nur, weil mir die Sache am Herzen liegt, Dad! Ich will dir helfen, diese Kassette zu finden. Und danach störe ich dich nicht mehr bei der Arbeit. Versprochen!«

Decker zögerte. Zwei Augenpaare sahen mehr als eines. Zum Teufel mit den Vorschriften. Die hatten Caitlin Rodriguez vergangene Nacht auch nicht geholfen.

»Na, gut«, lenkte Decker ein. »Fang in der Küche an. Langsam und systematisch. Ich habe zwar alles schon zweimal durchsucht, aber vielleicht ist mir was entgangen.«

»Danke, Dad.«

»Schon gut.« Decker wurde es plötzlich warm ums Herz. »Ich liebe dich, Prinzessin!«

Cindy lächelte. »Ich dich auch.«

16

Marge saß in der Krankenhauskantine und dachte darüber nach, weshalb der Kaffee in öffentlichen Einrichtungen stets wie Spülwasser schmecken mußte. Sie bemerkte, daß Paula Delfern ebenfalls lustlos an ihrer Tasse nippte. Die Krankenschwester starrte in den weißen Porzellanbecher, als könne sie die Zukunft darin lesen. Marge schätzte sie auf Mitte Zwanzig. Sie hatte einen hellen Teint und sandfarbenes, schulterlanges Haar, zarte Züge in einem breiten Gesicht mit einer etwas platten Nase und ein gewinnendes Lächeln. Mit etwas Make-up war sie sicher recht hübsch anzusehen. Im Augenblick jedoch wirkte sie eher wie ein Mauerblümchen. Marge zückte ihren Notizblock.

»Ich weiß wirklich nicht, wie ich Ihnen helfen kann«, begann Paula. »Marie und ich sind Freunde. Trotzdem weiß ich nicht viel von ihr. Wir haben viel geredet. Weil ich Probleme hatte. Und wir haben hauptsächlich von mir gesprochen.«

»Probleme? Inwiefern?«

»Ist das wichtig?«

»Könnte sein. Wer weiß? Wir wollen Marie und das Baby finden«, betonte Marge.

Paula erschauderte. »Mein Gott, was für eine schreckliche Geschichte!«

»Wie haben Sie Marie kennengelernt?«

»Ich war bei ihr Lernschwester im Sun-Valley-Presbyterian-Hospital. Dort habe ich ein Jahr lang in der Geburtshilfe und auf der Station für Neugeborenen-Medizin gearbeitet, bevor ich auf Kinderschwester umgesattelt habe. Ich liebe Kinder. Genau wie Marie. Ich kann mir nicht vorstellen, daß Marie je einem Kind was zuleide tun würde.«

»Wer sagt, daß sie einem Kind etwas getan haben könnte?«

»Sie würde das einer Mutter nicht antun. Ich kenne Marie. Sie mag die jungen Mütter.«

»Wie kam es, daß Sie und Marie Freundinnen geworden sind?« fragte Marge. »Soviel ich gehört habe, ist Marie nicht unbedingt der gesellige Typ.«

»Nein, ist sie auch nicht. Aber deshalb ist sie trotzdem nett. Partys sind nicht ihr Ding. Wir haben einfach nach dem Dienst zusammengesessen und geredet. Sie hat meistens Kaffee gekocht...« Paula wirkte in Gedanken verloren. »Wir haben uns unterhalten. Ich hatte Probleme mit meinem Ex-Freund, er wollte sich nicht binden. Das alte Lied.«

Marge nickte verständnisvoll. Obwohl eine feste Bindung das letzte war, was sie vom Leben erwartete. Pete schien in seiner neuen Ehe glücklich zu sein. Aber Pete war auch vorher nicht unglücklich gewesen. »Sie und Marie haben also über Ihren Freund gesprochen?«

»Ja. Marie war sehr hilfsbereit. Nicht daß wir immer einer Meinung gewesen wären. Wir hatten ziemlich heftige Auseinandersetzungen über Gott.«

»Gott?«

»Ja, Marie ist sehr Jesus-gläubig. Sie mochte vor allem die biblische Geschichte von dem Verlorenen Sohn.«

»Dem reuigen Sünder.«

»Richtig. Sie hat immer behauptet, jeder hätte eine Leiche im Keller.«

»Hat Marie ihre Leiche im Keller genauer definiert?«

»Eigentlich nicht. Sie hat selten über sich gesprochen. Wir hatten zuviel mit meinen Problemen zu tun.« Paula konzentrierte sich wieder auf ihre Kaffeetasse. »Marie konnte verständnisvoll sein, selbst wenn ...« Sie tupfte sich mit der Serviette die Augen. »Entschuldigung. Die Erinnerung ... geht mir an die Nieren.«

»Lassen Sie sich ruhig Zeit.«

»Ich wurde schwanger von meinem Ex-Freund.« Ihre Stimme wurde leise. »Damals war er natürlich nicht mein Ex. Daran ist der Streit über Heiraten oder nicht Heiraten natürlich entbrannt.«

Marge nickte.

»Er wollte nicht heiraten. Er wollte kein Kind. Er hat gesagt, er sei zu jung. Dabei hat er im letzten Semester Medizin studiert. Er hätte ... Jedenfalls, als ich ihm gesagt habe, daß ich das Kind behalten wolle, ist er fast durchgedreht. Er hat mir gesagt, daß ich von ihm keine Hilfe erwarten könne, er sei zu jung, um sich zu binden. Zwei Monate später hat er sich mit einer Studienkollegin verlobt.« Sie begann zu weinen. »Damit war klar, daß er nicht prinzipiell was gegen Bindungen hatte, er hatte nur was gegen mich!«

Marge wartete, bis sie sich beruhigt hatte. Sie war sich nicht klar darüber, ob die Geschichte wichtig war.

»Marie hat mir sehr geholfen.«

»Sie konnten sich bei ihr ausweinen?«

»Und mehr. Wir wurden sehr vertraut. Sie hat mich sogar eingeladen, zu ihr zu ziehen, wenn ich bei fortgeschrittener Schwangerschaft Hilfe bräuchte. Ich bin aus Des Moines. Mit meiner Familie verbindet mich nicht viel. Schwanger und ohne Mann nach Hause zu kommen – das wäre unmöglich gewesen. Ich war so verdammt allein. Marie war einfach wunderbar. Niemand hätte fürsorglicher sein können. Sie gehört zu den wenigen Menschen, die leben, was sie predigen.«

»Sind Sie zu ihr gezogen?«

Paula schüttelte den Kopf. »War nicht nötig. Ich hatte im vierten Monat eine Fehlgeburt.« Sie lächelte unter Tränen. »Mein Ex-Freund hat mir sogar Blumen ins Krankenhaus geschickt.«

»Reizender Junge.«

»Das Leben hat mir eine harte Lektion erteilt.« Sie seufzte. »Immerhin war die Fehlgeburt besser als eine Abtreibung. Ursprünglich wollte ich abtreiben. Aber Marie hat mir das ausgeredet.«

»War Marie gegen eine Abtreibung bei Ihnen oder gegen Abtreibungen im allgemeinen?«

»So genau hat sie das nie gesagt. Sie hat mich allerdings gebeten, mir zu überlegen, ob ich mit der Entscheidung leben könne, meinem Kind das Leben zu nehmen. Sie hat mir klargemacht, daß es mir kaum zusteht, den lieben Gott zu spielen.«

»Gehört Marie einer Sekte an?«

»Sie hielt sich nur für eine anständige Christin. Aber das ist nicht der eigentliche Grund für ihre Ansichten. Ich glaube, sie hat vor langer Zeit ein Kind verloren, als sie noch sehr jung war. Keine Ahnung, ob es eine Totgeburt war oder das Kind bei der Geburt gestorben ist. Jedenfalls muß es für sie ein tragisches Erlebnis gewesen sein. Marie hat gesagt, es habe ihr Leben verändert.«

Marge machte sich fieberhaft Notizen. »Wie das?«

»Keine Ahnung. Genaueres hat sie nie gesagt.«

»Wie alt war sie, als sie ihr Baby verloren hat?«

»Sehr jung. Mehr hat sie nicht gesagt.«

Marge zögerte. *Sehr jung.* In Maries Krankenakte stand, daß sie vor wenigen Jahren eine Ausschabung gehabt hatte. Hatte Marie zu diesem Zeitpunkt eine weitere mißglückte Schwangerschaft gehabt? Möglicherweise war das der tragische Schicksalsschlag gewesen, den Marie gemeint hatte. Vielleicht hatte sie Paula hinsichtlich ihres Alters belogen.

»Wissen Sie, ob Marie zu dieser Zeit verheiratet war?«

»Keine Ahnung. Tut mir leid.«

»Wie hat sie sich ausgedrückt? Hat sie gesagt, sie habe ein Baby verloren?«

»Ja.«

»Und sie meinte damit keine Fehlgeburt?«

»Sie hat das Wort *›verloren‹* benutzt.«

»Paula, war Marie in der letzten Zeit ungewöhnlich fixiert auf Babys?«

»Das weiß ich nicht. Ich habe Marie in letzter Zeit wenig gesehen.« Paula seufzte. »Ich habe einen neuen Freund. Einen netten Mann. Auch er will sich nicht binden.« Sie lachte nervös. »Allerdings sagt er das ganz offen. Wir sind seit vier Monaten zusammen. Und seit mein Leben wieder in geregelten Bahnen verläuft, hat sich Marie völlig zurückgezogen. Ich habe sie immer wieder angerufen und eingeladen. Aber sobald sie erfahren hat, daß Joe mit von der Partie sein würde, hat sie einen Rückzieher gemacht. Joe ist ein lustiger Kerl, und Marie ist …«

»Sie mag Joe nicht?«

»Nein, so ist das nicht. Marie will immer nur mit mir allein sein. Die Verabredung heute war die erste seit Monaten. Ich wollte sie zum Essen ausführen … als Geburtstagsgeschenk. Nur wir beide. Und jetzt erfahre ich … Schrecklich!

Ich fühle mich schuldig. Vielleicht hat sie Hilfe gebraucht. Und ich habe nichts gemerkt.«

»Hilfe? Inwiefern?«

»Keine Ahnung«, sagte Paula. »Ich habe ja offenbar nichts gemerkt.«

»Wann haben Sie Marie das letzte Mal gesprochen?«

»Vor einer Woche. Als wir die Verabredung geplant haben.«

»Wie klang sie da?«

»Gut.«

»Hat sie irgendwelche ungewöhnlichen Bemerkungen über Babys oder Mütter gemacht?« wollte Marge wissen.

»Nein.«

»Hat sie ihr tragisches Erlebnis in irgendeiner Form erwähnt?«

»Nein.«

»Hat sie auf Ihre Fehlgeburt angespielt?«

»Nein.«

»Wissen Sie von Männern in Maries Leben? In der Vergangenheit oder in der Gegenwart?«

»Nein.«

»Aber sie hat erzählt, daß sie ein Kind verloren habe?«

»Ja.«

»Und sie hat nie gesagt, wann das gewesen ist?«

»Nur, daß sie noch jung war.«

»Den Vater dieses Kindes hat sie nie erwähnt?«

»Nein.«

»Hat sie je davon gesprochen, noch ein Kind haben zu wollen, Paula?«

»Nein. Von diesem schlimmen Erlebnis hat sie auch nur erzählt, als ich mein Kind verloren hatte. Um zu zeigen, daß sie mich versteht, schätze ich.«

»Paula, haben Sie da auch andere Freunde von Marie kennengelernt?«

»Ich glaube nicht, daß Marie viele Freunde hat.«

»Wenn Sie bei ihr waren, bekam sie dann Anrufe?« fragte Marge.

»Vom Krankenhaus, ja.«

»Und privat?«

»Nein. Doch, Augenblick! Ihre Mutter hat sie mehrfach angerufen. Sie lebt in einem Pflegeheim in Arcadia. Sie ist ein bißchen verrückt. Und gelegentlich schleicht sie sich aus dem Heim und ruft Marie von einer öffentlichen Telefonzelle aus an. Marie hat sie zweimal die Woche besucht. Das hat sich sicher nicht geändert.«

Marge überflog ihre Notizen. Da stand es. Pete hatte Maries Anrufbeantworter für sie abgespielt. Eine der Anruferinnen hatte eine heisere, gehetzte Stimme gehabt. Das konnte sie gewesen sein. Sie sah von ihrem Notizblock auf. »Kennen Sie den Namen des Pflegeheims?«

»Nein. Tut mir leid. Ich habe ein sehr schlechtes Namensgedächtnis.«

»Aber es ist in Arcadia?«

»War es jedenfalls noch vor sechs oder sieben Monaten.«

»Dann kamen die einzigen Anrufe, die Sie mitbekommen haben, immer nur von Maries Mutter?«

»Soviel ich mich erinnere, ja.«

»Hat sie je von einer Dotty gesprochen?« wollte Marge wissen.

»Dotty… Meinen Sie vielleicht Dody?«

»Möglich. Wer ist Dody?«

»Die Sekretärin von der Rentenabteilung des Sun Valley Hospitals. Sie hat mich öfter angerufen, um sich mein Gehalt, Abzüge etc. bestätigen zu lassen. Sie ist am Sun Valley Pres eine Institution.«

»Eine Freundin von Marie?«

»Nicht, daß ich wüßte.«

»Sie kennen also außerhalb des Krankenhauses niemanden, mit dem sie befreundet war?«

»Sie ist immer sehr nett zu den neuen Lernschwestern. Ein richtiger Schatz. Vielleicht hatte sie wieder jemanden unter ihre Fittiche genommen. So wie mich damals. Keine Ahnung.«

»Hat Marie je angeboten, sich um Ihr Baby zu kümmern?«

Paula runzelte die Stirn. »Sie hat gesagt, ich könne bei ihr wohnen. Das war alles.«

»Hatten Sie je das Gefühl, Marie hätte Ihr Kind gern wie ihr eigenes großgezogen?« bohrte Marge weiter.

»Nein, Detective. Sie wollte einfach nur helfen. Wie sie allen Menschen helfen möchte. Das ist Maries Tick. Sie hat ein großes Herz.«

»Sie beschreiben sie als einen Menschen, der viel gibt. Aber angeblich hatte sie keine Freunde.«

»Ja, komisch. Aber so ist es.«

»Hat sie denn nie eine Postkarte bekommen? Ich meine, von jemandem aus dem Urlaub?«

»Warten Sie!« Paulas Augen leuchteten. »Sie hat eine Karte zu Weihnachten bekommen. Sie hatte sie auf ihren Couchtisch gestellt. Sie fiel mir auf, weil das die einzige Weihnachtskarte war, die sie offenbar erhalten hatte. Sie hat gesagt, sie sei von einer alten Freundin. Das hatte ich völlig vergessen.«

»Wer hat ihr diese Karte geschickt?«

»Sie meinen den Namen? Ich habe ein katastrophal schlechtes Namensgedächtnis.«

»Denken Sie nach, Paula. Bitte!«

Paula schloß die Augen. Dann schüttelte sie den Kopf. »Es war ein komischer Name. Ungewöhnlich. Mehr weiß ich nicht.«

»Danke, Paula.« Marge klappte ihren Notizblock zu. »Falls Ihnen der Name oder sonst noch was einfallen sollte...«

»Rufe ich an. Haben Sie eine Karte?«

Marge gab ihr ihre Visitenkarte. »Melden Sie sich bei mir oder bei meinem Kollegen, Detective Sergeant Peter Decker. Ich schreibe seinen Namen hinten drauf.«

»Das ist gut. Mein Namensgedächtnis ist wirklich schlecht.«

»Für Sie müßten wir wohl alle John Doe heißen, oder?«

»Wäre nicht schlecht. Oder zumindest Bob...«

Paula hielt abrupt inne. »Was ist?« fragte Marge.

»Ihr Nachname war Robert... Sie hieß Susan Robert... oder so ähnlich.«

»Na, das ist doch schon mal was.«

»Warten Sie ... Susan stimmt nicht. Es war ...«

»Cecilia? Sondra? Serita?« versuchte Marge es.

»Sondra«, sagte Paula unvermittelt. »Der Name auf der Karte war Sondra Robert.«

»Sicher?«

»Ziemlich sicher.« Paula strahlte. »Vielleicht wird mein Namensgedächtnis besser.«

Marge stand auf.

Decker betrachtete eingehend die Vorderseite der Weihnachtskarte. Eine Schneelandschaft mit einem Bauernhaus, aus dessen Kamin Rauch aufstieg. Auf der Innenseite standen die Worte: *Über den Fluß und durch den Wald. Ein frohes Weihnachtsfest und ein glückliches neues Jahr.* Die Unterschrift lautete groß und schwungvoll: *Sondra Roberts.* Kein »In Liebe« oder »Herzlichst« oder etwas Ähnliches. Nur die Unterschrift. »Und Paula behauptet, das sei die einzige Weihnachtskarte gewesen, die Marie aufgestellt hatte?«

»Die einzige, an die sie sich erinnern konnte.« Marge setzte sich auf Maries Couch. »Wo hast du sie gefunden?«

»In der Schublade bei ihrem Briefpapier. Ist der einzige persönliche Gegenstand, den ich finden konnte.«

»Eine Kassette gibt's hier nicht«, fügte Cindy hinzu. »Auch keinen Wandsafe und kein Geheimfach.«

»Sie muß doch irgendwo ein Fotoalbum haben«, sagte Marge. »Jeder hat so was.«

»Es sei denn, jemand versucht, seine Vergangenheit zu vergessen«, überlegte Decker.

»Die verlorene Tochter«, sagte Marge. »Warum hat sie dann die alten Skripte behalten?«

»Vielleicht wollte sie nicht ihre ganze Vergangenheit begraben. Bücher sind längst nicht so gefährliche Erinnerungsstücke wie Fotos.«

Marge zog die Augenbrauen hoch. »Vielleicht hat die Person, die den Anrufbeantworter abgehört hat, auch die Fotoalben mitgenommen, mitsamt der Kassette. Alle persönlichen Dinge, die diese Person mit Marie in Verbindung bringen konnten.«

»Warum hat der- oder diejenige dann nicht auch den Schlüssel mitgehen lassen?« warf Cindy ein.

»Weil die Person vermutlich wußte, wo die Kassette war, aber nicht, wo Marie den Schlüssel versteckt hatte.«

»Es muß also jemand gewesen sein, der Marie nahesteht«, sagte Decker.

»Ich rufe Paula an. Mal sehen, ob sie etwas von einer Kassette weiß«, schlug Marge vor.

»Gut.« Decker wandte sich an seine Tochter. »Danke für deine Hilfe, Prinzessin. Aber jetzt geh bitte nach Hause und schlaf dich aus, ja?«

»Ja, das tue ich wirklich. Ich bin todmüde.«

»Halleluja!« murmelte Decker erleichtert.

»Was jetzt, Rabbi?« fragte Marge. »Versuchen wir diese Sondra Roberts im Telefonbuch zu finden?«

»Und in den Krankenhäusern, den Agenturen für medizinisches Personal und den Ausbildungszentren. Die Wahrscheinlichkeit ist groß, daß die Dame eine Krankenschwester ist.«

»Soll ich beim Sun-Valley-Presbyterian-Hospital anfangen?«

»Ja. Erinnerst du dich an eine Krankenschwester dort, die so hieß?«

»Nein.«

»Ich auch nicht. Aber das will nichts heißen.« Decker zuckte die Achseln. »Wir finden diese Sondra Roberts. Und was ist mit Maries Mutter?«

»Paula hatte recht. Sie lebt tatsächlich in einem Altenheim in Arcadia. Der Direktor und die Angestellten wurden informiert, daß Marie verschwunden ist. Sie zeichnen alle Anrufe auf, falls Marie versucht, mit ihrer Mutter Kontakt aufzunehmen. Und sie melden sich, sobald Marie dort auftaucht.«

»Hast du mit der Mutter gesprochen, Marge?«

»Nein. Ich bin um drei mit ihr verabredet.«

»Marie hat ein Buch aus der Bibliothek geliehen, das die Umkehrung des Rollenverhaltens in der Mutter/Tochter-Beziehung beschreibt«, bemerkte Decker.

»Paula hat mir erzählt, daß die Mutter immer wieder heimlich das Heim verläßt, um zu telefonieren. Scheint so, als habe die alte Dame die Kehrseite der Medaille gesehen.«

»Marie sorgt privat für eine senile Mutter«, sagte Decker, »und beruflich kümmert sie sich um anderer Leute Säuglinge.« Er klopfte mit dem Fuß auf den Boden. »Scheint mir, als sei ein Kind das letzte, was sie sich wünschen würde.«

»Der Gedanke ist mir auch schon gekommen. Vielleicht ist Marie ein Opfer. Wie das Baby.«

»Möglich. Hast du zufällig erfahren können, ob Marie noch andere Familienangehörige hat?«

»Soviel die Kollegen wissen, gibt es nur Mutter und Tochter.«

Decker schüttelte den Kopf. Er drehte die Weihnachtskarte herum. »Das ist keine normale käufliche Weihnachtskarte. Es ist eine Karte, die für eine Stiftung verkauft wird. Die Künstlerin ist Beth Dillon, seit acht Jahren Mitglied der Anonymen Dicken.«

»Dann suchen wir vermutlich eine fette Krankenschwester«, erklärte Marge.

»Oder eine ehemals fette Krankenschwester«, schlug Cindy vor. »Sie hat vielleicht Gewicht verloren, nachdem sie der Organisation beigetreten war.«

»Gute Idee, Cynthia«, lobte Marge. »Ganz der Vater!«

Decker warf ihr einen bösen Blick zu. In diesem Moment begann sein Funkgerät zu knacken. Er rief von Maries Telefon aus auf dem Revier an. Kurz darauf meldete sich Detective Mike Hollander.

»Was gibt's?« fragte Decker.

»Ich hatte gerade ein längeres Telefongespräch mit der Feuerwehr von der Forstbehörde in Angeles Crest. Hatten ein hübsches Feuerchen da unten. Scheint ein Wagen in eine Schlucht gestürzt und in Flammen aufgegangen zu sein.

Ziemlich gefährliche Sache. Sie konnten zum Glück löschen, bevor Wind aufkam. Die Karosserie des Wagens ist soweit noch erkennbar.«

»Sagen Sie nichts mehr«, seufzte Decker. »Sie haben einen roten Honda mit dem Nummernschild von Marie Bellson gefunden, stimmt's?«

»Das Nummernschild war entfernt worden. Aber es scheint ein Honda zu sein. Die Farbe ist nicht mehr eindeutig festzustellen. Aber Rot ist eine Möglichkeit.«

Decker gab die Informationen an Marge weiter. »Vielleicht hält sich Marie Bellson irgendwo in den Bergen mit dem Baby versteckt.«

»Tja, Rabbi, auf dem Fahrersitz saß eine Leiche. Sie ist bis zur Unkenntlichkeit verbrannt.«

Deckers Kehle wurde trocken. »Und das Baby?«

»Können wir noch nicht sagen, Pete. Ist alles ein ziemliches Chaos.«

»Scheiße!« Decker wandte sich an Marge: »Sie wissen nicht, ob das Baby im Wagen ist.«

»Mein Gott!« Cindy wurde bleich. Marge nahm ihre Hand.

»Können Sie mir sagen, wie ich dorthin komme?« fragte Decker mit heiserer Stimme. Die Vorstellung, Caitlin Rodriguez könne im Wagen verbrannt sein, war ein Alptraum.

»Ich habe die Wegbeschreibung hier, Pete. Übrigens, kannst du dich noch an den Namen dieser Zahnärztin erinnern? Du weißt schon, diejenige, die Leichen anhand ihres Gebißschemas identifizieren kann? Wir haben im Fall Lindsey Bates mit ihr zusammengearbeitet.«

»Annie Hennon.«

»Dr. Hennon«, sagte Hollander. »Richtig. Ihre Nummer dürfte in unserer Kartei stehen, oder?«

»Normalerweise schon.«

»Sah die nicht verdammt gut aus?«

»Kann man sagen.«

»Dann rufe ich sie an!« schloß Hollander geradezu euphorisch.

17

Decker stand am Rand einer Schlucht, die vor ihm gut dreihundert Meter steil abfiel, und ließ den Blick über die Canyons von Angeles Crest in der Ferne schweifen. Der Vegetationsteppich, der sich über die schroffen Felsen gelegt hatte, war ausgeblichen und weizengelb von der unbarmherzigen Sommersonne. Watteförmige Wolken zogen über den türkisblauen Himmel und warfen ihre wandernden Schatten auf die Berge. Wo die Sonne ungeschützt draufprallte, glitzerte die Landschaft in unverfälschtem Smaragdgrün und unterschiedlichen Goldtönen. Krähen zogen krächzend ihre Kreise, ebenholzfarbene Flügel glitzerten in der heißen Brise. In diesen Bergen herrschte ein beschaulicher Friede, der nur gelegentlich vom Rascheln des Windes in den Blättern, einem Falken auf Beutesuche oder einer fliehenden Eidechse gestört wurde.

Decker wischte sich über die Stirn und krempelte die Hemdsärmel hoch.

Heute hatte leider der Mensch die Dramaturgie der Wildnis völlig durcheinandergebracht. Am Fuß des Steilhangs lag ein rauchender Blechhaufen. Im beißenden Qualm verstreut standen Feuerwehrwagen wie Spielzeugautos. Die Stimmen der Feuerwehrmänner hallten durch die Canyons. Decker konnte ganze Satzfetzen auf eine Distanz von 250 Metern verstehen. Nicht daß in diesem Stadium noch viel geredet worden wäre. Die Männer erledigten hauptsächlich Papierkram und füllten Formulare aus. Das Feuer war gelöscht. Was blieb, waren Aufräumungsarbeiten. Er hatte sich mit dem Leiter der Einsatztruppe unterhalten, sobald die Spurensicherung und die Fotografen eingetroffen waren. Die Deputies des Sheriffs hatten begonnen, das Gelände abzusperren.

Der schwierigste Teil war, sich auf den Job zu konzentrieren und die Gedanken an Caitlin Rodriguez auszuschalten.

Er sah über die Felskante hinunter und versuchte die Szene vor dem Absturz zu rekonstruieren. So wie es aussah, mußte der Wagen gut fünf Meter von Deckers Standort entfernt abgestürzt sein. Dort lag der kritischste Abschnitt der scharfen Kurve, die die Straße an dieser Stelle machte. Dabei war die Stelle nicht einmal gefährlich zu nennen. Sie hatte nicht im entferntesten Ähnlichkeit mit einer Haarnadelkurve. Vorausgesetzt der Fahrer war nüchtern und fuhr mit vernünftiger Geschwindigkeit, konnte kaum etwas passieren. Die Reifen hatten deutliche Spuren in der Pflanzendecke hinter der Bankette hinterlassen. Einige niedrige Sträucher waren mit den Wurzeln ausgerissen worden, als sie sich vermutlich in den Kotflügeln des Wagens verfangen hatten.

Decker überlegte. Falls Brandstiftung im Spiel war, konnte man logischerweise davon ausgehen, daß der Wagen absichtlich hinuntergestoßen worden war. Die Stelle war einsam, der Abhang fast senkrecht, die Straße schmal und von Bergen und Steilhängen umgeben. Weder Ranger-Stationen noch Camping- oder Picknickplätze lagen in unmittelbarer Nähe. Außerdem gab es an dieser Kurve einen schmalen Seitenstreifen, auf dem der Wagen in aller Ruhe für einen getürkten Unfall hatte vorbereitet werden können.

Der Santa-Ana-Wind war heiß und trocken, und brachte den Gestank von Rauch und Benzin mit sich. Decker ging zu den Reifenspuren hinüber, pflückte einige Blätter aus den Furchen und steckte sie in einen Plastikbeutel. Dann sperrte er das Terrain mit gelbem Plastikband ab. Nachdem der Ort auf diese Weise gesichert war, legte er einen Film in seine Kamera ein und machte Nahaufnahmen von den niedergewalzten Pflanzen und Reifenspuren. Kurz vor eins war er fertig.

Die Sonne stand im Zenit. Er fühlte sich wie in der Sauna und verfluchte seine helle, empfindliche Haut. Sein Hemd war schweißgetränkt, die Füße in den Stiefeln waren geschwollen. Er hätte viel für ein T-Shirt und Sandalen gegeben.

Die Zufahrtsstraße zum Eingang des Canyons lag auf der anderen Seite der Schlucht, ein vielfach gewundenes, ziegelrotes Band, das man in den Hang gefräst hatte. Um dorthin zu gelangen, mußte er einen strammen Fußmarsch bergauf und bergab hinlegen. Allein der Gedanke an die Anstrengung war entmutigend.

Durch das Knattern des Funkgeräts hörte er seinen Namen, griff durch das offene Wagenfenster und nahm das Mikrophon. Marge meldete sich.

»Was ist bei dir los?« fragte sie.

»Ich bin am eigentlichen Tatort noch nicht gewesen. Aber ich habe wohl die Stelle gefunden, wo der Wagen hinuntergestürzt ist oder -gestoßen wurde.« Er erklärte ihr die Einzelheiten. »Kommst du her?«

»Keine Zeit. Die Verabredung mit Mutter Bellson. Du weißt schon.«

»Ja, richtig. Schick mir trotzdem noch einen uniformierten Kollegen. Die Stelle muß bewacht werden, solange ich unten beim Wrack bin.«

»Wird gemacht«, antwortete Marge. »Ich habe sämtliche Telefonbücher durchgesehen... eine Sondra Roberts war nicht zu finden. Krankenhausakten und Agenturen für medizinisches Personal stehen mir noch bevor.«

»Was über die Anonymen Dicken rausgefunden?«

»Ich habe bei einigen regionalen Organisationen Anfragen laufen. Die Mitglieder bleiben natürlich anonym, aber ich schätze, daß wir mit Hilfe rechnen können, wenn das Leben eines Säuglings auf dem Spiel steht. Hollander, Fordebrand und MacPherson prüfen die Hinweise, die nach der Fernsehmeldung von heute morgen eingegangen sind. Die Telefone im Revier stehen nicht still. Ich mußte dich über Funk anrufen.«

»Gut, daß sich die Leute kümmern.«

»Lourdes Rodriguez überlegt, ob sie in den Fünf-Uhr-Nachrichten einen persönlichen Appell an dic Entführer richten soll. Was meinst du dazu, Pete?«

»Gute Idee, wenn's noch was nützt.« Deckers Magen krampfte sich zusammen. »Wir wissen noch immer nicht, ob das Baby im Wagen verbrannt ist. Die Feuerwehr hat den Wagen noch nicht aufbrechen können.«

»Ein Alptraum.«

»Wenn das Baby nicht im Wrack ist, informiere ich Lourdes persönlich. Wir haben beide Marie kennengelernt, vielleicht fällt uns zusammen etwas ein.«

»Halt mich auf dem laufenden.« Marge beendete die Funkverbindung.

Decker hängte das Mikrophon in die Halterung und lehnte sich gegen den Funkwagen. In der Ferne hörte er Motorengeräusche. Er sah erneut auf die Uhr. In den vergangenen vierzig Minuten war kein einziges Fahrzeug vorbeigekommen. Die Chancen, daß es Zeugen für den Unfall gab, waren gering.

Das Motorengeräusch wurde lauter. Einige Sekunden später tauchte ein roter Jeep mit quietschenden Reifen in der Kurve auf. Das Verdeck war geöffnet. Am Steuer saß eine Frau mit kurzem blondem Haar. Decker winkte ihr zu. Der Jeep hielt mitten auf der Fahrbahn an.

Die Frau lächelte. »Na, was macht die Kunst, schöner junger Mann?«

»Kann nicht klagen. Dachte, ich lasse den Funkwagen hier oben, und wir fahren zusammen runter. Ich warte nur noch auf jemand, der für mich das Terrain bewacht. Dürfte nur fünf oder zehn Minuten dauern. Die Fotografen und die Spurensicherung müßten bald hier sein.«

»Was liegt denn an?«

»Ein Wagen ist in die Schlucht gestürzt. Von hier aus, nehme ich an.«

»Kann ich mir das mal ansehen?«

»Natürlich. Fahren Sie den Jeep hinter meinen Plymouth. Aber fallen Sie mir nicht über die Kante.«

»Warum denn nicht, Pete? Wollte schon immer mal Bungee-Jumping machen. Wäre die ideale Stelle.« Sie stellte den Jeep hinter dem Streifenwagen ab, glitt vom Fahrersitz und umarmte Decker herzlich. »Mein Gott, Sie sind ja vollkommen naßgeschwitzt.«

»Hab nur mein Badehandtuch vergessen.« Decker lächelte und hielt sie auf Armeslänge von sich. »Wie geht's so, Annie? Sie sehen großartig aus.«

Das Kompliment war ehrlich gemeint. Sie hatte ihr Haar kurz geschnitten und etwas blondiert, was zu ihrer hellen Haut und den grünen Augen ausgezeichnet paßte. Dabei wirkte es durchaus natürlich. Sie war nicht der Typ, der sich um jeden Preis jünger machen wollte. Allerdings waren die vergangenen vier Jahre offenbar nicht spurlos an ihr vorübergegangen. Trotzdem wirkte sie glücklicher, selbstbewußter als damals, als sie zuletzt zusammengearbeitet hatten. Sie trug eine dünne, weiße Baumwollbluse und eine Khakihose. Ihre nackten Füße steckten in bequemen Slippern. Um den Hals hatte sie eine Kamera gehängt, und sie trug einen Sonnenhut.

Sie zwickte ihn in die Backe. »Mir geht's großartig. Sie sehen auch nicht gerade schlecht aus, junger Mann. Nur Ihre Nase glüht wie eine rote Verkehrsampel.«

Decker lachte.

»Wie ich sehe, tragen Sie einen Ring am Finger.«

»Sie auch«, erwiderte Decker.

»Nicht zu vergleichen. Meiner ist viel schöner.«

»Der Stein ist beeindruckend groß.«

»Er ist ein Verschwender, Pete. Wenn er keine Autorennen fährt, werkelt er in den Weinbergen der Familie in Napa rum.«

Decker betrachtete den Stein. »Scheint ihm ziemlich gut zu gehen.«

»Die Familie ist stinkreich. Vergangene Weihnachten habe ich sie kennengelernt. Ziemlich förmliche Geschichte mit massenhaft Verwandtschaft, die extra eingeflogen worden war. Den Tisch hätten Sie sehen sollen. Kann bei der Königin von England nicht eindrucksvoller gedeckt gewesen sein. Ich hatte tierische Angst, die falsche Gabel zu erwischen. An dem Wochenende habe ich zehn Pfund abgenommen.«

Decker grinste.

»Und Sie haben sich also in eine Ehe gestürzt, was?«

»Schätze schon.«

»Sie schätzen?«

Decker lachte. »Ja, ich habe vor über einem Jahr geheiratet.«

Annie betrachtete ihn prüfend. »Ich vermisse die Begeisterung.«

»Das täuscht. Aber ich habe verdammt anstrengende Tage hinter mir.« Decker rieb sich die brennende Nase. »Meine Frau hat gerade ein Baby gekriegt.«

»He! Das ist ja wunderbar!« Annie hielt kurz inne. »Oder etwa nicht?«

»Doch, es ist wunderbar.« Decker starrte zum Himmel hinauf. »Wie detailliert ist Detective Hollander gewesen?«

»Er sprach davon, daß das Opfer eine verschwundene Krankenschwester sein könnte.«

»Von einem Baby hat er nichts gesagt?«

Annie zog die Augenbrauen hoch. »Geht es um die Krankenschwester aus den Fernsehnachrichten? Die, die beschuldigt wird, einen Säugling entführt zu haben?«

»Ja.«

»Großer Gott! Und Sie glauben, daß vielleicht ein Baby im Autowrack liegt?« Annie wurde bleich. »Es ist doch nicht Ihr...«

»Nein, nein«, wehrte Decker ab. »Mein Kind ist bei der Mutter zu Hause und in Sicherheit. Aber es wurde in dem Krankenhaus geboren, aus dem das Baby entführt wurde. Und die verschwundene Krankenschwester ist dieselbe, die auch für meine neugeborene kleine Tochter zuständig war.«

»Schöne Bescherung! Sie müssen ja mit den Nerven fix und fertig sein.«

»Ist schon etwas beunruhigend, ja.«

»Immer noch der alte unterkühlte Cop, Pete?«

»Ich bleibe Ihretwegen ruhig, Annie.«

»Der starke Mann an meiner Seite?«

Decker schüttelte den Kopf. »Es steht Ihnen einiges bevor, Annie. Sie müssen sich nicht nur das Gebiß der Leiche ansehen, Sie haben auch noch die beneidenswerte Aufgabe, in der Asche nach Skelettresten eines Babys zu suchen.«

Annie warf ihm einen gequälten Blick zu. »Im Studium bereiten sie einen nie auf so was vor.«

»Vielleicht ist Ihr verschwenderischer Verlobter der gerechte Ausgleich dafür.«

»Vielleicht. Vielleicht auch nicht.« Annie seufzte. »Haben Sie was Interessantes für mich? Irgendeinen Hinweis, der hilfreich sein könnte?«

»Eigentlich nicht. Aber meine Untersuchungen sind noch nicht abgeschlossen.«

Annie ging am Rand des gelben Plastikbandes entlang. Sie blieb stehen, bückte sich und starrte auf eine Einbuchtung im Gebüsch. »Wenn ich schon mal hier bin, möchte ich mir wenigstens einen groben Eindruck davon verschaffen, was passiert ist.«

»Verstehe ich.« Decker hörte einen zweiten Wagen näherkommen. Es war das Auto des Sheriffs. Es hielt auf der Straße an. Decker wies den Deputy, eine junge Frau namens Picks, an, sich hinter den Streifenwagen zu stellen, sobald Dr. Hennon und er mit dem Jeep abgefahren waren.

Decker wandte sich an Annie. »Machen wir uns auf den Weg, Frau Doktor.«

Unten, dort wo einst eine blühende Schlucht gewesen war, hatte das Feuer nur verbrannte Erde und höllische Hitze hinterlassen. Bei jedem Windstoß wirbelten Rauch und Aschepartikel durch die Luft und hüllten die ganze Umgebung in einen grauschwarzen Schleier. Der Ruß brannte in Deckers Kehle und Augen. Soweit der Blick reichte, schien alles auf die Kulisse eines grobkörnigen Schwarzweißfilms reduziert.

»Wie halten Schornsteinfeger das bloß aus?« bemerkte Annie. »Und ich mußte ausgerechnet eine weiße Bluse anziehen. Wo soll ich anfangen?«

»Mit der Leiche«, antwortete Decker lakonisch und beobachtete, wie Feuerwehrleute die Tür des ausgebrannten Autowracks öffneten. »Die Lage der Leiche sollte möglichst nicht verändert werden. Um sie rauszubekommen, müssen wir sie letztendlich wohl doch in mehrere Teile zerlegen. Schöne Aussichten, was?«

»Reden wir von einer Leiche oder von Leichen?«

»Ich hoffe, nur von einer Leiche. Aber mehr wissen wir erst, wenn das Paket geöffnet ist.« Decker sah aus den Augenwinkeln, wie ihm jemand ein Zeichen machte. »Kommen Sie! Reden wir mit dem Chef der Feuerwehr.«

Sie gingen ein paar Meter weiter zu der Stelle, wo sich alle Aktivitäten zu konzentrieren schienen. Dort erwartete sie bereits Captain Donnell. Er hatte seinen Schutzhelm abgenommen, trug jedoch noch den schweren Schutzanzug. Decker beneidete ihn bei der Hitze nicht darum.

»Captain Donnell, Dr. Hennon«, stellte Decker vor.

Donnell schüttelte Annie die Hand. »Sagen Sie Liam zu mir.«

»Annie, wenn Sie möchten. Da wir jetzt alle gute Freunde sind, wie geht's weiter?«

Donnell grinste. »Wir müßten den Wagen in wenigen Minuten geöffnet haben. Die Leiche ist auf dem Vordersitz, Annie. Sind Sie schon lange in der Gerichtsmedizin tätig?«

»Sie ist nicht von der Gerichtsmedizin«, antwortete Decker. »Sie ist forensische Zahnmedizinerin.«

»Eine schlichte Zähnebrecherin, Liam«, warf Annie ein. Sie wandte sich an Decker. »Und nur zu Ihrer Information. Ich habe einen offiziellen Auftrag von der Gerichtsmedizin. Natürlich unentgeltlich, weil ich ja so selbstlos bin.«

Decker grinste. »Der Gerichtsmediziner müßte jeden Moment hier sein, Liam.«

Deckers Schuhspitze stieß in einen Aschehaufen. »Bei dieser Hitze und dem Wind ist es ein Wunder, daß nicht mehr passiert ist. Wie haben Sie es geschafft, das Feuer so schnell zu löschen?«

»Wir hatten zufällig Hubschrauber in der Gegend im Einsatz«, antwortete Donnell. »Auf diese Weise konnten wir das Feuer schnell genug lokalisieren. Anderenfalls hätte es eine Katastrophe gegeben.«

»Hat der Pilot vielleicht gesehen, wie der Wagen den Abhang hinuntergestürzt ist?«

»Nein. Er hat nur das Feuer entdeckt. Die Ursache konnte er nicht erkennen. Dazu ist er nicht tief genug geflogen.«

»Meinen Sie, es könnte eine Bombe im Wagen detoniert sein?« wollte Decker wissen.

»Ausgeschlossen. Rahmen und Karosserie sind verkohlt, aber soweit intakt. Eine Bombe hätte das Auto in Stücke gerissen. Ich schätze, es handelt sich schlicht um Brandstiftung. Jemand hat den Wagen vermutlich mit Benzin übergossen und dann den Abhang hinuntergeschubst.«

Einen Moment lang sagte keiner ein Wort. Alle beobachteten, wie die Tür des Wracks geöffnet wurde. Dann traten die Feuerwehrleute mit ihren Geräten zurück.

»Scheint soweit zu sein«, bemerkte Donnell. »Jetzt haben Sie den Vortritt. Augenblick mal! Da kommen die Reporter!«

Decker sah, wie ein Ü-Wagen vom Fernsehen anhielt. Er lief sofort darauf zu und fragte, wer den Trupp leitete. Eine sorgfältig frisierte Blondine im weißen Hosenanzug und Pumps stieg aus. Sie zückte einen Notizblock und reichte Decker die Hand. »Alyssa Morland von Primetime News. Sind Sie der leitende Polizeibeamte?«

»So ungefähr«, antwortete Decker. »Hören Sie, ich rede später gern mit Ihnen. Aber ich habe eine Bitte. Senden Sie Ihren Beitrag nicht vor elf heute abend.«

»Wie bitte?«

»Wir suchen einen Säugling!«

»Das weiß ich auch. Aber warum wollen Sie unsere Berichterstattung behindern? Seien Sie doch froh, wenn die Öffentlichkeit...«

»Natürlich, Miß Morland. Der einzige Nachteil ist, daß dadurch scharenweise Schaulustige hier heraufgelockt werden.«

»Na und? Wird die Polizei mit denen nicht fertig?«

»Es kostet zusätzliches Personal. Wir setzen unsere Leute lieber für die Suche nach dem Säugling ein. Angenommen, die Menge durchbricht unsere Absperrungen und behindert die Beweisaufnahme...«

Die Reporterin zog eine Grimasse. »Ich bin also ganz umsonst in die Wildnis rausgefahren? Hätte mir den Aufwand sparen können. Diese verdammten Produktionsassistenten! Ich hasse diese Schlamperei. Ich hatte ihnen gleich gesagt, daß sie das mit der Polizei abchecken sollten.«

Decker lächelte entwaffnend. »Danke für Ihr Entgegenkommen. Ich mache das wieder gut. Für die Elf-Uhr-Nachrichten kriegen Sie Ihr Interview.«

Die Reporterin fluchte. »Gut. Es liegt mir wirklich fern, die Suche nach einem Säugling zu behindern. Also, wann kann ich meine Story drehen?«

»In zwei Stunden. Einverstanden?«

»Faires Angebot. Inzwischen machen wir ein paar Szenenfotos.« Alyssa fächelte sich Luft zu. »Kriege ich dann ein Exklusiv-Interview?«

»Natürlich. Eine Hand wäscht die andere, Alyssa.«

»Der Gerichtsmediziner hat gerade angerufen«, sagte Annie. »Sie stecken im Stau. Ich soll schon ohne ihn anfangen.« Sie hakte sich bei Decker ein. »Können wir?«

Decker und Annie blieben vor dem ausgebrannten Wrack stehen. Der Polizeifotograf schoß die ersten Bilder. Er steckte den Kopf in eine Fensteröffnung. Als er ihn wieder herauszog, war seine Haut mit einem schwärzlichen Film überzogen. »Nicht zu tief einatmen, Rabbi.«

Decker nickte und spähte ins Innere. Auf dem Fahrersitz saß eine verkohlte menschliche Gestalt. Der Schädel war leicht nach links geneigt, so daß er zwischen Steuerrad und dem skelettierten Thorax eingeklemmt lag. Stirn und Backenknochen waren brutal eingedrückt, der Hinterkopf war vermutlich beim Aufprall gegen das Autodach zerschmettert. Die ausgetretene Gehirnmasse war zu Kohle verbrannt. Der linke Arm hing neben dem Brustkorb herunter. Vereinzelt war noch versengtes Fleisch an den Knochen.

Der rechte Arm war nur noch ein Stumpf. Der abgetrennte Unterarm lag vor dem Beifahrersitz. Beine und Füße waren zu Asche verbrannt.

Die Leiche war noch immer angeschnallt.

Der Gestank nach Rauch und Benzin verursachte bei Decker starken Hustenreiz. Er zog den Kopf zurück ins Freie und bedeckte Mund und Nase mit einem Taschentuch. Kaum hatte er sich wieder ins Wageninnere gebeugt, begannen seine Augen zu tränen. So sorgfältig er sich auch umsah, das Skelett eines Säuglings war nirgends auch nur ansatzweise zu erkennen. Der Rücksitz war mit rußigen Metallteilen und Asche übersät. Decker durchwühlte hastig die Asche, während sich seine Lungen mit Ruß und Staub füllten. Hastig zog er den Kopf erneut zurück, doch statt frischer Luft schluckte er nur eine Wolke rauchigen Staubs. Er hustete und spuckte auf den Boden. Annie klopfte ihm den Rücken.

»Alles okay?«

»Bis auf die kleine Rauchvergiftung geht's mir gut.« Er hustete erneut. »Ich dachte, das hätte ich hinter mir, seit ich das Rauchen aufgegeben habe.«

»Wie sieht's aus?«

»Der Rücksitz ist ein einziger Müllhaufen. Aber eine Säuglingsleiche konnte ich nirgends entdecken. Ich schau noch mal rein.«

»Halten Sie die Luft an«, riet Annie.

Decker nickte und steckte den Kopf erneut in das Autowrack. Er kramte hastig durch die Ascheberge und wirbelte schwarzen Staub auf. Er tastete nach etwas hartem, knochenähnlichem. Er wiederholte die Prozedur mehrfach. »Ich hoffe, ich nehme den Mund nicht zu voll, aber ich glaube nicht, daß das Baby im Wagen war«, entschied er schließlich.

»Dem Himmel sei Dank!« sagte Annie.

»Möchten Sie sich den Schädel jetzt mal ansehen?«

Annie zog Gummihandschuhe an. »Machen Sie bitte Platz«, sagte sie mit leicht österreichischem Akzent.

Decker trat zurück. Zehn Minuten später richtete Annie sich auf und hustete.

»Sie haben's länger ausgehalten als ich«, bemerkte Decker.

»Erstklassige Lunge, Sergeant.« Sie sah an sich herunter. »Die Blessuren sind nur äußerlich. Im Augenblick kann ich noch nichts Definitives sagen.«

»Sie sehen so nachdenklich aus. Was gibt's?«

»Da ist nicht mehr viel übrig, worauf ich eine Untersuchung stützen könnte. Wo Vorderzähne und Kieferknochen sein sollten, klafft nur ein gähnendes Loch.«

»Der oder die muß mit dem Gesicht auf das Steuerrad gefallen sein.«

»Unmöglich. Der Aufprall auf ein Steuerrad hätte nie so verheerende Folgen. Die Knochen sind praktisch pulverisiert. Könnte sein, daß sich in der Asche noch Teile der Vorderzähne finden.«

Decker zückte sein Notizbuch. »Was ist mit den Backenzähnen?«

»Die kann ich nicht sehen. Dazu muß der Schädel vom Rumpf getrennt werden.«

»Wir machen das folgendermaßen«, entschied Decker. »Ich fülle die Asche und verbrannten Rückstände in Tüten und analysiere sie später. Sobald wir alle Beweisstücke aus dem Wagen haben, hole ich die Leiche heraus, oder zumindest den Schädel.«

»Bestens.«

»Können Sie schon sagen, ob es sich um eine Frau oder einen Mann handelt?«

»Nicht hundertprozentig. Aber nach Form und Umfang des Brustkorbs zu urteilen, scheint es sich um eine Frau... eine große Frau zu handeln.«

Marie Bellson ist verhältnismäßig groß, dachte Decker.

Er zog mehrere Plastiktüten aus der Tasche. »Halten Sie mir die Daumen.«

»Doppelt und dreifach.«

Decker begann vorsichtig Asche aus dem Innern des

Wracks in die Tüten zu schaufeln. Er hatte den vorderen Teil des Wagens bereits ausgeräumt und sich dem Rücksitz und dem Fußraum zugewandt, als ein Glitzern seine Aufmerksamkeit erregte. Bevor er noch die Hand danach ausstrecken konnte, war es wieder in Staub und Asche versunken. Vorsichtig nahm er eine Handvoll Asche und ließ sie durch die Finger rieseln. Eine Minute später blieb ein Klümpchen auf seinem Handschuh liegen, das nach Gold aussah. Er richtete sich auf. Annie sah ihn an.

Decker wischte sich den Schweiß von der Stirn. »Schauen Sie mal, was ich gefunden habe.« Er ließ das Metallstück in Annies Hand gleiten. »Könnte eine Zahnfüllung aus Gold sein.«

»Ausgeschlossen. Dazu ist der Klumpen zu groß. Muß ein Schmuckstück gewesen sein.«

»Zum Beispiel ein Kreuz aus Gold?«

»Sie meinen ein Kruzifix? Das wäre möglich.«

»Ich dachte eher an eine Anstecknadel.«

»Zu schwer für eine Anstecknadel.« Sie wog das Stück Gold in der Hand. »Vermutlich ein Ring.« Sie studierte das Teil erneut. »Das Metall ist geschmolzen, aber der Stein in der Mitte scheint noch intakt zu sein.«

»Was für ein Stein?«

»Ein dunkler Stein, Cabochonschliff, würde ich sagen. Vielleicht ein Saphir.« Sie drehte den Goldklumpen zwischen den Fingern. »Ich bin nicht sicher, aber Metallgewicht und der Schliff des Steins deuten auf einen Collegering hin. Hat Marie Bellson einen Collegering getragen?«

»Das läßt sich feststellen«, sagte Decker.

18

Dusche, Rasur, ein Sandwich, ein halbstündiges Nickerchen und das Vergnügen, zuzusehen, wie Rina Hannah stillte, machten aus Decker wieder einen Menschen. Mit einer leichten Decke über dem Schoß saß Rina im Schaukelstuhl am großen Wohnzimmerfenster und tippte mit dem Fuß rhythmisch auf den Boden, während sich Hannah besoffen trank. Das Baby war in eine blaue Decke gehüllt, die es vor der kühlen Luft aus der Klimaanlage schützte.

Decker zog einen Stuhl neben seine Frau und sah aus dem Fenster. Die Zitrusbäume hingen voller Früchte. Es war Erntezeit. Mußte ein gutes Saft-Jahr werden. Sein Blick schweifte zurück zu seiner neugeborenen Tochter.

»Sie hat einen Appetit wie ihr Alter«, bemerkte Decker.

Rinas Augen ruhten liebevoll auf dem Baby. »Es ist schön, sie in meinen Armen zu halten. Endlich bin ich wieder zu was nütze.«

»Du bist immer zu was nütze!«

Rina schwieg.

»Wie ... wie fühlst du dich, Liebes?« fragte Decker.

»Wenn ich was zu tun habe – und das ist zu neunzig Prozent der Fall – geht es mir prima.« Rinas Augen wurden feucht. »Der Rest besteht aus Selbstmitleid, Wut und Depression. Die gelegentlichen Schuldgefühle nicht zu vergessen, weil ich so undankbar bin.« Sie hielt inne. »Damit dürfte ich schon über hundert Prozent liegen, oder?«

Decker lachte. »Warst du nicht mal Mathematiklehrerin?«

»Und Buchhalterin. Kein Wunder, daß die Firma Pleite gemacht hat.« Rina steckte Hannah den Finger in den Mund, um sie an die andere Brust anzulegen.

»Wie macht sich eigentlich das Kindermädchen?« wollte Decker wissen.

»Sie ist ein Schatz. Mit ihr und Mama in meiner Nähe komme ich mir vor wie eine verpäppelte Gewächshauspflanze. Sie kochen wie die Wilden für die *Schalom Nikewah* am Sonntag.«

»Mein Gott, die hab ich ganz vergessen! Wie viele Leute hast du eingeladen?«

»Ungefähr hundert.«

»Rina, sollten wir die Feier nicht lieber um zwei Wochen verschieben?«

»Dazu ist es jetzt zu spät. Außerdem muß ich ja überhaupt nichts tun. Ich muß nur da sein und lächeln. Das werde ich ja wohl noch schaffen. Mama macht die Arbeit. Die Jungs sind großartig. Die Kinderschwester ist ein Schatz…«

»Na gut.«

»Und Cindy ist auch noch da. Ich glaube, Hannah erinnert sich gut an sie, zumindest an ihren Geruch. Sie macht nie Theater, wenn Cindy sie auf den Arm nimmt«, murmelte Rina.

»Wo ist Cindy jetzt? Ich muß wegen Marie Bellson mit ihr sprechen.«

»Sie schläft.«

»Ich will sie nicht wecken…«

»Klopf einfach vorsichtig an die Tür. Ich weiß, sie will dir sicher helfen.«

»Das fürchte ich leider auch.« Decker stand auf und küßte seine Frau auf den Mund. »Ich liebe dich.«

»Ich dich auch.«

Decker küßte Hannah sanft auf das Köpfchen. »Ich bin dein alter Vater, die Betonung liegt auf alt. Tu mir einen Gefallen, und sei nachsichtig mit mir, Kind.«

Cindy schlug sofort die Augen auf, als sie das Klopfen an der Tür hörte. »Ja bitte?«

»Ich bin's. Dad.«

»Oh, Sekunde. Komm rein.«

Decker trat ein. »Entschuldige die Störung.«

»Ich war schon wach. Was machen die Ermittlungen?«

»Wir wissen noch nichts Genaues, aber das Baby scheint nicht im Autowrack gewesen zu sein.«

»Dem Himmel sei Dank!«

Decker setzte sich auf die Bettkante. Er zückte sein Notizbuch. »Ich möchte dir ein paar Fragen stellen. Dann kannst du weiterschlafen.«

»Ich bin ausgeschlafen.«

»Kannst du mir Marie Bellson beschreiben?«

»Aber du kennst sie doch, Daddy!«

»Ich möchte deine Beschreibung haben, Prinzessin.«

»Also, sie ist groß und hager. Ihr Gesicht länglich und die Haut wirkt ein bißchen zerknittert. Allerdings nicht von der Sonne. Sie ist eher blaß.«

Decker nickte. »Weiter.«

»Normal große Nase... ernster Blick... strenger Ausdruck.«

Decker lächelte. »Hat Marie Make-up getragen?«

Cindy dachte nach. »Vielleicht etwas Rouge und Lippenstift.«

»Sonst noch was?«

»Du meinst Nagellack?«

»Trug sie Nagellack?«

»Ich glaube nicht.« Cindy schüttelte den Kopf. »Nein, ihre Nägel waren kurz geschnitten und unlackiert. Alles ganz praktisch und zweckmäßig, bis auf den Ring.«

Volltreffer, dachte Decker. »Sie hat Ringe getragen?«

»Einen, nur einen Ring. An der linken Hand. Wenn sie nervös oder aufgeregt war, hat sie damit gespielt.«

»Damit gespielt?«

»Ja, sie hat ihn ständig abgezogen und wieder angesteckt. Sie hat knochige Finger.«

»Wie sieht dieser Ring aus?«

Cindy zögerte einen Moment. »Wie ein altmodischer Schul- oder Collegering.«

»Weißt du noch, was für einen Stein er hat?«

»Einen runden. Er war nicht wie üblich geschliffen, sondern einfach halbrund. Es gibt einen Ausdruck dafür.«

»Cabochon.«

»Genau. Richtig.« Cindy musterte ihren Vater. »Habt ihr den Ring im Autowrack gefunden?«

»Wir haben einen größeren Goldklumpen mit einem Stein entdeckt, der ein Schmuckstück gewesen sein könnte, vielleicht sogar ein Ring. Das Gold war geschmolzen. Aber deine Beobachtungen sind interessant. Vielen Dank.«

»Hat Marge herausbekommen, wer diese Sondra Roberts ist?«

»Noch nicht.«

»Hat sie's bei den Anonymen Dicken versucht?«

»Sie wartet auf deren Rückruf.«

»Was ist mit den Anonymen Alkoholikern?«

»Was soll damit sein?«

»Könnte wegen Sondra Roberts interessant sein. Habt ihr die Organisation nicht auch angerufen?«

»Weshalb sollten wir uns bei den Anonymen Alkoholikern nach ihr erkundigen?« fragte Decker verdutzt.

»Weil suchtanfällige Leute gelegentlich mehr als nur eine Sucht haben. Eines dieser Programme funktioniert wie das andere. Und gelegentlich nehmen Süchtige an mehreren Therapien teil.«

»Woher weißt du das denn?«

»Ich habe Psychologie belegt. Das viele Geld, das du für mich ausgibst, ist nicht ganz zum Fenster rausgeworfen, Dad.«

Decker verdrehte die Augen. »Na, dann erzähl mir mal von deinen Psychologie-Vorlesungen.«

»Du meinst, was ich über das Persönlichkeitsprofil von Süchtigen gehört habe? Die Theorie besagt, daß mit einer Sucht persönliche Probleme, Enttäuschungen et cetera übertüncht werden sollen. Suchtverhalten ist eine Ersatzhandlung. Daher ersetzen Süchtige oft eine Sucht durch eine andere. Alkohol mit Drogen, Sex oder Freßsucht. Falls Sondra Roberts zur Freßsucht neigte, könnte sie diese durch exzessiven Alkoholgenuß ersetzt haben. Oder Alkoholsucht durch ein ausschweifendes Sexualleben. Wäre theoretisch möglich, daß sie an gut einem Dutzend Therapien teilgenommen hat.«

Cindy reckte sich.

»Ist vermutlich am einfachsten, mit den Anonymen Alkoholikern anzufangen. Wenn du willst, rufe ich dort an.«

Decker strich seinen Schnurrbart glatt. »Das laß mal Marge machen, Cindy. Das ist Sache der Polizei.«

»Wie du meinst, Dad.« Cindy wirkte zerknirscht.

»Trotzdem danke, Cindy.«

»Keine Ursache, Dad.«

Decker musterte seine Tochter, stand auf und umarmte sie herzlich. Er vertraute ihr wie eh und je. Und er hoffte inständig, daß sein Vertrauen auch diesmal gerechtfertigt war.

Decker brauchte fast zwanzig Minuten, bis er die Sicherheitskontrollen des Krankenhauses durchlaufen hatte. Es war zwar ein bißchen spät für den Aufwand, aber die Verwaltung hatte wohl das Image des Krankenhauses fürs Fernsehen im Auge. Auf diese Weise mußte jeder den Eindruck haben, als habe der Kidnapper eine Festung überwinden müssen. Die Schlamperei von einst hatte sich bitter gerächt.

Besonders aufwendig waren die Sicherheitsmaßnahmen vor Lourdes Rodriguez' Zimmer. Einen zwingenden Grund dafür vermochte Decker nicht zu erkennen. Oder drohten die Kidnapper damit, auch noch die Mutter zu entführen? Das wäre eine völlig neue Variante gewesen. Decker nahm an, daß das Krankenhaus auf diese Weise eher die Presse in Schach zu halten versuchte. Eine verzweifelte Mutter war kein gutes Aushängeschild für ein Krankenhaus.

Ein bulliger Wachmann blockierte die Tür zu Lourdes' Zimmer. Decker wollte schon seinen Dienstausweis zücken, als Georgina, Rinas Hebamme, ihm zuvorkam.

»Schwierigkeiten mit dem Herrn hier, Detective?« Georgina wandte sich an den Wachmann, bevor Decker antworten konnte. »Lassen Sie ihn passieren. Der Mann hat schon genug durchgemacht.« Sie sah Decker besorgt an. »Wie geht es Rina? Es tut mir so leid, daß das alles passieren mußte.«

»Danke für Ihr Mitgefühl, Georgina.« Decker sah zu Boden. »Rina geht es soweit gut. Und die Kinderschwester, die Sie uns empfohlen haben, macht ihre Sache gut.«

»Nora bewährt sich also?«

»Sehr sogar.«

»Ein Glück! Diese schreckliche Geschichte hat uns alle betroffen gemacht.« Sie erschauderte unwillkürlich. Dann zog sie die Jacke ihrer Schwesterntracht glatt. »Aber da müssen wir durch. Die Arbeit ruft, Detective. Es gilt die Moral aufrechtzuerhalten.«

»Kein einfaches Unterfangen.«

»Einfach im Vergleich mit Ihrer Aufgabe, Detective. Passen Sie gut auf sich und ihre reizende Familie auf.«

»Vielen Dank für alles, Georgina.«

Die Hebamme winkte ihm zu und marschierte den Gang entlang davon.

Lourdes Rodriguez war wach. An ihrem Bett saß ein muskulöser junger Mann spanischer Abstammung. Er hatte einen olivfarbenen Teint und Pausbacken. Seine dunklen Augen waren groß und von langen Wimpern beschattet, die Lippen rot und feucht glänzend. Er trug ein schmales Oberlippenbärtchen. Neben der zierlichen Lourdes wirkte er wie ein Koloß. Lourdes hatte ihr Kinn auf die Knie gelegt. Der Teenager mit dem langen, schwarzen Haar wirkte sehr zerbrechlich.

Der junge Mann sah Decker wütend an. »Ich habe Ihnen doch schon gesagt, daß wir nichts unterschreiben, Mann! Lassen Sie uns in Ruhe!«

Deckers Blick schweifte von dem jungen Mann zu Lourdes, die sich nicht gerührt hatte. Er machte die Tür hinter sich zu und lehnte sich gegen die Wand.

»Ich bin von der Polizei.«

Der junge Mann blinzelte und senkte die Stimme. »Sie sehen wie ein Anwalt aus, wie einer *ihrer* Anwälte. Ich dachte, Sie wollten uns überreden, diese verdammte Vereinbarung zu unterschreiben. Ich bin vielleicht kein Genie, aber blöd bin ich auch nicht.«

Lourdes hob langsam den Kopf. »Haben Sie mein Baby gefunden?«

Als Decker den Kopf schüttelte, verbarg Lourdes das Gesicht in den Händen. Ihre Schultern bebten. Sie weinte lautlos. Der junge Mann legte einen Arm um sie.

Der Blick des jungen Südamerikaners wurde eisig. »Wozu seid ihr Bullen eigentlich nütze? Halbe Kinder auf den Straßen verprügeln, das könnt ihr. Aber das ist auch alles, was?«

Lourdes wies ihren Freund hastig auf spanisch zurecht. Bevor der junge Mann antworten konnte, kam Decker ihm zuvor.

»Ich will Ihnen helfen. Falls Sie Geheimnisse vor mir haben, unterhalten Sie sich nicht auf spanisch. Das verstehe ich ziemlich gut.« Er wandte sich an den jungen Mann. »Sie sind Matthew Lopez? Der Vater des Kindes?«

Der junge Mann nickte.

»Detective Sergeant Decker.« Er streckte die Hand aus. »Tut mir alles sehr leid. Ich tue, was ich kann. Aber das ist im Augenblick leider nicht viel.«

»Scheint so.«

Lopez sah Deckers Hand zögernd an, dann schlug er ein. Lourdes musterte ihn verblüfft. »Sie sind Cindys Vater?«

»Ja.«

»Matty, er ist der Polizist, von dem ich dir erzählt habe. Seine Frau hat zur selben Zeit wie ich ein Baby bekommen.« Sie schluchzte lautlos auf. Lopez wandte den Blick nicht von Decker.

»Sie haben gerade ein Baby gekriegt?«

»Meine Frau. Nicht ich.«

»Sie sind alt, Mann!«

»Matty, sei nicht so unhöflich!«

»Mann, der ist so alt wie mein Vater. Jeweils drei Kinder von drei verschiedenen Frauen, von den Bälgern aus seinen Seitensprüngen gar nicht zu reden.«

Decker klopfte Matty auf die Schulter.

»Habt ihr die verdammte Schwester gefunden, die mit meinem Kind durchgebrannt ist?« wollte Matty wissen.

»Möglicherweise.«

Lourdes Augen wurden groß. »Wo ist sie?«

»Eine komplizierte Geschichte, Lourdes. Sieht so aus, als hätten wir Marie Bellsons Auto gefunden.«

»Es sieht so aus?«

»Der Wagen ist völlig ausgebrannt. Drinnen saß eine Leiche.«

»O mein Gott!« kreischte Lourdes.

»Das Baby war nicht im Wagen. Zum Glück.«

»Aber wo ist sie dann?« fragte Lourdes verzweifelt.

»Das wissen wir nicht – noch nicht.«

»Sie haben Marie, aber nicht mein Baby gefunden.« Lourdes weinte jetzt laut. »Wenn Caitlin nicht bei Marie ist, wo sie sie dann?«

»Lourdes, ich finde Ihre Tochter. Glauben Sie mir.«

Lourdes schluchzte immer heftiger.

»Sie regen sie auf, Mann!«

Decker brachte den jungen Mann mit einem Blick zum Schweigen. Er wartete, bis Lourdes sich beruhigte.

»Warum haben sie ausgerechnet *mein* Baby genommen?«

»Keine Ahnung.«

»Vielleicht hat irgendein Gringo Caitlin entführt«, sagte Lourdes. »Diese alten Gringos wollen Babys adoptieren, weil sie selbst keine machen können. Aber meistens wollen sie *weiße* Babys. Caitlin ist nicht weiß.«

»Wenn diese Gringos keine weißen Babys kriegen können, nehmen sie auch unsere«, bemerkte Lopez.

»Lourdes, für solche Verdächtigungen ist es noch zu früh. Sobald ich mehr weiß, erfahren Sie es«, versprach Decker.

»Cindy war sehr lieb zu mir«, fuhr Lourdes fort. »Sie hat gesagt, daß sie selbst Marie suchen will.«

Decker schwieg. Er fragte sich, was Cindy vorhaben mochte. »Tja, sieht so aus, als hätten wir Marie gefunden. Jetzt fehlt nur noch Ihr Baby. Ich tue, was ich kann.«

»Den Spruch kennen wir. Solange die Fernsehkameras surren, arbeiten alle wie die Beknackten.«

»Laß das, Matty!«

»Ich verstehe Ihr Mißtrauen, Mr. Lopez«, sagte Decker. »In Ihrer Situation hätte ich vermutlich schon aus ein paar Leuten Kleinholz gemacht.«

Lopez lächelte freudlos. »Ich hab da meine eigene Methode. Interessiert?«

»Schießen Sie los.«

»Lourdes und ich geben im Fernsehen eine Stellungnahme ab. Wir erzählen, wie schlecht das Krankenhaus geführt wird und daß jetzt alles vertuscht werden soll. Daß sie uns zu kaufen versuchen, indem wir schriftlich auf unsere Rechte verzichten sollen. Wir sind amerikanische Bürger, Mann! Wir haben Rechte wie alle reichen Gringos und Arschlöcher! Es sei denn, wir kriegen wirklich... wirklich...«

»Gute Antworten?«

»Ja, so ist es. Antworten und...«

»Entschädigung?«

»Ganz genau, Herr Polizist. Wir wollen eine Entschädigung! Wenn wir keine fette Entschädigung kriegen, erzählen wir jeder Zeitung und jedem verdammten Fernsehreporter, wie sie uns behandelt haben. Als ob wir so ein paar bekloppte illegale Einwanderer wären.«

»Sie wollen eine Stellungnahme abgeben, Matty?«

»Ganz recht. Haben Sie ein Problem damit?«

Decker rieb sich die sonnenverbrannte Nase. »Sie sollten sich einen Anwalt nehmen.«

»Klar, Mann! Damit er noch dreißig, vierzig Prozent der Entschädigung kassiert? Anwälte sind Aasgeier!«

»Ich an Ihrer Stelle würde darüber nachdenken.«

»Ja, weil Sie Polizist sind. *Sie* verschaukeln die nicht. Aber mich... Mich halten sie doch bloß für einen dämlichen *Choelo.*«

»Mir ist das Geld egal«, flüsterte Lourdes. »Ich will mein Baby wiederhaben.« Sie sah Lopez an. »Unser Baby!«

»Klar, *Chica*. Ich will auch unser Baby. Aber wir sollten das verdammte System bluten lassen... für alles, was sie uns angetan haben. Etwas steht uns zu für all die Aufregung und den Schmerz, *Querida*.«

Lourdes seufzte. »Vielleicht sollten wir uns wirklich einen Anwalt nehmen. Mama sagt das auch.«

»Deine Mutter? Du nimmst einen Rat von deiner Mutter an?«

»Matty...«

»Ich weiß selbst, was ich zu tun habe, *Chica!*«

»Lourdes«, begann Decker. »Sie waren doch häufiger mit Marie zusammen, oder? Beschreiben Sie sie mir.«

»Beschreiben? Sie meinen, wie sie aussieht? Was sie anhatte?«

»Genau so.«

Lourdes' Augenlider zuckten. »Sie ist eine große, dürre, weiße Frau. Sie hatte eine weiße Hose und das typische Oberteil der Schwesterntracht an. Manchmal hatte sie auch einen Mundschutz umhängen.«

»Auf der Jacke der Schwesterntracht – hat sie da was getragen?«

Lourdes überlegte. »Ja, hat sie. Das Namensschild. Marie Bellson – Oberschwester. Und ein kleines Goldkreuz. Sie ist religiös. Wir haben sogar einmal zusammen gebetet. Ich bin nicht sehr gläubig, aber ich hatte nichts dagegen.«

Decker nahm seinen Notizblock zur Hand. »Hat sie sonst noch Schmuck getragen?«

»Einen Ring. Einen dicken, häßlichen Goldring mit einem blauen Stein. War ihr einziger Ring. Und der war scheußlich. Sie hat ihn ständig an- und abgezogen.«

»Sind Sie sicher?« drängte Decker.

»Total. Ich hab mich immer gefragt, warum sie ihn überhaupt trägt. Aber ging mich ja nichts an. Ich wollte nur mit meinem Baby nach Hause.« Tränen traten in ihre Augen. »Und das will ich noch.«

»Kann ich gut verstehen, Lourdes.«

Sie schüttelte den Kopf. »Ich bin müde. Ich möchte noch ein bißchen schlafen, bevor meine Familie aufkreuzt. Die waren verdammt wütend über die Fragerei der Polizei. Als hätten sie was damit zu tun.«

»Wir müssen jeden vernehmen«, sagte Decker. »Das gehört zu unseren Aufgaben. Lourdes, Sie haben gesagt, Marie habe nur einen großen, häßlichen Goldring mit einem blauen Stein getragen. Sonst können Sie sich an keinen Schmuck erinnern?«

Lourdes machte die Augen zu. »Sie hatte Löcher in den Ohrläppchen. Sie trug kleine Goldohrringe. Vielleicht waren sie nicht aus Gold, aber es waren kleine, runde Steckohrringe.«

»Halsketten?«

Lourdes schüttelte den Kopf. »Daran erinnere ich mich nicht.«

»Und Marie war nett zu Ihnen, Lourdes?«

»Ja, das war sie. Ich mochte sie. Ich kann noch immer nicht glauben, daß sie mir das angetan haben soll. Und jetzt glauben Sie, daß sie tot ist.« Sie biß sich auf den Daumen. »Das macht mir angst.«

Decker tätschelte ihre Hand. »Erinnern Sie sich noch an irgend etwas, das wichtig sein könnte? Hat jemand mal was über Caitlin gesagt, das Ihnen komisch vorgekommen ist?«

»Nur Marie«, antwortete Lourdes. »Sie hat immer wieder betont, wie dankbar ich für Caitlin sein muß. Sie sei ein Geschenk Gottes. Falls ich sie zur Adoption freigeben wolle, würde sie mir helfen. Aber nachdem ich ihr gesagt hatte, daß ich sie behalten wolle, war Marie wahnsinnig hilfsbereit. Sie hat mir beigebracht, wie man Caitlin hält, wie sie gefüttert, gewickelt und gebadet wird. Dann kam meine Mutter und hat mir genau das Gegenteil erzählt. Sie mochte Marie überhaupt nicht.«

Decker dachte einen Moment nach. »Ihre Mutter und Marie kamen nicht miteinander klar?«

»Keine Kunst.« Lopez grinste. »Mit ihrer Mutter kommt keiner klar.«

Lourdes warf ihm einen scharfen Blick zu. »Er hat recht, Detective. Mit Mutter ist nicht gut Kirschen essen.«

»Wollte Ihre Mutter, daß Sie Caitlin zur Adoption freigeben, Lourdes?«

»Meine Mutter? Sie würde mich eher umbringen! Sie wird

sich um Caitlin kümmern, damit ich die Highschool fertigmachen kann. Mama ist schwierig, aber ganz in Ordnung.«

Matty rollte mit den Augen. Lourdes schwieg.

Decker reichte ihr seine Karte. »Rufen Sie mich an, falls Ihnen noch was einfällt.« Und zu Matty gewandt, fügte er hinzu: »Passen Sie gut auf sie auf.«

»Keine Sorge. Das tue ich immer. Sie ist mein Mädchen. Und das Baby ist auch mein Kind.« Lopez hielt inne. »Meinen Sie wirklich, wir sollten einen Anwalt nehmen – für die Presseerklärung, meine ich?«

»Ja, das meine ich.«

»Kennen Sie jemanden, Mann?«

Decker nahm einen Stift aus der Tasche. »Rufen Sie die Nummer an. Das ist die Anwaltskammer. Die können Sie beraten.«

»Woher weiß ich, daß das keine Halsabschneider sind?«

»Sprechen Sie mit ihnen. Stellen Sie ihnen intelligente Fragen. Irgend jemandem müssen Sie letztlich vertrauen«, schloß Decker. »Wir bleiben in Verbindung.«

Decker machte die Tür zu und ging langsam den Korridor entlang, in dem sich alle möglichen Uniformen tummelten: Ärzte, Schwestern, Wachmänner, Pfleger. Alle taten sehr geschäftig. Ein großer Unterschied zur vergangenen Nacht.

Decker fühlte sich schuldbewußt, weil er Matty Lopez' Bitte um Hilfe bei der Anwaltssuche ausgewichen war. Aber er hatte Matty bewußt verschwiegen, daß er selbst Anwalt war. Er fürchtete, Matty hätte den Auftrag sonst ihm gegeben.

Was nicht hieß, daß ihn das Mandat nicht interessiert hätte.

Die Krankenhausverwaltung zu verklagen wäre ihm ein Vergnügen gewesen. Hätte die Frustrationen der vergangenen drei Tage ausgeglichen. Ganz zu schweigen von dem hübschen Sümmchen, das es ihm gebracht hätte. Lopez hatte recht. Anwälte kassierten in solchen Fällen einen guten Prozentsatz der Entschädigungssumme. Vierzig Prozent davon hätten zum Beispiel gereicht, um einen Anbau an seiner Farm zu realisieren. Rina hatte ohnehin schon über Platzmangel geklagt.

Decker schmunzelte.

Schöner Traum.

19

Das Golden-Valley-Alten- und Pflegeheim in Arcadia war ein weitläufiger Flachbau in einer ruhigen, ländlichen Umgebung. Es hatte eine U-förmige Auffahrt, gesäumt von Buchsbaum- und Eibenhecken mit einer gelben Ringelblumenwiese in der Mitte. Hinter dem Gebäude erstreckte sich ein weites Gelände mit schönen, alten Bäumen. Marge sah einen schmalen Bach, der sich durch das Gelände schlängelte, zu dieser Jahreszeit jedoch kein Wasser führte.

Es war ein heißer Nachmittag. Wolkenfetzen zogen über den Himmel und verdunkelten hin und wieder die Sonne. Es war ein Verwirrspiel von Licht und Schatten, so als knipse jemand willkürlich eine Taschenlampe an und aus. Über allem lag eine geradezu himmlische Ruhe. Die einzigen Geräusche waren Vogelgezwitscher und das Zirpen der Insekten.

Als Marge die gläserne Flügeltür aufstieß, wurden die Geräusche der Natur schlagartig von elektronischen Tönen und Lachsalven vom Band verdrängt, die aus einem Fernsehapparat rechts hinten in der Lobby kamen. Auf einem verloren herumstehenden pinkfarbenen Sofa saß eine alte Dame mit einer Wolldecke über den Knien. Rechts von ihr lehnte eine Gehhilfe. Um einen Tisch standen ein paar Stühle. Um den Fernsehapparat hatte sich ein Halbkreis von alten Leuten in Rollstühlen gebildet. Alle hatten Marge den Rücken zugewandt. Sie sah nur ihre Köpfe über den Stuhllehnen. Einige waren kahl, andere weißhaarig.

Marge ging zum Empfang, wo ein imposantes Muskelpaket in der weißen Berufskleidung eines Pflegers thronte. Er war jung und hatte ein breites Gesicht voller Aknenarben. Seine

Augen waren dunkelblau und blickten aufmerksam und konzentriert. Er hatte hellbraunes, dünnes Haar, das er zurückgekämmt trug. Über der weißen Jackettasche steckte ein Namensschild mit der Aufschrift L. MCKAY. Er sah Marge an und lächelte mit blendend weißen Zähnen.

»Was kann ich für Sie tun?«

Die Stimme klang tief und sonor. Sein breiter, muskulöser Halsansatz schien ein idealer Klangkörper zu sein. Marge zückte ihre Dienstmarke. »Ich möchte Lita Bellson sprechen.«

L. studierte ihren Ausweis, dann Marge. »Wir haben Sie schon erwartet. Willkommen. Wir haben strikte Anweisung der Heimleitung, nach Marie Ausschau zu halten. Seit ich hier bin, hat sie weder angerufen noch ist sie aufgekreuzt.«

Nach der Entdeckung im Canyon klang das glaubwürdig. »Ich möchte trotzdem mit Mrs. Bellson sprechen.«

»Ich bringe Sie zu ihr, Detective.«

L. stand auf.

Zu kooperativ, dachte Marge. Zu aalglatt. Sie musterte ihn prüfend von der Seite, während sie durch die Halle gingen. Er war nicht groß, wirkte jedoch so durch seine Vierschrötigkeit. Der Pfleger führte sie einen langen, breiten Korridor entlang. Direkt hinter der Halle begannen die Zimmer. Fast alle Türen standen auf. Zu Marges Überraschung waren die Räume licht und hell und gut durchlüftet. Sie hörte Stöhnen und Husten, aber ebenso oft fröhliche Unterhaltungen.

Etliche Rollstühle säumten ihren Weg. Schmale, zusammengesunkene Gestalten lächelten, als sie vorbeikamen. L. grüßte jeden einzelnen mit Namen und hatte für alle ein freundliches Wort. Die alten Herrschaften reagierten mit einem Lächeln, manchmal auch mit einem zahnlosen. Marge grüßte ebenfalls.

Der Korridor führte schließlich in einen großen Speisesaal. Die Tapete zeigte ein Blumenmuster, die Tische und Stühle waren aus weißem und rosafarbenem Rattan, die Tische mit weißen Tüchern, Servietten und Silber gedeckt.

»Sie sind wohl noch nie in einem Altenheim gewesen«, bemerkte L. »Was haben Sie erwartet? Ein Haus des Schrekkens?«

Marge lächelte. »Man hört so dies und das.«

»Das hier ist eines der besten, muß ich ehrlich zugeben. Es ist ein privates Altenheim. Die meisten unserer Insassen haben Geld.«

»Das dürfte vermutlich aufgebraucht sein, wenn sie diese Welt verlassen«, bemerkte Marge.

»Es ist futsch in dem Augenblick, in dem sie hier aufgenommen werden«, verbesserte L. sie. »Der Verwaltungsrat prüft die Vermögensverhältnisse jedes Bewerbers. Sie sollten mal unsere Warteliste sehen. Wenn der Aufsichtsrat der Meinung ist, daß der Bewerber einen guten Gewinn verspricht, kassiert das Heim das gesamte Vermögen. Als Gegenleistung erhält die betreffende Person Pflege, Kost und Logis bis ans Lebensende. Meistens macht die Verwaltung dabei ein gutes Geschäft. Manchmal geraten wir auch an Blender, an Leute, die gebrechlich wirken und ewig leben.« L. lächelte.

»Sie sind hier also Pfleger?« fragte Marge.

»Ja. Ein staatlich geprüfter sogar. Ich sollte mich vielleicht vorstellen. Lawrence McKay. Nennen Sie mich Leek.«

»Okay, Leek.«

»Schon mal mit Lita Bellson gesprochen? Sie ist eine Type. Wir nennen sie Harriet Houdini.«

»Verschwindet oft, um heimlich zu telefonieren, was?«

Leek blieb stehen. »Sie haben Ihre Hausaufgaben gemacht.« Er ging weiter. »Lita ist eine erstaunliche Frau. Möchte wetten, daß das Heim bei ihr den kürzeren zieht. Sie bleibt uns noch lange erhalten, auch wenn sie achtzig und eigentlich schwer krank ist.«

»Sie ist achtzig?«

»Ja, und ich wette, sie hält noch mal zehn Jahre durch. Sie ist viel zu gemein, um zu sterben.«

»Wa ... ist Marie ihr einziges Kind?«

»Das weiß ich nicht, aber ich glaube schon. Jedenfalls kriegt sie nur von Marie Besuch.«

»Ist Marie eine fürsorgliche Tochter?«

McKay zuckte die Schultern. »Sie kommt zu Besuch. Das ist schon mal was.«

Er wandte sich scharf nach rechts und betrat ein Zimmer, das eine Mischung aus Wohnraum und Krankenhauszimmer war. Überall standen medizinische Apparate und Medikamentenvorräte. Das Fenster war groß, die Jalousien waren heruntergelassen. Von den beiden Betten war nur eines besetzt.

»Lita ist nicht in ihrem Bett«, erklärte McKay nach einem kurzen Blick. »Sie muß in einem der Speisezimmer sein.«

»Sie haben noch mehr Speisezimmer?«

»Ja. Der allgemeine Speisesaal ist nur für Leute, die beim Essen keine Hilfe benötigen. Wir haben noch kleinere Räume, die beaufsichtigt werden.« Der Pfleger sah auf die Uhr. »Fürs Abendessen ist es noch zu früh. Vielleicht hatte sie Lust auf was Süßes. Ist die Zeit für Eiscreme und Pudding.«

McKay führte sie in eine Glasveranda mit Tischen und Stühlen. Der Fußboden war mit weißem Linoleum ausgelegt, das Licht wurde durch blaue Jalousien vor den großen Glasfenstern gedämpft. Die Klimaanlage funktionierte eher wie ein Ventilator, der die warme Luft nur verwirbelte. An der weißgetünchten Rückwand hingen farbenfrohe Kinderzeichnungen.

»Gefällt Ihnen unsere Kunstausstellung?« fragte Leek.

»Sehr.«

»Das sind Arbeiten von den Enkelkindern. Wenn sie herkommen, langweilen sie sich meistens. Wir geben ihnen dann Stifte und Papier. Damit sind sie beschäftigt.«

McKay steuerte auf eine Gruppe alter Frauen in Rollstühlen zu. »Sie wollen Lita kennenlernen? Die lauteste in der Gruppe dort drüben, das ist sie.«

Marge drehte sich um. Die Frau im Rollstuhl hatte so pinkfarbenes, feines Haar, daß es fast wie Zuckerwatte aussah. Sie trug eine große Brille im zerknitterten, faltigen Gesicht, und in ihren langen Ohrläppchen hingen schwere Ohrgehänge. Ihr ausgezehrter Körper wurde von einem weiten, farbenfrohen mexikanischen Umhang verhüllt.

McKay trat zu ihr und sagte laut: »Lita, Sie haben Besuch!«

Lita sah unwirsch auf. »Ich bin mit meinem Eis noch nicht fertig!« Sie starrte durch den Raum. Der Blick hinter den großen Brillengläsern erfaßte schließlich Marge. »Sind Sie von der Polizei?«

Marge nickte.

»Was dagegen, wenn ich erst mein Eis esse?« schrie sie.

»Nein!« brüllte Marge zurück.

»Lita, stellen Sie Ihr Hörgerät doch lauter, ja!« forderte McKay sie auf.

»Dann muß ich mir bloß Maudes dummes Geschwätz anhören.«

»Aber die Unterhaltung wird leichter.«

»Ach, Scheiße!« Lita drehte an einem kleinen Gerät. Dann sagte sie leiser: »Mein Gott, hält diese Frau denn niemals ihre Klappe? Wir haben alle unsere Wehwehchen. Wir wären kaum in diesem Loch gelandet, wenn wir gesund und munter wären. Beklage ich mich vielleicht?«

»Nie«, bestätigte McKay. »Auf dem Ohr bin ich nämlich taub...«

»Schnauze! Los, schieben Sie mich zu der Lady rüber. Ich esse mein Eis bei ihr zu Ende. Bringen Sie mir noch 'ne Portion, Leek? Heute waren Sie verdammt geizig mit dem Zeug.«

»Lita!«

»Kommen Sie, Leek. Tun Sie einer alten Frau einen Gefallen.«

»Okay, das eine Mal...«

»Braver Junge. Zucker für mein Baby, was?«

Der Pfleger küßte die alte Frau andeutungsweise auf ihr zuckerwattiges Haar und schob sie zu einem Ecktisch. Dann machte er Marge ein Zeichen, herüberzukommen.

»Ich lasse die Damen jetzt allein.«

Lita nahm ihre Brille ab und sah Marge an. Ihre Augen waren von Katarakten von Hautfalten umgeben. Das Faszinierendste an ihnen war die Farbe: ein dunkles Grün mit braunen Einsprenkelungen wie Schokoladenstreusel. »Möchten Sie ein Eis, Herzchen?«

»Danke, ich passe«, antwortete Marge.

»Ist verdammt gut. Spumoni.«

»Nein danke, wirklich nicht.«

Lita beugte sich näher zu Marge und flüsterte: »Bitten Sie ihn trotzdem, daß er Ihnen ein Eis bringt. Ich esse es sowieso.«

Marge sah zu Leek auf. »Könnte ich bitte auch ein Eis haben?«

McKay nickte. »Klar doch, Detective. Bin gleich wieder da.«

»Ist er nicht süß?« Lita lachte und senkte die Stimme zu einem Flüstern. »Wir sind Verbündete.«

»Wie meinen Sie das?«

Lita rückte noch ein Stück näher. Die alte Frau roch so abgestanden wie Mottenkugeln. »Das Heim glaubt, mein ganzes Vermögen in den Krallen zu haben. Idioten! Ich habe ein Geheimkonto behalten, von dem nicht mal Marie weiß. Eine prima Investition. Leek hat alles organisiert.«

Marge spitzte die Ohren. »Leek hat was organisiert?«

»Na, die Teilhaberschaft oder so. Hat mir einen hübschen Notgroschen verschafft. Bald setze ich mich in Hawaii zur Ruhe. Was sagen Sie dazu?«

Zur Ruhe setzen? Wovon, dachte Marge. »Lita, über was für einen ›Notgroschen‹ reden wir?«

»Wieso? Wollen Sie auch einsteigen?«

»Nein, ich möchte mich nur vergewissern, daß Sie nicht betrogen werden. Daß Leek keine obskuren Geschäfte macht.«

Lita brach in Gelächter aus. »Leek? Leek braucht kein Geld. Der ist millionenschwer. Er arbeitet nur zum Spaß hier.«

Marge schwieg. Entweder hatte Leek sie völlig eingeseift, oder die alte Frau lebte in Phantasia. »Er arbeitet hier nur zum Spaß?«

»Klar. Weil er uns liebt. Weil er mich liebt. Alle, die hier arbeiten, lieben mich.«

Marge lächelte flüchtig. »Wieviel haben Sie ihm gegeben, Lita?«

»Keine Ahnung. Ungefähr hundert Piepen. Aber jetzt ist das 'ne Menge mehr wert. Ist ein Vermögen, sagt Leek. Und er sagt, bald ist Hawaii dran. Das Heim hier ist okay. Aber irgendwann geht einem auch diese Bude auf den Senkel. Leek hat gesagt, daß er vielleicht sogar mitkommt und für mich sorgt. Dieser wunderbare Schrank von einem Mann! Na, was meinen Sie?«

»Was dagegen, wenn wir uns ein bißchen über Marie unterhalten?«

»Wo ist meine Tochter überhaupt?«

»Das wissen wir nicht genau, Mrs. Bellson.«

»Sagen Sie Lita zu mir. Das Missis-Gequatsche hasse ich.«

»Also gut, Lita.« Marge holte ihren Notizblock heraus. »Stehen Sie Marie sehr nahe? Was meinen Sie?«

»Nahe? Sie kennen Marie wohl nicht, oder?«

»Nein.«

»Sonst wüßten Sie nämlich, daß ich eine beschissene Mutter für Marie gewesen bin. Ich meine, wirklich beschissen. Hab ihren Vater verlassen, als Marie noch ein Baby war. Wir waren ganz allein, wir beide. Und ich war schon ziemlich alt, als ich Marie bekam. Meine Eltern waren entsetzt. Entsetzt, daß ich mich von meinem ersten Mann, Henry, hatte scheiden lassen, und sauer, daß eine unverheiratete Frau in meinem Alter noch mal schwanger geworden ist. Ich hab den Namen des Vaters angenommen, um genauso zu heißen wie Marie. Aber geheiratet hab ich den Kerl nie. Er wollte es. Ich nicht. Ende der Durchsage. Wir Whitson-Mädels sind eine wilde Brut, jede einzelne von uns.«

»Sie haben sich mit Ihren Eltern nicht verstanden?«

»Nicht verstanden? Wir haben uns gehaßt. Hat mir aber nie was ausgemacht. Marie allerdings um so mehr. Ich schätze, sie wollte Großeltern haben wie alle anderen Kinder in der

Schule. Und einen Daddy vermutlich auch. Pech für sie. Ich habe mein Bestes getan, aber ich hatte auch nur ein Leben. War nie der Märtyrertyp.« Lita runzelte die Stirn. »Wo, zum Teufel, bleibt mein Eis? Was machen die so lange? Muß die Kuh erst gemolken werden?«

»Es kommt bestimmt gleich.« Marge strich sich das Haar aus der Stirn. »Was für ein Kind war Marie?«

»Eine Whitson, halsstarrig und wild. Die weiblichen Whitsons sind alle aus demselben Holz geschnitzt.«

»Seltsam. Die Leute, die Marie kennen, haben sie nicht als wild beschrieben.«

»Weil sie sie früher nicht gekannt haben. Das Mädchen hatte Pfeffer im Arsch! Jetzt verschwendet sie ihr Feuer an die Krankenpflege und den lieben Gott. Ist so interessant wie ein Vollkornkeks.«

Marge dachte an die andere Marie, an die Radikale, konserviert in einem Lagerfach in ihrer Garage.

»Aber als sie jung war, war sie anders?«

»Ganz anders.«

»Sie ist schon sehr jung schwanger geworden, stimmt's?«

»Kann man sagen.«

»War sie verheiratet?«

»Hat nicht einen von ihnen geheiratet.«

Marge dachte kurz nach. »Wie viele Schwangerschaften waren's denn?«

Litas Augen wurden schmal. »Ich weiß nicht, ob's Marie recht ist, wenn ich über ihr Privatleben rede.«

»Es kann wichtig sein, Lita.«

»Meinen Sie wirklich, meine Tochter ist verschwunden?«

»Ja.«

Lita zuckte die Schultern. »Dumme Geschichte. Wir verstehen uns zwar nicht besonders, aber sie ist mein Fleisch und Blut. Wäre mies, wenn ihr was zugestoßen sein sollte.«

Marge schwieg.

»Worüber haben wir gerade gesprochen? Wo bleibt mein verdammtes Eis? Müssen die erst die Kirschen pflücken?«

»Wie oft war Marie schwanger?« erinnerte Marge.

»Drei-, viermal… soviel ich weiß. Sie hat immer abgetrieben.«

Marge verzog keine Miene. Das Bild von Marie hatte mittlerweile eine erstaunliche Wandlung durchgemacht. Von der politischen Radikalen und Anhängerin von freiem Sex zur hingebungsvollen Säuglingsschwester und gläubigen Christin. »Marie hatte drei oder vier Abtreibungen?«

Lita schnalzte mit der Zunge. »So ist es. Hat mich eine Stange Geld gekostet. Abtreibungen waren damals teuer. Aber zu diesem Zeitpunkt hatte mein Vater bereits ins Gras gebissen und mir Geld hinterlassen. Hatte vermutlich Gewissensbisse, der Alte. Hat es wieder gutgemacht, indem er mich in seinem Testament großzügig bedacht hat. Ich habe verdammt viel für mich ausgegeben. Da konnte ich auch ein bißchen was für Marie abzweigen.«

»Hat Marie je ein Kind verloren?«

»Verloren? Sie meinen, ob eines totgeboren wurde?«

»Oder hatte sie eine Fehlgeburt?«

»Nicht daß ich wüßte. Lange haben ihre Schwangerschaften nie gedauert. Sie ist immer zu mir gekommen und hat gesagt: ›Ma, ich bin wieder in Schwierigkeiten.‹ Dann habe ich ihr Bares gegeben. Damit war die Sache erledigt.«

»Sie hat einer Freundin mal gesagt, sie habe sehr jung ein Kind verloren. Vielleicht war das, nachdem sie von zu Hause fortgegangen war. So mit neunzehn oder zwanzig?«

»Mit zwanzig?« Lita rümpfte nachdenklich die Nase. »Ist doch lächerlich! Was machen die mit meinem Eis? Müssen sie erst die Nüsse knacken?«

»Da kommt Leek.«

»Wurde auch Zeit!« Lita riß Leek eine Schale aus den Händen. »Hat ja eine Ewigkeit gedauert.«

»Spumoni ist heiß begehrt, Lita.« Der Pfleger stellte eine Schüssel vor Marge ab. »Hier ist Ihr Eis, Detective.«

»Hab's mir anders überlegt.« Marge schob ihre Portion zu Lita hinüber. »Ist doch okay, wenn ich sie ihr überlasse?«

McKay warf ihr einen strengen Blick zu. »Junge, da hast du mich aber reingelegt, Lita.«

Die alte Frau brach in schallendes Gelächter aus.

»Und jetzt entschuldigt mich«, sagte McKay. »Ich muß was tun.«

»Ist er nicht himmlisch!«

Marge lächelte.

»Er bringt mich nach Hawaii.«

»Lita, machen wir mit Marie weiter«, drängte Marge sanft.

»Mit dem Eis lassen Sie sich was entgehen.«

»Genießen Sie's, Lita. Sie wissen also nicht, ob Marie je ein Kind verloren hat, als sie ungefähr zwanzig war?«

»Nee. Richtig schwanger habe ich Marie nie erlebt. Sie hat sich's immer wegmachen lassen, bevor man's sehen konnte. Hat sie wenigstens behauptet. Vielleicht hat sie mir nur das Geld abgeluchst und sich einen flotten Lenz gemacht. Würde mich nicht überraschen. Die Idee hätte von mir sein können.«

»Wäre also möglich, daß Marie ein Kind verloren hat, ohne daß Sie davon gewußt haben?«

»Natürlich. Als Marie zwanzig war, hat sie ihr eigenes Leben geführt, oben im Norden. Ist in die Fußstapfen dieser verrückten Hippies getreten. Als Miss Flower Power mit T-Shirt und Holzperlenketten ist sie von einer Kommune in die andere gefallen. Hat bis zur Besinnungslosigkeit gehurt. Das waren ihre eigenen Worte. Sie kam von Berkeley nach Hause, und ich habe sie gefragt, was sie gelernt hat. Daraufhin hat sie geantwortet, sie habe gelernt, bis zur Besinnungslosigkeit herumzuhuren. Ich hab ihr gesagt, um das zu lernen, brauche sie nicht aufs College zu gehen.«

»Sie hätte also ohne Ihr Wissen ein Kind verlieren können?«

»'türlich.« Lita leckte sich die Lippen. »Aber sie hätte mir vermutlich davon erzählt. Schließlich hat sie mir von allem anderen erzählt, von Drogen, Sex und Orgien. Sie hat alles gefickt, was sich bewegt hat – allein, in Gruppen, Männer, Frauen, Studenten, Professoren, alles was lebendig war. Und als sie im Sex ihren Frieden nicht finden konnte, ist sie von einem Gott zum anderen gewandert. Dann hat sie Jesus entdeckt, Berkeley verlassen und ist Kinderschwester geworden.«

Lita verstummte und schien in Gedanken verloren.

»Wollen Sie die Wahrheit wissen, Detective? Marie hat es besser gemacht als ich. Sie ist jemand in dieser Welt. Ich habe immer nur genommen und genommen. Nicht daß das meine Schuld gewesen wäre. Mir hat nie jemand was gegeben. Also hab ich's mir genommen. Tief im Herzen bin ich stolz auf meine Tochter. Das sage ich ihr auch immer. Ich war eine beschissene Mutter und bin stolz, daß sie über meine Unzulänglichkeiten hinweg ist und mehr aus sich gemacht hat als bloß 'ne Frau mit lockerem Lebenswandel.«

»Was hat Marie gesagt, als Sie ihr das gestanden haben?«

»Nur gelächelt. Sie redet nicht viel, ist zu sehr mit Bibellesen beschäftigt. Das ist mir egal. Ich nehme alle Hilfe, die ich kriegen kann.«

Marge hatte schon fast einen Krampf in der Hand, soviel hatte sie geschrieben. Sie holte tief Luft. »Hat Marie in letzter Zeit vom Kinderkriegen oder von Abtreibung gesprochen? Von Schuldgefühlen?«

Lita schüttelte energisch den Kopf. »Schuldgefühle hatte sie nie. Genausowenig wie ich. Für Schuldgefühle ist das Leben viel zu kurz.«

Marge schwieg. Der aggressive Egoismus der alten Dame war erstaunlich. Sie kreiste nur um sich selbst. Kein Wunder, daß Marie ein Buch über die Umkehrung der Mutter-Tochter-Rolle las.

Aber inwiefern deutete das auf ein Motiv für eine Kindesentführung hin? Oder war etwas geschehen, das diese latente, tickende Zeitbombe zur Explosion gebracht hatte?

»Lita, wissen Sie, ob Marie in letzter Zeit bei ihrem Gynäkologen oder überhaupt bei einem Arzt gewesen ist? Hat sie sich vielleicht nicht gut gefühlt?«

Lita schüttelte erneut vehement den Kopf. »Nicht, soviel ich weiß.«

»Sagen Sie, kennen Sie den Namen von Maries Zahnarzt?« fragte Marge unvermittelt.

Lita runzelte die Stirn. »Sie ist mit mir einmal bei einem Zahnarzt gewesen. Ungefähr vor fünf Jahren.«

»Wissen Sie noch, wie er hieß?«

»Nee. Aber ich glaube, er war in Glendale.«

»Sicher?«

»Nein. War nur so 'ne Idee.«

»Kennen Sie Maries Freunde?«

»Nicht einen.«

»Was ist mit einer Paula Delfern?«

»Nie von ihr gehört.«

»Und Sondra Roberts?«

»Sondra?«

»Sie kennen sie?« fragte Marge erstaunt.

»Sie ist eine Freundin von Marie?«

»Keine Ahnung. Deshalb frage ich Sie.«

»Also, das wäre mir neu«, sagte Lita.

»Woher kennen Sie Sondra?«

»Sie hat mal hier gearbeitet. Hat vor 'ner Weile ganz überstürzt gekündigt. Ich hab gehört, sie hätte Probleme mit ihrer Lizenz gehabt.«

»Was für Probleme?«

»Keine Ahnung. Sie hat gekündigt. Das war's dann.«

Bis jetzt, dachte Marge. Falls eine Angestellte unter dubiosen Umständen gekündigt hatte, hatte das Heim ein Interesse, sich rechtlich zu schützen. Verärgerte Angestellte reichten oft Klagen ein. Die Personalakte war vermutlich nicht auf dem neuesten Stand, aber es war ein Anfang. Wobei noch lange nicht klar war, ob diese Sondra für den Fall überhaupt wichtig war.

»Sie hatten also keine Ahnung, daß Marie und Sondra befreundet waren?«

»Ist mir vollkommen neu. Ich weiß nur, daß das Mädchen auf Leek scharf war.«

»Sie war Leeks Freundin?«

»Unerwiderte Liebe, Detective. Nettes Mädchen. Hübsches Gesicht. Aber fett.«

Fett... Anonyme Dicke, assoziierte Marge. Das ergab einen Sinn. Marge hoffte auf die winzige Chance, daß Marie das Baby vor dem tödlichen Sturz in die Schlucht bei einer Freundin deponiert hatte. Immer vorausgesetzt, Marie hatte die Kleine entführt.

»Also, Lita... Sie waren eine große Hilfe.«

»Wirklich?«

»Ja.« Marge stand auf. »Darf ich wiederkommen, falls es nötig ist?«

»Selbstverständlich.« Lita kratzte ihre Schüssel aus. »Jederzeit. Aber bringen Sie mir Eis oder Pudding mit. Am liebsten Schokolade oder Butterkaramel. Oder beides.«

»Sie können sich darauf verlassen, Lita.«

Marge wandte sich zum Gehen.

»Oh, Detective, noch was!«

»Ja?«

»Wegen Sondra Roberts. Das war nur ihr offizieller Name. Die meisten von uns hier haben sie Tandy genannt.«

20

Als Marge nach ihrem Gespräch mit Lita zum Empfang kam, hatte eine farbige Schwester Leeks Posten an der Theke eingenommen. Sie hieß Sarah, arbeitete seit vier Jahren im Heim und teilte Marge mit, daß Leek gerade Mittagspause habe.

»Sondra Roberts...«, überlegte Sarah auf Marges Frage hin. »Sie meinen Tandy, stimmt's? Natürlich erinnere ich mich an Tandy. Nettes Mädchen, aber irgendwie tragisch.« Sarah schüttelte den Kopf. »Sie war ziemlich dick und hoffnungslos schüchtern. Hatte sich in Leek verknallt. Ich muß wohl nicht betonen, daß ihre Gefühle nicht erwidert wurden.«

»Das hat Lita Bellson auch erzählt.«

»Lita?« Sarah lachte. »Erstaunlich, was die alten Herrschaften so mitkriegen.«

»Tandy hat gekündigt, stimmt's? Es soll Probleme mit ihrer Lizenz gegeben haben.«

»Ach ja?«

»Haben Sie was anderes gehört?«

»Ich dachte, sie sei im Zuge von Sparmaßnahmen entlassen worden. Die Heimleitung hat damals ein Dutzend Leute auf einmal in die Wüste geschickt. Hat uns alle ziemlich erschreckt. Entschuldigen Sie.« Sarah griff zum Telefon. »Golden Valley... Ja, Mrs. Louden. Wie geht es Ihnen?«

Marge wartete, bis Sarah das Gespräch beendet hatte. »Ich würde gern mit jemandem aus der Personalabteilung sprechen. Könnten Sie mir helfen?«

»Sicher.« Sarah nahm das Haustelefon ab und wählte eine Nummer. »Grace kommt in einer Minute.«

»Danke. Arbeiten Sie gern hier, Sarah?«

»Es ist eines der besten Heime, wenn Sie das meinen. Im Vergleich zu anderen geradezu Disneyland.«

»Sind die anderen Pfleger und Schwestern auch der Meinung?«

»Ich denke schon«, antwortete Sarah.

»Was ist mit Leek?«

»Der beklagt sich auch nicht.«

»Lita hat mir gesagt, daß er finanziell unabhängig, geradezu reich sei.«

Sarah lachte. »Detective, wenn Sie Vermögen hätten, würden Sie dann hier arbeiten? Auch wenn's eines der besten Heime ist?«

Marge lächelte. »Wie kommt Lita wohl darauf?«

»Lita hat zuviel Phantasie. Wie die meisten von unseren Alten. Ihr Leben ist langweilig, also denken sie sich laufend Geschichten aus. Ah, da ist Grace. Grace, das ist Detective Dunn.«

Grace war eine kleine, zierliche Person mit leiser Stimme. Sie schüttelte Marge die Hand. »Was kann ich für Sie tun?«

»Ich möchte die Personalakte einer ehemaligen Angestellten einsehen.«

»Tandy Roberts«, fiel Sarah ein. »Du erinnerst dich doch noch an Tandy, Grace?«

»Selbstverständlich. Sie hat gut ein Jahr hier gearbeitet, glaube ich.«

»Wissen Sie, weshalb sie gekündigt hat?« fragte Marge.

»Ich dachte, ihr sei gekündigt worden«, verbesserte Grace. »Wegen Sparmaßnahmen.«

»Sie hat also nicht gekündigt?«

»Nicht, soviel ich weiß.« Grace lächelte. »Tut mir leid, Detective, aber wenn Sie keine gerichtliche Anordnung haben, darf ich Ihnen keinen Einblick in die Personalakten geben. Ohne die Erlaubnis der Heimleitung, heißt das. Aus Datenschutzgründen.«

»Möglicherweise hängt das Leben eines Säuglings davon ab«, sagte Marge.

Graces Augen wurden groß. »Ich könnte in der Verwaltung anrufen und fragen...«

»Das dauert alles zu lange, Grace. Wir suchen nach einem zwei Tage alten Säugling.«

»Was hat Tandy denn damit zu tun?«

»Vielleicht gar nichts. Aber wir müssen alle Möglichkeiten in Betracht ziehen.«

»Detective, lassen Sie mich einfach bei der Heimleitung anrufen...«

Marge sah auf die Uhr. Es war Punkt vier. Die Verwaltung machte sicher in einer halben Stunde Büroschluß. Falls Grace den Boß nicht erreichte und nicht sofort die Erlaubnis erhielt, würde sich die Sache einen weiteren Tag hinziehen.

»Grace, wie wär's, wenn Sie fünf Minuten Pause machen, während ich mich ins Personalbüro verirre?«

»Detective, das ist gegen die Regeln.«

»Kidnapping ist auch gegen die Regeln. Ich war diejenige, die die arme Mutter vernehmen mußte, Grace. Es ist ihr erstes Kind.«

Die zierliche Frau schwieg. Sie war offensichtlich hin- und hergerissen zwischen Pflicht und Menschlichkeit. Schließlich wanderte Graces Blick zur Wanduhr. »Schätze, ich könnte eine Tasse Kaffee vertragen. Sie haben fünf Minuten. Die Akten der ehemaligen Pfleger und Schwestern hängen im ersten Schrank rechts und sind mit einem blauen Punkt gekennzeichnet.«

»Danke.«

»Hoffentlich tue ich das Richtige.«

»Mit Sicherheit«, sagte Marge.

Bevor Grace die Möglichkeit hatte, ihre Meinung zu ändern, war Marge bereits im rückwärtigen Büroraum verschwunden. Die Tür zur Personalabteilung stand auf. Ein Schreibtisch versperrte den Eingang zur Aktenregistratur. Marge zwängte sich am Schreibtisch vorbei und wandte sich nach rechts. Graces Tip war Gold wert, denn die Markierungen der Hängeakten reichten über die gesamte Farbpalette, wobei die größte Abteilung, die der Heiminsassen, mit orangefarbenen Punkten gekennzeichnet war. Hastig blätterte Marge durch die Abteilung »R« der alphabetisch geordneten, blau markierten Akten. Sie enthielt nur eine Akte Roberts. Der Vorname lautete jedoch weder Sondra noch Tandy.

Marge fluchte unterdrückt und begann erneut mit der Abteilung »R«. Nachdem sie das Fach ein drittes Mal durchgegangen war, ohne fündig zu werden, schweifte Marges Blick zu den mit anderen Farben gekennzeichneten Aktenschränken. Hier stand sie auf verlorenem Posten. Die Menge war kaum in fünfzehn Minuten, geschweige denn in fünf Minuten zu bewältigen. Einen Moment später betrat Grace den Raum.

»Tut mir leid, Detective, aber ich muß Sie jetzt bitten zu gehen.«

»Grace, ich brauche Ihre Hilfe. Ich habe unter den blau markierten Akten keine Sondra Roberts gefunden. Könnten Sie woanders nachsehen? Nur damit ich weiß, ob sie da ist?«

»Natürlich ist sie hier.«

»Dann finden Sie sie. Wenn die Akte hier ist, halte ich mich an die Regeln.«

Grace seufzte. »Setzen Sie sich.«

Marge setzte sich an den Schreibtisch und beobachtete, wie die zierliche Frau erneut die blau gekennzeichneten Aktenreihen durchging, leise die Schublade schloß und sich verwirrt dem Fach der rot markierten Akten zuwandte.

»Das sind die Unterlagen unserer gegenwärtigen Mitarbeiter. Vielleicht hat jemand die Akte falsch abgelegt.« Sie seufzte. »Und dieser Jemand muß ich gewesen sein.«

»Wir machen alle mal Fehler.«

»Ich arbeite seit fünfzehn Jahren hier. So was darf mir nicht passieren.«

Marge schwieg. Eine Minute später schloß Grace auch diese Schublade.

»Sie ist nicht da, stimmt's?« fragte Marge.

»Das begreife ich nicht.«

Zwanzig Minuten später hatte Grace sämtliche Aktenfächer flüchtig durchgesehen. Ohne Ergebnis. Sie lehnte sich gegen die Wand und verschränkte die Arme vor der Brust. »Sie muß hier sein. Vermutlich ist sie irgendwo dazwischen gerutscht.«

»Vielleicht hat sie jemand mitgenommen.«

»Ich weiß einfach nicht...«

Leek steckte den Kopf durch die Tür. »Sarah hat mir gesagt, daß Sie noch hier sind, Detective. Ich halte die Augen wegen Marie offen.« Er verstummte. »Alles in Ordnung, Grace?«

»Leek, erinnern Sie sich an Tandy Roberts?« fragte Grace.

Leek wurde bleich. »Natürlich erinnere ich mich.«

»Ihre Akte ist verschwunden?«

»Was wissen Sie darüber, Leek?« fragte Marge.

Leek deutete auf sich. »Ich?«

»Ja Sie, Mr. Unschuld. Sie sehen aus, als hätten Sie ein Gespenst gesehen. Was ist los?«

»Nichts ist los.« Leek wich Marges Blick aus. »Ich kenne Tandy. Ich sehe sie häufig.«

Marge stand auf. »Wo?«

»Im Sportstudio Silver's. Ich habe sie dorthin vermittelt... Zum Körpertraining.« McKay wandte sich an Grace. »Du würdest sie nicht wiedererkennen, Grace. Sie ist rank und schlank geworden. Sieht einfach toll aus. Und sie ist jetzt erstaunlich selbstbewußt.«

»Was Sie nicht sagen? Sie war doch so eine graue Maus.«

»Das war einmal.«

Marge räusperte sich. Leek und Grace verstummten. »Diese Tandy«, begann Marge. »Sie trainiert... was?«

»Ihren Körper. Sie macht Bodybuilding!« McKay sah auf seine Schuhspitzen. »Warum suchen Sie Tandy?«

»Warum fragen Sie? Haben Sie vor, Miß Roberts anzurufen, sobald ich fort bin?«

McKay wurde noch einen Ton blasser. »Nicht, wenn Sie das nicht wünschen.«

»Ich wünsche es nicht.«

»Was wollen Sie denn von ihr?«

»Tandy ist mit Marie befreundet«, antwortete Marge. »Und wir suchen Marie.«

McKay schwieg.

»Wußten Sie, daß sie mit Marie befreundet ist, Leek?«

»Ja.«

»Sind die beiden eng befreundet?«

McKay rieb sich die Hände und wandte den Kopf. »Das Telefon klingelt. Ich muß wieder an den Empfang.«

»Gehen Sie ruhig, und heben Sie ab.«

»Brauchen Sie Tandys Akte noch, Detective?« wollte Grace wissen.

»Ja, ich möchte schon gern einen Blick reinwerfen.«

»Ich sehe die ganzen Schränke durch. Das dauert ein paar Tage, aber ich tu's. Wenn die Akte hier ist, finde ich sie.«

Marge reichte Grace ihre Karte. »Wenn es soweit ist, rufen Sie mich an?«

»Verlassen Sie sich drauf.« Grace schüttelte den Kopf. »Ich verstehe nicht, wie das passieren konnte.«

Marge verabschiedete sich, ließ Grace mit ihren Selbstvorwürfen allein und kehrte zum Empfang zurück. Leek telefonierte noch. Als er auflegte, sah er Marge an.

»Also, was wollen Sie von mir?«

»Warum sind Sie blaß geworden, als der Name Tandy fiel?«

McKay stützte den Kopf in die Hände. »Mir ist die Sache entsetzlich peinlich.«

»Tandy hat wie ein Schulmädchen für Sie geschwärmt«, stellte Marge fest.

»Das wissen Sie also schon?« McKay zog eine Grimasse. »Tandy war ja ganz nett, aber nicht mein Typ.«

Marge zückte ihren Notizblock. »Sie war fett.«

»Ich habe nichts gegen Dicke, aber…«

»Aber?«

»Also gut. Ich bin ziemlich narzißtisch veranlagt. Dazu stehe ich. Ich bin verliebt in meinen Körper. Und ich kann es nicht ausstehen, wenn sich jemand gehenläßt. Dafür gibt es meiner Meinung nach einfach keine Entschuldigung.«

Marge verzog keine Miene.

»Gut. Soviel Selbstdisziplin ist nicht jedem gegeben. Aber ich kann's nicht ändern. Ich bin, wie ich bin.«

»Da steht mir kein Urteil zu. Jedem das Seine. Erzählen Sie mir von Tandy und Bodybuilding.«

»Tandy ist eines Tages bei Silver's aufgetaucht und hat mir gesagt, sie sei entschlossen abzunehmen. Sie wollte, daß ich ihr helfe. Ich dachte, zumindest damals, daß sie kein echtes Interesse am Bodybuilding habe, nur einen Vorwand suche, um in meiner Nähe zu sein. War mir alles verdammt peinlich. Aber ich wollte nicht gemein sein. Also habe ich gute Miene zum bösen Spiel gemacht. Wir haben ein Anfängerprogramm für sie ausgearbeitet. Dazu auch eine Diät, eine strikte Diät. Ich dachte, sie würde das nicht länger als eine Woche durchhalten.«

Er lachte leise.

»Es stellte sich bald heraus, wer von uns beiden der Dumme war. Tandy ist dem Bodybuilding verfallen, wie Motten dem

Licht. Aber sobald sie anfing, wirklich gut auszusehen, interessierte sie sich nicht mehr für mich.« Er wich Marges Blick aus. »Sie hatte mir erzählt, sie sei mal Model gewesen. Jetzt glaube ich das. Sie ist eine tolle Frau. Kein Vergleich zu früher. In jeder Beziehung. Nicht nur das Fett ist weg. Sie war früher reichlich verdreht, damit ist es vorbei. Sie ist jetzt egomanisch wie wir alle. Und einfach toll!«

Marge sah von ihrem Notizblock auf. »Verdreht? Inwiefern war sie verdreht?«

»Sie hat dauernd vor sich hingebrabbelt.«

»Gebrabbelt?«

»Ja. Und sie schien das nicht mal zu merken. Vermutlich reden viele Leute laut vor sich hin. Soll angeblich beruhigen. Nicht bei Tandy. Sie war immer ganz aufgeregt, wenn sie diese Selbstgespräche führte.«

McKay hielt inne.

»Keine Ahnung, ob die Selbstgespräche sie aufgeregt haben oder ob sie Selbstgespräche geführt hat, weil sie aufgeregt war. Andererseits ist das auch egal, denn jetzt ist es damit ja vorbei.«

Das Telefon klingelte. McKay nahm den Hörer ab.

»Golden Valley, hier spricht Leek McKay... Hallo, Mrs. Graham. Ihrer Mutter geht's heute großartig.«

Marge wartete, bis Leek sein Telefonat beendete. Sie dachte über Tandys Selbstgespräche nach. Marge redete gelegentlich auch mit sich selbst. Aber das kam relativ selten vor. Wenn McKay das aufgefallen war, mußte es häufiger passiert sein. McKay legte auf.

»Sie wußten also, daß Marie und Tandy befreundet waren. Warum glauben Sie, hatte Lita davon keine Ahnung?«

»Weil Lita sich nur um Lita kümmert.«

»Wie eng war die Freundschaft zwischen Tandy und Marie?«

»Sie waren befreundet.« McKay überlegte. »Ich glaube, Marie hat versucht, Tandy bei der Suche nach einem Job zu helfen, nachdem sie gekündigt hatte.«

»Ich dachte, Tandy sei gekündigt worden.«

Leek zögerte. »Offiziell ist Tandy gekündigt worden, ja. Das stimmt.«

»Was heißt ›offiziell‹?«

»Tandy wollte kündigen, aber sie haben ihr gekündigt, bevor sie ihre Papiere verlangen konnte. War sowieso besser für sie. Das hatte ich ihr gleich gesagt. So konnte sie Arbeitslosenunterstützung verlangen, bis sie einen neuen Job gefunden hatte.«

»Und Marie hat ihr geholfen, eine neue Anstellung zu finden?«

»Ich glaube… ja. Eine Zeitlang wenigstens. Ich erinnere mich, daß Marie bei Silver's aufgetaucht ist, um Tandy bei ihren Work-outs zu beobachten. Tandy mochte das nicht. Bodybuilder arbeiten nicht gern vor Publikum. Die meisten kapieren sowieso nicht, worum es geht. Da wird viel gestöhnt, geächzt, geflucht und gemurmelt.«

»Führt Tandy noch Selbstgespräche?«

»Ja, aber anders als früher. Für den unbeteiligten Zuschauer ist das alles sehr merkwürdig. Wenn Freunde dabei sind, stört das die Konzentration. Moment! Das Telefon!«

McKay hob den Hörer ab. Er hatte bisher nur das Bild bestätigt, das Marge sich von Marie gemacht hatte. Die Krankenschwester betätigte sich offenbar gern als gute Samariterin. Vor allem jungen Mädchen gegenüber. Und sie liebte das Gleichnis vom Verlorenen Sohn. Gefiel sie sich so sehr in der Erlöserrolle?

McKay legte auf. »Entschuldigung. Sonst noch was?«

»Eine Frage, Leek. Nachdem Tandy das Bodybuilding für sich entdeckt hatte, hat sie sich da von Marie distanziert?«

»Das weiß ich nicht. Ich kann nur eines sagen: Wer beim Bodybuilding Blut geleckt hat, reduziert die sozialen Kontakte auf ein Minimum. Bodybuilding frißt einen mit Haut und Haaren. Es bestimmt dein Leben. Angefangen bei deiner Ernährung, wie oft du schläfst bis hin zu der Art, wie du dich bewegst. Es ist wie ein Dämon, Detective, es beherrscht dich.«

»Hat Marie sich je wieder bei Ihnen nach Tandy erkundigt, nachdem sie hier ausgeschieden war?«

McKay dachte nach. »Vielleicht ein- oder zweimal. In welcher Beziehung die beiden jetzt zueinander stehen, weiß ich nicht. Ich sehe Tandy regelmäßig, aber wir reden nicht viel miteinander. Tandy hat sich sehr verändert. Wenn wir uns unterhalten, dann nur über Muskeltraining und Diäten. Nie über Persönliches.«

»Ich versuche, Tandy bei Silver's zu erwischen, Leek. Bitte, rufen Sie sie nicht vorher an. Ich möchte die junge Frau nicht beunruhigen. Sonst denkt sie, sie sei in Schwierigkeiten. Dabei geht es nur um Marie Bellson.«

»Und um das entführte Baby.« McKay zögerte. »Ich kann mir einfach nicht vorstellen, daß Marie Bellson einen Säugling entführt haben soll. Aber ich habe mich auch in Tandy grundlegend getäuscht. Da sieht man, was mein Urteilsvermögen wert ist.«

Vermutlich mehr, als Sie zugeben wollen, Mr. Leek McKay, dachte Marge. Sie sah ihn an. Er wirkte offen und ehrlich, und doch blieben letzte Zweifel. Marge lächelte undurchsichtig. Sie würde ihn schmoren lassen. Verunsicherung führte oft zu überraschenden Reaktionen.

21

Marge biß in das Hot dog. Senf quoll aus dem Brötchen. Sie wischte sich die senfverschmierten Finger an einer Serviette ab und wandte sich an Decker: »Lita meint, Maries Zahnarzt sei in Glendale. Genaueres war nicht rauszukriegen. Gibt's viele Zahnärzte in Glendale?«

»Nicht gerade wenige.« Decker trank einen Schluck lauwarmen Kaffee aus dem Plastikbecher. »Wenn er tatsächlich existiert, finden wir ihn.«

»Die gute alte Lita lebt gelegentlich in ihrer eigenen Phantasiewelt.«

»Sollte ich den Zahnarzt in Glendale nicht finden, sehen wir uns in den Nachbargemeinden um. Außerdem habe ich heute abend eine Verabredung mit Stan Meecham, Maries Frauenarzt. Bin gespannt, weshalb sie diese Ausschabung hatte.«

»Wetten, daß er bei ihr eine Abtreibung vorgenommen hat?« Decker sah von seinem Kaffeebecher auf. Marge berichtete ihm von ihrer Unterhaltung mit Lita Bellson.

»Drei oder vier Abtreibungen?« fragte Decker.

»Von denen Lita weiß.«

»Aber alle in ihrer Jugend.«

»Richtig. Lita behauptet, Marie habe dann Jesus gefunden und ihren Lebenswandel grundlegend geändert. Ich bin da eher skeptisch. Vielleicht führte sie ein Doppelleben.«

»Irgendwelche Hinweise?«

»Bis auf die Bücher in ihrer Wohnung ... keine. Was, wenn Marie mit ihrer Triebhaftigkeit zu kämpfen hatte, Pete? Und wenn die Triebe gewonnen haben?«

»Du meinst, sie hat aus sexueller Frustration ein Baby entführt?«

Marge antwortete nicht. Sie war in Gedanken versunken.

»Kommen wir zu praktischeren Dingen, Marge«, begann Decker. »Hast du Miß Delfern nach Maries verstecktem Schlüssel gefragt?«

»Zum Schluß habe ich die Kassette erwähnt, ganz beiläufig. Sie hat behauptet, weder von einer Kassette noch von einem Schlüssel zu wissen. Die beiden haben sich hauptsächlich nach dem Dienst getroffen, in einem Restaurant oder in Paulas Wohnung.«

»Was ist mit der Krankenschwester, mit der Marie vorwiegend zusammengearbeitet hat?«

»Janie Hannick«, sagte Marge. »Sie waren nur Kolleginnen. Mehr nicht.«

Decker machte sich Notizen.

»Pete, könnte es nicht sein, daß Maries Schuldgefühle wegen der Abtreibung so übermächtig geworden sind, daß sie plötzlich durchgedreht ist?«

»Diese Ausschabung liegt zwei Jahre zurück«, gab Decker zu bedenken. »Von ›plötzlich‹ kann also keine Rede sein.«

»Vielleicht hat sich die Veränderung nur allmählich bemerkbar gemacht, und niemand hat die Zeichen richtig gedeutet«, überlegte Marge. »Kommt mir langsam so vor, als hätten wir es mit zwei psychisch gestörten Frauen zu tun, mit Marie und Tandy.«

»Religiosität ist keine psychische Störung, Marge!«

»Nein, so war das nicht gemeint. Aber es gibt Geistesgestörte, die ihre Probleme durch übersteigerte Religiosität zu verbergen suchen.«

Decker dachte unwillkürlich an Cindys Vortrag über Ersatzhandlungen von Suchtkranken. »Wie kommst du darauf, daß Tandy psychisch gestört sein könnte?«

Marge lieferte eine Beschreibung von Sondra Roberts.

»Hat sie Selbstgespräche geführt oder mit nicht existenten Personen geredet?« wollte Decker wissen, als sie geendet hatte.

»McKay meint, es seien Selbstgespräche gewesen.«

»Wir sollten die Dame gründlich unter die Lupe nehmen!«

»Ganz meiner Meinung«, sagte Marge. »Ich habe vor einer Viertelstunde im Bodybuilding-Studio angerufen. Sie ist nicht da. Ich bleibe aber am Ball!«

»Erzähl mir mehr von diesem Leek«, bat Decker. »Die Sache mit den lukrativen Nebeneinkünften interessiert mich.«

»Vielleicht sollten wir seine Finanzen überprüfen«, schlug Marge vor. »Seine diesbezüglichen Aktivitäten haben vermutlich nichts mit Caitlin Rodriguez zu tun, sind aber wahrscheinlich illegal. Vorausgesetzt, die Geschichte stimmt. Lita hat, wie gesagt, viel Phantasie.«

»Ich sage Hollander Bescheid. Wir konzentrieren uns auf das Baby.«

Marge leckte sich nachdenklich die Finger. »Pete, ich kann nicht ausschließen, daß Leek Tandy vor uns gewarnt hat.«

»Aber du hast doch deutlich gesagt, daß nichts gegen Tandy vorliegt, oder?«

»Ganz deutlich. Trotzdem hab ich das Gefühl, daß die Polizei unseren guten Leek nervös macht.«

»Vielleicht haben Leek und Tandy in der Investmentgeschichte unter einer Decke gesteckt. Du hast gesagt, daß sie das Heim unter nicht geklärten Umständen verlassen hat.«

»Schon. Aber solange ich die Personalakte nicht gesehen habe, weiß ich nicht, wie ihre Kündigung zustande gekommen ist.« Marge trank einen Schluck Coca-Cola. »Was gibt's Neues vom Gerichtsmediziner?«

»Keine Skelettreste von einem Baby.«

»Sicher?«

»Verhältnismäßig. Jedenfalls nicht im Auto und in der unmittelbaren Umgebung. Der Captain hat jetzt eine Großfahndung nach dem Säugling eingeleitet. Hab selten soviel Kooperationsbereitschaft zwischen den einzelnen Abteilungen erlebt. Ganz zu schweigen von der Presse. Konnte sie überreden, bis zum Einbruch der Dunkelheit mit ihren Berichterstattungen zu warten.«

»Wie hast du das denn gemacht?«

»Hab nur meinen Charme spielen lassen.« Decker lächelte. »Außerdem will keiner die Suche nach einem Säugling vermasseln. Falls Caitlin Rodriguez irgendwo in Angeles Crest ist, finden wir sie.«

Decker und Marge tauschten düstere Blicke aus. Das Schicksal des kleinen Mädchens ging ihnen beiden an die Nieren.

»Was ist mit der Leiche?« fragte Marge. »Was hat der Gerichtsmediziner rausgefunden?«

»Geschlecht weiblich und von großer Statur.« Decker machte sich über eine Tüte Kartoffelchips her, die Marge ihm mitgebracht hatte. »Anhand der Wirbelsäule schließt man auf eine Größe von fast einem Meter achtzig. Marie war groß.« Decker hielt kurz inne. »Ich hätte nicht gedacht, daß sie dein Gardemaß hat, Marge, aber sie war größer als Cindy. Und Cindy ist über einssiebzig.«

»Aber du glaubst nicht recht dran, oder?«

Decker zuckte die Achseln. »Sobald wir das Röntgenbild von Maries Gebiß haben, kann Hennon den Vergleich anstellen. Als ich mich verabschiedet habe, war sie noch immer im Labor und hat Asche sortiert. Die Leiche muß einen schweren Schlag ins Gesicht bekommen haben. Hennon sucht nach ausgeschlagenen Zähnen in der Asche.«

»Hast du Hennon wegen Maries Ohrringen gefragt?«

»Ob die Leiche Ohrringe getragen hat, konnte sie bei deren Zustand nicht sagen. Und bis jetzt sind so geringe Metallrückstände noch nicht gefunden worden. Ich fahre am besten gleich wieder ins Labor.«

»Dann nehme ich mir Silver's vor.«

Als Decker aufstand, fuhr ein Jeep auf den Parkplatz des Fast-food-Restaurants. Annie Hennon sprang heraus. Es war nicht zu übersehen, woran sie gearbeitet hatte. »Ich komme direkt aus dem Kohlebergwerk«, verkündete sie.

»Ihre Hände sind sauber«, bemerkte Marge.

»Weil ich Handschuhe trage.« Sie betrachtete ihre Fingernägel. »Na, wollen Sie nicht wissen, warum ich hier bin?«

»Wegen der Qualität der Hot dogs bestimmt nicht«, sagte Marge. »Die sagen einem mehrfach guten Tag.«

»Das macht das Sauerkraut, Marge.«

»Möchten Sie einen Hot dog, Annie?« fragte Decker.

»Immer ein Gentleman«, bemerkte Annie. »Nein, Pete. Ich möchte kein Hot dog. Ich möchte die Perlen von Hennons Weisheit an Sie verschwenden.«

Decker klappte seinen Notizblock auf. »Legen Sie los.«

Annie preßte die Handflächen gegeneinander. »Es geht um diesen Ring. Oder das, was wir für Maries Collegering gehalten haben. Ich habe ein wenig herumgespielt, während die Reste vom Kiefer unserer Leiche gebleicht wurden. Ich habe den Goldklumpen gewogen und das mutmaßliche Gewicht des Steins abgezogen. Dann bin ich zu *Krechers* in Pasadena gefahren. Schon mal von *Krechers* gehört?«

»Das ist ein großer Juwelier, stimmt's?« warf Marge ein.

»Fast richtig. *Krechers* ist *der* Lieferant für Wachsmodelle und Werkzeuge für Juweliere. Ich habe mir dort fünf Wachsformen von verschiedenen Collegeringen besorgt und Gold vom Gewicht des Klumpens, den wir im ausgebrannten Wagen gefunden haben. Ich wollte Maries Ring nachbilden. Mit einer Dublette läßt sich besser arbeiten als mit einem Goldklumpen. Irgendwelche Fragen bisher?«

Decker und Marie schüttelten den Kopf.

»Ich habe mit Hilfe der Wachsformen fünf verschiedene Ringe hergestellt«, fuhr Annie fort. »Sie haben ungefähr dasselbe Gewicht wie die Reste aus dem Wagen.« Hennon legte eine Kollektion von Ringen auf den Tisch. »Hier sind die Schätzchen. Alles Standard-Collegeringe ohne den Stein. Der Juwelier setzt den Stein erst zum Schluß ein.«

Marge griff nach einem Ring. »Hübsche Arbeit.«

»Danke.«

Decker wog einen Ring in der Hand. »Fühlt sich leichter an als der Klumpen aus dem Honda.«

»Es fehlt ja auch der Stein«, gab Annie zu bedenken. »Aber grundsätzlich haben sie dasselbe Gewicht, nur unterschiedliche Formen.«

Annie nahm vorsichtig zehn Gipsmodelle aus der Tasche. »Seht euch die mal an.«

»Finger?« fragte Decker.

»Gutes Auge«, lobte Annie. »Ich habe Gipsformen von den Fingern unseres Opfers anfertigen lassen. Keine leichte Aufgabe. Die Knochen waren sehr brüchig.« Sie betrachtete einen Gipsfinger. »Die Nachbildungen sind nicht perfekt, aber sie haben die richtigen Proportionen und Durchmesser. Und was fällt euch dabei auf?«

Decker griff nach einem Ring und schob ihn auf einen Gipsfinger. Vor dem zweiten Fingergelenk blieb er stecken. Er versuchte es mit sämtlichen Ringen auf allen Gipsfingern. Immer mit demselben Resultat.

»Wie lautet Ihr Urteil, Pete?«

»Die Ringe, die Sie angefertigt haben, sind für diese Finger zu klein.«

»Genial, mein Lieber«, bemerkte Annie. »Haben Sie nicht gesagt, die Bellson habe immer mit dem Ring gespielt?«

»Meine Tochter hat das behauptet«, antwortete Decker. »Wie übrigens auch Lourdes Rodriguez.«

»Wenn es sich um einen der Standard-Collegeringe mit entsprechendem Gewicht gehandelt hat, konnte sie damit nicht spielen. Dazu saß er viel zu eng.« Annie griff nach einem anderen Ring. »So müßte der Ring aussehen, wenn er das richtige Gewicht haben und über ihren Finger passen soll.«

Das Stück war für einen normalen Ring nicht zu schmal, aber viel zu schmal für die üblichen Collegeringe, die Decker kannte. Die meisten Collegeringe hatten Gravuren an den Seiten. Bei diesem Ring wäre dafür kaum Platz gewesen. Annie steckte den Ring über die Gipsfinger.

»Seht ihr, wie gut der paßt?«

Decker betrachtete den Ring eingehend. »Sieht nicht annähernd wie die Collegeringe aus, die ich kenne.«

»Kann ich nur bestätigen«, sagte Annie. »Der Reif ist zu schmal für die üblichen Gravuren und Monogramme.«

»Du glaubst also nicht, daß der Ring zu der Leiche gehört, die wir gefunden haben?« fragte Decker.

»Das möchte ich mal so ganz locker behaupten«, antwortete Annie. »Beweisfähig ist das natürlich nicht unbedingt. Dazu gibt es noch zu viele Unwägbarkeiten. Habe mir damit sozusagen nur die Zeit vertrieben. Aber vielleicht bringt euch das auf andere Gedanken.«

»Kann man sagen.« Marge leckte sich die Lippen. »Wenn der Ring also Marie gehörte, aber nicht auf die Finger der Leiche paßt – wessen Leiche haben wir dann in Maries Wagen gefunden?«

Decker fuhr sich mit der Hand übers Gesicht. »Gute Frage.«

Annie lächelte schief. »Wirklich gute Frage.«

22

Decker, der ein Chaos erwartet hatte, war perplex, als er den Haushalt wohlgeordnet vorfand. Das Wohnzimmer war aufgeräumt, der Tisch im Eßzimmer hübsch gedeckt. Aus der Küche duftete es aromatisch. Decker ging seiner Nase nach und öffnete die Backofentür. In zwei Brätern brutzelten gefüllte Hühnchen. Er goß sich ein Glas Milch ein.

Dann atmete er tief durch und genoß die Stille, bis ihm auffiel, daß das Haus eigentlich zu still war.

Er zog den Vorhang vor dem Küchenfenster zurück. Unterhalb der Veranda saß seine Schwiegermutter mit der Kinderschwester beim Kaffeeklatsch. Allerdings war es eher ein Eisteeklatsch, wie er aus der mit brauner Flüssigkeit gefüllten Glaskaraffe und zwei beschlagenen Gläsern schloß. Er fragte sich, wo Rina und Cindy sein mochten, zögerte jedoch hinauszugehen. Die Frauen würden ihn sicher als Störung empfinden. Sein Blick schweifte über den rückwärtigen Teil seines Grundstücks. Die Erde dort war staubig und trocken. Er mußte nach den Pferden sehen. Schließlich ging er zur Hintertür hinaus. Die Frauen sahen auf und begrüßten ihn. Alle waren guter Laune. Auch das war ein Novum.

»Tag, die Damen.« Decker gab seiner Schwiegermutter einen Kuß auf die Wange und setzte sich. »Wo sind die beiden anderen Frauen aus meinem Harem?«

»Ginny und das Baby schlafen. Cindy und Opa sind die Jungs abholen gefahren. Sie haben Ginger mitgenommen, damit sie mit ihrem Bellen hier niemanden weckt. War Cindys Idee. Du hast eine wunderbare Tochter, Akiva.«

»Danke. Ich habe zwei wunderbare Töchter.«

Magda lachte und gab ihm einen Klaps auf die Schulter. »So war das auch gemeint. Etwas Eistee, Peter?«

»Gern.« Peter hielt der Kinderschwester die Hand hin. »Ich bin Peter Decker. Sie müssen Nora sein. Georgina hat Sie uns wärmstens empfohlen.«

Die Säuglingsschwester schüttelte ihm die Hand. Sie war

dunkelhäutig und hatte sorgfältig frisiertes, graues Haar, das zu ihren Augen paßte. Ihre Hände waren kräftig und schwielig. »Georgina ist eine gute Freundin. Freut mich, Sie endlich kennenzulernen. Sie haben ein entzückendes Baby, Sergeant.«

»Danke.«

»Ihre Frau hat mir erzählt, daß Sie im Fall der Kindesentführung ermitteln.« Nora schüttelte den Kopf. »Ich hab's im Fernsehen gesehen. Schreckliche Geschichte.«

»Kann man wohl sagen.« Decker trank seinen Eistee in einem Zug. »Stellt die Polizei vor einige Probleme.«

»Hier ist alles okay, Akiva«, sagte Magda. »Kümmere du dich nur um deine Arbeit. Alles andere kannst du uns überlassen.«

Das Hilfsangebot der Schwiegermutter war aufrichtig gemeint. Warum kam er sich nur so nutzlos vor? Er stand auf. »Danke für den Tee. Ich muß einige Anrufe erledigen. Die Arbeit hört auch zu Hause nicht auf.«

»Gehen Sie ruhig telefonieren, Sergeant«, sagte Nora. »Maggie und ich haben alles im Griff.«

Maggie?

»Großartig«, bemerkte Decker. »Ich sehe nur kurz nach den Pferden.«

»Ich habe gerade ihre Wassertröge gefüllt, Akiva«, erklärte Magda. »Ich hoffe, das war richtig.«

Decker traute seinen Ohren nicht. Seine stets elegante Schwiegermutter war in den Stall gegangen und hatte mit einem Gartenschlauch den Pferden zu trinken gegeben? Er lachte kurz auf. »Danke, Magda. Sehr aufmerksam von dir.«

Decker zog sich ins Haus zurück, setzte sich auf die Wohnzimmercouch, schlug das Telefonbuch von Glendale auf und suchte nach dem Verzeichnis der Zahnärzte. Er konnte nur hoffen, daß Lita recht gehabt hatte.

Zu Deckers Überraschung nahm die Liste der Zahnärzte eine volle Seite in Anspruch.

Decker griff nach dem Telefon. Er hatte bereits ein halbes Dutzend Namen abgehakt, als Cindy, Stefan, die Jungen und Ginger ins Haus stürmten.

Decker bedeutete ihnen, leise zu sein, und hielt den Hund am Halsband fest, bis er sich beruhigt hatte. Cindy sank in einen Ledersessel und legte die Füße auf den Hocker. »Gute Nacht.«

»Müde?«

»Ein bißchen.«

»Was machst du denn hier?« fragte Sammy. »Cindy hat gesagt, du suchst nach der unheimlichen Krankenschwester und dem Baby?«

»Ich kann einige Arbeiten zu Hause erledigen. Muß telefonieren. Wie war's in der Schule?«

»Na, wie Schule eben ist«, antwortete Sammy.

»Können wir reiten gehen?« wollte Jake wissen.

»Keine Einwände«, sagte Decker. »Aber überanstrengt die Tiere nicht. Es ist noch heiß draußen.«

»Kommst du mit?« bettelte Jake.

»Vielleicht später«, antwortete Decker unglücklich. »Ich muß noch was tun.«

Decker sah, wie frustriert sein Stiefsohn wirkte. »Jake, gib mir noch eine Stunde, dann reiten wir zusammen aus, okay? Warten wir, bis es kühler ist. Inzwischen kannst du was essen und deine Hausaufgaben machen.«

Die blauen Augen des Jungen leuchteten. »Danke, Dad!«

»Ich komme auch mit!« verkündete Sammy.

»Wer braucht dich, wenn Dad dabei ist?« bemerkte Jacob.

Sammy boxte Jake in die Schulter. Jake schlug zurück. Karatekämpfend verschwanden die beiden in Richtung Küche.

Der Hund legte sich Decker zu Füßen. Stefan rieb sich den Bauch. »Da riecht was gut.«

»Hühnchen«, sagte Decker. »Magda ist hinter dem Haus.«

Stefan verschwand ebenfalls.

»Was machst du gerade?« wollte Cindy wissen.

»Ich suche Marie Bellsons Zahnarzt. Ihre Mutter behauptet, er sei irgendwo in Glendale. Wir brauchen eine Kopie ihrer Röntgenaufnahme, zu Identifikationszwecken.«

»Kann ich helfen?«

»Ja, mach ein Nickerchen.«

»Ich ruf auch ein paar Ärzte an. Teilen wir uns die Arbeit.«

»Cindy, warum hörst du nicht auf mich?«

»Diese Liste hast du doch nie in einer Stunde durch«, behauptete Cindy schlau. »Und Jake ist sehr enttäuscht, wenn du nicht mit ihm ausreitest.«

»Das ist ein übler Trick.«

»Gib mir ein paar Namen.«

»Ich hab nur diese Seite aus dem Telefonbuch.«

»Ich kopiere sie und benutze den Zweitapparat. Jetzt hast du keine Ausrede mehr.«

Decker fügte sich stirnrunzelnd. Wenige Minuten später kehrte Cindy mit dem Original zurück. »Soll ich sagen, daß ich von der Polizei bin?«

»Sag ihnen, daß du für mich arbeitest.« Decker grinste. »Gib dich als meine Sekretärin aus.«

Cindy boxte ihn in den Oberarm. »Chauvi!«

»Wenn's dir nicht paßt, kannst du ja kündigen.«

Decker griff nach dem Telefonhörer und wählte die nächste Nummer auf der Liste. Nach einer Dreiviertelstunde richtete er sich auf und klatschte in die Hände. »Volltreffer!«

Cindy sah vom Eßzimmertisch auf. »Hast du ihn?«

»Ja. Er macht mir eine Kopie der Röntgenaufnahmen. Dürften fertig sein, bis ich dort bin.«

»Was ist mit dem Ausritt mit den Jungen?« erkundigte sich Cindy.

»Verdammt!« Decker hörte leises Quäken aus dem Nebenzimmer.

»Schöne Bescherung, Dad. Jetzt hast du das Baby aufgeweckt.«

»Peter!« rief Rina aus dem Nebenzimmer.

»Tut mir leid«, antwortete Decker.
»Schon gut. Wir waren sowieso wach.«
»Komme gleich.«
»Wir quietschen schon vor Freude.« Rinas Stimme klang zum ersten Mal seit einer Woche richtig fröhlich. Er atmete auf.
»Ich hole die Röntgenaufnahmen ab, Daddy!« erbot sich Cindy. »Ich kann Auto fahren und ...«
»Fragt sich nur, wie?«
Decker traf erneut ein Boxhieb. »Ich bin jetzt nicht deine Tochter, sondern ein Kurier. Vielleicht sollte ich sogar kassieren.«
»Wenn du kassierst, bist du gefeuert.«
»Warte nur, bis das Arbeitsamt davon erfährt«, drohte Cindy.
Decker atmete tief ein. »Also gut, Cynthia. Ich rufe Dr. Haverson an und sage, daß du kommst. Bring die Aufnahmen hierher, und öffne unter keinen Umständen das Kuvert. Verstanden?«
»Bin ja nicht blöd.« Sie sah Decker prüfend an. »Was ist eigentlich aus Sondra Roberts geworden? Hast du bei den Anonymen Dicken angerufen?«
»Was soll das? Bin ich dir jetzt schon Rechenschaft schuldig?« Decker grinste. »Wir haben diese Tandy auch so gefunden.«
»Wirklich?«
»Stell dir vor, die Polizei funktioniert tatsächlich ohne dein Zutun, Cindy. Glück gehört auch dazu. Tandy Roberts trainiert täglich in einem Sportstudio. Im Silver's Bodybuilding-Studio. Marge dürfte mittlerweile dort sein, um mit ihr zu sprechen.«
Cindy schwieg.
»Was? Bist du enttäuscht, weil wir sie nicht durch deinen Tip gefunden haben?« fragte Decker.
Cindy lachte. »Ehrlich gesagt, ja.«
»Ah, das Mädel hat ein Ego wie ihr alter Herr.« Decker

schüttelte den Kopf. »Na, ja, mit ein bißchen Glück kann uns diese Sondra oder Tandy, wie sie genannt wird, helfen, Marie zu finden.«

Cindy antwortete nicht sofort. »Ich dachte, ihr habt Marie unten in der Schlucht gefunden.«

Decker kratzte sich am Kopf. »Die Sache ist komplizierter, als wir dachten.«

»Wie bitte?« fragte Cindy. »Die Leiche ist nicht Marie?«

»Weiß ich noch nicht«, antwortete Decker. »Deshalb brauchen wir ja die Röntgenaufnahmen. Wenn du dich jetzt freundlicherweise auf den Weg machen würdest...«

»Peter!« rief Rina.

»Komme schon!«

»Keine Eile«, erwiderte Rina. »Hat Mama gekocht? Es riecht so gut.«

»Hat sie, ja. Hast du Hunger?«

»Wie ein Wolf. Aber es ist noch zu früh zum Essen, oder?«

»Ich mach dir einen Snack.«

»Du bist ein Schatz! Außerdem brauche ich noch ein großes Glas Wasser. Deine Tochter hat einen herzhaften Appetit, *Baruch Haschem*!«

»Kriegst du gleich.« Decker stand auf und griff zum Telefonhörer. »Ich rufe den Zahnarzt an, Cindy. Und jetzt mal im Ernst: Danke für deine Hilfe, Prinzessin. Mir steht zwar im Augenblick nicht gerade der Sinn nach Reiten, aber die Jungen... mit der neugeborenen Schwester und so weiter. Ich denke, sie brauchen mich.«

Cindy umarmte den Vater. »Daddy, alle brauchen dich.«

»Sehr lustig«, sagte Decker.

Baden-Baden braucht sich keine Sorgen zu machen, dachte Marge.

Das Bodybuilding-Studio Silver's war weder ein Heilbad oder ein Gesundheitsinstitut noch ein normales Sportstudio. Es war eine schäbige, schmucklose Fabrikhalle. Es gab keine New-Age-Musik aus versteckten Lautsprechern, keine schicke Auslegeware auf dem Fußboden. Statt dessen nur rissiger Verputz an den Wänden und kaputte Spiegel. Die mit Schalldämmplatten verkleidete Decke hatte Wasserflecken, der Linoleumboden war alt und abgetreten. Ein paar Ventilatoren arbeiteten auf Hochtouren, ohne der stickigen Hitze etwas anhaben zu können. Das Studio hatte nichts, aber auch gar nichts Einladendes an sich.

Der Saal war vollgestopft mit Fitneßgeräten und Hanteln. Ungefähr zwei Drittel der diversen Geräte waren besetzt. Immer mehr Leute kamen durch den Haupteingang. Versprach, ein belebter Abend zu werden.

Ausdrücke wie Muskelmänner oder Kraftprotze wurden dem männlichen Publikum bei Silver's kaum gerecht. Sie sahen eher wie überzüchtete Mutanten ihrer eigenen Spezies aus. Ihre Körper wirkten aufgeblasen wie Ballons. Beim Training traten pulsierende Adern unter enthaarter Haut hervor, Muskeln und Sehnen wurden in einer Art sichtbar, wie man das sonst nur im Seziersaal erlebte. Marge tat es beinahe weh, der Schinderei zuzusehen.

Was veranlaßte Männer, sich das anzutun? Stunde um Stunde mit rückgratverkrümmenden Gewichten zu verbringen? Sich mit Anabolika vollzupumpen, die zu Krebs oder Sterilität führen konnten?

Was veranlaßte Frauen, sich zu Skeletten zu hungern und alle Mahlzeiten wieder zu erbrechen?

Während Marge die beiden Phänomene verglich, wurde ihr klar, daß sich Magersucht kaum von extremem Bodybuilding unterschied. Die Anhänger beider Gruppen orientierten sich an Zerrbildern vom perfekten menschlichen Körper. Zerrbilder, die sie durch extreme Maßnahmen zu verwirklichen suchten.

Der perfekte Körper.

Marge sah an sich hinab. Sie war groß, grobknochig, muskulös und wie jede Frau mit ihrem genetischen Erbe unzufrieden. Aber sie konnte damit leben. All ihre Gliedmaßen funktionierten verhältnismäßig wartungsfrei. Ihren Körper nach einem Idealbild zu trainieren, wäre ihr viel zu aufwendig und schweißtreibend gewesen.

Anders die ungefähr fünfundzwanzig Männer, die im Saal an sich arbeiteten. Wie Leek es beschrieben hatte, trainierten die Bodybuilder unter lautem Stöhnen, Keuchen und Schreien. Schweiß glänzte auf ihren Gesichtern und Körpern. Nur mit dem Nötigsten bekleidet, drückten und hoben sie, stemmten Gewichte mit den Füßen, machten unzählige Rumpfbeugen unter Zugtürmen, Liegestütze und Klimmzüge. Sie bewegten massenhaft Gewichte, die Muskeln aufgebläht, die Adern pulsierend, ihre schweißnassen Gesichter dunkelrot. Plötzlich knallte eine Hantelstange auf den Boden, daß Marge die Erschütterung bis in den Rücken spürte.

Aber außer ihr schien das niemand im Raum wahrzunehmen.

Der Geruch von Plackerei und Schweiß in Kombination mit der Hitze schuf eine stickige, klaustrophobische Atmosphäre. Marge fühlte, wie sich Schweißflecken unter ihren Achseln bildeten.

Sie fuhr zusammen, als Metall auf Metall krachte und in ihren Ohren dröhnte. Gewichte prallten aufeinander. Ein Aufschrei folgte.

»Kann jemand dem Idioten beibringen, wie man korrekt mit Gewichten arbeitet?«

Niemand antwortete.

Marges Blick schweifte durch den Raum. Frauen hatte sie bisher nicht bemerkt. Aber der Mann am Empfang hatte gesagt, daß Tandy gerade mit ihrem zweistündigen Training begonnen habe. Vielleicht gab es einen separaten Übungsraum für Frauen. Erneut schweifte ihr Blick forschend durch den Saal.

Diesmal entdeckte sie eine Gestalt mit einem langen, schwarzen Zopf und der Figur eines gut gebauten, schlanken Mannes. Sie war mindestens einen Meter fünfundsiebzig groß, hatte einen breiten Rücken, schmale Hüften, runde, muskulöse Gesäßbacken. Die Beine waren lang, Oberschenkel und Waden gut geformt. Die Rückenmuskeln zuckten vor verhaltener Energie. Dann drehte sich die Gestalt um. Sie hatte Brüste. Es war eine Frau.

Eine ausgesprochen schöne Frau, mit einem Gesicht, das ein Coverfoto bei der *Vogue* wert gewesen wäre. Es war oval, mit weit auseinanderstehenden Augen, hohen Backenknochen, olivfarbener Haut und vollen Lippen. Diese befeuchtete sie gerade mit der Zunge, griff nach einem Hantelpaar und begann mit dem Bizepstraining. Marge ging auf sie zu. Es war ein Hindernislauf durch schweißtriefende Muskelmassen. Als Marge sie erreichte, hatte sie ihr den Rücken zugewandt.

»Tandy Roberts?«

Keine Antwort. Die Frau griff nach einem anderen Hantelpaar, setzte sich an die Kante einer Bank und trainierte weiter.

»Entschuldigung, wissen Sie, wo ich Tandy Roberts finde?« versuchte Marge es erneut.

»Hau ab. Ich bin beschäftigt!« zischte die Frau, ohne aufzusehen.

Die unverhohlene Aggressivität verschlug Marge im ersten Moment die Sprache. Die Dame schien Steroide zu nehmen. Marge zückte ihre Polizeimarke. »Polizei. Sind Sie Sondra Roberts?«

Die Frau stand auf und warf einen Blick auf die Polizeimarke. »Warum haben Sie das nicht gleich gesagt?«

»Ich habe Ihnen eine einfache Frage gestellt, Miß Roberts. Ihre feindselige Reaktion überrascht mich. Was geht in Ihnen vor?«

Tandy legte die Hanteln ab. Dann griff sie nach einem Handtuch und wischte sich den Schweiß vom Gesicht. »Sie haben wohl keine Ahnung von Bodybuilding. Ist eine verdammt anstrengende Sache. Und man sollte die Übungen nicht einfach unterbrechen. Ist tödlich für das Timing. Könnten Sie warten, bis ich fertig bin?«

Marge zögerte. Tandy wirkte zwar gereizt, aber etwas respektvoller. Nervös war sie nicht. Sie hielt Marges Blick ruhig stand.

»Tandy, ich brauche Ihre Hilfe. Jetzt.«

Tandy befeuchtete die Lippen. »Meine Hilfe? Wozu?«

Erneut ertönte ein ohrenbetäubender Knall.

»Idiot!« zischte Tandy. »Man darf die Gewichte nicht einfach fallen lassen. Zeigt, daß man nicht kontrolliert genug arbeitet.«

»Können wir uns irgendwo unterhalten, wo's ruhiger ist?«

»Auf der anderen Straßenseite gibt's 'ne Saftbar.« Sie stand auf. »Kommen Sie! Geben Sie mir einen Tip, worum's eigentlich geht?«

»Marie Bellson.«

»Marie?«

»Richtig. Soviel ich gehört habe, waren Sie mit ihr befreundet.«

»War! Ja.«

Marge folgte der jungen Frau zum Ausgang. Sie hatten die Tür schon erreicht, als ein Muskelpaket brüllte: »He, Tandy! Du bist doch wohl noch nicht fertig?«

Tandy warf dem Muskelprotz ein Lächeln zu. »Um es mit den Worten des einmaligen Arnold zu sagen: Bin gleich zurück!«

»Ist doch Scheiße, Roberts, aufzuhören und wieder anzufangen.«

»Erzähl das mal den Bullen, Eric.«

»Den Bullen?«

»Maulhalten, ihr Arschlöcher!« keifte eine andere Stimme.

»Fick dich!« schrie Eric.

Tandy hielt Marge die Tür auf. »Kultivierter Laden, was?«

»Nerven sind hier wohl Mangelware.«

»Gehört mit zur Psychologie«, sagte Tandy. »Ans Gewichttraining muß man rangehen wie an einen Feind. Das Fluchen und das ganze Drum und Dran ist nötig, um sich psychisch aufzubauen. Bodybuilding ist die reinste Sklaverei.«

»Und warum tun Sie das?«

Die Frage schien Tandy zu verblüffen. Sie zögerte. »Jeder hat da seine ganz persönlichen Gründe.«

»Und die Ihren wären?«

»Was hat das mit Marie zu tun?«

»Nichts.«

»Dann bleiben meine persönlichen Gründe meine persönlichen Gründe.«

»Geht in Ordnung.«

Sie überquerten schweigend die Straße und betraten die Saftbar. Dort setzten sie sich an die U-förmige Theke. Marge bestellte einen Orangensaft. Tandy verzichtete, versuchte Marge jedoch zu einem speziellen Obstsalat zu überreden.

»Ich hab keinen Hunger«, wehrte Marge ab. »Hab erst einen Hot dog mit Sauerkraut gegessen.«

Tandy runzelte die Stirn. »Jedem das Seine. Als ich Gewichtsprobleme hatte, konnte mich auch keiner zur Vernunft bringen.«

»Gewichtsprobleme?«

Tandy seufzte. »Wollen Sie über Marie reden oder über mich?« Sie hielt kurz inne. »Was ist eigentlich mit Marie los?«

»Haben Sie heute noch keine Fernsehnachrichten gesehen?«

»Nee, danke. Nachrichten gucke ich nicht. Ist mir zu deprimierend. Wenn's irgend geht, mache ich die Kiste nicht an.«

»Dann haben Sie nichts von dem verschwundenen Säugling gehört?«

Tandy fuhr sich mit der Zunge über die Lippen. »Nein.«

Kathy, die Barkeeperin, stellte einen Krug mit Orangensaft auf die Theke. Marge trank einen Schluck, wartete darauf, daß Tandy etwas sagte, den Ball zurückspielte. Sie parierte ihn schließlich gelassen.

»Was ist mit dem verschwundenen Säugling?«

»Marie war im Krankenhaus für das Neugeborene zuständig. Sie ist ebenfalls verschwunden.«

»Marie ist verschwunden?«

»Sagte ich doch bereits. Wie gut haben Sie sie gekannt?«

Tandy zögerte. »Ziemlich gut, schätze ich.«

Erneut wartete Marge auf weitere Fragen. Sie blieben aus. Tandy äußerte sich auch nicht über ihre Freundschaft zu Marie. »Wollen Sie nicht deutlicher werden?«

»Wir sind gute Freunde gewesen für ungefähr ein, nein, zwei Jahre. Was soll das heißen, Marie ist verschwunden?«

»Marie hatte Dienst. Und von einer Sekunde auf die andere waren sie und das Baby nicht mehr aufzufinden.«

»Sie glauben, Marie hat eines ihrer Babys entführt?«

»Ihrer Babys?«

»Entschuldigung, eines der Babys. Sie hat von den Säuglingen immer als ih[illegible] Babys gesprochen.«

»Interessant.« M[illegible]e verstummte. Falls Marie die Säuglinge für ihre Babys hielt, [illegible]nte sie es vor sich rechtfertigen, eines mitzunehmen. »Mal [illegible] theoretisch, Tandy. Angenommen, Marie hätte eines der B[illegible] entführt ... wo würde sie mit dem Kind untertauchen?«

Tandy schien verwirrt. »[illegible] weiß ich nicht. Ich habe seit zwei Jahren nicht mehr mi[illegible]rie gesprochen. Die Marie, die ich gekannt habe, hätte ni[illegible]s ein Baby entführt, selbst wenn sie es gewollt hätte. Wenn [illegible]s getan hat, muß sie sich radikal verändert haben.«

»Was meinen Sie mit ›selbst wenn [illegible] es gewollt hätte‹?«

Tandy zögerte. »Keine Ahnung, [illegible]m ich das gesagt habe.«

»Natürlich wissen Sie das. Also? Ich [illegible]arte eine Antwort.«

»Na, gut. Vielleicht haben Sie recht. Aber i[illegible]laube nicht, daß Marie ein Baby entführen würde, okay?«

»Okay.« Marge trank einen Schluck Saft. »W[illegible]n sollte Marie also ein Baby entführen wollen, selbst wenn s[illegible] nicht tun würde?«

Tandy schwieg.

»Miß Roberts?«

»Es ist ...« Tandy seufzte. »Marie hängt sehr an ih[illegible]

Schützlingen. Manchmal tut es ihr weh, ein Baby in ein Zuhause schicken zu müssen... wo alles dagegen spricht, wenn Sie wissen, was ich meine.«

»Nein, weiß ich nicht.«

»Na, eben ein schlechtes Zuhause mit einer minderjährigen Mutter, die die Kleine vernachlässigen oder sie vielleicht mißhandeln würde. Manchmal sind diese Mütter auch drogenabhängig. Marie hatte oft das Gefühl, daß sie diese Kinder zu einem Leben im Elend verdammte. Sie nimmt ihre Arbeit sehr ernst.«

Marge nickte und fragte sich, warum Tandy davon ausging, daß das anonyme Baby ein Mädchen war.

»Marie hat ein Kind verloren, als sie noch sehr jung war«, platzte es plötzlich aus Tandy heraus. »Ich glaube, darüber ist sie nie weggekommen.«

»Wirklich?«

Tandy nickte.

»Das hat sie Ihnen erzählt?« fragte Marge. »Damals müssen Sie beide aber sehr eng befreundet gewesen sein.«

»Waren wir auch. Komisch, wie sich so manches ändert.«

»Warum hat sie Ihnen das wohl erzählt, Tandy?«

»Vermutlich, um unsere Beziehung zu vertiefen. Jedenfalls hatte es diese Wirkung. Natürlich hat unser gemeinsamer Beruf einiges dazu beigetragen. Ich bin ebenfalls Krankenschwester. Aber ich arbeite freiberuflich. Ich lasse mich mal dort und mal da einsetzen. Ich habe früher, als ich als Model gearbeitet habe, Geld gespart. Nicht genug, um für den Rest meines Lebens davon leben zu können, aber genug, um mein Einkommen nur sporadisch aufbessern zu müssen.«

»Und Sie haben im Golden-Valley-Altenheim gearbeitet.«

»Ah, daher haben Sie also meinen Namen. Von Lita.«

Marge lächelte undurchsichtig. Sie wollte Leeks Namen aus dem Spiel lassen, bis sie den Mann genauer überprüft hatte. »Wie kommen Sie darauf, daß Maries mißglückte Schwangerschaft Sie beide enger zusammengebracht hat?«

»Was soll das werden? Die große Lebensbeichte?«

Marge wartete.

Tandy seufzte. »Ich habe in jungen Jahren auch ein Kind verloren. Eine Erfahrung, die man eigentlich nur mit jemandem teilen kann, der das auch erlebt hat.«

Marge versuchte sich nichts anmerken zu lassen, als sie sich Notizen machte. War das nur Zufall? Marge glaubte nicht an Zufälle.

»Ist lange her.« Tandys Blick schweifte in die Ferne. »Ich bin sehr jung und dumm gewesen. Ich war damals Model. Ein Idiot aus der Branche hat mich geschwängert. Hat mir fünftausend geboten, um es abtreiben zu lassen, weil er nicht wollte, daß sein Freund erfuhr, daß er bi war. Ist das zu fassen? Ich habe das Geld ausgeschlagen. Ich hätte es nehmen sollen. Im sechsten Monat hatte ich eine Fehlgeburt. Bret hatte mir noch ein paar Scheine zugesteckt, damit ich den Mund halte. Ich hatte einen lausigen Geschmack, was Männer betraf. Wenn Sie meinen Vater kennen würden ... Sagt Freud nicht, wir suchen immer nur den Vater in unseren Männern?«

»Klingt jedenfalls sehr nach Freud«, bemerkte Marge.

Tandy biß sich auf die Lippe. »Ist mir 'ne Weile verdammt mies gegangen. Aber ich hab mich wieder aufgerappelt.«

»Wie alt waren Sie damals?«

»Fünf-, nein sechzehn.« Sie trank einen Schluck von Marges Orangensaft. »Was hat das mit Marie zu tun?«

»Wissen Sie, wie alt Marie war, als sie ihr Baby verloren hat?«

»Älter als ich. Vielleicht zwanzig. Hat ihr Leben grundlegend verändert. Behauptet sie. Es hat sie gezwungen, über sich nachzudenken. Sie hat Jesus für sich entdeckt und ist Krankenschwester geworden.«

»Hat der Verlust Ihres Kindes Ihr Leben verändert?«

»Wieso kommen Sie immer wieder auf mich zu sprechen?«

»Ich versuche nur eine Parallele zu finden, um Marie besser zu verstehen.«

»Wie können Sie Marie verstehen, wenn wir über mich reden?«

»Beantworten Sie einfach meine Frage, Tandy.«

Tandy warf ihren Zopf über die Schulter. »Bodybuilding hat mein Leben verändert. Zum erstenmal habe ich das Gefühl, die *Kontrolle* über mein Leben zu haben.«

Marge schwieg. Sie fragte sich, warum Tandy das Wort »Kontrolle« so betont hatte.

Kontrolle worüber?

»Warum sind Sie Krankenschwester geworden, Tandy?« fragte sie.

»Ich wünschte, ich könnte irgendwelche Florence-Nightingale-Motive anführen, aber in Wahrheit brauchte ich einfach einen Job.« Tandy lachte bitter. »Als Model kann man kaum arbeiten, wenn man hundertzwanzig Kilo wiegt, oder?«

Marge gab sich überrascht. »Sie?«

Tandys Lächeln war ehrlich gemeint. »Schwer zu glauben, was?«

»Unmöglich.«

»Stimmt aber. Jedenfalls bin ich Krankenschwester geworden, weil ich einen Job brauchte. Niemand hätte mich als Sekretärin eingestellt. Dafür war ich zu fett. Aber in einem Altenheim kümmert es niemanden, wie du aussiehst. Angefangen habe ich damit, Bettpfannen zu wechseln. Abends bin ich auf die Schule gegangen und habe meinen Abschluß als Krankenschwester gemacht.«

»Das hat Ihr Leben verändert«, bemerkte Marge.

Tandy lächelte. »Hat mich aus der Gosse gezogen«, verbesserte Tandy. »Als Model in New York habe ich fünfhundert Dollar pro Stunde verdient. Und da war ich fünfzehn. Als ich schwanger wurde, war's damit vorbei. Das Gewicht habe ich wieder verloren, ich hätte wieder arbeiten können... Aber ich war so angewidert davon, wie sie mich behandelt hatten, meine Mutter, mein Agent, die ganze Branche. Ich hatte Depressionen, war völlig durchgedreht. Ich habe gefressen, bis ich hundertzwanzig Kilo drauf hatte.« Tandy lächelte gequält.

Marge erwiderte ihr Lächeln. »Und Marie haben Sie im Golden Valley kennengelernt?«

»Richtig.«

»Es heißt, sie habe Ihnen geholfen, einen besseren Job zu finden.«

»Sie haben Ihre Hausaufgaben aber gründlich gemacht, was?«

Das gleiche hatte Leek schon gesagt. Marge fragte sich, ob er Tandy nicht doch angerufen hatte. Wenn ja, hatte Tandy sich gut verstellt. »Ich weiß nur, daß Marie mit Ihnen befreundet war. Und jetzt ist sie mit dem Baby verschwunden. Die Mutter ist verzweifelt.«

Tandy biß sich auf die Lippe. »Kann ich mir denken. Aber wie gesagt, ich habe Marie seit einer Ewigkeit nicht mehr gesehen.«

»Warum denn nicht?«

»Marie hält nichts von Bodybuilding. Und Bodybuilding ist mein Leben.«

»Hindert einen daran, verrückt zu werden, was?« sagte Marge.

Tandys Züge erstarrten zur unbeweglichen Maske. »Ganz richtig, Detective. Sonst noch was?«

»Kommen wir noch mal auf Marie zurück. Hat sie Ihnen geholfen, einen besseren Job zu finden? Nachdem Sie das Golden Valley verlassen hatten?«

»Nein, eigentlich nicht. Natürlich hätte sie mir eine Stelle besorgen können, aber das waren nur Ganztagsjobs. Und ich wollte Teilzeit arbeiten. War trotzdem kein Problem. Als Krankenschwester kriegt man immer was. Irgend jemand sucht immer Teilzeitschwestern. Wir sind billiger, keine Zuschläge, keine Gewerkschaften. Ich bin ständig ausgebucht.«

»Sie werden häufig engagiert?«

»Andauernd. Und überall, in Privathäusern, in Kliniken.«

»Nennen Sie mir ein Beispiel. Wo waren Sie gestern? Oder haben Sie da nicht gearbeitet?«

»Gestern? Da war ich im Tujunga Memorial, Spätschicht. Warum? Brauche ich ein Alibi?«

Marge lachte. »Sie sehen zu viele Krimis.«

Tandys Augen blitzten wütend. »Ich sehe kaum fern, und ich gehe nicht ins Kino. Tut mir leid, aber was das verschwundene Baby betrifft, kann ich wirklich nicht helfen.«

»Hat Marie je von Verwandten oder Freunden gesprochen?«

»Nur von ihrer Mutter. Marie hat selten von sich geredet. Sie war zu sehr damit beschäftigt, über meine Probleme zu diskutieren.«

Das deckte sich mit Paulas Aussage. »Hat sie je jemanden außerhalb der Stadt besucht?«

»Nicht daß ich wüßte.«

»Hat sie die Stadt je verlassen? Ferien, einen Ausflug gemacht?«

Tandy trommelte mit den Fingern auf die Theke. Dann faltete sie die Hände. »Wir sind ein paarmal zum Zelten gefahren.«

Marge überlegte. »Wessen Idee war das?«

»Maries. Sie zeltete gern. Sie sagte, sie könne in der freien Natur mit Gott sprechen. Ich glaube, sie ist oft an Wochenenden allein zum Camping gefahren. Jedenfalls war sie perfekt beim Zelten. Für mich war das nichts.«

»Was soll das heißen, sie war ›perfekt‹?«

»Einfach, daß sie sich in der Wildnis gut auskannte. Sie kannte viele Pflanzen, wußte, was man essen konnte und so weiter. Wie eine Überlebenskünstlerin, allerdings ohne Waffen. Mit Messer, Axt und Säge konnte sie natürlich umgehen. Fürs Feuer hat sie selbst Holz geschlagen. Mir sind fließendes Wasser und Salatbars lieber. Besten Dank.«

Tandy warf ihr Haar zurück.

»Sonst noch was? Ich möchte jetzt gern mein Training fortsetzen.«

Marge klappte ihren Notizblock zu und legte ein paar Dollar auf den Tisch. »Danke, im Augenblick ist das alles.«

Vom Fahrersitz ihres Hondas aus beobachtete Marge, wie Tandy in das Bodybuilding-Studio zurückkehrte. Sie griff nach ihrem Funkgerät, rief bei der Fahrzeugzulassungsstelle an und ließ sich Marke und Kennzeichen von Tandys Auto durchgeben. Sie fuhr einen schwarzen Audi, Baujahr 1988. Marge brauchte nicht lange, um ihn auf dem Parkplatz hinter Silver's ausfindig zu machen. Sie stellte ihren Honda einige Reihen hinter dem Audi ab, rutschte tief in den Sitz und wartete. Als nach ungefähr zehn Minuten noch immer nichts passiert war, richtete sie sich wieder auf.

Selbst wenn Tandy Roberts keine weiße Weste hatte, zu übereilten Aktionen ließ sie sich offenbar nicht hinreißen.

Marge rief über Funk im Tujunga Memorial Hospital an. Wie erwartet, hatte das Personalbüro bereits geschlossen. Sie meldete sich auf dem Revier und erfuhr das Neueste: Von dem Baby gab es noch keine Spur. Pete hatte um sieben Uhr eine Verabredung mit Dr. Meecham. Gegen acht wollte er Dr. Annie Hennon im Labor treffen. Er hatte Maries Zahnarzt ausfindig gemacht und die Röntgenaufnahmen beschafft. Er ließ fragen, ob sie ihn gegen acht auf dem Revier treffen könne.

Marge sah auf die Uhr. Viertel nach sieben. Zwanzig Minuten waren vergangen. Tandy Roberts schien entschlossen zu sein, ihr tägliches Training zu absolvieren. Das bedeutete, daß sie Silver's erst in zwei Stunden verlassen würde. Marge ließ nur widerwillig von der Spur ab, die sie intuitiv verfolgte. Schließlich siegte die Vernunft.

Sie beschloß, bei dem Treffen zwischen Decker und Hennon dabei zu sein.

23

Der offizielle Termin schien bei Meecham eine Art Nestinstinkt ausgelöst zu haben. Bei der ersten Begegnung mit dem Frauenarzt vor einigen Jahren war Decker unangemeldet erschienen und hatte die Praxis des Arztes in einem chaotischen Zustand vorgefunden. Diesmal hatte sich Meecham die Zeit genommen aufzuräumen. Decker wußte, daß Meecham sich bald zur Ruhe setzen wollte. Aber das Alter stand ihm gut zu Gesicht. Er war schlank und fit, hatte weißes, volles Haar, einen ebenso weißen Schnurrbart und sonnengebräunte Haut. Seine schmale Nase war mit roten Äderchen durchzogen. Dem Genuß harter Drinks hatte er offenbar nicht abgeschworen. Er trug einen weißen, gestärkten Arztmantel über einem braunen Hemd und einer blauen Krawatte; er hielt Decker die Hand zum Gruß hin.

»Das ist ein Wiedersehen unter denselben unerfreulichen Umständen«, sagte Meecham.

Decker schüttelte ihm die Hand. »Danke, daß Sie sich Zeit für mich nehmen, Dr. Meecham.«

»Stan, für Sie.« Der Frauenarzt setzte sich hinter seinen Schreibtisch und deutete auf einen Stuhl. »Wir sind ja mittlerweile schon gute alte Bekannte.«

»Hören Sie noch gelegentlich von der Familie Darcy?« fragte Decker.

»Von der Tante, ja.«

»Wie geht's dem kleinen Mädchen, Katie?«

»Prima Gedächtnis. Geht ihr erstaunlich gut. Besser vermutlich als Marie Bellson. Da Sie hier sind, nehme ich an, daß Sie Marie noch nicht gefunden haben?«

»Nein, offiziell noch nicht.«

»Nicht offiziell, das klingt nicht gut.« Meecham griff nach einem Päckchen Zigaretten. »Sie rauchen doch, oder?«

»Nicht mehr.«

»Du liebe Zeit! Wir haben wieder einen guten Mann an die Gesundheitsapostel verloren.«

Decker lachte.

Meecham zog an seiner Zigarette. »Das Leben steckt voller Überraschungen«, seufzte er. »Sehen Sie sich Marie an. Sie war erst vor einem Monat bei mir. Ging ihr schon viel besser. Nichts deutete darauf hin, daß sie so negative Schlagzeilen machen würde. Und jetzt sagen Sie, man hätte sie ›offiziell‹ noch nicht gefunden. Was bedeutet das? Daß sie inoffiziell doch gefunden wurde?«

»Wir haben ihren Wagen entdeckt. Eine verkohlte Leiche war drin.«

»Großer Gott!« Meecham legte den Kopf in seine Hände. »Nichts ist so gefährlich wie das Leben.« Er sah auf.

»Deshalb haben Sie also angerufen und sich nach ihrem Zahnarzt erkundigt. Sie wollen sie aufgrund der zahnärztlichen Unterlagen identifizieren?«

»Richtig. Ich treffe die Zahnärztin von der Gerichtsmedizin in vierzig Minuten.«

»Wenn Sie eine weitere Bestätigung brauchen, kann ich einen Blick auf ihre Hüften werfen. Gott weiß, wie viele Röntgenaufnahmen ich von ihr gemacht habe.«

»Sie haben vor ungefähr drei Jahren eine Dilatation und Curettage bei ihr vorgenommen?«

»Sicher.«

Decker sah Meecham in die Augen. »Es war eine Abtreibung, stimmt's, Doktor?«

Meecham lehnte sich in seinem Stuhl zurück. »Wie kommen Sie denn darauf? Nein, es war keine Schwangerschaftsunterbrechung. Es war eine Dilatation und Curettage. Ganz einfach. So einfach natürlich auch wieder nicht. Marie hatte eine Menge gesundheitlicher Probleme.«

»Probleme? Welcher Art?«

»Nun, da sie vermutlich tot ist, bin ich meiner Schweigepflicht enthoben, oder?«

Decker zuckte kommentarlos mit den Achseln.

Meecham schüttelte den Kopf. »Mann, die Sache macht mich krank! Arme Marie! Jahrelang hat sie gegen Endometriose gekämpft. Krämpfe, unregelmäßige Blutungen und fibröse Veränderungen. War alles in Unordnung geraten.«

»Waren Abtreibungen in jungen Jahren die Ursache ihrer Probleme?«

»Sie sind gut informiert.«

»Gehört zu meinem Job.«

Decker wartete darauf, daß Meecham fortfuhr. Der Frauenarzt zögerte lange.

Decker wiederholte seine Frage.

Meecham zog an seiner Zigarette. »Möglich. Vorausgesetzt, es wurde unsauber gearbeitet. Es könnten aber auch einfach ihre Gene dran schuld gewesen sein. Für mich war es unwichtig, woher ihre Probleme kamen. Ich wollte sie behandeln. Inwiefern sind ihre medizinischen Probleme für ihr Verschwinden und das des Babys relevant?«

»War Marie depressiver als gewöhnlich? Sagen wir, in den vergangenen sechs Monaten?«

»Ah, ich verstehe, wo die Reise hingeht. Sie glauben, ihre Probleme könnten ihre Psyche verändert haben?«

»Das frage ich Sie. War sie wegen ihrer Probleme deprimiert?«

»Natürlich war sie deprimiert. Sie war erst vierzig und am Beginn ihrer Menopause.«

Menopause! Decker fiel augenblicklich ein, daß Cindy die Menopause als Grund für eine Dilatation und Curettage genannt hatte. Er zückte seinen Notizblock. »Können Sie mir mehr darüber sagen?«

»Da sie wohl tot ist, denke ich schon. Die Menopause kann ein schwieriger Prozeß sein. Abgesehen davon, daß die Hormone durcheinander geraten und das ganze System auf den Kopf stellen, ist da die emotionale Komponente. Eine harte Zeit für die meisten Frauen. Das Ende der Periode mit vierzig ist eine psychische Keule. Es kann seltsame Dinge mit der Seele der Frauen anstellen.«

»Hatte Marie Anzeichen von solchen Veränderungen?«

»Sie hat nie behauptet, die Entführung eines Babys zu planen, wenn Sie das meinen.«

»Ich habe das nicht speziell gemeint. Ganz allgemein.«

»Sie hatte Hormonstörungen. Aber sie war klug genug, sie als solche zu begreifen. Wir haben eine Anzahl unterschiedlicher Therapien ausprobiert, um ihre Stimmungsschwankungen zu bekämpfen.«

»Hatten Sie Erfolg?«

»Ja, das möchte ich glauben. Sie hat gesagt, bei der Arbeit

ginge es ihr gut. Das Schlimmste für sie waren die Nächte allein zu Hause. Dann kamen die Depressionen. Sie wissen vermutlich, daß ihre Mutter in einem Pflegeheim lebt. Andere Familienangehörige hatte Marie offenbar nicht.«

»Was ist mit Freunden?«

»Ich bin sicher, daß sie Freunde hatte. Aber wer will schon über eine verfrühte Menopause mit Freunden reden? Ich habe ihr vorgeschlagen, sich eine Katze oder einen Hund anzuschaffen, etwas Lebendiges. Einen treuen Hausgenossen. Und sie hat auf mich gehört. Es hat ihr geholfen.«

Decker dachte an das kleine Kätzchen in Maries Schlafzimmer. Ihr Vermächtnis. In Deckers Stall hatte es ein neues Zuhause gefunden. Meecham drückte seine Zigarette aus.

»Der langen Rede kurzer Sinn«, fuhr der Arzt fort. »Sie war eine Frau, die plötzlich ihre Jugend dahinschwinden sah. Vierzig ist heutzutage kein Alter. Eine solche Erfahrung muß sich auf emotionaler Ebene auswirken.«

»Das wirft ein völlig neues Licht auf den Fall. Alle, mit denen ich bisher gesprochen habe, haben behauptet, Marie sei wie immer gewesen.«

»Wie ich schon sagte. Bei der Arbeit funktionierte sie problemlos.«

»Vielleicht auch nicht«, warf Decker ein.

»Ich kann nicht glauben, daß sie einen Säugling entführt haben soll, Sergeant. Natürlich weiß ich, was Hormonstörungen bewirken können, sogar bei intelligenten Frauen. Aber daß Marie einem Baby etwas antun könnte, halte ich für ausgeschlossen.«

»Wer sagt, daß sie jemandem etwas angetan hat?«

»Sie hat das Baby entführt. Bitte jetzt keine Haarspalterei.« Meecham griff nach der nächsten Zigarette. »Sie sagen, Sie haben Maries Leiche gefunden. Ich bin kein Kriminaler, aber für mich ist da was faul. Jemand muß Marie gezwungen haben, dieses Kind zu entführen.«

»Möglich«, sagte Decker.

»Von dem Baby haben Sie gar nichts erzählt.«

»Das haben wir auch noch nicht gefunden.«

»Sehen Sie? Das bestätigt doch meine Theorie. Marie ist tot. Das Baby bleibt verschwunden. Jemand muß Marie umgebracht haben und mit dem Säugling geflohen sein.«

»Wenn die Leiche die sterblichen Überreste von Marie sind, ja. Dann sieht alles danach aus.«

»Was soll das heißen, ›Wenn die Leiche…‹?«

»Eine eindeutige Identifizierung steht noch aus.«

Meechams Blick wurde hart. »Sie lassen mich über eine meiner Patientinnen reden, als sei sie tot, und jetzt erzählen Sie mir, daß sie möglicherweise noch lebt?«

»Doktor, ich habe nie behauptet, daß die Leiche eindeutig…«

»Sergeant, wie konnten Sie nur? Ist Ihnen klar, daß Sie mich dazu verleitet haben, gegen meine Schweigepflicht zu verstoßen?«

»Dr. Meecham, ich suche einen drei Tage alten Säugling. Ich brauche jede Information, die ich kriegen kann. Egal, wie. Falls Sie sich getäuscht fühlen, tut es mir leid. Schon mal daran gedacht, womit das kleine unschuldige Wesen das verdient hat?«

Meecham seufzte und rieb sich die Augen. Decker beugte sich über den Schreibtisch und klopfte ihm auf die Schulter. »Danke.«

»Schon gut.«

»Seien Sie nicht so streng mit sich, Stan. Sie haben geholfen. Niemandem geschadet. Ist das nicht die Quintessenz der ärztlichen Ethik?«

Meecham brach seine Zigarette in der Hälfte durch und schüttelte den Kopf. »Das hab ich irgendwo schon mal gehört.«

Annie Hennon hängte die Röntgenbilder nebeneinander vor den Leuchtschirm und studierte die Negative eingehend. In diesem Moment wurde Decker klar, daß man kein Experte sein mußte, um festzustellen, was nicht übereinstimmte.

Trotzdem sagte er nichts, beobachtete Annie, wie sie Zahnnummern in ein Diktaphon sprach, und wartete geduldig auf ihre Diagnose. Marge sagte ebenfalls kein Wort. Zwanzig Minuten vergingen.

»Handelt sich nicht um dieselbe Person«, sagte Annie schließlich, den Blick unverwandt auf die Röntgenaufnahmen gerichtet. »Es besteht nicht mal eine oberflächliche Ähnlichkeit. Die Zähne der Leiche sind wesentlich größer, dichter, was Zahnschmelz und Zahnbein betrifft. Und die Wurzeln sind länger. Mit den Aufnahmen von Maries Gebiß stimmt praktisch nichts überein. Da uns Maries Bilder vom Arzt persönlich in einem versiegelten Umschlag übergeben wurden, ist ein Irrtum ausgeschlossen.«

»Das einzige, was wir bis jetzt sicher wissen, ist, daß Marie nicht die Leiche im Wagen ist«, erklärte Marge.

»Aber wer ist es dann?« fragte Decker.

Annie knipste den Leuchtschirm aus. »Eine Frau mit vierschrötigem Knochengerüst. Annähernd einen Meter achtzig groß. Der Anthropologe ist der Meinung, daß die Frau vermutlich kräftig gebaut war. Also nicht nur groß, sondern auch schwer. Und sie war vermutlich eine Schwarze.«

»Eine Farbige?« wiederholte Marge.

»Ja.« Annie setzte sich. »Wetten, der Anthropologe sagt Ihnen dasselbe? Natürlich nennt er dafür andere Gründe. Ich stütze meine Vermutung auf die Zähne. Unterschiedliche ethnische Gruppen haben unterschiedliche Merkmale, auch was das Gebiß betrifft. Narrensicher ist das allerdings nicht. Aber mit der Erfahrung ergibt sich ein gewisses Raster. Natürlich wäre ich meiner Sache sicherer, wenn die Gesichtsknochen intakt gewesen wären. Aber mit ein bißchen Phantasie...«

»Eine schwarze Amerikanerin«, sagte Marge. »Niemand, mit dem wir gesprochen haben, hat gesagt, daß Marie mit einer Farbigen befreundet war.« Sie hielt kurz inne. »Allerdings haben wir auch nicht danach gefragt.«

Annie stand auf. »Kompliziert die Sache etwas, oder?«

»Falls das noch möglich ist, ja«, sagte Marge.

»Ich faxe meinen Bericht morgen nachmittag durch, okay?«

»Danke, Annie.«

»Trinken wir noch was zusammen, bevor wir für heute Schluß machen?« schlug Annie vor.

»Ich muß nach Hause«, wehrte Decker ab.

»Ah, die neugeborene Tochter«, seufzte Annie. »Viel Spaß beim Kinderhüten, Pete!«

Decker lachte. »Ich bringe Sie zum Wagen.«

»Wir sehen uns dann im Bereitschaftsraum!« rief Marge ihm nach. »Zur vorläufigen Obduktion!«

»In Ordnung!«

Decker und Dr. Hennon gingen den leeren Gang des Laborkellers entlang. Während oben im Revier noch lebhafter Betrieb herrschte, waren die Labore wie ausgestorben. Sie fuhren mit dem Lift ins Parterre hinauf. Decker führte Annie zum Hinterausgang. Der Abend war mild und schön, der Himmel sternenklar. Es war eine Nacht voller Romantik. Decker wünschte sich bei Rina zu Hause.

Annie und Decker schlenderten schweigend über den Parkplatz. Beide genossen die milde Luft. Annie zog den Autoschlüssel heraus und zögerte, die Tür aufzuschließen.

»Von welcher Obduktion hat Marge eben gesprochen?«

Decker grinste. »Wir vergleichen nur unsere Notizen. Marge nennt das so.«

»Sie vernehmen die Verdächtigen nicht gemeinsam?«

»Nein, das machen wir getrennt.«

»Wieso arbeiten die Cops im Fernsehen immer zu zweit?«

»Die haben nicht mit unseren Budgetkürzungen zu kämpfen.«

Annie schüttelte Decker die Hand. »Noch mal vielen Dank für Ihre Hilfe.«

»Das Vergnügen war ganz auf meiner Seite.«

»Viel Spaß mit Ihrem Verschwender.«

»Danke.« Annie schloß den Jeep auf. »Mit ein bißchen Glück lasse ich mich auch noch zum Dolcefarniente bekehren.«

Als Decker in den Bereitschaftsraum der Kriminalpolizei zurückkam, hatte Marge bereits die Röntgenbilder als Beweisstücke abgelegt und erledigte Papierkram an ihrem Schreibtisch. Im fahlen Licht der Nachtbeleuchtung und bei halber Besetzung wirkte der Raum deprimierend kahl. Die sommerliche Stickigkeit verstärkte den Eindruck noch. Auch die offenen Fenster und die Ventilatoren konnten daran nichts ändern.

»Ich habe frischen Kaffee gekocht. Entkoffeiniert. Schenk du ein.«

»Wie immer?«

»Heute nehme ich mal zwei Löffel Zucker. Ich lebe gefährlich.«

Decker lächelte, während er den Kaffee einschenkte und sich dann ihr gegenübersetzte.

»Danke.« Marge trank einen Schluck Kaffee.

»Willst du anfangen?« fragte Decker.

»Nein, mach du nur!«

Decker trank die Hälfte seines Kaffees und berichtete von seiner Unterredung mit Dr. Meecham. Marge wiederholte ihr Gespräch mit Tandy Roberts. Als sie beide geendet hatten, schwirrte Decker der Kopf. Es war Zeit, Ordnung in den Faktenwust zu bringen.

»Wechseljahre mit vierzig.« Marge schüttelte den Kopf. »Mann, damit hätte ich meine Schwierigkeiten. Und ich bin nicht gerade der mütterliche Typ. Aber wenn ich auf einmal all meine Felle wegschwimmen sehen ...«

Decker schwieg.

»Was gibt's, Pete?«

»Was du gerade gesagt hast. Daß Maries Erwartungen an das Leben plötzlich sehr eingeschränkt waren. Ist Rina auch gerade passiert. Die freie Entscheidung für ein Kind hat sich erledigt. Und Rina hat gesunde Kinder. Ich kann mir vorstellen, was das für eine kinderlose Frau bedeutet. Trotzdem ... all das Gerede über Motive verrät uns auch nicht, wer Maries Honda angezündet hat.«

»Pete, wir sollten es vielleicht mit einem dieser Computer-Animations-Programme probieren. Ich meine, um aus dem Schädel der Leiche ein Gesicht zu rekonstruieren.«

»Das dauert zwei bis drei Wochen. Aber wir können jede Hilfe gebrauchen. Im Fall eines entführten Säuglings würde Morrison vermutlich das Geld zur Verfügung stellen. Soviel ich weiß, hat Toronto so ein High-Tech-Programm. Vielleicht gibt's auch eines in unserer Nähe.«

»Ich kümmere mich darum.«

»Inzwischen machen wir auf altmodische Art weiter.«

»Wer könnte unsere Leiche sein?« fragte Marge. »Also, weder Tandy noch Paula haben je eine farbige Freundin erwähnt. Soll ich sie noch mal gezielt danach fragen?«

»Ruf Paula an«, antwortete Decker. »Vielleicht fällt ihr jemand ein. Je weniger Tandy weiß, desto besser. Irgendwie habe ich das Gefühl, daß die Leiche aus dem Auto jemand aus dem Krankenhaus sein könnte oder jemand, der gestern nacht im Krankenhaus gewesen ist.«

»Wie das?«

»Das Blut auf Maries Parkplatz.«

»Hast du nicht gesagt, wenn es nicht Maries Blut ist, müsse es das von dem Säugling sein? Das Labor sollte das feststellen können.«

»Ja, wir rufen gleich morgen früh dort an.«

»Also, was glaubst du, könnte passiert sein?«

Decker trank seinen Kaffee aus. »Da gibt es mehrere Möglichkeiten. Erstens, Marie hat das kleine Mädchen entführt. Eine farbige Frau hat sie dabei beobachtet und versucht, sie aufzuhalten. Marie hat sie umgebracht und die Spuren verwischt, indem sie die Leiche mit dem Wagen verbrannt hat. Sie hofft, wir würden die Tote für sie selbst halten.«

»Und nicht mehr nach ihr suchen.«

»Ja, richtig.«

»Ganz schön naiv, findest du nicht? Sie ist Krankenschwester. Sie muß wissen, welche Möglichkeiten wir haben, eine Leiche zu identifizieren.«

»Sie hat die Backenzähne vergessen.«

»Die lassen sich kaum zerstören. Es sei denn, man reißt den Kiefer raus. Marie hat Panik gekriegt. Sie hatte die Frau getötet, einen Säugling entführt. Sie wollte unbedingt ihre Spuren verwischen. Also...« Decker dachte kurz nach. »Also sollten wir noch mal unsere Notizen durchgehen und nachsehen, wer im Sun-Valley-Krankenhaus vergangene Nacht Dienst hatte.«

»Ich dachte, das hätten wir längst abgehakt?«

»Vielleicht haben wir was übersehen.«

»Möglich, daß diese Schwarze zu den Pendlern gehörte und nicht auf der Gehaltsliste des Krankenhauses stand«, warf Marge ein.

»Ja, Darlene hat erwähnt, daß das Krankenhaus eine Menge freiberuflicher Kräfte beschäftigt. Hollander überprüft die Dienstpläne von letzter Nacht. Wir bitten ihn einfach, auf die Namen zu achten, die noch auf keiner unserer Listen stehen.«

»Pete, vielleicht solltest du Cindy nach dieser Frau fragen. Sie war länger auf der Säuglingsstation als wir alle zusammen.«

Decker stöhnte unterdrückt. »Ich versuche dauernd, sie aus den Ermittlungen rauszuhalten. Es funktioniert einfach nicht.«

»Natürlich nicht. Schließlich hat sie ständig Umgang mit ihrem Vater. Und der steckt immerhin bis zum Hals drin. Kinder orientieren sich an dem, was du tust, nicht an dem, was du sagst.«

»Danke, für diese Kostprobe aus Ihrem psychologischen Nähkästchen, Detective Dunn.«

»Werd nicht komisch, Pete. Du benimmst dich wie ein autoritärer alter Knacker. Rede mit Cindy.«

»Das tue ich. Keine Sorge.« Decker sehnte sich plötzlich nach einer Zigarette. »Ich finde diesen Säugling. Koste es, was es wolle.«

Marge trank einen Schluck Kaffee. »Weißt du, was ich denke? Wenn Marie nicht tot ist, ist das Baby noch bei ihr.

Ich wette, sie zelten irgendwo. Vermutlich gleich vor unserer Nase.«

»Marie war Camperin?«

»Wenn man Tandy glauben darf, ist sie gern in die Wildnis gefahren und hat mit Gott geredet.«

»Gar nicht so abwegig«, sagte Decker. »Mein Schwiegervater redet auch mit Gott. Und er behauptet, Gott würde ihm antworten. Das Komische ist, ich glaube ihm sogar.«

Marge starrte ihren Partner an. Decker lächelte. »Aber Marie als Naturapostel? Das kann ich mir nicht vorstellen.«

»Warum nicht?«

»Ich habe ihre Wohnung gründlich durchsucht, Marge. Nichts, aber auch gar nichts deutete darauf hin, daß diese Frau sportliche Ambitionen hatte. Auf keinen Fall war sie ein Überlebensfreak oder eine Camperin.«

»Vielleicht ist sie nach der Arbeit immer schnell nach Hause, hat sich ihre Ausrüstung gegriffen...«

»Es gibt keine leeren Plätze oder Fächer in ihren Schränken, wo sie Zelte, Schlafsäcke, Kochgeräte oder ähnliches hätte aufbewahren können. Campingsachen nehmen Platz weg. Frag Rina. Mein ganzes Zeug ist in die Garage verbannt worden. Und in Maries Staufach über ihrem Parkplatz war nichts dergleichen. Nur Schriften von alten Revoluzzern.«

»Oh yeah! Ich habe die Kopie einer Rede von einem Jerry Rubin gefunden. Ist der nicht Gitarrist bei den Grateful Dead?«

»Das ist Jerry Garcia.« Decker tippte ungeduldig mit dem Fuß auf den Boden. »Margie, ich bin Maries Klamotten Stück für Stück durchgegangen. Sie hat keine ausgefransten Jeans, keine Wanderstiefel, keine Jacken oder dicken Socken. Weißt du, was ich gefunden habe? Einen Haufen Duftblätter und rosarote, nie getragene Dessous. Nichts, aber auch gar nichts, was mich auf die Idee gebracht hätte, daß die Frau ein Naturfan sein könnte.«

Einen Moment sagte keiner von beiden ein Wort.

»Angesichts von Tandys früherer Angewohnheit, Selbstgespräche zu führen, könnte ich mir vorstellen, daß Tandy diejenige war, die gezeltet und mit Gott gesprochen hat... oder mit sich selbst. Du solltest dich fragen, warum Tandy behauptet hat, daß Marie eine Camperin war?«

Marge dachte nach. »Vielleicht möchte sie uns glauben machen, daß sich Marie in den Bergen versteckt hält.«

»Willst du was Interessantes hören?« fragte Decker. »Als du mit Tandy Roberts gesprochen hast, hatten die Nachrichtenagenturen noch nichts von der Suchaktion berichtet. Ich hatte die Fernsehanstalten gebeten, mit Informationen bis zu den Elf-Uhr-Nachrichten zu warten, weil ich nicht wollte, daß Schaulustige unsere Spurensuche in dieser Höllenschlucht stören, besonders nicht bei Tageslicht.«

Marge dachte nach. »Hm, das ist eine Überlegung wert.«

Decker ging mit den Kaffeebechern zur Kaffeemaschine und füllte sie erneut. Er reichte Marge ihren Becher. »Meine Frage ist: Warum will Tandy Roberts, daß wir glauben, Marie sei oben in den Bergen, wenn sie gar nicht wissen konnte, daß wir dort nach ihr suchen?«

»Eine undichte Stelle bei den Fernsehanstalten.«

»Möglich, aber unwahrscheinlich...«

»Sie weiß was«, sagte Marge.

»Sie weiß was«, bekräftigte Decker. »Sie versucht, uns in Angeles Crest festzuhalten, während wir eigentlich woanders suchen sollten.«

»Inwiefern glaubst du, ist sie in die Sache verwickelt?«

»Vielleicht nur ganz am Rande. Marie ist in panischer Angst zu ihr gekommen... Tandy ist eine alte Freundin. Vielleicht hat sie Marie und das Baby irgendwo versteckt.«

»Oder die beiden haben das Ding zusammen gedreht«, sagte Marge. »Vergiß nicht, auch Tandy hat in ihrer Jugend ein Baby verloren.«

Decker nickte. »Zwei Frauen, die ihre Kinderlosigkeit betrauern. Eine stachelt die andere auf.«

»Tandy behauptet, Marie seit zwei Jahren nicht gesehen zu haben.«

»Fangen wir an, indem wir Tandys Telefongespräche überprüfen«, schlug Decker vor. »Wollen mal sehen, ob sie mit Marie Kontakt hatte.«

»Soll ich sie beschatten lassen?«

»Wäre nicht verkehrt. Sie hat sich bisher durch nichts verraten, aber wenn wir ihr näher kommen, schöpft sie vielleicht Verdacht. Außerdem überprüfen wir, ob sie dort gewesen ist, wo sie gestern nacht gewesen zu sein behauptet.«

»Morgen rufe ich als erstes im Tujunga Memorial an.« Marge starrte auf ihren lauwarmen Kaffee. Eine weißliche Haut hatte sich auf der Oberfläche gebildet. Sie drehte den Becher in der Hand und beobachtete, wie Schlierenmuster entstanden. »Du hast von mehreren Möglichkeiten gesprochen. Woran denkst du noch?«

»Da gibt's viele Variationen zu einem Thema. Die Farbige hat gesehen, wie jemand sich das Baby schnappt. Sie greift ein und wird getötet. Marie taucht auf, und die dritte Person, die die Farbige umgebracht hat, zwingt Marie mit vorgehaltener Waffe, die Leiche fortzuschaffen. Ein Baby zu entführen, eine Person zu ermorden und die Leiche verschwinden zu lassen, scheint mir für eine einzelne Person wie Marie ein bißchen viel zu sein.«

»Du meinst also, daß bei dieser Variante Marie genauso ein Opfer ist wie die Leiche, die wir gefunden haben?«

Decker stand auf und begann in seinen Hosentaschen zu kramen.

»Was suchst du?«

»Ich habe...« Decker fand schließlich die Plastiktüte, nach der er gesucht hatte. »Ich habe ein paar Blätter eingesammelt. An der Stelle, wo der Wagen in die Schlucht gestürzt ist.« Er öffnete die Tüte, roch daran und zog eine Grimasse. Dann reichte er sie Marge. »Was sagt dir deine Nase?«

Marge schnupperte an den Blättern. »Benzin.«

»Exakt. Da draußen habe ich nur Rauch gerochen. Hier ist das was anderes. Weißt du, was das bedeutet?«

»Es war kein Unfall.«

»So ist es. Der Wagen wurde mit Benzin übergossen, bevor man ihn runtergestoßen hat. Aber er hat noch nicht gebrannt. Sonst hätten wir verkohlte Blätter gefunden.«

»Außerdem dürfte es schwierig sein, einen brennenden Wagen über eine Felskante zu schieben.«

Decker lachte. »Ich wußte doch, daß ich einen Grund hatte, dich als Partnerin zu behalten.« Er schlug sich mit der Hand gegen die Stirn. »Da hat sich jemand darauf verlassen, daß sich das Benzin beim Aufprall entzünden würde.«

»Nicht besonders schlau gedacht. Nicht alle Autos explodieren.« Marge hielt inne. »Möglich, daß jemand erst unten in der Schlucht ein Streichholz reingeworfen hat.«

»Möglich.«

»Pete, wenn derjenige die Farbige umgebracht hat, warum dann nicht auch Marie?«

»Wer sagt, daß derjenige Marie nicht umgebracht hat?«

24

Bevor Decker den Motor ausstellte, knipste er die Innenbeleuchtung des Plymouth an und machte eine Liste mit den Dingen, die er am nächsten Morgen erledigen wollte. Dann versuchte er abzuschalten. Ein schwieriges Unterfangen.

Er stieg aus und ging in die Dunkelheit hinein. Der Duft von Orangen und Zitronen hing in der Luft. Die Grillen veranstalteten ihr atonales Konzert, eine Nachtigall, die ihr Nest in einer sechs Meter hohen Platane hatte, schmetterte Arien aus der Zauberflöte. Er öffnete die Tür. Im Haus herrschte Totenstille. Es dauerte einige Minuten, bis er merkte, daß man im Wohnzimmer ein Faltbett aufgestellt hatte. Die schmale Gestalt unter der Decke drehte sich um. Decker erkannte Nora, die Säuglingsschwester. Wenige Sekunden später tauchte der massige Schatten von Ginger auf. Sie erkannte ihr Herrchen und sprang an Decker hoch.

»Na, wie geht's, altes Mädchen?« flüsterte er.

Der Hund wedelte heftig mit dem Schwanz und jaulte.

»Hallo?« flüsterte Nora.

»Ich bin's«, antwortete Decker leise. »Tut mir leid, daß ich Sie geweckt habe.«

»Nicht schlimm, Sergeant.«

»Schlafen alle?«

»Wir haben bis zehn Uhr noch gespielt. Ihre große Tochter war so erschöpft, daß sie vor dem Fernseher eingeschlafen ist. Ich mußte sie fast ins Bett tragen.«

Decker lächelte und kraulte Gingers Kopf. »Das Baby ist bei Rina?«

»Ja. Sie sollten sich mal mit Ihrer Frau unterhalten, Sergeant. Die Wunde wird nicht heilen, wenn sie weiter so übertreibt.«

Decker stellte seine Aktentasche auf den Eßtisch. »Inwiefern übertreibt?«

»Sie steht dauernd auf. Dabei sollte sie im Bett bleiben. Sie ist ständig mit dem Baby zugange. Warum bezahlen Sie mich, wenn sie alles selbst macht und sich dabei überanstrengt? Kaum gibt die Kleine einen Ton von sich, springt sie auf und nimmt sie aus der Wiege. Sie macht nicht nur sich völlig fertig, sie gibt Hannah keine Chance, richtig auszuschlafen. Auch ihre Mutter macht sich schreckliche Sorgen, aber sie läßt sich nichts sagen.«

»Ich rede mit ihr«, versprach Decker.

»Wecken Sie sie nicht«, sagte Nora. »Die beiden sind gerade erst eingeschlafen.«

Decker nickte. Ginger stand plötzlich mit der Leine im Maul vor ihm.

»Na, was soll das denn heißen?« flüsterte er.

»Armes Tier. Wir haben es völlig vergessen«, sagte Nora.

Der Hund neigte den Kopf zur Seite. Die Leine schlenkerte hin und her.

Decker seufzte. »Na, gut. Wir gehen noch schnell Gassi.«

Bei dem Wort »Gassi« begann der Hund mit einem wilden Tanz bis zur Hintertür und ins Freie. Dort machte sie als erstes ihre Runde zu den Pferden. Alle Köpfe fuhren hoch, als sie in den Stall kam. Eine Stute stieß ein leises Wiehern aus. Ginger wedelte kurz, machte kehrt und lief durch den Orangen- und Zitronengarten voraus.

Decker pflückte ein paar rosa Grapefruits für das Frühstück und steckte ein halbes Dutzend Mandarinen ein. Er beobachtete Ginger, die zwischen den Baumreihen hindurchjagte. Er setzte sich unter das Blätterdach eines Avocadobaums und lehnte den Rücken gegen den knorrigen Stamm. Er schälte eine Mandarine und warf die Schalen unter die Bäume. Seine natürliche Düngemethode.

Dann steckte er die halbe Mandarine in den Mund, genoß das saftig-süße Fruchtfleisch. Ginger kehrte zu ihm zurück und schnupperte an seinen Händen. Decker gab ihr ein Stück Mandarine, horchte auf die Geräusche der Nacht und war entspannt wie schon lange nicht mehr. Schließlich sank er gegen den Baumstamm zurück und schloß die Augen. Er wachte auf, weil Nora an seiner Schulter rüttelte und Ginger ihm das Gesicht leckte.

»Alles in Ordnung, Sergeant?«

»Ich bin schon wach! Ich bin schon wach.« Er stand auf. »Ich muß hier eingeschlafen sein. Es ist nicht zu fassen. Wieviel Uhr ist es?«

»Kurz nach zwei. Ich habe gehört, wie Rina aufgestanden ist und wollte nach ihr sehen. Sie waren nicht da...« Sie zog den Morgenmantel fester um sich. »Da habe ich mir Sorgen gemacht.«

»Mir geht's gut.« Decker reckte die verspannten Glieder. »Zeit für meinen Auftritt bei Frau und Tochter. Komm, Ginger! Die Zivilisation hat uns wieder.«

»Und wie geht's unserem nächtlichen Camper?« fragte Rina.

Decker frottierte sich das nasse Haar. Die Dusche hatte seine Lebensgeister wieder geweckt, anstatt ihn schläfrig zu machen. Er hängte das Handtuch auf und schlüpfte unter die Decke. »Ich wollte dich nicht wecken.«

»Peter, rücksichtsvoll zu sein heißt nicht, den gesunden Menschenverstand aufzugeben.« Rina nahm das Baby von der Brust und wischte ihm den Mund ab. »Du hast die letzten zwei Tage praktisch nicht geschlafen. Du brauchst deine Ruhe.«

»Wir brauchen sie beide, Honey.« Decker richtete sich auf und sah seine kleine Tochter an und streckte die Hand nach ihr aus.

»Ich habe so viel Ruhe, daß mir schon der Rücken weh tut vom Liegen.«

»Darf ich?«

»Sie muß Bäuerchen machen.«

»Ich mach das schon.« Er stand auf, legte sich eine Stoffwindel über die Schulter und nahm seine kleine Tochter auf den Arm. Sie schmiegte sich an ihn, ihr Körper so weich wie Daunenfedern. Kurz darauf rülpste Hannah laut und deutlich. Wie immer mußte Decker lachen, wenn das kleine Persönchen derartige Seemannslaute von sich gab.

»Wir sind fertig, Mommy«, grinste Decker.

Rina lächelte nur schwach. Decker setzte sich zu ihr aufs Bett und wiegte das Baby.

»Darling, bekommst du genug Ruhe?«

»Ehrlich gesagt, tu ich nichts anderes als ausruhen...«,

»Nicht, wenn man Nora Glauben schenkt.«

»Ach, *Nora*...«

»Ich dachte, du findest sie wunderbar.«

»Sie ist gut – zu gut. Wenn es nach ihr ginge, würde ich nichts anderes tun, als vor mich hinvegetieren.«

»Füttert Nora das Baby?«

»Peter...«

»Rina, du mußt dich schonen, wenn du wieder gesund werden willst.«

»Sieh mich an, Peter! Fett wie eine Kuh! Wie im fünften Monat... dabei habe ich gar keine Gebärmutter mehr! Ich will nicht ruhen und über mich nachdenken müssen, okay?«

Sie brach in Tränen aus. Das Baby begann augenblicklich ebenfalls zu weinen.

Hin und her gerissen zwischen Frau und Kind, entschied Decker, sich zuerst um Hannah zu kümmern. Er stand auf, nahm das Baby auf den Arm und ging mit ihm im Zimmer auf und ab, redete leise und zärtlich auf es ein und sah Rina dabei lächelnd an. Rina hörte auf zu weinen. Sie wischte sich die Tränen ab und starrte verloren zu ihm auf. Sie schien völlig erschöpft.

Decker küßte seine Tochter auf die Wange. Sie wurde schwerer und schwerer in seinen Armen. Er fühlte ihren Atem an seiner Hand und atmete den Duft ein, den nur Säuglinge verströmen.

»Ich glaube, sie schläft jetzt«, flüsterte Decker. »Ich bitte Nora, das Reisebett aufzustellen. Wenn du nicht schlafen willst, ist das deine Sache. Ich will schlafen. Bin gleich zurück.«

Rina nickte nachdenklich.

Decker seufzte und ging ins Wohnzimmer hinüber. »Nora, würden Sie bitte das Reisebett hier aufstellen?«

Die Säuglingsschwester sah ihn perplex an. »Wie haben Sie das denn geschafft?«

»Der unwiderstehliche Charme des Ehemannes.«

Nora lächelte. »Sie haben ja eine tolle Wirkung auf Frauen. Sogar Hannah fühlt sich bei ihrem Vater wohl.«

Nora nahm ihm das Baby ab, und Decker ging ins Schlafzimmer zurück. Rina hatte die Decke über den Kopf gezogen.

»Kann ich dich einen Moment sprechen«, fragte er.

»Rede!« kam es gedämpft unter der Decke hervor.

Decker ließ eine Hand über die verhüllten Kurven gleiten. »Erstens: Ich liebe dich. Zweitens: Ich finde, du hältst dich verdammt gut.«

»Lächerlich!«

»Rina.« Decker zog Rina die Decke vom Kopf. »Du hast einiges hinter dir. Es erstaunt mich, wie du damit fertig wirst. Du kümmerst dich um unser Baby, kümmerst dich um die Jungen ...«

»Ich bin vor ihnen eingeschlafen!«

»Honey, die sind glücklich, daß du da bist, mit ihnen redest. Sie wissen, was du durchgemacht hast. Du hältst dich großartig. Laß dir einfach mehr Zeit.«

Rina tauchte wieder unter die Decke ab und rollte sich zusammen wie ein Kind. »Ich fühle mich häßlich und nutzlos.« Sie nahm die Decke vom Gesicht. »Aber wenigstens produziere ich schöne Babys.«

»Weil du schön bist. Und du hast eine Familie, die dich braucht. Ich brauche dich! Okay?«

»Wer will schon eine Frau, die aussieht wie eine Kuh? Mit Fettpolstern, breiten Hüften und Brüsten wie Wassermelonen!«

»Was ist daran so verkehrt«, murmelte Decker.

Rina lachte und begann im nächsten Moment erneut zu weinen.

»Mein Gott, Rina, du hast erst vor ein paar Tagen ein Baby bekommen. Natürlich hast du Übergewicht. Aber für mich bist du noch immer sehr sexy!«

»Es genügt nicht, daß du mich sexy findest, Peter«, flüsterte Rina. »Ich will mich sexy fühlen! Wieder wie eine Frau fühlen. Wieder wie eine Frau aussehen. Nicht wie eine nutzlose Gebärmaschine. Deshalb hole ich Hannah immer zu mir. Da sehe ich wenigstens, wozu ich gut bin.« Sie lächelte unwillkürlich. »Sie ist jedes Fettpolster wert. Ich wünschte nur ...« Tränen traten in ihre Augen. »Nichts haben wir in der Hand, nicht wie wir aussehen, wie wir altern, wenn sie einem die Gebärmutter herausnehmen.«

Decker nahm seine Frau in die Arme. »Rina, ich liebe *dich* und nicht deine Gebärmutter. Und für mich bist du wunderschön. Und ich meine damit nicht nur die äußere Hülle, sondern auch das, was drin ist. Natürlich habe ich mich von deiner rein äußeren Schönheit angezogen gefühlt, keine Frage. Aber verliebt habe ich mich in deine innere Schönheit. Auf diese Weise bist du für mich auch noch schön, wenn du mal alt und runzlig bist.« Er hielt inne. »Denn wie alt du auch immer bist, ich bin dir zwölf Jahre voraus.«

Rina gab ihm einen Klaps auf die gesunde Schulter, in der keine Kugel steckte.

»In den letzten drei Jahren hast du wie meine Tochter ausgesehen. Wie wär's, wenn du mir mal eine Verschnaufpause gönnst und aussiehst wie meine zweite und jüngere, sehr viel jüngere Frau?«

Rina war eine Weile still.

»Wir sollten jetzt schlafen!« sagte sie schließlich.

»Soll das heißen, daß du dich jetzt nicht wild und leidenschaftlich von mir lieben lassen willst?«

Rina lachte, schüttelte den Kopf und küßte ihn. »Ich liebe dich. Danke, daß du mit mir geredet hast.«

»War mir ein Vergnügen, Honey.«

Rina ließ sich in die Kissen fallen. »Ich bin tot. Gute Nacht.«

»Gute Nacht.« Decker zog sein Kissen unter den Kopf. Es war um Lichtjahre bequemer als der Stamm eines Avokadobaumes.

25

Decker verschlief die Stillzeit seiner Tochter um sechs Uhr morgens. Um halb acht jedoch hatte er geduscht, sich rasiert, angezogen und fühlte sich fast wieder wie ein Mensch. Rina war erneut eingeschlafen. Decker nahm seinen *Tallit* und den *Tefillin* aus dem Schlafzimmer, um sein Morgengebet im Wohnzimmer zu verrichten. Während er vor Hannahs Bettchen stand und das schlafende Baby betrachtete, wußte er, daß er allen Grund hatte, dankbar zu sein, und er fand, daß Gott das wissen sollte. Er hatte gerade die Gebetsriemen um die Kapseln mit den Toratexten gewickelt, als Hannah unruhig zu werden begann. Mit roten Backen, einen unwilligen Ausdruck im kleinen Gesicht, ließ sie einen unwirschen Schrei los. Decker nahm seinen Gebetsschal ab und steckte ihn in das Samtsäckchen; dann hob er seine Tochter hoch.

»Na, was gibt's?«

Hannah wandte den Kopf in die Richtung, aus der die Stimme kam. Langsam schlug sie die Augen auf.

»Guten Morgen«, sagte er leise.

Das Baby starrte ihn stumm aus schläfrigen Augen an. Decker fühlte etwas an seinem Arm; ein feuchter, dunkler Fleck zeichnete sich auf seinem Jackettärmel ab. »Ich schlag dir einen Deal vor, Hannah Rosie. Ich wechsle dir die Windel, und du verzichtest auf weitere Überraschungen, okay?«

Decker legte sie sanft wieder in ihr Bettchen und wechselte die durchweichte Windel. »Besser?« fragte er schließlich.

In diesem Moment kam Nora herein. Sie streckte die Hände nach Hannah aus. »Gehen Sie frühstücken, Sergeant. Den Rest übernehme ich.«

»Sind die Jungen gut zur Schule weggekommen?«

»Natürlich. Ihre große Tochter hat ihnen Frühstück gemacht und ist mit ihnen vor einer halben Stunde losgefahren. Auf dem Tisch stehen Cornflakes. Milch ist im Kühlschrank.«

»Danke.«

Die Haustür ging auf, und Cindy schwebte herein. Sie umarmte ihren Vater, und gemeinsam gingen sie in die Küche. Decker halbierte eine der Grapefruits, die er in der Nacht gepflückt hatte. »Du scheinst gut gelaunt zu sein heute morgen, Cindy.«

»Ich habe gut und lange geschlafen.« Cindy schenkte sich ein Glas Wasser ein. »Wenn ich ausgeschlafen habe, bin ich unwiderstehlich.«

»Wie ist es um dein Gedächtnis bestellt, Superfrau?«

»Hm, mal sehen. Stell mich auf die Probe.«

»Als du auf der Säuglingsstation warst, Cindy. Sind dir da in der Umgebung von Marie Bellson irgendwelche Farbigen aufgefallen?« fragte Decker.

»Farbige?«

»Oder vielleicht *eine* Farbige. Muß nicht unbedingt eine Schwester gewesen sein. Könnte auch eine Ärztin, Putzfrau oder Verwaltungsangestellte gewesen sein. Vielleicht auch eine Pharmavertreterin. Sie muß nur groß und kräftig gewesen sein.«

»Warum?«

»Das sage ich dir, sobald du meine Frage beantwortet hast. Denk nach, Cindy! Gründlich.«

»Vielleicht bin ich nicht die Richtige für diese Frage. Ich habe Marie gemieden, so gut es ging.«

Decker aß seine Grapefruit. »Also, dann machen wir's kurz. Hast du auf der Station irgendeine Farbige gesehen?«

Cindy überlegte. »Ja, natürlich«, sagte sie plötzlich. »Lily. Sie gehörte zum Team auf der Station.«

Decker sah auf. »Wer ist Lily?«

»Eine der Säuglingsschwestern.«

»Wie bitte?«

»Was ist denn los, Daddy?«

»Diese Lily ist eine Farbige?«

»Als ich sie das letzte Mal gesehen habe, war sie's noch.«

»Das ist nicht witzig. Kennst du ihren Nachnamen?«

»Nein, aber Darlene. Ich glaube, Lily war einer ihrer Schützlinge.«

»Warum, zum Teufel, erinnere ich mich nicht an den Namen?« Decker eilte aus der Küche und öffnete seinen Aktenkoffer. Hastig ging er seine Notizen durch. Cindy folgte ihm.

»Was suchst du denn, Daddy?«

»Sekunde.«

Decker setzte sich. »Eine Lily steht nicht auf meiner Schwesternliste der Station. Nur eine Christine Sims.«

»Christine? Das ist keine Farbige.«

»Das weiß ich auch. Erinnerst du dich, Christine in der Nacht gesehen zu haben, als Caitlin Rodriguez entführt wurde?«

»Ja, bestimmt sogar«, antwortete Cindy nachdenklich.

»Und was ist mit dieser Lily?«

Cindy überlegte erneut. »Ich kann mich nicht erinnern, ob ich ihr in der Nacht der Entführung oder am Abend zuvor begegnet bin. Aber Darlene muß wissen, ob sie Dienst hatte.«

»In meinen Notizen steht nichts davon. Und ich habe Darlene eingehend über die Leute befragt, die ihr unterstehen.«

»Dann hatte Lily in jener Nacht keinen Dienst. Diese Zeit im Krankenhaus... ich hatte jedes Zeitgefühl verloren.«

»Aber selbst wenn Lily keinen Dienst hatte, hätte sie in der Säuglingsstation J auftauchen können, ohne daß du dir dabei was gedacht hättest.«

»Natürlich. Aber warum hätte sie dort sein sollen, wenn sie keinen Dienst hatte? Es sei denn, sie hatte etwas mit der Entführung zu tun.«

Decker antwortete nicht.

»Daddy, warum interessierst du dich so für diese große farbige Frau?«

Decker fuhr sich mit der Hand über die Stirn. »Die Leiche im Honda war nicht Marie, Schätzchen. Sie war eine große, füllige Frau, vermutlich schwarzer Hautfarbe. War Lily groß und füllig?«

Cindy nickte ernst. Dann kamen ihr die Tränen. Decker fühlte sich hilflos. Er hätte seine Fragen geschickter stellen müssen. Cindy war nicht alles zuzumuten. Er hatte den Bogen überspannt.

»Sie schien sehr nett zu sein«, murmelte Cindy. »Lily, meine ich. Sie war jung. Kaum älter als ich.«

»Wir haben die Tote noch nicht identifiziert, Prinzessin. Diese Lily ist vermutlich gesund und munter. Ich sollte dich nicht mit diesem Zeug konfrontieren.«

»Nein, nur...« Cindy mußte sich sichtlich überwinden. »Glaubst du, Marie Bellson hat Lily umgebracht?«

»Keine Spekulationen, solange die Tote nicht identifiziert ist. Im Augenblick beschäftigt mich eher Darlene. Hat sie nur einen Fehler gemacht, oder hat sie mich absichtlich in die Irre geführt?«

»Vielleicht hatte Lily wirklich keinen Dienst, Daddy.«

»Möglich.« Decker kehrte in die Küche zurück. Der Appetit war ihm vergangen. Trotzdem mußte er etwas essen, wenn er effektiv arbeiten wollte. Er stellte Kaffeewasser auf, machte sich ein paar Rühreier und zwang sich zu frühstücken. Je genauer er seine Notizen durchlas, desto unverständlicher war es ihm, daß diese Lily ihm völlig entgangen sein sollte. Zehn Minuten später kam Cindy mit Hannah auf dem Arm herein.

»Alles in Ordnung, Cindy?«

»Bestens.«

»Ich mach mich jetzt auf die Socken.« Decker stand auf. »Ich muß ins Krankenhaus und mit Darlene reden, falls sie da ist. Gibt noch 'ne Menge Details zu klären, wenn wir in diesem Fall endlich weiterkommen wollen.«

»Hast du eigentlich die Kassette gefunden, zu der der Schlüssel aus Marie Bellsons Wohnung paßt?« wollte Cindy wissen.

Decker schüttelte den Kopf. »Noch nicht.«

»Wie war es denn mit Tandy Roberts gestern?«

»Warum interessierst du dich für sie?« wollte Decker wissen.

»Weil sie Maries Freundin war. Ich verstehe nicht, wie man mit Marie befreundet sein kann.«

»Paula war mit Marie befreundet.«

»Ist es dieselbe Geschichte wie mit Paula? War Tandy Lernschwester bei Marie?«

Decker antwortete nicht. Als Cindy seufzte, sagte er: »Cindy, ich weiß, du bist ein selbständiger Mensch. Aber ich sehe schon, daß du meine Art, mit den Dingen umzugehen, geerbt hast. Es ist schon schlimm genug, wenn ich mich mit Haut und Haaren von meinen Ermittlungen auffressen lasse. Da muß nicht auch noch ein Familienmitglied in meine Fußstapfen treten. Besonders nicht, wenn du nicht mal dafür bezahlt wirst.«

»Dann tust du's nur fürs Geld, Daddy?«

»Bringt das Brot auf den Tisch.«

»Du machst es, weil du's gern tust. Sei ehrlich. Wenn's dir nur ums Geld ginge, wärst du jetzt der Seniorpartner in Großvaters Kanzlei.«

»Ja, ich liebe meine Arbeit. Richtig. Aber ich bin dafür ausgebildet, und du nicht. Cindy, jemand hat eine Tote und Maries Honda mit Benzin übergossen und in eine dreihundert Meter tiefe Schlucht gestürzt.« Decker riß plötzlich der Geduldsfaden. »Wir haben es mit verzweifelten Leuten zu tun. Also hör auf, mit mir zu diskutieren. Ich will nicht, daß du weiter in die Sache hineingezogen wirst. Basta.«

»Sag mir wenigstens, ob Tandy eine Krankenschwester ist«, beharrte Cindy. »Das ist meine letzte Frage.«

Decker biß sich auf die Unterlippe. »Ja, Tandy könnte Krankenschwester sein.«

»Und was hält Marge von Tandy?« wollte Cindy wissen.

»Du hast versprochen, mit der Fragerei aufzuhören. Also vergiß die ganze Sache. Überlaß das der Polizei.« Er gab ihr einen Kuß auf die Wange. »Ich verabschiede mich jetzt von Rina. Und keine Diskussionen mehr! Du gehst nicht auf die Polizeiakademie, okay?«

»Ich hatte nicht vor, das College zu verlassen, Daddy.«

»Wie schön, daß wenigstens einer von uns einen klaren Kopf behält. Bye!«

»Bye.« Cindy lehnte sich im Stuhl zurück und wartete, daß ihr Vater das Haus verließ. Sie hatte den Blick in seinen Augen gesehen. Er war besorgt. Und sie wußte, weshalb. Ihre Fragen hatten einen wunden Punkt getroffen. Tandy hatte etwas mit der Sache zu tun. Und wenn sie schon keine Informationen von ihrem Vater bekam, würde sie sich diese selbst beschaffen.

Das Sicherheitsnetz des Krankenhauses funktionierte noch reibungslos, aber die Atmosphäre hatte sich sichtlich entspannt. In wenigen Monaten, so prophezeite Decker, würde der alte Schlendrian im Sun-Valley-Pres wieder Eingang gefunden haben. Die Büros der Verwaltung öffneten erst um neun Uhr. Damit blieb Decker eine Dreiviertelstunde Zeit, um Darlene Jamison zum Dienstplan für die Nacht der Entführung von Caitlin Rodriguez zu befragen.

Nachdem er alle Sicherheitsposten passiert hatte, konnte

er endlich die Säuglingsstation J durch die breite Glastür betreten. Eine blonde Schwester drehte sich um. Sie war jung, schlank, hatte ein rundes Gesicht und große, blaue Augen. Allein Erschöpfung und Anspannung entstellten ihre Züge. Auf ihrem Namensschild stand »C. Simms«. Decker zückte seine Dienstmarke.

»Kann ich Sie einen Moment sprechen, Christine?«

Christine lächelte müde. »Setzen Sie sich. Ich muß zu den Neugeborenen. Das kann nicht warten, Sergeant. Aber ich komme so schnell wie möglich zurück.«

»Hat Darlene Jamison heute morgen Dienst?«

Christine verzog schmerzlich das Gesicht. »Darlene ist vorläufig vom Dienst suspendiert. Es war wohl unvermeidlich. Trotzdem tut sie mir leid.« Sie sah zu Boden. »Susan Altman ist jetzt hinten bei den Babys. Falls Sie was brauchen, rufen Sie sie über ihren Pieper an. Aber bleiben Sie bitte vor der gelben Linie.«

»Ist Darlene zu Hause?« rief Decker ihr nach.

»Vermutlich«, antwortete Christine.

»Haben Sie zufällig ihre Telefonnummer?«

Die Tür fiel hinter Christine zu. Sie antwortete nicht. Decker öffnete seinen Aktenkoffer und nahm seine Protokolle heraus. Er fand Darlenes Telefonnummer und wählte am nächsten öffentlichen Apparat. Nach zweimaligem Rufzeichen schaltete sich Darlenes Anrufbeantworter ein. Decker hinterließ langsam und bedächtig seine Nachricht, um Darlene Zeit zu geben, sich jederzeit einzuschalten.

Sie tat es nicht. Entweder war sie nicht zu Hause, oder sie mied jeden Kontakt mit ihm.

Decker steckte die Hände in die Taschen. Sein Blick fiel auf die Tür zum Stationszimmer. Zu seiner Überraschung war sie offen. Er ging hinein. Die gläserne Kabine enthielt drei identische, typische Behördenschreibtische. Sie waren klobig und häßlich. An zwei Tischen waren Namensschilder angebracht, *Marie Bellson, staatl. gepr. Krankenschwester* und *Darlene Jamison, staatl. gepr. Krankenschwester*. Decker starrte so intensiv auf die Namenszüge, daß diese sich vor seinen Augen bewegten wie flimmernde Hitze in der Wüste. Wie viele Opfer gab es in diesem Fall wirklich?

Maries Schreibtisch war noch in der Nacht der Entführung gründlich durchsucht worden. Deckers Protokoll enthielt eine Liste mit dem Inhalt. Darin war nichts Besonderes zu erkennen. Da Darlene jedoch nicht zum unmittelbaren Kreis der Verdächtigen gehörte, war ihr Schreibtisch unangetastet geblieben. Decker blätterte die Patientenkarten durch, die obenauf lagen, und begann sie zu sortieren. Nach einem hastigen Blick über die Schulter öffnete er die Schubladen. Er suchte so private Dinge wie einen Tischkalender, eine Rolodex-Kartei oder Briefe, irgend etwas Aussagekräftiges. Aber wie schon bei Maries Schreibtisch dienten auch Darlenes Schubladen lediglich als Aufbewahrungsorte für Patientenakten und medizinische Schriften. Auf den ersten Blick fiel ihm nichts Ungewöhnliches auf.

»Detective, was haben Sie da zu suchen? Das ist privat!«

Decker drehte sich um, sah Christine lächelnd an und machte die Schublade zu. »Ich wollte mir nur die Zeit vertreiben.«

»Wie kann ich Ihnen helfen?« Christine setzte sich. »Oder besser, wie kann ich dem Baby helfen? Wir fühlen uns alle verantwortlich. Immer wieder gehe ich die Ereignisse dieser schrecklichen Nacht durch, frage mich, was ich hätte anders machen können.«

»Und? Ist Ihnen was eingefallen?«

»Vielleicht hätte ich öfter mal wieder reinschauen sollen. Wir sind dramatisch unterbesetzt.«

»Wer alles hatte Dienst auf der Säuglingsstation J, Christine?«

Christine sah ihn an. »Tut mir leid. Meine Erinnerung ist da ziemlich diffus. Sehen Sie lieber auf unserem Dienstplan nach.«

»Das habe ich schon.«

»Warum fragen Sie mich dann?«

»Um festzustellen, ob Ihre Aussage mit dem Dienstplan übereinstimmt«, antwortete Decker. »Tut mir leid, aber es ist wichtig.«

»Verstehe. Also, wer hatte offiziell Dienst? Ich glaube, nur Marie, Darlene und ich. Ich war tatsächlich für drei Säuglingsstationen eingetragen und bin ständig hin und her gependelt. Budgetkürzungen, sagte man uns ...«

Sie verstummte.

»Was ist mit Lily?« fragte Decker.

»Lily Booker?«

»Ist sie nicht eine von Darlenes Lernschwestern?«

»Doch, das ist sie. Aber ich glaube nicht, daß Lily Dienst hatte.« Christine überlegte. »Nageln Sie mich nicht fest, aber sie könnte ganz kurzfristig vom Plan gestrichen worden sein. Noch ein Grund, warum wir so knapp mit Personal waren.«

Decker betrachtete seine Fingernägel. »Helfen Sie mir auf die Sprünge, Chris. Wird der Dienstplan nicht mit Tinte geschrieben?«

»Der offizielle Plan wird auf Papier ausgedruckt. Wir übertragen ihn auf die Plastiktafel, die an der Wand vor der Säuglingsstation hängt. Dazu benutzen wir einen Fettstift, der weggewischt werden kann. Die Pläne ändern sich nämlich ständig. Wäre sonst ein Heidenchaos.«

»Wenn Sie meinen, Lily sei kurzfristig ›gestrichen‹ worden, dann heißt das also, daß Sie Lily Bookers Namen ursprünglich auf der Wandtafel gesehen haben, er später jedoch entfernt wurde?«

»Ja, könnte sein. Warum fragen Sie?«

»Wann hat Lily wieder Dienst?«

»Keine Ahnung.« Christine zuckte die Achseln. »Heute steht sie nicht auf dem Plan. Was sollen diese Fragen über Lily? Hat sie was damit zu tun?«

»Haben Sie ihre Telefonnummer?«

»Nein. Aber sie müßte in unserer Liste stehen.«

»Obwohl sie nur Lernschwester ist?«

»Ja, stimmt. Sie ist noch zu neu. Aber Darlene müßte sie haben. Ich hole Ihnen Darlenes Nummer.«

»Ich hab gerade bei ihr angerufen. Sie ist entweder nicht zu Hause, oder sie geht nicht ans Telefon, jedenfalls nicht, wenn sie meine Stimme hört. Sie ist vielleicht böse auf mich.«

»Ich denke eher, sie hat Angst.«

»Kann sein. Tun Sie mir einen Gefallen? Rufen Sie sie an? Vielleicht hebt sie ab, wenn sie Ihre Stimme auf dem Anrufbeantworter hört.«

Decker sollte recht behalten. Zwei Minuten später reichte Christine ihm den Telefonhörer. »Sie ist da. Sonst noch was?«

»Sie waren eine große Hilfe, Chris.«

»Ich gehe wieder an die Arbeit.«

Decker nickte ihr zu und sagte in den Hörer: »Darlene, ich muß Ihnen ein paar Fragen stellen. Hatte Lily Booker in der Nacht Dienst, als Caitlin Rodriguez entführt wurde?«

Am anderen Ende blieb es lange still. »Was hat Lily damit zu tun?«

Darlene klang verängstigt. »Bitte, beantworten Sie meine Frage!« drängte Decker.

Darlene zögerte erneut. »Sie hatte sich krank gemeldet.«

»Im letzten Augenblick?«

»Ja, auf den letzten Drücker. Woher wissen Sie das? Haben Sie mit Lily gesprochen?«

»Nein, habe ich nicht. Sie?«

»Nein.« Und hastig fügte Darlene hinzu: »Allerdings habe ich kaum mit jemandem gesprochen, seit ich vom Dienst suspendiert wurde.«

»Darlene, haben Sie Lilys Anruf entgegengenommen? Mit dem sie sich krank gemeldet hat, meine ich?«

»Nein, Detective.« Erneutes Zögern. »Das war Marie.«

»Marie?«

Wieder eine lange Pause. »Ja.«

»Darlene, das klingt alles sehr merkwürdig. Sollten wir uns nicht mal länger unterhalten?«

Darlene begann zu weinen. »Ja, Sergeant.«

26

Zuerst verstummte die tiefe Stimme.

Das war gut so. Nur war die tiefe Stimme nicht die wirklich schlimme.

Es war die hohe Stimme, die das meiste Unheil anrichtete.

Man konnte ihr schwer zuhören. Sie war so verdammt selbstsicher, wenn sie ruhig war, und so schrecklich schrill in ihrer Aufgeregtheit.

Aber selbst die schrille Stimme verhallte, war nur noch ein gelegentliches Piepen, aber sie konnte sie abschalten.

Schalte sie aus!

Normalität kehrt wieder ein.

Sie konnte sie abschalten, weil sie die Kontrolle hatte.

Kontrolle.

Besser als Drogen.

Besser als Essen.

Kontrolle.

Sie hatte die Kontrolle.

»Wo bist du?« fragte Decker. »Rufst du mich übers Handy an?«

»Autotelefon. Ich sitze vor Tandy Roberts' Wohnung in Marcs Wagen. Ich gebe dir die Nummer.«

»Sekunde.« Decker legte das Mikro in den Schoß, griff auf den Rücksitz des Funkwagens und fischte Notizblock und Stift aus seiner Aktentasche. »Schieß los.« Decker notierte. »Was macht Tandy jetzt?«

»Ich bin vor einer halben Stunde bei ihr gewesen. Hab die Columbo-Nummer abgezogen. Du weißt schon..., Oh, nur noch eine Frage, Ma'am'. Ich habe nach dem Baby Ausschau gehalten. Und es natürlich nicht gefunden.«

»Was Verdächtiges?«

»Nichts. Kein Laufstall im Wohnzimmer.«

»Konntest du die anderen Räume sehen?«

»Nur oberflächlich. Nichts Ungewöhnliches.«

»Und wie lautete die ›nur noch eine Frage‹, die du ihr gestellt hast?«

»Ob sie sich erinnern könne, wo sie mit Marie gezeltet habe.«

»Und? Konnte sie sich erinnern?«

»Mit erstaunlicher Genauigkeit. Also, ich bin keine Expertin im Campen. Für mich sieht da draußen alles gleich aus. Aber Tandy hat mir Flora und Fauna detailliert beschrieben. Du hast recht, Pete. *Sie* ist die Camperin. *Sie* weiß alles über die Gegend vom Angeles Crest.«

»Dann können wir davon ausgehen, daß sie weiß, wo man am besten einen Wagen in eine Schlucht stürzt.«

»Ganz meiner Meinung«, sagte Marge. »Mann, wie gern würde ich prüfen, ob's in ihrem Kofferraum nach Benzin stinkt. Sicher hat sie den Wagen gründlich reinigen lassen. Aber die meisten vergessen den Kofferraum.«

»Dürfte schwierig sein, einen Richter auf dieser Grundlage zu überzeugen, einen Durchsuchungsbefehl auszustellen.« Decker dachte nach. »Aber ich rufe Mike an. Er soll mal ihre Finanzen überprüfen. Interessiert mich, welches Plastikgeld sie so hat. Vielleicht taucht ja in der Abrechnung einer ihrer Karten kürzlich eine größere Benzinrechnung auf. Hast du zufällig das Tujuna Memorial angerufen? Hat Tandy in der Nacht der Entführung dort gearbeitet?«

»Die Büros sind noch geschlossen. Ich rufe in circa zehn Minuten noch mal an. So ein Autotelefon hat seine Vorzüge. Du glaubst also, daß unsere Leiche Lily Booker ist?«

»Das ist leider eine denkbare Möglichkeit. Ich komme gerade von Lilys Wohnung. Darlene Jamison hat mir die Adresse gegeben. Niemand zu Hause. Der Hausmeister hat mir geöffnet. Post auf dem Fußboden, alte Nachrichten auf dem Anrufbeantworter, welker Salat im Kühlschrank. Die Luft in der Wohnung roch abgestanden. Sieht nicht gut aus.«

Marge schwieg.

»Sie war verdammt jung«, fuhr Decker fort. »Zweiundzwanzig. Hatte noch nicht mal einen Wagen. Im Wohnzimmer stand ein Fahrrad. Zum Dienst ist sie mit dem Bus gefahren. Sieht so aus, als müßte ich ihren Eltern einen traurigen Besuch abstatten und sie um die Zahnarztunterlagen ihrer Tochter bitten. Wenn ich was an unserem Job hasse, dann das.«

»Hast du zufällig mit Lourdes gesprochen, als du im Krankenhaus gewesen bist?«

»Sie und Matty sind fort. Als ich am Empfang nach einer Adresse gefragt habe, wurde ich an einen Anwalt verwiesen. Sieht so aus, als hätten sie meinen Rat befolgt.«

»Armes Mädchen... arme Mädchen«, verbesserte Marge sich. »Ich meine, Lourdes und das Baby.«

»Ich darf gar nicht daran denken«, seufzte Decker. »Ich fahre jetzt zu Darlene Jamison. In einer Stunde melde ich mich wieder. Ach, und noch was, Detective Dunn. Wer ist eigentlich Marc?«

Es ist eine Sache, sich auf unbekanntem Terrain zu bewegen, aber eine ganz andere, sich auf Feindesland zu wagen. Cindy trug Radlerhosen, ein grünes Gymnastikshirt und Turnschuhe. Leider füllte sie diese Kleidung nicht in dem Maß aus, wie die anderen im Sportstudio. Sie warf einen flüchtigen Blick in einen Wandspiegel mit Sprung. Abgesehen davon, daß sie mit heller, sommersprossiger Haut geschlagen war, hatten ihre Arme und Beine absolut keine prägnanten Formen aufzuweisen.

Es war erst neun Uhr morgens. Trotzdem war der Schweißgeruch in dem heißen Bodybuilding-Studio beißend. Ungefähr die Hälfte der Trainingsgeräte war besetzt. Die restlichen übten eine beängstigende Anziehungskraft auf sie aus. Sie wußte nicht recht, wohin mit ihrer Sporttasche, wußte nicht, was sie mit den Geräten anfangen sollte. Bis jetzt hatte ihr kaum jemand einen Blick, geschweige denn ein Lächeln geschenkt. Augenblicke wie diese führten ihr vor Augen, wie ausgesprochen dämlich ihre Ideen gelegentlich sein konnten.

Sie fand eine leere Bank, stellte ihre Tasche ab und setzte sich. Um sich nicht lächerlich zu machen, beschloß sie, sich den Anschein von Souveränität zu geben und den anderen zuzuschauen.

Was sie sah, war allerdings eher entmutigend. Die Kerle schienen ganze Lastwagen stemmen zu können. Während sie auf die stöhnenden und ächzenden Muskelberge starrte, hatte sie den Eindruck, dreidimensionale Bilder aus dem Anatomiebuch zu betrachten. Interessant, aber alles andere als sexy. Es herrschte eine geradezu unwirkliche Atmosphäre. Die Männer sahen alle aus wie aus einem Science-fiction-Film. Trotzdem war es faszinierend zuzusehen, wie der menschliche Körper bis an seine Grenzen belastet wurde. Es war wie ein seltsames, wissenschaftliches Experiment. Sie war so fasziniert von den Bewegungen, daß sie den Berg von einem Körper, der sich vor ihr aufgebaut hatte, erst bemerkte, als dieser sich räusperte.

»Suchen Sie jemanden?«

Cindy sprang auf. »Nein, eigentlich nicht. Ich dachte...« Sie sah hoch. »Ist vielleicht Zeit, daß ich was aus mir mache.«

Seine Augen schweiften langsam über ihren Körper. Er nickte. Die Katastrophe wurde akzeptiert. Sie fühlte sich elend.

»Ich weiß nicht, wie ich das anstellen soll«, sagte Cindy.

»Sieht man.«

»Danke.«

Er streckte ihr eine Hand hin. »Eric.«

Sie ergriff die Hand. »Cindy.«

»Also, was führt dich her, Cindy?« fragte Eric. »Warum gehst du nicht in einen Fitneßclub?«

»Ich möchte was aus meinem Körper machen. Ich suche keinen Mann.« Sie lächelte. »Nimm's nicht persönlich.«

Eric lächelte. Seine Zähne waren von einem geradezu unnatürlichen Weiß. »Keine Sorge. Du hast die richtige Einstellung. Bei uns kommt es auf die Einstellung an. Der Rest ist harte Arbeit.«

»Habe ich gehört.«

»Von wem?«

Cindy überlegte fieberhaft. »Von Freunden.«

»Welchen Freunden?«

»Du kennst sie nicht. Sie leben in New York.«

»Du bist aus New York.«

»Nein, ich gehe dort aufs College. Columbia.«

»Columbia, oho! Coole Sache. So nach dem Motto, gesunder Geist, gesunder Körper, was?«

Cindy lachte. »Also, wie fange ich an?«

»Worauf kommt's dir an?«

Cindy zögerte. »Zuerst auf die Arme, schätze ich.«

»Du schätzt?«

»Auf den ganzen Oberkörper, vielleicht.«

»Vielleicht?«

»Also, ich weiß es nicht.«

»Du solltest dir schon im klaren sein, was du willst. Sonst wird das nichts.«

Cindy biß sich auf die Unterlippe. »Sind auch Mädchen hier?«

»Warum? Bist du eine Lesbe?«

»Nein, ich bin keine Lesbe. Und selbst wenn, ging's dich nichts an.«

Eric lächelte. »He, jetzt wirst du gut.«

Cindy starrte ihn an. »Gut? Wobei?«

»Du wirst bissig. Und man muß Biß haben, sonst wird das nichts.«

»Ich muß Biß haben?«

»Richtig.«

»Wieviel Biß.«

»Soviel du mobilisieren kannst. Du mußt in den Gewichten Feinde sehen, die du besiegen und beherrschen willst. Ohne diese Einstellung hält man das nicht durch. Glaube mir, ich habe viele Mädels hier kommen und gehen sehen. Die Mädchen, die jedesmal hysterisch werden, wenn sie sich einen Nagel abbrechen, können wir hier nicht brauchen. Ist mir gleich bei dir aufgefallen. Du hast kurze Fingernägel. Sagt 'ne Menge über eine Person aus.«

Cindy sah verstohlen auf ihre Hände. Sie hatte versucht, ihre Nägel wachsen zu lassen, sie zu lackieren. Es war ihr zuviel Arbeit gewesen. »Sind Sie hier Lehrer?«

»Zweimal die Woche.«

»Was kostet der Beitritt?«

»Fünfzig pro Monat für die Geräte. Aber der Boß läßt Neulinge einen Monat umsonst trainieren. Wenn du's einen Monat durchhältst, dann bleibst du.«

»Sind überhaupt Frauen hier?« wollte Cindy wissen.

»Wir haben ein paar ernsthaft arbeitende Mädels, ja.«

»Nimm's mir nicht übel, aber ich würde mich in der Gesellschaft von Frauen wohler fühlen.«

»Hier macht dich keiner an, Cindy. Wir sind alle Freunde. Freunde bei der Arbeit. Mehr nicht. Garantiert.«

Cindy zögerte.

»Was ist? Willst du beim Anfang Hilfe? Die erste Stunde ist umsonst.«

»Jetzt sofort?«

»Hier und jetzt.«

Cindy schluckte. »Klar.«

»Zuerst muß ich bei dir Maß nehmen«, verkündete Eric.

»Warum?«

»Wie willst du wissen, ob du dich verbesserst, wenn du keine Ausgangswerte hast?«

»Stimmt.«

Eric zog ein Maßband heraus und legte es an ihrem Rücken an. »Heb die Arme hoch.«

Cindy gehorchte.

Eric legte die Arme von hinten um sie und umfaßte ihre Brüste mit den Händen. Cindy wirbelte herum und trat einen Schritt zurück. »Was, zum Teufel, soll das denn?«

Er starrte sie wütend an. »Ich wollte messen, wie...«

»Du betatschst mich!«

»Ich habe getastet, aber ich habe nicht...«

»Laß den Scheiß!«

»He!« Eric packte ihre rechte Hand. »Das sind Muskeln, Cindy. Das ist alles. Nur Fett und Muskeln.« Er legte ihre Finger um seinen Arm. »Muskeln!« Um sein Bein. »Muskeln.« Über seine Lenden. »Muskeln. Daraus besteht der Mensch. Knochen, Muskeln und Fett. Das Ziel ist, mehr Muskeln zu haben als Fett. Ich kann verdammt nichts über deine Brust sagen, wenn ich nicht deine Titten fühlen und prüfen kann, in welchem Zustand das Muskelgewebe ist. Nach der kurzen Berührung zu schließen, scheinst du unter dem ganzen Brustfett einen guten Muskelansatz zu haben.«

Er ließ ihre Hand los. Cindy starrte ihn an, sagte jedoch nichts.

»Vermutlich hätte ich vorher mit dir reden müssen. Ich bin Leute gewöhnt, die die Prozedur kennen. Wollen wir's noch mal versuchen?«

»Es wäre mir wohler, wenn das von einer Frau gemacht wird.«

»Gewöhn dich an uns Kerle, Cindy. Gut achtundneunzig Prozent unserer Kunden sind Männer. Und zu deiner Information: Ein Drittel davon ist schwul. Ist denen scheißegal, was du zwischen den Beinen hast. Für einen richtigen Bodybuilder zählen nur die Muskeln.«

»Bist du schwul?« fragte Cindy.

»Nein«, antwortete Eric. »Wenn ja, würdest du dich besser fühlen?«

»Nicht wirklich.«

»Denk nicht darüber nach. Heb einfach die Arme hoch.«

Cindy fragte sich, ob Marge je in einer ähnlichen Situation gewesen war. Von all den idiotischen Aktionen, die ihr je eingefallen waren, war das die dümmste. Sie hob die Arme hoch.

Erneut schlang Eric seine massigen Arme um ihren Oberkörper. Jeder Arm mußte mindestens fünfundzwanzig Kilo wiegen. Wieder fühlte sie seine Hände an ihrer Brust und zuckte unwillkürlich zusammen.

»Ganz ruhig bleiben«, sagte Eric. »Das machst du gut.«

Schon nach wenigen Sekunden war Cindy klar, daß Eric die Wahrheit sagte. Er tastete über ihre Brüste, aber die Berührung war alles andere als erotisch.

»Siehst du, genau hier«, stellte Eric fest, »da endet das Fett und der Brustmuskel beginnt. Hast du je Kraftsport betrieben, Cindy?«

»Nein.«

»Du hast gute Anlagen.« Er ließ sie los und legte das Maßband über ihren Brustkorb. Zwanzig Minuten später hatte er sie sozusagen vermessen. »Gute Anlagen«, wiederholte er. »Würde dich gern den ersten Monat persönlich trainieren. Sollen wir Termine vereinbaren?«

»Kann ich dich anrufen?«

Eric sah sie geringschätzig an. »Willst du, oder willst du nicht?«

»Woher soll ich das wissen?« Cindy stemmte die Hände in die Hüften und sah zum Eingang hinüber. In diesem Moment kam eine Frau durch die Tür. Sie sah phantastisch aus, makellose Haut, glänzendes schwarzes Haar und dunkle Augen, die wie Obsidian glitzerten. Sie trug einen schwarzen Spitzenbody und füllte ihn an den richtigen Stellen. Cindy wandte sich an Eric. »Kannst du das aus mir machen?«

Eric lachte gurrend. »Tandy ist wirklich ein Beispiel, wie perfekt Bodybuilding funktionieren kann.«

»Tandy?«

»So heißt sie. Als sie zum erstenmal durch diese Tür kam, wog sie über hundertzwanzig Kilo.«

Cindys Augen wurden groß. »Wie bitte?«

»Ich lüge nicht. Ich stelle dich vor.«

Cindy beobachtete, wie Eric zu Tandy watschelte. Er legte den Arm um ihre Schultern und führte sie zu Cindy. »He, Roberts, ich will dir das neue Küken im Stall vorstellen.«

Cindys Herz schlug schneller. Das war der Grund, weshalb sie hier war, und jetzt stand sie Tandy Auge in Auge gegenüber und wußte nicht, was sie tun sollte. Sie schaute Eric an, als könne er ihr die Antwort geben. Aber er grinste nur dämlich. Tandy legte ihm die Hand auf die Schulter. Sie hatte lange, schöne Finger, aber ihre Nägel waren kurz geschnitten. Sie knetete seine Muskeln. Dann hielt sie Cindy die Hand hin.

»Tandy Roberts.«

»Cindy.« Die Antwort fiel etwas kurz aus, da sie ihren Nachnamen verschwieg. Konnte ja sein, daß Marge Tandy Dads Visitenkarte gegeben hatte. Sie fühlte, wie sie rot wurde.

»Du hast ganz feuchte Hände«, bemerkte Tandy.

»Ich bin nervös.

Tandy lachte. »Warum?«

»Keine Ahnung. Bist du in einer fremden Umgebung nicht nervös?«

»Früher mal...« Tandys dunkle Augen musterten Cindy eingehend. »Aber das ist vorbei.«

»Toll, wenn man soviel Selbstbewußtsein hat.«

»Verdanke ich nur dem Bodybuilding. Es hat mich gelehrt, mein Leben unter Kontrolle zu bringen.« Tandy wandte sich an Eric. »Hast du schon einen Trainingsplan für sie aufgestellt?«

»Ich habe sie gerade erst gemessen«, antwortete Eric. »Sie hat ein gutes Potential.«

»Potential, soso!« Tandys Lächeln war undurchsichtig, als sie zum Regal mit den Gewichten ging. »Fangen wir mit was Interessanterem an.«

Sie hob eine Fünfzehn-Pfund-Hantel aus dem Regal. Tandy setzte sich auf die Bank. Sie stützte den rechten Arm auf ihre linke Handfläche. Dann bog sie den rechten Arm nach unten, bis er gerade war, und hob langsam das Gewicht an die Schulter. »Das nennt man einen ›Armcurl‹. Gesehen?«

Cindy nickte. Sie beobachtete, wie sich Tandys Bizeps wölbte, als sie das Gewicht erneut stemmte.

»Möchtest du's versuchen?«

»Klar.«

»Komm, setz dich. Die Füße fest auf dem Boden lassen, und nicht den Rücken belasten beim Heben. Normal atmen.«

»Du gibst ihr doch wohl nicht den Fünfzehnpfünder«, sagte Eric.

»Du hast gesagt, sie hat Potential.«

»Hör mit dem Quatsch auf, Roberts. Gib ihr drei Kilo. Und wenn das zu leicht ist, nimm fünf.«

»Ich versuche die Fünfzehn«, warf Cindy ein.

»Das ist zu schwer für dich«, wehrte Eric ab. »Du könntest dich verletzen. Und das wäre dumm!«

Cindy dachte einen Moment nach. Wenn sie es nicht versuchte, würde sie Tandys Respekt und Interesse verlieren. Ihr Ziel war es, mit ihr zu reden, ein Gespräch von Frau zu Frau mit ihr zu führen. »Ich bin vorsichtig. Und wenn's nicht klappt, ist es mir auch egal.«

»Tandy ist einfach nur gemein«, sagte Eric.

Tandy lachte. Cindy wußte, wo die Wahrheit lag. »Du hast doch gesagt, man muß Biß haben.« Sie sah Tandy an. »Gib her.«

Die Hantel war schwer, aber durchaus zu handhaben.

»Erst ausatmen«, befahl Eric.

»Was?«

»Ausatmen, Cindy.« Tandy blies kräftig die Luft aus den Lungen. »Dann einatmen. Während du das Gewicht hebst, atmest du wieder aus. Bei der Anstrengung immer ausatmen, okay? Einfach so!«

Cindy beobachtete, wie die perfekten Brüste sich hoben und senkten, als Tandy die Übung vorführte. Eric war wie hypnotisiert, und Cindy begriff weshalb. Die Frau war eine exotische Schönheit, faszinierend wie ein gefährliches Raubtier. Als sie fertig war, gab sie Cindy die Hantel.

»Du bist dran.«

Cindy zuckte die Schultern. »Wird schon schiefgehen.«

Langsam hob sie die Hantel hoch. Ihre Muskeln waren zum Zerreißen gespannt, als das Metall schließlich ihre Schulter berührte. Vorsichtig legte sie das Gewicht wieder ab und hob es noch zweimal. Als sie fertig war, war sie selbst überrascht, wie verschwitzt sie war, und beinahe entsetzt, wie gut sie sich fühlte, trotz der Schmerzen im Arm. »Das war's, Freunde.« Sie stellte das Gewicht auf den Boden und massierte sich ihren überanstrengten Arm. Tandy und Eric beobachteten sie überrascht.

»Was ist los?«

»Nichts.« Eric lächelte. »Siehst du, Roberts. Ich habe doch gesagt, daß sie Potential hat.«

»War ich gut?«

Erics Lächeln verwandelte sich in ein Grinsen. »Laß es dir nicht zu Kopf steigen, Cindy. Auch wenn du Potential hast, bist du nur ein Haufen Fett.«

»Es geht doch nichts über ein gemeines Kompliment, um das Ego aufzumöbeln.« Cindys Blick schweifte zu Tandy. Ihr fiel wieder ein, weshalb sie eigentlich da war. »Würdest du mit mir arbeiten?« fragte sie mit klopfendem Herzen. »Auch wenn's nur für heute ist. Ich fühle mich bei einer Frau wohler. Ich bin ziemlich schüchtern.«

»Das ist nicht gut«, wehrte Eric ab.

»Eins nach dem anderen, okay, Eric?«

Er lächelte. »Wie du meinst, Fettberg.«

»Halt die Fresse!«

»Ah, das klingt schon besser!« stellte Eric fest. »Du mußt bissig und gemein sein, Cindy. Nur so kommst du zum Erfolg. Bodybuilding ist kein Spiel. Es ist eine Verpflichtung und nichts für Feiglinge.«

»Ich versuch's nicht zu vergessen, Eric.« Cindy lachte. »Willst du mir helfen, Tandy?«

Tandy sah auf. »Ist mir ein Vergnügen. Ich bin beeindruckt.«

Cindy musterte Tandy aufmerksam. Sie wirkte tatsächlich beeindruckt. Beeindruckt und gemein.

27

Marge warf die Illustrierte auf den Beifahrersitz. Sie war startbereit. Aber Tandy ging nicht zu ihrem Audi. Sie unterhielt sich mit einer Rothaarigen. Die beiden Frauen überquerten die Straße in Richtung Saftbar. Hastig griff Marge nach dem Fernglas und richtete es auf die beiden Frauen. Ihre Hände begannen zu zittern. Entsetzt ließ sie das Fernglas sinken und versuchte ihre Gedanken zu ordnen.

Sie saß in der Zwickmühle. Wenn sie jetzt nicht eingriff, würde Pete sie und Cindy in der Luft zerreißen. Griff sie ein, flog ihre Tarnung auf, und Tandy war gewarnt. Es ging immerhin um Mord und Entführung. Also mußte Marge Tandy vorsichtshalber als gefährlich einstufen. Wie konnte Marge dann mit gutem Gewissen zusehen, wie Cindy sich an diese Frau heranmachte?

Natürlich gab es noch keine Beweise, die auf Tandys Beteiligung an dem Fall hinwiesen. Und trotzdem: Tandy Roberts war Marge nicht geheuer. Was, wenn Cindys Leben in Gefahr war?

Marge fluchte laut vor sich hin. Deckers Tochter hatte wohl Blut geleckt. Diese Teenager waren ein lästiges Volk. Die Schüchternen gingen sang- und klanglos unter, und die Dreisten hielten sich für unsterblich. Pete war nicht der einzige, der mit Cindy ein Wörtchen zu reden hatte. Marge war auf hundertachtzig.

Inzwischen waren die beiden in der Saftbar verschwunden. Eingreifen oder Warten, das war die Frage. Nach sorgfältiger Überlegung beschloß Marge, Ruhe zu bewahren. Sie hatte den Eingang zur Saftbar und den Audi genau im Blick. Tandy konnte ihr nicht unbemerkt entkommen.

Sollten die beiden Damen sich doch ruhig aussprechen. Später, wenn sie getrennte Wege gingen, würde Marge sich Cindy greifen.

Aber diese Entscheidung war kein Ruhekissen. Was sollte sie tun, wenn Tandy durchdrehte?

Marge sah bereits die Schlagzeilen vor sich:

MASSENMORD IN DER SAFTBAR – MENSCHEN STERBEN – POLIZISTIN SIEHT TATENLOS ZU. Untertitel: *Opfer ist Tochter eines Kollegen der Polizistin.*

Marge zwang sich zur Vernunft. Horrorszenarien brachten sie nicht weiter. Minuten verstrichen wie Stunden. Marges Anspannung wuchs mit ihrer Wut auf Cindy.

Darlene Jamison wohnte im Parterre eines zweistöckigen alten Stadthauses. Jede Wohnung hatte einen eigenen Eingang. Die Tür zu Darlenes Apartment lag linkerhand. Decker klopfte und wartete. Die kleine, zierliche Frau öffnete schließlich in einem algengrünen Zeltkleid, dessen Farbe dem Swimmingpool der Anlage ähnelte. Sie hatte das Haar im Nacken zusammengebunden. Ihr rundes Gesicht war fleckig, die Augen geschwollen.

»Ich bin gerade am Telefon«, empfing sie Decker. »Setzen Sie sich. Dauert nur noch ’ne Minute.«

Damit verschwand die Säuglingsschwester hinter einer geschlossenen Tür, und Decker schlenderte durch das schlicht eingerichtete Wohnzimmer mit dem großen Fernsehapparat.

Der Raum ging in einen Eßplatz über. Rechts davon befand sich die Küche. Mehr konnte Decker nicht erkunden, denn Darlene hatte ihr Telefongespräch beendet.

Sie setzte sich auf das Sofa. »Bitte, nehmen Sie Platz.«

»Danke.« Decker setzte sich ans andere Ende der Couch und zückte seinen Notizblock. »Ich habe gerade mit Lily Bookers Mutter gesprochen«, begann er. »Meine Stimmung ist auf dem Nullpunkt. Ich schlage vor, wir machen es kurz und bündig.«

»Lilys Mutter?« fragte Darlene hoffnungsvoll. »Dann ist Lily bei ihrer Mutter?«

»Nein, ist sie nicht. Es sieht fast so aus, als sei die verkohlte Leiche aus Maries ausgebranntem Honda das, was von Lily übrig ist. Ich mußte Mrs. Booker um die Zahnarztunterlagen ihrer Tochter bitten, für die Identifizierung der Toten.« Decker erschauderte unwillkürlich. Darlene war wie versteinert. Sie hatte Tränen in den Augen.

»Ich kann's nicht glauben. Soll das heißen... sind Sie sicher?«

»Nein, bin ich nicht. Soweit sind wir noch nicht.« Decker notierte Darlenes Namen, Datum und Uhrzeit. »Wann sollte Lily Booker ihren Dienst antreten?«

Darlene schwieg. »Was ist mit dem Baby?« fragte sie atemlos.

»Wir suchen noch immer.«

Darlene starrte die Wand an. »Wenn das stimmt, was Sie sagen, dann bin ich dafür verantwortlich.«

»Verantwortlich wofür?«

Darlene schwieg.

»Darlene, wann sollte Lily ihren Dienst antreten?« wiederholte Decker streng.

»Lily ist gegen elf zur Arbeit gekommen«, flüsterte Darlene endlich.

»Sie ist zum Dienst erschienen?«

»Ja.«

»Warum haben Sie mir dann erzählt, daß sie sich krank gemeldet habe?«

»Bitte, schreien Sie mich nicht an!«

»Beantworten Sie meine Frage, Darlene! Sie haben mir am Telefon erzählt, Lily habe sich krank gemeldet.«

»Ich wollte Lily decken.«

»Decken? Weshalb?«

»Weil sie früher gegangen ist. Ich wollte ihr Ärger ersparen. Besonders weil Marie gesagt hatte, daß sie wegen familiärer Schwierigkeiten vorzeitig nach Hause mußte. Ich dachte, es sei nicht fair, sie in die Sache hineinzuziehen.«

»Moment, Moment«, unterbrach Decker sie. »Das begreife ich nicht. Darlene, wann hat Lily ihren Dienst angetreten?«

Darlene trocknete die Tränen. »Um elf Uhr.«

»Das heißt, sie ist ganz normal zur Arbeit erschienen?«

»Ja.«

»Aber Sie haben das bisher niemandem, der sie befragt hat, gesagt, weil Sie Lily decken wollten?«

»Ja. Weshalb hätte ich sie in die Sache mit hineinziehen sollen, wo sie doch gar nicht da gewesen ist?«

»Aber sie ist da gewesen, Darlene. Und möglicherweise war sie in die Sache verwickelt. Ob als Opfer oder Täterin, wissen wir nicht. In jedem Fall hätten Sie uns Bescheid sagen müssen. Wir hätten zumindest nach ihr gesucht! Wir hätten nach ihr suchen müssen!«

Darlene sank völlig in sich zusammen. »Ich weiß.« Sie schluchzte unterdrückt. »Tut mir leid, das habe ich vermasselt. Es ist alles meine Schuld. Ich bin für den Tod des Mädchens verantwortlich.«

»Darlene«, begann Decker beruhigend. »Jeder macht Fehler. Aber Sie haben das Mädchen nicht umgebracht. Helfen Sie mir, den oder die Mörder zu finden. Konzentrieren Sie sich. Denken Sie an die schreckliche Nacht. Ich brauche einen genauen Zeitplan!«

Darlene trocknete die Tränen.

»Wann hat Marie Ihnen gesagt, daß Lily wegen familiärer Probleme die Klinik verlassen habe?«

Darlene dachte lange nach. »Als ich sie auf dem Flur getroffen habe ... das letzte Mal. Als sie zur Säuglingsstation J zurück wollte. Ungefähr eine Stunde, bevor wir entdeckt haben, daß das Baby nicht mehr da war.«

»Wann genau könnte das gewesen sein?«

»Gegen Mitternacht oder halb eins. Es kommt mir so vor, als sei Lily gar nicht lange im Dienst gewesen. Vielleicht insgesamt eine Stunde. Aber ich hatte mehrmals mit ihr gesprochen, bevor sie gegangen ist. Deshalb sah ich keinen Grund ... Schließlich konnte sie nichts dafür. Das war falsch, Sergeant. Aber das hilft Lily jetzt auch nichts mehr.«

»Kommen wir zu Marie. Welchen Eindruck hat sie gemacht? War sie erregt, als sie Ihnen das mit Lily gesagt hat?«

Darlene nickte. »Ich dachte, sie sei aufgebracht, weil wieder jemand ausgefallen war, wir praktisch mit einer Geistermannschaft arbeiten mußten.«

Eine treffende Bezeichnung, dachte Decker. »Marie war also aufgebracht?«

»Ja. Sie hat mich angewiesen, zwischen den Säuglingsstationen A bis F zu pendeln. Sie wollte die Stationen G bis L übernehmen. Eine Stunde später sollten wir uns wieder treffen.«

»Und seither haben Sie sie nicht mehr gesehen?«

»Nein.«

»Hatte sie Blutflecken auf ihrer Schwesterntracht?«

Darlenes Augen wurden groß. »Nein, ich glaube nicht.«

»Wirkte sie aufgelöst, war ihr Haar durcheinander?«

»Daran erinnere ich mich nicht. Sie hatte es nur schrecklich eilig. Ich habe das natürlich auf die zusätzliche Arbeit geschoben.«

»Marie war also auf dem Weg zur Säuglingsstation J. Wer hat dann zu diesem Zeitpunkt auf die Babys dieser Station aufgepaßt?«

»Da Lily nicht mehr da war... vermutlich niemand.« Darlene senkte den Blick. »Großer Gott, was sage ich da! Damit habe ich ein Gerichtsverfahren am Hals, ganz zu schweigen davon, was die Krankenhausverwaltung mit mir macht. Vermutlich krieg ich in dieser Stadt nie wieder einen Job.«

»Ich verklage niemanden, Darlene. Lourdes Rodriguez steht auf einem anderen Blatt. Die Babys waren also unbeaufsichtigt?«

»Möglicherweise. Chris und ein paar Teilzeitkräfte haben mir geholfen. Bei Marie sah es genauso aus. Vielleicht war eine der Teilzeitschwestern auf der Station.«

Decker nickte bedächtig. »Kennen Sie eine Schwester namens Tandy Roberts?« fragte er unvermittelt.

»*Tandy?* Hat Tandy etwas mit der Sache zu tun?«

»Sie kennen Tandy?«

»Nicht gut, aber ich kenne sie. Sie war mal eng mit Marie

befreundet. Dann haben sie sich irgendwie entzweit. Arme Marie. Sie war sehr verletzt damals. Aber sie hat nicht viel gesagt. Trotzdem war's ihr anzumerken.«

»Haben Sie Tandy zufällig in der Nacht der Entführung im Krankenhaus gesehen?«

»Nein. Warum?«

»Keine Ahnung. Ich greife nach jedem Strohhalm. Es ist schwer vorstellbar, daß Marie ganz allein Lily ermordet und das Baby entführt haben soll. Immer vorausgesetzt, daß Lily die Tote aus dem Honda ist. Ich muß annehmen, daß Marie Komplizen hatte. Und diese Tandy Roberts ist früher mit Marie eng befreundet gewesen.«

»Ich habe Tandy bestimmt zwei Jahre nicht gesehen.«

»Und Sie sind sicher, daß sie in jener Nacht nicht im Krankenhaus war?«

»Nicht hundertprozentig. Aber Tandy wäre kaum zu übersehen gewesen.«

»Hat sie je in diesem Krankenhaus gearbeitet?« fragte Decker.

»Marie hatte ihr einen Teilzeitjob verschafft. Aber Tandy blieb nur ein paar Monate. Ich hielt sie für ziemlich dumm. Aber Marie war ganz begeistert von ihr, hatte ja immer viel übrig für Underdogs. Bei Tandy war's besonders schlimm. Sie hat sich benommen, als sei sie ihre Tochter oder so.«

Ihre Tochter – eine seltsame Wortwahl. Decker überlegte kurz. Tandy war ungefähr fünfundzwanzig. Marie war vierzig. Paula hatte behauptet, Marie habe mit zwanzig ein Kind erwartet. Aber vielleicht täuschte sie sich. Möglicherweise hatte Marie schon mit fünfzehn ein Kind bekommen und es zur Adoption freigegeben. Vielleicht war Tandy dieses Kind, dieses »verlorene« Kind.

Ein Netz mit vielen Löchern, dachte Decker. Lita Bellson hätte Maries Schwangerschaft bemerken müssen. Und die alte Lady hatte Marge eindeutig gesagt, daß Marie nie ein Baby, nur Abtreibungen gehabt habe.

Aber vielleicht war die alte Dame senil?

Decker verschob die Überlegungen auf später.

»Ich habe die Krankenhausverwaltung nach Tandy befragt«, fuhr Decker fort, »und habe die Auskunft erhalten, daß sie nicht in den Personalakten steht. Hätte das nicht der Fall sein müssen, wenn sie einmal im Krankenhaus gearbeitet hat?«

»Sie ist von der Personalliste gestrichen worden, weil es Probleme mit ihrer Lizenz gab. Marie hat mir allerdings erzählt, daß sie das bereinigen konnte.«

»Schwierigkeiten? Welcher Art?«

»Angeblich ein Schreibfehler. Hat jedenfalls Marie behauptet. Aber ich glaube, sie hat Tandy nur gedeckt. Meiner Meinung nach, war sie keine staatlich geprüfte Krankenschwester.«

»Sie war keine Krankenschwester?«

»Doch, aber nur eine Hilfsschwester.«

»Wo liegt da der Unterschied?« wollte Decker wissen.

»Die staatlich geprüften Schwestern haben eine längere Ausbildung und legen eine Staatsprüfung ab. In der Praxis sind wir begehrter und verdienen auch mehr Geld. Allerdings hatte ich nie das Gefühl, daß Tandy es aufs Geld abgesehen hatte. Aber das Ansehen, das Prestige, das war ihr wichtig. Dicke Leute brauchen das. Auch Tandy wollte wichtig, wollte jemand sein. Aber trotzdem hatte sie kein Recht auf die Berufsbezeichnung, weder moralisch noch vor dem Gesetz.«

Decker nickte zustimmend.

»Marie hat behauptet, die Gerüchte seien Unsinn, Tandy sei selbstverständlich eine staatlich geprüfte Krankenschwester. Sie hatte wirklich einen Narren an Tandy gefressen. Die Benachteiligten und Unterdrückten hatten's ihr schon immer angetan.«

»Die Unterdrückten? Benachteiligten?«

»Na, Tandy war nicht unbedingt ein Nervenbündel, aber unglaublich schüchtern und verstört.« Darlene hielt inne. »Einmal habe ich sie erwischt, wie sie sich in einem der Wandschränke versteckt und geweint hat. Als ich sie gefragt habe, was denn los sei, hat sie gesagt ›*sie*‹ seien wieder ›gemein‹ zu ihr.«

»Wer war gemein zu ihr?«

»Hat sie nicht gesagt. Ich habe angenommen, daß sie damit ihre Eltern gemeint hat. Sie hatte öfter davon gesprochen, daß ihre Eltern der Meinung seien, sie tauge zu nichts, sei zu fett, sei eine herbe Enttäuschung...«

Decker machte sich hastig Notizen. »Was ist passiert, nachdem Sie mit ihr gesprochen hatten?«

»Sie hat sich beruhigt und ist wieder an die Arbeit gegangen.«

»Dann haben Sie sie doch ganz gut gekannt.«

»Nein, nicht gut. Aber gut genug, um sie zu erkennen, wenn sie in jener Nacht im Krankenhaus gewesen wäre. Eine korpulente Frau wie sie ist kaum zu übersehen.«

»Darlene, Tandy wiegt mittlerweile knapp sechzig Kilo und ist schön wie ein Covergirl der *Vogue!*«

»Unmöglich.« Darlene sah ihn an. »Sie machen Witze, oder?«

»Ganz und gar nicht. Meine Kollegin hat mit ihr gesprochen. Ich gebe nur weiter, was sie mir erzählt hat.«

»Aber das Mädchen muß über hundertzwanzig Kilo gewogen haben! Ihr Gesicht sah aus, als nehme sie Steroide. Sie war richtig aufgedunsen.«

»Angenommen, jemand ist Ihnen in jener Nacht auf dem Korridor begegnet«, fuhr Decker fort. »Und Sie hätten diese Person nur flüchtig aus den Augenwinkeln wahrgenommen... hätten Sie eine große, schlanke Frau als Tandy Roberts erkannt?«

Die Schwester schloß die Augen. Dann machte sie sie langsam wieder auf. »Ich hatte in dieser Nacht verdammt viel zu tun. Vielleicht hätte ich sie erkannt, vielleicht auch nicht.«

Als Decker übers Funkgerät seine Codenummer hörte, griff er nach dem Mikro. Sekunden später stellte die Zentrale Marge zu ihm durch.

»Es gibt Neuigkeiten, Partner.«

»Bei mir auch«, antwortete Decker. »Treffen wir uns auf dem Revier, oder trinken wir irgendwo eine Tasse Kaffee zusammen?«

»Ich kann hier nicht weg. Ich beobachte Tandys Audi.«

»Okay, dann komme ich zu dir.«

»Nein, tu das nicht!«

Decker empfand Marges energischen Ton als Zurückweisung. »Was ist denn los, Detective Dunn? Warum willst du mich denn nicht in deiner Nähe haben? Bin ich aussätzig?«

Marge antwortete nicht sofort. »Ich möchte Tandy nicht durch einen Funkwagen der Polizei mißtrauisch machen. Diese Braut ist clever.«

»Na, gut. Dann unterhalten wir uns eben über Funk.«

»Ja. Machen wir's kurz. Ich fange an.«

»Sag mir zuerst, ob Tandy Roberts in der Nacht der Entführung im Tujuna Memorial Hospital gearbeitet hat.«

»Hat sie, Pete. Aber ihr Dienst endete um elf Uhr. Sie könnte also noch einen Ausflug zum Sun Valley Pres gemacht haben.«

»Großartig.« Decker rekapitulierte seine Unterredung mit Darlene Jamison. »Ist gut möglich, daß Tandy im Sun Valley Pres gewesen ist. Selbst Leute, die ihr schon mal begegnet sind, hätten sie kaum wiedererkannt. In ihrer weißen Schwesterntracht wäre sie sowieso nicht aufgefallen.«

»Die Zeit arbeitet also für uns.«

»Wir brauchen jetzt nur noch Beweise, die sie mit der Entführung oder wenigstens mit dem Sun Valley in Verbindung bringen.«

»Wir sollten neuere Bilder von Tandy im Sun Valley herumzeigen«, schlug Marge vor. »Vielleicht erinnert sich jemand an die schlanke Version der einst dicken Tandy.«

»Offiziell hat sie seit mindestens zwei Jahren nicht mehr im Sun Valley gearbeitet. Man hat sie von der Personalliste gestrichen. Probleme mit ihrer Zulassung als Schwester. Paßt zu dem, was Leek uns von ihr und dem Seniorenheim erzählt hat. Offensichtlich gibt sich das Mädchen als staatlich geprüfte Krankenschwester aus.«

»Du meinst ›gab‹, Vergangenheit«, widersprach Marge. »Ich habe mich im Tujuna Memorial nach ihrer Zulassung erkundigt. Man hat mir gesagt, sie sei eine staatlich geprüfte Krankenschwester. Ich habe ihre Zulassungsnummer und alles.«

Decker dachte nach. »Gibt es so was wie ein Prüfungsgremium für Krankenschwestern in Sacramento?«

»Bestimmt«, antwortete Marge. »Dort gibt es doch alles.«

»Dann ruf in Sacramento an, und erkundige dich dort nach Tandys Zulassung. Ich erkundige mich, ob Mike interessante Benzinrechnungen auf Tandys Namen ausgegraben hat.« Decker überlegte. »Wir haben also Marie und Lily auf der Liste. Und vermutlich auch Tandy. Was schließen wir daraus?«

»Tandy und Marie haben beide Babys verloren. Vielleicht hat die eine das Kind entführt, und die andere hat ihr dabei geholfen. Die Frage ist nur, warum es soviel Liebe zwischen den beiden gab?«

»Hat Darlene nicht gesagt, Marie habe Tandy wie ihre Tochter behandelt?« bemerkte Marge. »Vielleicht ist sie ja ihre Tochter.«

»Du hast doch beide Frauen gesehen«, sagte Decker. »Sehen sie sich irgendwie ähnlich?«

»Nicht die Bohne.«

»Hat Lita Bellson erwähnt, daß ihre Tochter mit fünfzehn ein Kind gekriegt hat?«

»Nein. Mit keinem Wort. Aber Lita lebt in ihrer eigenen Welt. Pete, warum fährst du nicht zum Golden Valley und fragst sie einfach?«

»Genau das habe ich vor.«

»Und ich behalte Tandy im Auge.« Marge seufzte. »Was ist mit Darlene? Glaubst du, sie hat irgendwas mit der Entführung zu tun?«

»Auszuschließen ist es nicht. Aber mein Instinkt sagt mir, daß sie nur einen dummen Fehler gemacht hat.«

Kurz darauf legte Decker auf. Marge lehnte sich zurück. Sie hatte den Eingang der Saftbar keinen Moment aus den Augen gelassen. Die beiden waren mittlerweile seit fast einer Stunde in dem Lokal. Allmählich wurde Marge wieder unruhig.

Zehn Minuten später tauchten die zwei jungen Frauen auf. Marge fiel ein Stein vom Herzen. Tandy ging zum Bodybuilding-Studio zurück, und Cindy schien in Richtung Wagen zu gehen. Marge wartete, bis sich die Türen des Studios hinter Tandy geschlossen hatten. Dann sprintete sie über den Parkplatz. Cindy war völlig verdattert und wurde knallrot.

»Da habe ich mir was eingebrockt, was?«

»Sei dankbar, daß ich's bin und nicht dein Vater.«

»Bin ich auch.« Cindy folgte Marge zu deren Wagen. »Hübsches Auto. Gehört es dir?«

»Steig ein, und stell keine Fragen.«

Cindy glitt stumm auf den Beifahrersitz.

28

Im Haus herrschte Friedhofsruhe, als Decker durch die Tür trat. In der Annahme, daß jemand schlief, schlich er auf Zehenspitzen in die Küche und ging durch die Hintertür hinaus. Auch an diesem Tag saßen Nora und Magda bei Eistee hinter dem Haus und unterhielten sich angeregt. Hannah schlief friedlich in ihrem Korbwagen. Ginger lag zusammengerollt unter dem Tisch. Der Setter machte sich gar nicht erst die Mühe, seinen Herrn zu begrüßen. Decker fühlte sich sehr überflüssig.

»Wie geht's denn so?«

»Ich bin froh, daß Sie mit Ihrer Frau gesprochen haben. Sie hat sich den ganzen Vormittag ausgeruht. Das braucht sie, um wieder gesund zu werden«, antwortete Nora.

»Gut so.«

»Möchtest du ein Glas Eistee, Akiva?« fragte Magda.

»Vielleicht später. Wie geht's denn meinem kleinen Baby?«
»Sie schläft so fest, wie es nur Babys können.«
»Ist sie nicht ein braves Mädchen«, sagte Magda. »Einfach die Beste.«
»Da widerspreche ich nicht«, antwortete Decker. »Ist Cindy da?«
»Sie ging heute morgen aus dem Haus«, antwortete Magda. »Ich glaube, zum Schwimmen. Sie hatte ihre Badetasche dabei.«
»Tatsächlich?« fragte Decker. »Das ist phantastisch. Sie muß ein paar Freunde gefunden haben.«
Die Frauen hörten auf zu reden und lächelten ihn an. Seine Anwesenheit störte wohl langsam. Oder vielleicht störte ihn ihre. Decker lächelte. »Ich geh mal rein. Was essen und nach Rina sehen.«
Die beiden Frauen nickten so begeistert, als könnten sie es gar nicht erwarten, ihn loszuwerden. Er ging wieder in die Küche zurück, nahm sich einen Apfel und schlang ihn hinunter, bevor er daran dachte, ihn abzuwaschen. Aber was machte schon so ein bißchen Insektizid aus?
Decker griff zum Telefonhörer und wählte die Nummer in Florida. Die brummige Stimme seines Vaters war auf dem Anrufbeantworter: *Bitte hinterlassen Sie eine Nachricht. Piep.*
Decker hinterließ seine Nachricht. Er hatte nicht mehr mit seinen Eltern gesprochen, seitdem das Baby auf der Welt war. Ständig verpaßten sie sich mit ihren Anrufen. Aber die Gratulationskarte, die gestern gekommen war zusammen mit einem langen, handgeschriebenen Brief, hatte Decker verraten, daß seine Eltern die guten Nachrichten begeistert aufgenommen hatten. Normalerweise schrieb seine Mutter nie mehr als ein paar kurze Sätze. *Wie geht es Dir? Uns geht es gut. Bis bald.*
Anfangs waren sie enttäuscht gewesen über die Wahl seiner Ehefrau. Sie hatten nichts gegen Rina persönlich, aber sie war, wie Deckers erste Frau, jüdisch. Seine Eltern, beide strenggläubige Baptisten, gewöhnten sich nur schwer an die Ablehnung ihres Heilands. Und als er ankündigte, zum Glau-

ben seiner Frau überzutreten, wußte er, daß er damit seiner Mutter das Herz brechen würde.

Er hatte sich diesen Schritt nicht leichtgemacht. Den jüdischen Glauben anzunehmen brachte ihn wieder zu seinen Anfängen zurück, zu der Religion seiner leiblichen Eltern. Obwohl Decker seine Adoptiveltern als seine einzig wahren Eltern betrachtete, kam für seine Mutter die Zurückweisung des christlichen Glaubens einer Zurückweisung ihrer Elternschaft gleich. Seitdem war die Beziehung zu ihnen sehr kompliziert geworden. Aber jetzt wurde es langsam besser. Mom mochte Rina sehr gern.

Und jetzt war da auch noch das Baby... ihre Enkelin.

Zeit und Babys heilen alle Wunden.

Vorsichtig öffnete er die Schlafzimmertür. Rina lag zusammengerollt unter der Decke. Nur ein kleines Stück ihres Gesichts lugte hervor. Er beugte sich über sie und küßte sie auf die Wange. Sie schlug die Augen auf.

»Nora hat gesagt, daß du heute brav deinen Gesundheitsschlaf hältst.«

»Wofür und wozu?«

Decker seufzte. »Rina, ich liebe dich, ich brauche dich, ich will dich und ich finde dich sexy, und das bete ich solange herunter, bis du's mir glaubst.«

»Ich glaube dir.« Sie versuchte unter Tränen zu lächeln.

Decker legte sich zu seiner Frau und nahm sie in die Arme. Er verstand ihren Kummer, weigerte sich jedoch, sich von ihm anstecken zu lassen.

»Ich liebe dich, Baby«, sagte Decker.

»Ich liebe dich auch.« Rina schluckte. »Wenn du da bist, geht's mir gleich besser.«

Decker schwieg, während Rina in seinen Armen schluchzte. Er hielt Weinen für eine gute Therapie. »Laß mir nur noch ein paar Tage, bis der Fall gelöst ist, Rina. Dann mache ich ein paar Wochen Urlaub. Das verspreche ich. Wir stehen das zusammen durch.«

»Ich hasse mich, wenn ich dich zu mir herunterziehe!«

»Tust du ja nicht. Ich schließe den Fall ab, und dann kannst du über mich verfügen.«

Rina löste sich aus seiner Umarmung, schüttelte ihr Kissen auf und legte sich zurück. »Du bist ein Schatz.«

»Von Kopf bis Fuß.« Deckers Blick fiel auf den Nachttisch. Er griff nach einem handgeschriebenen Zettel.

Palm Springs – April.

»Was ist das?«

Rina las den Zettel. »Oh, *Abba* und *Ima* Lazarus haben angerufen, um uns zu gratulieren.«

Decker lächelte flüchtig. *Abba* und *Ima* Lazarus waren die Eltern von Rinas verstorbenem ersten Ehemann.

Die Großeltern der beiden Jungen.

»Wie nett. Und was hat ihr Anruf mit Palm Springs zu tun?«

»Sie haben uns eingeladen, zum Passahfest nach Palm Springs zu kommen.«

Decker runzelte die Stirn. »Palm Springs zum Passahfest? Korrigier mich, wenn ich mich täusche. Aber hieß der Spruch nicht ›Nächstes Jahr in Jerusalem‹?«

Rina lächelte. »Jerusalem ist wunderschön. Aber Palm Springs ist näher.«

»Palm Springs? Außer Golf nichts los.«

»Doch, Sonny Bono.«

»Rina ...«

»Dort gibt's dieses riesige koschere Essen zum Passahfest. Ich kenne Leute, die dort waren. Sie mieten ein Ferienhotel und machen einen Club Med für die Orthodoxen daraus. Das Hotel hat einen Pool, Thermalquellen, Tennisplätze, Fitneßclub. Außerdem bieten sie verschiedene Aktivitäten an: israelische Tanzabende, Kochkurse, Weinproben, einen großen Bingo-Wettbewerb ...«

»So viele Aktivitäten hält mein armes Herz nicht aus.«

»Peter, es ist keine Mörderjagd, aber ich wette, das Ausspannen würde dir guttun. Ich habe nicht gleich abgesagt. Es liegt an dir.«

»An mir?« Decker schluckte. »Willst du wirklich dahin?«

»Mein erster Impuls war abzusagen. Aber dann habe ich mir überlegt: Rina, was ist denn so schlecht am Faulenzen am Swimmingpool? Wenn wir in den Ferien zu Hause bleiben, arbeiten wir doch nur.«

Decker schwieg.

»Wenn du nicht willst, fahren wir nicht«, sagte Rina. »Sie wollen nur nett sein. Sie wollten uns vermutlich die Flitterwochen bieten, die sie uns im vergangenen Jahr vermiest haben.«

»Es war nicht ihre Schuld, daß dieses Kind in New York mit einem Psychopathen durchgebrannt ist.«

»Trotzdem. Sie wollen was gutmachen. Sie möchten, daß wir Spaß haben. Weißt du noch, was Spaß ist?«

»Erklär's mir doch bitte noch mal!«

Rina berührte seine Backe. »Ich glaube, es dreht sich hauptsächlich um viel Zeit im Bett, schlafenderweise oder...«

»Ah, jetzt dämmert's allmählich!«

Rina boxte ihn in die gesunde Schulter.

Decker lächelte. »Sie wissen, daß ich nicht nach Brooklyn kommen würde. Und sie wollen natürlich die Jungen sehen. Wer ist sonst noch mit von der Partie?«

»Nur *Ima* und *Abba*.«

»Was ist mit deinen Eltern?«

»Die fahren zu meinem Bruder nach Israel.«

»Was ist mit deiner ehemaligen Schwägerin und ihrer Familie?«

»*Ima* und *Abba* sind ständig mit ihnen zusammen. Sie möchten nur mit uns dort sein.«

Decker rieb sich die Augen. »Also, wenn wir mit den beiden allein sind, dann fahren wir.«

Rina strahlte über das ganze Gesicht. Einen Augenblick lang sah Decker die alte Rina. Sie brauchte Zeit, um über das Trauma hinwegzukommen. Und er hoffte, seine Kompromißbereitschaft würde ihr dabei helfen.

Rina küßte ihn auf die Backe. »Du bist der Beste!«

»Immer, Darling. Für ein Lächeln von dir tue ich alles.«

»Beantworte mir nur eine Frage, Cindy«, sagte Marge. »Was, zum Teufel, hast du dir eigentlich dabei gedacht?«

»Ich hab eine wichtige Information, Marge.«

Marge zwang sich zur Ruhe. »Und diese Information wäre, Cynthia?«

»Ich weiß, weshalb Tandy vielleicht das Baby entführt hat, falls sie es entführt hat, heißt das. Dafür habe ich keine Beweise. Aber ich kenne ein mögliches Motiv.«

»Sie hat ein Kind verloren, als sie fünfzehn war«, sagte Marge.

Cindy starrte sie an. Ihre Enttäuschung verdunkelte den Blick ihrer Augen. »Woher weißt du das?«

»Weil ich sie vernommen habe. Das ist Polizeiarbeit, Cindy. Und man muß sich dazu nicht mal als Bodybuilder ausgeben. Ich brauche dir wohl nicht zu sagen, wie gefährlich und dumm deine Aktion gewesen ist. Dein Vater und ich sind keine Fernsehdetektive mit schlauen kleinen Taschenspielertricks, die in einer Stunde plus Werbeeinschaltungen einen Fall lösen. Wir erledigen das in mühsamer Kleinarbeit und mit unterschiedlichen Taktiken. Dieser Job ist hart und mühsam und oft frustrierend. Was wir am allerwenigsten brauchen können, ist, daß jemand unsere sorgfältige Planung durch sein dummes Verhalten über den Haufen wirft.«

Cindys Mundwinkel zuckten. Marge schlug einen sanfteren Ton an. »Okay, noch ist nichts verloren. Worüber habt ihr in der Saftbar geredet? Ihr wart fast eine Stunde drin.«

»Nicht viel.« Cindy seufzte. »Was machst du überhaupt hier?«

»Na, was glaubst du? Ich behalte Tandy im Auge.«

»Du beschattest sie?«

»Ja. Und jetzt versprich mir, daß du dich raushältst in Zukunft, ja?«

»Ich soll eigentlich morgen wieder ins Studio ...«

»Cindy!«

»Sie haben einen Trainingsplan für mich ausgearbeitet. Sie meinen, ich hätte Talent.«

Marge starrte sie an. »Cynthia Decker, falls ich dich hier auch nur im Umkreis von einer Meile entdecken sollte, verhafte ich dich und stecke dich ins Loch!«

Cindy lächelte. »Ich mach einen großen Bogen um dich, Marge.«

»Du mischst dich nicht in unsere Arbeit, kapiert?« Marge holte tief Luft. »Also, worüber habt ihr geredet?«

»Über College, Männer, unsere Familien. Keine Angst, ich habe ihr nicht gesagt, daß mein Vater ein Bulle ist. Bin ja nicht blöd. Nur abenteuerlustig.«

Marge verkniff sich eine bissige Bemerkung. »Und wie ist das Gespräch auf die verkorkste Schwangerschaft gekommen?«

»Sie hat von ihrer Karriere als Model erzählt. Und daß einer der Fotografen ihr ein Kind gemacht hat.«

»Wie lange hat sie als Model gearbeitet?«

»Seit ihrem fünften Lebensjahr. Zuerst war sie Kindermodel für Kataloge. Dann ist sie zur Haute Couture und auf den Laufsteg gekommen. Muß ein verdammt brutales Geschäft sein. Sie hat erzählt, wie gemein alle zu Neulingen sind, wie sie hungern mußte, um dünn zu bleiben. Sie hatte Bulimie. Selbst als sie schwanger war, hat sie gefastet wie verrückt. Erst im sechsten Monat sah man ihr was an. Schließlich hat sie das Baby verloren. Und danach hat sie nur noch knapp fünfzig Kilo gewogen.«

»Großer Gott!«

»Sie war mehr oder weniger zum Skelett abgemagert. Sogar ihr Agent hat gesagt, sie müsse zunehmen. Das hat sie getan. Danach hat sie noch ein paar Jahre gearbeitet. Dann wurde sie wieder schwanger und hat das Baby ebenfalls verloren...«

»Augenblick, Cindy.« Marge zückte ihr Notizbuch. »Sie wurde noch einmal schwanger?«

»Ja. Sie war achtzehn und hat in New York gelebt.« Cindys Miene hellte sich auf. »Das hast du nicht gewußt, was?«

»Nein.«

»Na, also. Hab ich doch etwas rausgefunden!«

»Keine Selbstbeweihräucherungen, bitte! Tandy hatte demnach noch eine Fehlgeburt?«

»Ja. Und zwar früher als beim ersten Mal. Ich glaube, im vierten Monat.«

»Hat sie deshalb unter Depressionen gelitten?«

»Es kann sie kaum unberührt gelassen haben. Schließlich war auch ihre Karriere betroffen. Bei der zweiten Schwangerschaft hat sie sich geweigert zu hungern. Sie hat geglaubt, das sei die Ursache für die erste Fehlgeburt gewesen. Jedenfalls hatte man ihr das immer wieder gesagt.«

»Wer war ›man‹?«

Cindy zuckte die Achseln. »Sie hat nur von ›man‹ gesprochen. Vermutlich hat sie ihre Mutter gemeint. In der zweiten Schwangerschaft hat sie gegessen, unaufhörlich. War wohl das erste Mal seit Jahren, daß sie sich normal ernährt hat. Zum Zeitpunkt der zweiten Fehlgeburt hatte sie zwanzig Kilo zugenommen. Aber das war ihr egal. Sie hatte die Modelkarriere satt, zu der ihre Mutter sie praktisch gezwungen hatte. Sie hat New York verlassen und ist hierher gekommen.«

»Ist sie ursprünglich aus New York?«

»Nein, aus Berkeley. Ihre Eltern haben sich scheiden lassen, als sie noch ein Kind war. Ihre Mutter hat sie nach Manhattan mitgenommen, damit sie dort als Model arbeiten konnte. Die Sommer hat sie mit ihrem Vater verbracht. Aber als ihre Karriere so gut lief, hat sie ihn nicht mehr besucht. Sie haßt ihre Eltern. Das kam immer deutlich durch.«

»Reizende Familie.«

»Ich denke, sie hat keine schöne Kindheit gehabt. Mit einem ehrgeizigen Biest als Mutter ... und einen Frauenheld als Vater. Wir haben eine ganze Weile über Scheidungen gesprochen. Und wie hart es für die Kinder sein kann.«

Cindy begann Nägel zu kauen.

»Es ist auch unter den besten Voraussetzungen eine herbe Erfahrung. Meine Eltern wollten wirklich alles von mir fernhalten, aber die Feindseligkeit zwischen den beiden war jedesmal spürbar, wenn Dad mich fürs Wochenende abgeholt hat.

Das wurde besser, nachdem Mom wieder geheiratet hatte. Jedenfalls sind sie höflicher miteinander umgegangen. Aber da ist keine Liebe mehr zwischen den beiden. Das tut weh ... und das Leben geht weiter. Man kommt drüber weg. Man erkennt, daß Eltern Fehler machen und trotzdem gute Menschen sein können. Ich glaube, Tandy ist nie bis zu dieser Einsicht gekommen. Sie redet von der Scheidung ihrer Eltern, als habe sie gestern stattgefunden.«

»Hat sie die ›Fehler‹ ihrer Eltern genauer beschrieben?«

»Ja. Sie hat immer wiederholt, daß ihre Mutter eine vom Ehrgeiz zerfressene Frau sei, die sie zur Modelkarriere gezwungen habe. Ihren Vater hat sie als einen jämmerlichen Schürzenjäger beschrieben, der seinen Hosenschlitz nicht geschlossen halten konnte. Sie war froh, die Sommer nicht mehr bei ihm verbringen zu müssen, weil er mit fortschreitendem Alter immer zügelloser wurde, immer jüngere Studentinnen vernascht hat.«

»Er war College-Professor?«

»Ja. Für englische Literatur. Geoffrey Roberts. Muß ein ziemlicher Lackaffe sein. Ist ursprünglich kubanischer Abstammung. Tandy hat die dunkle Haut und das Haar von ihm geerbt. Seine Eltern waren eingewandert. Er hat seinen Namen anglisieren lassen.«

Cindy merkte, daß sie Nägel kaute, und legte die Hände in den Schoß.

»Muß verdammt peinlich sein, einen Vater zu haben, der sich auf diese Weise zum Narren macht. Mein Dad war wenigstens immer ein Vater. Auch nach der Scheidung hat er nie junge Mädchen aufgegabelt oder mit meinen Freundinnen geflirtet. Und wenn, dann nie in meiner Gegenwart. Meine Mom ist auch in Ordnung.«

Cindy lachte.

»Nur zusammen waren sie unerträglich!«

Marge tätschelte ihr die Hand.

»Ich misch mich nicht mehr ein, das verspreche ich«, seufzte Cindy. »Tandy hat mich das Gruseln gelehrt. Irgendwas stimmt nicht mit ihr. Die Scheidung der Eltern und die Fehlgeburten... Für mich hat sie einen Knacks weg. Sie redet dauernd davon, wie schlecht sie war und wie gut sie jetzt ist, weil sie Bodybuilding macht. Ich glaube, es ist das einzige, was sie davon abhält, durchzudrehen. Sie behauptet, es habe ihrem Leben wieder Sinn gegeben. Seitdem habe sie sich, ihre Eßgewohnheiten und schlechten Gedanken wieder unter Kontrolle.«

»Schlechte Gedanken?« wiederholte Marge.

»Waren ihre Worte.« Cindy überlegte kurz. »So komisch es klingt, ich kann sie verstehen. Nach dem Erlebnis heute im Studio... Den eigenen Körper zu Höchstleistungen zu treiben, hat was kolossal Befriedigendes. Jetzt tun mir sämtliche Muskeln weh, aber beim Training habe ich mich toll gefühlt. So als könne mir nichts und niemand was anhaben. Und auch wenn's nur Illusion ist, gut tut es doch.«

Cindy lächelte flüchtig.

»Aber wir brauchen wohl alle unsere kleinen Illusionen, um mit dem Leben fertig zu werden. Kann ich jetzt gehen?«

Marge tätschelte Cindys Schulter. »Ja, du kannst jetzt gehen.«

29

Nach dem Mittagessen saßen Rina und Decker beieinander. Rina hatte Hannah auf dem Arm. Sie war guter Dinge, und sie beschlossen, den Aufenthalt der Säuglingsschwester im Haus abzukürzen. Nora sollte über das Wochenende noch bleiben und die Jungen am folgenden Montag zur Schule bringen. Bis dahin würde Rina sich soweit erholt haben, daß sie Hannah allein versorgen konnte. Nur ihrer Mutter wollte sie gestatten, täglich zu kommen, um ihr zur Hand zu gehen. Die Entscheidung, Nora zu entlassen, hatte zur Folge, daß Rina sich tatsächlich schonte. Sie wußte schließlich, daß der paradiesische Zustand nicht mehr lange währte.

Gegen halb eins rief Decker im Revier an. Mike Hollander hatte die neuesten Informationen für ihn bereit. Sondra Roberts besaß eine VisaCard und eine MasterCard. Unter den letzten Abbuchungen fand sich auch eine Rechnung über fünfundzwanzig Dollar bei einem Bekleidungsgeschäft und eine Benzinrechnung über zehn Dollar an einer Tankstelle in Nord-Hollywood. Getankt hatte sie am Vortag um 2:52 morgens. Die vorletzte Benzinrechnung lag eine Woche zurück, belief sich ebenfalls auf zehn Dollar und stammte von einer Tankstelle in Tujunga.

»Benzin im Wert von zehn Dollar reicht aus, um ein Auto in Brand zu stecken«, sagte Decker zu Hollander.

»Vermutlich. Aber wenn sie schon so schlau war, den Wagen anzuzünden, dann hat sie vermutlich das nötige Benzin bar bezahlt, um keine Spuren zu hinterlassen.«

»Richtig. Fahren Sie trotzdem zu den Tankstellen. Vielleicht erinnert sich jemand an sie. Unterhalten Sie sich vor allem mit dem jüngeren männlichen Personal. Vielleicht ist denen was im Gedächtnis geblieben.«

»Mal sehen, was dabei rauskommt. Allerdings hätte Tandy Roberts genausogut Benzin aus ihrem Tank abzapfen können, Rabbi. Vielleicht mußte sie deshalb gestern nachtanken.«

Decker dachte nach. »Tja, möglich. Aber dazu braucht man starke Nerven.«

»Wer einen Mord begeht und einen Säugling entführt, ohne brauchbare Spuren zu hinterlassen, muß schon eiskalt und berechnend sein«, bemerkte Hollander. »Ich habe den Nachmittag frei... steht eigentlich nur Papierkram an. Soll ich sie beschatten?«

»Marge ist an ihr dran. Sie ist vermutlich für eine Abwechslung dankbar.«

»Ich rufe sie an.«

»Sind die Zahnarztunterlagen von Lily Booker schon gekommen?« wollte Decker wissen.

»Nein. Soll ich die Eltern noch mal anrufen?«

»Nein. Früher oder später machen sie sich schon Gedanken.

Sie wollen es einfach noch nicht wahrhaben. Geben wir ihnen einen Tag Zeit.«

»Eltern sein ist kein Zuckerschlecken, was?« Hollander verstummte. »Oh, 'tschuldigung.«

»Kein Grund, sich zu entschuldigen«, sagte Decker. »Sie haben ja recht.«

»Und was machen Sie jetzt, Rabbi?«

»Ich besuche Lita Bellson. Ich weiß im Augenblick auch noch nicht, wo das alles hinführt. Marie ist unsere einzige Verbindung zu dem entführten Säugling. Aber nach allem, was wir bisher wissen, könnten Marie und das Baby längst tot sein.«

»Wie paßt diese Roberts eigentlich ins Bild?«

»Sie ist das Bindeglied zu Marie«, antwortete Decker. »Wenn wir schon dabei sind – haben Sie Paula Delfern erreicht?«

»Ja. Sie hat auch nichts von Marie gehört. Wir haben sie überprüft. Ihre Aussagen stimmen. In der Nacht der Entführung hatte sie Nachtdienst im St. Joe's Hospital. Ihre Zulassung als Krankenschwester ist in Ordnung. Keine Vorstrafen. Soll ich an ihr dranbleiben? Immerhin ist sie eine Freundin von Marie.«

»Sie meinen, wir sollten sie beschatten? Nein, dafür haben wir nichts in der Hand. Wir halten telefonisch Kontakt. Tandy ist der Joker in dieser Geschichte. Ich muß herausbekommen, was es mit ihrer Zulassung auf sich hat. Und ob das überhaupt etwas mit Marie zu tun hat.«

Decker fuhr sich mit der Hand durchs Haar. »Wie läuft die Suchaktion? Wie viele Leute haben wir noch draußen?«

»Die Hälfte der ursprünglichen Truppe. Und das sind viele.«

»Aber für wie lange?«

»Sie kennen die Situation, Rabbi.«

Decker fluchte unterdrückt. Der Fall begann brenzlig zu werden. »Ich habe einen anderen Anrufer in der Leitung, Mike. Ich ruf Sie später wieder an.«

»Auf bessere Zeiten«, sagte Hollander.

Decker legte auf und nahm den zweiten Anruf an. Es war Marge.

»Ich habe gerade einen Anruf vom Prüfungskomitee für Krankenschwestern gekriegt, Pete. Die Lizenz, die Tandy benutzt, ist nicht ihre eigene. Die Nummer, die sie angibt, gehört einem Lawrence McKay, alias Leek. Der Typ aus dem Golden-Valley-Altenheim.«

»Tandy benutzt Leeks Zulassungsnummer?«

»Sieht so aus.«

»Wie geht denn das?«

»Keine Ahnung.«

»Überprüfen diese Agenturen denn so was nicht?«

»Ist vermutlich sogar Vorschrift. Aber du weißt, wie das in der Praxis aussieht.«

»Weiß Leek, daß sie unter seiner Zulassungsnummer arbeitet?«

»Frag mich nicht.«

»Und welche Nummer benutzt Leek?«

»Sollte sich mal einer mit dem Herrn unterhalten«, schlug Marge vor. »Pete, ich sitze immer noch auf dem Parkplatz von Silver's fest und beobachte den schwarzen Audi. Ich schlage vor, du machst einen Ausflug zum Golden-Valley-Seniorenheim. Und zwar bald.«

»Ich fahre sofort los. Ich habe mit Hollander gesprochen. Er kann dich für ein paar Stunden ablösen. Wie wär's, wenn wir uns bei mir zu Hause treffen? Sagen wir so gegen halb drei?«

»Warum nicht im Revier?«

»Ich möchte nach Rina und dem Baby sehen.«

»Oh, ganz der stolze Papa, was?«

»Eher der neurotische Papa.«

Marge hatte das Alten- und Pflegeheim Golden Valley als eine Luxusausführung der herkömmlichen Institutionen beschrieben. Decker konnte ihr nur zustimmen. Alles war hell und sauber, und die Belegschaft machte einen professionellen Eindruck. Ob das mehr als nur Fassade war, ließ sich in der kurzen Zeit nicht feststellen. Lawrence McKay zum Beispiel arbeitete hier, und McKay war offenbar ein Mann, der etwas zu verbergen hatte. Er hatte zwar keine Vorstrafen, aber das bedeutete gar nichts. Alle Kriminellen haben eine weiße Weste, bis sie zum erstenmal gefaßt werden.

McKay machte noch Mittagspause, als Decker ankam. Er wurde in einer Viertelstunde zurückerwartet. Decker beschloß, die Zeit für ein Schwätzchen mit Lita Bellson zu nutzen.

Lita saß im Glashaus. Die Jalousien waren heruntergelassen. Die Rückenlehne ihres Rollstuhls war zurückgelegt, die Fußstütze hochgeklappt. Sie schien zu schlafen. Decker zog einen Stuhl zu ihr heran. Kurz darauf tauchte eine Schwester auf und bot ihm eine Tasse Kaffee an. Decker trank den ersten Schluck, als der Duft die schlafende Schöne zu wecken schien.

»Kaffee?« murmelte Lita. »Hat jemand Kaffee gekocht?« Sie schlug die Augen auf. Ein paar erstaunlich grüne Augen mit braunen Einsprenkelungen sahen Decker an. »Wer sind Sie? Und was noch wichtiger ist: Woher haben Sie den Kaffee?«

»Ich bin Sergeant Decker. Den Kaffee hat mir die Schwester gebracht.«

»Kann ich einen haben?«

Schwester Tonya schnalzte mit der Zunge. »Kommt nicht in Frage, Lita. Der Arzt hat's verboten. Kaffee ist nicht gut für dein Herz und den Magen.«

»Schätzchen, meinem Magen geht's ausgezeichnet, aber daran bist du nicht schuld.«

»Nehmen Sie den Kaffee einfach wieder mit. Scheint nur Probleme zu machen«, sagte Decker zur Schwester.

»Was macht bei dieser Lady keine Probleme?« Tonya nahm die Tasse Kaffee und ging.

»Biest!« murmelte Lita und sah der jungen Schwester nach. »Und wer sagten Sie, sind Sie?«

»Sergeant Decker von der Kripo Los Angeles. Meine Kollegin, Detective Dunn, ist gestern bei Ihnen gewesen. Sie hat Ihnen Fragen über Marie gestellt.«

Litas Miene blieb ausdruckslos. »Hab Marie schon 'ne Weile nicht mehr gesehen. Wo ist sie?«

Decker sah sie prüfend an. »Wissen Sie nicht mehr, was Detective Dunn Ihnen gesagt hat? Erinnern Sie sich nicht an das Gespräch?«

»So lala.«

»Woran erinnern Sie sich?«

Lita schwieg. Decker drängte sie nicht. »Haben Sie eine Ahnung, wo Marie sein könnte, Lita?«

»Nee.«

»Hatte Marie vielleicht irgendeinen besonderen Ort, an den sie sich zurückgezogen hat, wenn sie allein sein wollte?«

»Marie lebte allein. Sehen Sie in ihrer Wohnung nach.«

»Haben wir getan. Dort ist sie nicht.«

Lita runzelte die Stirn. »Komisch, daß sie einfach so verschwindet. Aus Marie ist die Zuverlässigkeit in Person geworden. Ganz wie mein erster Mann Henry. Dabei ist Marie nicht mal seine Tochter. Komisch, wie das Leben so spielt. Marie ist Krankenschwester geworden. Sie behauptet, Jesus habe ihr befohlen, Krankenschwester zu werden.«

»Hat Marie oft mit Jesus gesprochen?«

»Sie meinen, ob sie verrückt ist? O nein! Ist sie ganz und gar nicht. Aber was ihren Glauben betrifft, neigt sie etwas zur Übertreibung.«

Die alte Dame schwieg einen Moment.

»Zuerst waren Drogen der Gott, dann waren die Gurus Gott. Schließlich ist sie bei Jesus gelandet. Besser er als der Teufel. Sie haben Marie also nicht gefunden, was?«

Die alte Dame wirkte besorgt.

»Hat sie das schon mal getan? Ich meine, daß sie sang- und klanglos verschwunden ist?« fragte Decker.

»Nicht daß ich mich erinnern könnte.« Lita rülpste. »Aber mein Gedächtnis ist nicht mehr das beste. Jedenfalls behaupten sie das hier.«

»Lita, könnte Marie zum Zelten gefahren sein?«

»Zelten?«

»Sie wissen schon, in die Wälder fahren, ein Zelt aufbauen, in der Wildnis schlafen.«

»Reden wir von derselben Marie?« Lita kratzte sich an der Nase. »Nee, hab nie erlebt, daß sie Zelten gegangen ist.« Die alte Frau legte die Stirn in Falten. »Es ist 'ne Weile her, daß sie hier war. Aber hier sind alle Tage gleich. Was ist los mit ihr?«

»Mit Marie?«

»Ja, mit Marie. In welche Schwierigkeiten hat sie sich jetzt wieder hineinmanövriert?«

»Wie kommen Sie darauf, daß sie in Schwierigkeiten sein könnte?«

»Wenn sie in Schwierigkeiten war, ist sie immer zu mir gekommen. Und als Teenager war das oft der Fall. ›Ma, ich bin in Schwierigkeiten. Gib mir Geld‹, hieß es dann. Wenn's ihr gut ging, wollte sie nichts von mir wissen. Aber ich war auch eine beschissene Mutter, wollte auch nicht viel von ihr wissen. Zwei Dickschädel unter einem Dach. Das konnte nicht gutgehen. Keine von uns beiden wollte nachgeben.«

Wenn sie von der Vergangenheit sprach, bewegte sich die alte Dame offenbar auf sicherem Gelände.

»Einmal wollte Marie einen Hund. Ich hab nein gesagt, aber das hat sie nicht abgehalten. Marie hat sich einen Hund gekauft und ihn versorgt. Ich war überrascht. Aber so war Marie. Loyal bis zur Selbstaufgabe.«

»Auch gegenüber Menschen?«

»Gegenüber Menschen, gegenüber Ideen. Sie glaubte an die freie Liebe, bis zur Selbstaufgabe. War in den späten Sechzigern und frühen Siebzigern. Die sexuelle Revolution. Die Kids waren wild, besonders oben im Norden, dem Land der Blumenkinder. Die Leute lebten auf der Straße in Haight-Ashbury und fickten alles, was ihnen in den Weg kam.« Lita schüttelte den Kopf. »Schlechte Zeiten für eine Mutter.«

In Litas Stimme lag Bedauern. Allerdings wohl kaum, weil

sie in diesen Zeiten ein Kind gehabt hatte. Eher weil sie damals selbst nicht mehr jung gewesen war. »Ist Marie je schwanger gewesen?«

Lita brach in Gelächter aus. »Häufiger als ein Karnickel.«

»Und was ist mit den Babys geschehen?«

»Sie kriegte keine Babys. Hat sie alle abtreiben lassen.«

»Sie hat kein Kind ausgetragen?«

»Nicht, soviel ich weiß. Ich weiß nicht, was sie gemacht hat, als sie an der Uni war. Meine Tochter konnte die Beine einfach nicht zusammenhalten.« Lita lachte. »Ich frage mich, woher sie das nur hatte.«

Decker ging darauf nicht weiter ein.

»Sie hat's getan, um mir eins auszuwischen, wollte mir eine Ahnung davon geben, was ich anderen angetan hatte. Hätte sie sich sparen können. Ich bereue nichts im Leben, habe ein paar nette Erinnerungen. Das ist eigentlich alles, was mir im Augenblick geblieben ist.«

»Als junges Mädchen hat sie also bei Ihnen gelebt?«

»Richtig.«

»Hat sie mit fünfzehn ein Kind gekriegt?«

Lita starrte ihn an. »Natürlich nicht, das hätte ich doch wissen müssen.« Ihr Blick schweifte in die Ferne. »Wäre vielleicht nett gewesen, ein Enkelkind zu haben, jemand, der mich besuchen kommt.«

»Sie hat also kein Kind bekommen und es zur Adoption freigegeben?«

»Was sollen diese blöden Fragen? Während Marie bei mir gewohnt hat, hat sie kein Baby bekommen. Sie hat nur abtreiben lassen. Ich glaube dreimal, bevor sie nach Berkeley gegangen ist. Keine Ahnung, warum sie das mit der Pille nicht hingekriegt hat. Ich schätze, erst Jesus hat geschafft, was die Pille nicht vermocht hat. Sie hat 'ne Menge Götter angebetet, blaue Götter, achtarmige Götter, fette Götter. Schließlich kam sie zu Jesus. Vermutlich, weil er schlank und schlau war.«

Lita zuckte die Schultern.

»Ich bin müde. Kommen Sie morgen wieder. Dann reden

wir weiter.« Eine kleine knöcherne Hand berührte Deckers Arm. »Tun Sie mir einen Gefallen, mein Hübscher. Bringen Sie mir ein Viererpack Karamelpudding mit, ja?«

»Gebongt, Lita.«

»Sie sind ein Schatz.« Lita wandte den Kopf ab und döste in ein anderes Leben hinüber.

Decker wartete einen Augenblick, dann ging er. Litas Gedächtnis war zwar nicht immer zuverlässig, aber was die Vergangenheit ihrer Tochter anging, war sie ihrer Sache sehr sicher gewesen. Marie konnte unmöglich Tandys Mutter sein.

Warum also hatte sich Marie so sehr zu Tandy hingezogen gefühlt? Litas Worte fielen ihm wieder ein.

Loyal bis zur Selbstaufgabe.

Vielleicht hatte Marie beschlossen, Tandy zu bemuttern. Dann hatte Tandy sie zurückgewiesen, und sie war durchgedreht.

Decker sah auf die Uhr. McKay mußte inzwischen aus der Mittagspause zurück sein. Als er jedoch den Empfang erreichte, wurde ihm gesagt, daß Leek gerade gegangen sei, weil er sich nicht wohl fühle.

Decker wartete erst gar nicht ab, bis ihm die Schwester am Empfang Leeks Krankheitssymptome beschrieben hatte, sondern rannte zur Tür hinaus. Sein Blick fiel automatisch auf einen marineblauen Cressida, der gerade aus dem Parkplatz fuhr. Decker sprintete darauf zu und sprang auf die Stoßstange, als der Fahrer vom Rückwärtsgang in den Vorwärtsgang schaltete. Der Fahrer trat sofort auf die Bremse, so daß Decker beinahe abgestürzt wäre. Der Motor wurde ausgestellt, die Fahrertür flog auf und knallte wieder zu. Der Mann, der heraussprang, war nur mittelgroß, hatte jedoch die Figur eines Karatekämpfers. Er hatte dünnes, kastanienbraunes Haar und grobporige Haut, die im Augenblick dunkelrot glühte.

»Haben Sie den Verstand verloren?« brüllte er Decker an. »Was soll das? Sind Sie lebensmüde?«

Decker sprang von der Stoßstange und klopfte den Staub

von der Hose. »Ganz und gar nicht. Ich wollte nur verhindern, daß Sie mir durch die Lappen gehen.«

»Sie haben mir eine Heidenangst eingejagt! Wer, zum Teufel, sind Sie?«

»Ich denke, das wissen Sie«, antwortete Decker. »Deshalb haben Sie doch die Fliege gemacht.«

»Ich gehe, weil ich krank bin, Mister.«

»Sergeant, für Sie, Leek.«

McKay verstummte. Seine Augen musterten Decker argwöhnisch. »Bringt man euch das auf der Polizei-Akademie bei? Wie man unschuldige Bürger erschreckt?«

»Nein, das habe ich auf der Straße gelernt.« Decker zückte seine Dienstmarke. »Ich möchte ein paar Minuten Ihrer Zeit in Anspruch nehmen.«

»Schon mal was vom Telefon gehört?«

»Es gibt Leute, die lassen sich notorisch am Telefon verleugnen.« Decker steckte die Marke wieder ein. »Mann, Sie hatten's ja vielleicht eilig.«

»Mir ist kotzübel. Ist das jetzt schon verboten?«

»Schluß mit dem Quatsch!« sagte Decker. »Ich muß mit Ihnen reden. Wo, ist mir egal. Von mir aus bleiben wir auf dem Parkplatz. Wobei Ihnen ein einsameres Plätzchen sicher lieber sein dürfte. Geht um ziemlich persönliche Dinge.«

McKay fuhr sich mit beiden Händen übers Gesicht. »Hat das nicht Zeit bis morgen? Mir geht's wirklich nicht gut.«

»Ein Baby ist entführt worden, Mr. McKay.«

»Davon weiß ich nichts. Das schwöre ich. Ich habe Marie Bellson seit über einer Woche nicht mehr im Altenheim gesehen. Ich habe schon Ihrer Kollegin gesagt, daß ich anrufe, sobald sie auftaucht.«

»Was ist mit Tandy Roberts?«

»Ihre Kollegin hat gesagt, ich sollte mich von ihr fernhalten. Das habe ich getan.«

Decker dachte nach. Angenommen, McKay hatte Tandy gewarnt und Tandy hatte etwas auf dem Kerbholz, würde letztere dann weiter im Silver's trainieren?

»Mr. McKay, wenn Sie wirklich so unschuldig sind, dann kann's doch nicht schaden, mir zu helfen, oder?«

»Mir geht's nicht gut, Sergeant.« Im gleichen Augenblick wurde McKay leichenblaß. »Mir ist schlecht.« Er schien zu schwanken. »Mir ist schwindelig.«

Plötzlich kippte McKay vornüber. Decker bekam ihn im letzten Moment zu fassen, und spürte einen heftigen Schmerz in seiner kaputten Schulter. Mühsam half er dem Schwergewicht wieder auf die Beine. McKay lehnte sich gegen den Cressida und versuchte gleichmäßig und tief zu atmen. Sein Gesicht war aschfahl, die Lippen farblos. Es schien ihm tatsächlich nicht gut zu gehen. Decker hatte kein Mitleid.

»In diesem Zustand sollten Sie sich nicht ans Steuer setzen, Leek.« Decker schüttelte den Kopf. »Sie bringen nur sich und andere in Gefahr. Lassen Sie mich fahren. Wir suchen uns ein ruhiges Plätzchen. Sie können sich erholen, und ich zeige Ihnen, wie nett Cops sind. Ich spendiere Ihnen einen Kräutertee.«

30

Da Decker seinen großzügigen Tag hatte, überließ er McKay die Wahl des Restaurants. Der Muskelprotz dirigierte ihn zu einem Naturkostladen mit Imbiß. Das Innere erinnerte Decker an einen Kolonialwarenladen aus Großmutters Zeiten. Säcke mit Getreidekörnern, getrockneten Früchten, unraffiniertem Zucker und Vollkornmehl standen auf dem Fußboden. Es gab auch eine Abteilung mit unbehandeltem Gemüse und Obst. Der Salat sah aus wie frisch aus dem Garten, knackig und schmutzig. Die einzige Konzession an moderne Zeiten war ein Kühlfach mit Milchprodukten. Auf der gegenüberliegenden Seite des Eingangs gab es eine Backwarenabteilung, aus deren Backstube es köstlich duftete. Vor der Brottheke standen ein paar Tische und Stühle. McKay setzte sich und vergrub das Gesicht in den Händen.

Decker setzte sich neben ihn. »Riecht gut hier, Leek. Ist aber nicht sehr intim.«

McKay sah Decker an und verbarg wieder sein Gesicht.

»Gibt's hier 'ne Bedienung?«

»Man bestellt an der Theke«, sagte McKay.

»Was hätten Sie denn gern?«

»Wie wär's mit Ruhe und einem Bett?«

»Wie wär's mit Pfefferminztee?«

McKay lächelte verkrampft. »Kamille bitte.«

Decker stand auf. Eine Minute später kehrte er mit zwei Tassen Tee und einem Zimtbrötchen zurück. »Ich habe Ihnen auch was zu essen mitgebracht.«

»Essen Sie's.« McKay nahm den Tee. »Mir ist schlecht seit heute morgen. Ich dachte, es ginge von allein vorüber. War ein Irrtum.«

»Ihre Krankheit hat also nichts mit meinem Besuch zu tun?«

»Sagen wir, Ihr Besuch ist meiner Gesundheit nicht unbedingt zuträglich. Was wollen Sie eigentlich von mir?«

»Fangen wir doch mal mit Ihren Nebeneinkünften an. Zum Beispiel mit ihrer Investment-Beratung. Haben Sie allen alten Ladys Trips nach Hawaii versprochen? Oder ist's bei jeder ein anderer Trick?«

McKay starrte Decker an. Er wurde noch einen Ton blasser. Decker legte ein kleines Tonbandgerät auf den Tisch. »Manchmal benutze ich ein Notizbuch. Manchmal das hier. Was dagegen?«

Der Blick des Bodybuilders schweifte zum Kassettenrecorder. »Brauche ich einen Anwalt?«

»Das kommt auf Sie an. Wenn Sie etwas sagen, das Sie belastet, kann ich es gegen Sie verwenden.«

McKay schwieg.

»Es liegt bei Ihnen, Leek. Rufen Sie Ihren Anwalt an, wenn Sie sich dann besser fühlen.«

Leek trank einen Schluck Tee. »Wenn ich einen Anwalt anrufe, wird die Sache ernst, was?«

»Wenn Sie gegen das Gesetz verstoßen haben, ist es ernst«, sagte Decker.

»Ich rede mit Ihnen, wenn Sie Ihr Notizbuch nehmen. Dieser Apparat macht mich nervös.«

Decker zögerte. Dann steckte er das Gerät wieder ein und zog sein Notizbuch heraus.

»Okay, reden Sie mit mir, Mr. McKay. Erzählen Sie von Ihrer Investmentstrategie. Tips von Experten interessieren mich immer.«

McKay schwieg.

»Wenn Sie den ersten Satz erst rausgebracht haben, ist alles ganz einfach.«

McKay seufzte. »Wenn Sie irgendwelche kapitalen Dinger bei mir zu finden glauben, vergessen Sie's.«

»Was nennen Sie ›kapitale Dinger‹, Leek?«

»Die finden Sie bei mir sowieso nicht. Alles, was ich je eingesteckt habe, war Taschengeld. Nicht der Rede wert.«

»Lita sprach in der Kategorie von Hundertern.«

»Lita redet zuviel. Ob Pennys oder Hunderter macht für sie keinen Unterschied. Sie hätte das Geld sowieso nie gesehen. Das verschwindet in den Taschen der Heimdirektoren.«

»Unterschlagung ist ein Verbrechen, Leek.«

»Ich habe nichts unterschlagen, Sergeant. Wenn mich ein paar alte Leutchen gebeten haben, ein bißchen Taschengeld für sie zu verwalten, dann ist das keine Unterschlagung!«

»Okay. Dann zeigen Sie mir die Unterlagen, Leek. Die Unterlagen von all den Konten, die Sie für die Alten eröffnet haben. Mitsamt den Transaktionen, die Sie in ihrem Namen durchgeführt haben.«

Der Pfleger schloß die Augen und schwieg.

»Ganz schön dreist von Ihnen, McKay. Immerhin mußten alle Heimbewohner bei der Aufnahme ihr gesamtes Vermögen dem Heim überschreiben.«

McKay riß die Augen auf. »Und das halten Sie für fair?«

»Das steht hier nicht zur Debatte. Aber es ist illegal, alten Leuten ihre Ersparnisse abzuschwatzen!«

»Dann verhaften Sie mich doch! Und dann gehen Sie zu den Alten und sagen Sie ihnen, daß Sie Leek McKay hinter Gitter gebracht haben. Mal sehen, was die dann sagen!«

Decker trank Tee und wartete.

»Gute alte Lita.« McKay schüttelte den Kopf. »Kann den Mund nicht halten. Ich hätte längst mit ihr reden müssen. Aber ich wollte ihr ihren einzigen Traum nicht vermiesen.«

»Leek, der edle Ritter! Wer weiß sonst noch über Ihre außerplanmäßigen Investmentgeschäfte Bescheid? Abgesehen von den alten Herrschaften, deren Trinkgelder Sie nehmen.«

»Niemand. Das heißt, nicht ganz. Sie wissen Bescheid, Sergeant.«

»Was ist mit Tandy Roberts?«

»Was soll mit Tandy sein?« McKay zuckte die Schultern.

»Seit wann weiß sie davon?«

Der Pfleger sagte kein Wort.

»Sie decken sie?« fragte Decker. »Oder deckt sie Sie?«

In McKays stumpfem, leidendem Blick flackerte etwas auf. Decker musterte ihn aufmerksam.

»Sie wußten, daß Tandy in Sie verliebt war. Solange Sie Interesse vorgetäuscht haben, konnten Sie sicher sein, daß sie Ihr Geheimnis nicht verraten würde. Nur leider mußten Sie mehr tun, als nur Interesse zu heucheln.«

Der Pfleger wurde bleich.

»Wie lange waren Sie ihr Geliebter?«

»Mein Gott, müssen wir wirklich darüber reden?«

»Wie lange?«

»Ungefähr ein Jahr.« McKay schluckte. »Es war ekelhaft. Fettpolster und kein Ende.«

»Wann war Schluß? Oder kam es nie dazu?«

»Doch, es ist vorbei. Es war Schluß, als sie sich wieder aufgerappelt hatte. Eigentlich schon längere Zeit davor. Schade! Heute hätte ich nichts mehr dagegen.«

Decker sah von seinem Notizbuch auf. »Was soll das heißen, es war Schluß, als sie sich aufgerappelt hatte?«

McKay zögerte. »Unwichtig. Tatsache ist, daß sie das Interesse an mir verloren hat. Ich bin ihr egal. Es ist ihr Wurst, was ich tue, legal oder illegal. Jetzt, da sie gut aussieht, wieder ein normaler Mensch ist, bin ich nicht mehr wichtig. Mein Pech.«

»Leek, warum haben Sie aufgehört, mit ihr zu schlafen?«

»Sie meinen wohl, warum sie aufgehört hat, mit mir zu schlafen. Sie war für alles die Triebkraft. Und zu Ihrer Information: Mit meinen Aktivitäten am Rande hatte das nichts zu tun.«

»Erzählen Sie's mir trotzdem.«

Der Pfleger seufzte: »Können Sie mir noch einen Tee besorgen?«

Decker brachte Leek eine zweite Tasse Tee und entdeckte, daß er inzwischen auch das Zimtbrötchen gegessen hatte. »Haben Sie Hunger?«

»Zu einem Vollkornbrötchen mit Marmelade sage ich nicht nein.«

»Reden ist offenbar gut für Ihren Teint, Leek«, sagte Decker. »Sie sehen schon sehr viel besser aus.«

»Ich sag's ungern, aber ich fühle mich auch besser.«

Decker stellte einen Teller mit einem Marmeladebrötchen vor ihn hin. »Geständnisse sind Balsam für die Seele. Erzählen Sie mir jetzt, warum Sie und Tandy die Affäre beendet haben.«

»Sie hat Schluß gemacht, als ihr klar war, daß ich sie unter *keinen* Umständen heiraten würde.«

»Unter *keinen* Umständen«, wiederholte Decker. »Soll das heißen, daß sie von Ihnen schwanger war?«

McKay biß in sein Brötchen. »Keine Ahnung, wie das passieren konnte. Ich war vorsichtig. Ich meine, echt … echt vorsichtig. Nichts ohne Gummi. Das war das letzte auf der Welt, was ich wollte. Und so oft haben wir's gar nicht getrieben. Außerdem konnte ich die meiste Zeit sowieso nicht kommen. Keine Ahnung, wie sie schwanger geworden ist.«

»Einmal genügt, Leek.«

»Yeah.«

»Was ist mit dem Baby passiert?«

»Keine Ahnung. Ich nehme an, sie hat abtreiben lassen. Ich habe ihr Geld gegeben. Ich kann mich nicht erinnern, sie in schwangerem Zustand gesehen zu haben. Aber sie war damals so fett, daß das gar nicht aufgefallen wäre. Falls sie das Kind gekriegt hat, muß sie es zur Adoption freigegeben haben. Jetzt jedenfalls hat sie kein Kind.«

Decker klopfte mit seinem Stift gegen das Notizbuch. »Also noch einmal, Leek. Damit das klargeht. Sie hat aufgehört, mit Ihnen zu schlafen, nachdem Sie ihr gesagt hatten, daß Sie sie mit oder ohne Baby nicht heiraten würden?«

»Richtig.«

»Und was hat sie damals gesagt? Ich will nicht mehr mit dir schlafen?«

»So klar und deutlich lief das nicht ab. Sie ist mir einfach aus dem Weg gegangen, hat mich nicht mehr in ihre Wohnung eingeladen. Wir waren immer bei ihr gewesen. Ich wollte sie nicht bei mir haben.«

»Haben Sie sich keine Sorgen gemacht?«

»Sorgen? Soll das ein Witz sein? Ich war erleichtert.«

»Sie hatten also keine Angst, daß sie Ihre Investmentgeschäfte auffliegen lassen würde, nachdem Sie sie nicht heiraten wollten?«

McKay hörte auf zu kauen. Sein Gesicht nahm erneut eine ungesunde, graue Färbung an.

»Leek, so wie ich es sehe, ist Tandy sehr, sehr wütend geworden und hat gedroht, Sie auffliegen zu lassen... was sie offenbar nicht getan hat«, sagte Decker. »Nur muß ich mich natürlich fragen, warum.«

»Vielleicht, weil sie mir gegenüber loyal war«, flüsterte der Pfleger. »Alte Liebe rostet nicht.«

»Vielleicht haben Sie ihr einen Grund geliefert, den Mund zu halten? Indem Sie ihr gesagt haben, daß Sie wissen, daß sie keine staatlich geprüfte Krankenschwester, sondern nur Hilfsschwester ist.«

»Scheiße...«

»Oder ist sie nicht mal eine Hilfsschwester?« sagte Decker. »Hat sie alles nur erfunden? Hat das Altenheim davon Wind bekommen und sie deshalb gefeuert? Sie haben die Verwaltung überredet, nicht gerichtlich gegen Tandy vorzugehen. Und dann haben Sie Tandys Personalakte gestohlen, damit niemand ihre Probleme bis zum Altenheim zurückverfolgen konnte.«

McKay verbarg sein Gesicht in den Händen.

»Aber Sie wissen, kein Haß ist tiefer als der einer betrogenen Frau«, sagte Decker. »Ihr Problem zu begraben war ihr nicht genug. Deswegen haben Sie ihr ein letztes Angebot gemacht, das ihr bei ihrer Karriere als ›Krankenschwester‹ enorm weiterhelfen würde.«

»Ich muß kotzen.« McKay stand auf. »Entschuldigen Sie mich.«

Decker sah McKay nach, der zur Rückseite des Naturkostladens sprintete. Dann folgte er ihm zu der Toilette auf dem Hof. Durch die Tür hörte er die Würgegeräusche des Pflegers. Kurz darauf trat Leek wieder aus der Herrentoilette. Seine Augen waren wäßrig und zu Schlitzen verengt.

»Sie sehen nicht gut aus.«

»Bringen Sie mich jetzt zu meinem Wagen zurück?«

»Setzen wir uns noch einen Augenblick.« Decker ging wieder mit ihm nach vorne. »Seit wann benutzt Tandy Ihre Zulassungsnummer?«

McKay wirkte am Boden zerstört. »Seit ungefähr eineinhalb Jahren«, sagte er leise.

»Warum hat Tandy sich nicht einfach eine fiktive Zulassungsnummer zugelegt?«

»Weil jede Nummer einen besonderen Code enthält. Sie wäre irgendwann aufgeflogen. Das Risiko wollte sie nicht eingehen.«

»Überprüfen die Arbeitgeber die Zulassungsnummer nicht?«

»Das ist Vorschrift. Aber ohne triftigen Grund macht das keiner. Solange ich den Mund halte, ist die Nummer über jeden Zweifel erhaben. Außerdem ist Tandy ausgebildete Hilfsschwester. Sonst wäre sie längst aufgeflogen.«

»Machen Sie Witze? Leute haben sich schon erfolgreich als Ärzte, sogar als Chirurgen ausgegeben, ohne je einen Tag Medizin studiert zu haben. Ich begreife nicht, warum ein Krankenhaus die Zulassungsnummer nicht wenigstens gegenprüfen läßt.«

»Warum sich die Mühe machen, wenn es kein Problem gibt? Soviel ich weiß, hat Tandy nie Probleme gemacht.«

»Soweit Sie wissen«, wiederholte Decker.

»Soweit ich weiß.« McKay seufzte.

Marge saß auf dem Sofa im Wohnzimmer und las die Morgenzeitung, als Decker das Haus betrat. Sie ließ das Blatt sinken.

»Die Säuglingsschwester hat gesagt, Rina und Hannah hätten sich vor ungefähr einer Stunde schlafen gelegt«, begrüßte sie ihn. »Wie spät ist es jetzt? Drei? Du kommst spät.«

»Zeugengespräche dauern ihre Zeit. Wo ist Nora?«

»In der Küche. Sie macht Abendessen. Auberginenauflauf, Knoblauchbrot, Salat und Bratäpfel mit Rosinen und Sauerrahm zum Nachtisch. Mir läuft jetzt schon das Wasser im Mund zusammen.«

»Möchtest du mit uns essen?«

»Nein, danke. Du hast sicher gern ein bißchen Privatleben.«

»Privatleben?« Decker lachte ungläubig. »Unter meinem Dach leben zur Zeit meine Frau, zwei Töchter, zwei Söhne, eine Säuglingsschwester, eine Schwiegermutter, ein Schwiegervater, ein Hund und ein Katzenjunges. Für mich ist Privatleben ein Fremdwort. Du bist herzlich eingeladen zu bleiben...«

»Schon überredet.«

»Hat Hollander dich plangemäß abgelöst?«

»Ja.«

»Und wo ist Miß Roberts im Augenblick?« fragte Decker.

»Sie ist vom Silver's geradewegs ins Tujunga Memorial gefahren. Vermutlich macht sie dort die Schicht von drei bis elf.

Mike ist in die Rolle eines Putzmannes geschlüpft. Er läßt sie nicht aus den Augen.«

»Gut.«

»Und was hatte Leek McKay zu seiner Verteidigung zu sagen?«

Decker setzte sich in einen Ledersessel. Ginger kam aus der Küche ins Wohnzimmer und ließ sich zu seinen Füßen nieder. Decker klopfte dem Setter den Hals. »Nett, daß du dich noch an mich erinnerst.«

Der Sarkasmus war an die Hündin verschwendet.

»Er hat quasi zugegeben, kleinere Summe von den Alten unterschlagen zu haben. Und er hat zugegeben, Tandy die Nutzung seiner Zulassungsnummer gestattet zu haben.«

»Was ist mit dem Diebstahl von Tandys Personalakte?«

»Er behauptet, sie nicht zu haben und nicht zu wissen, wo sie ist. Er hat sich schrecklich gewunden, aber offenbar glaubt er, daß Tandy sie selbst hat mitgehen lassen.«

»Wie?«

»Darüber wollte Leek nichts sagen. Seine anderen Vergehen hat er zugegeben. Was die Entführung betrifft, gibt es keinen Hinweis, daß er damit was zu tun hat.«

»Aber wir können ihn wegen Unterschlagung festnageln?«

»Ja. Jetzt, wo wir ihn haben, weiß ich nicht so recht, was wir mit ihm anfangen sollen.«

»Wie meinst du das?«

»Er hat keine Vorstrafen. Damit würde eine Strafe zur Bewährung ausgesetzt werden. Er muß das Geld zurückzahlen, das er den Alten abgeschwatzt hat. Leider kriegen die es nicht. Das Altenheim steckt es ein. Wahrscheinlich wird man ihm ein paar gemeinnützige Dienste aufs Auge drücken, und das macht er jetzt sowieso schon. Er sorgt für die Unterhaltung der Heimbewohner. Organisiert im Golden Valley regelmäßig die Halloweenparty, die Weihnachtsfeier, Ostern ...«

»Pete, du läßt ihn doch wohl nicht laufen, oder? Es geht um Unterschlagung!«

»Wenn er verurteilt wird, verliert er vermutlich seine Zulassung als Pfleger. Das Heim verliert einen Pfleger, den die Alten über alles lieben.«

»Decker!«

»Ich will Leek ja nicht ungeschoren davonkommen lassen. Aber er muß ja nicht unbedingt vor Gericht landen.«

»Pete...«

»McKay und ich hatten eine angenehme Rückfahrt zum Altenheim, nachdem die Zeit der Geständnisse vorbei war. Ich habe ihn zu einem der Manager gebracht und ihm gesagt, er solle seine schmutzigen, kleinen Machenschaften beichten. Dann bin ich gegangen. Ich erwarte, von den Herrschaften zu hören. Wenn sie entscheiden, nicht gegen ihn vorzugehen, welchen Grund haben wir dann noch, ihn anzuklagen?«

»Du könntest sie zwingen, McKay zu verklagen!«

»Konzentrieren wir uns auf das Wesentliche. Leek hat Tandy seine Zulassungsnummer nur überlassen, um sich ihr Schweigen zu erkaufen. Sie weiß von seinen Unterschlagungen. Zuerst hat Tandy das benutzt, um ihn zu einer Affäre zu erpressen. Und dann hat sie ein Kind von ihm erwartet.«

»Er hat ihr auch ein Kind gemacht?« Marge schüttelte den Kopf. »Damit wären wir bei Schwangerschaft Nummer drei. Fruchtbares Mädchen.«

»Drei Schwangerschaften?« fragte Decker. »Wann war die zweite?«

»Mit achtzehn in New York.«

»Wie bist du denn *darauf* gekommen?«

Marge lächelte geheimnisvoll. »Ich habe da meine Quellen. Wichtig ist, daß Tandy Roberts in verhältnismäßig kurzer Zeit drei Babys verloren hat.«

»Verloren?« wiederholte Decker. »Leek sagt, sie habe abtreiben lassen.«

»Verloren. Abgetrieben. Wer weiß?« Marge zuckte die Schultern. »Tandy scheint ein labiler Charakter zu sein. Zuerst hungert sie sich halb zu Tode, dann frißt sie sich fett. Und sie führte Selbstgespräche. Zusammen mit den verkorksten Schwangerschaften ergibt das ein brisantes Psychogramm.«

»Du hast mit ihr gesprochen, Margie. Hattest du den Eindruck, daß sie verrückt ist?«

»Im Gegenteil. Rein äußerlich wirkte sie verdammt vernünftig. Ganz das typisch selbstverliebte kalifornische Mädchen.«

»Und was lernen wir daraus?«

»Sie hat ein Motiv«, sagte Marge. »Zwei kinderlose, psychisch instabile Charaktere: Tandy und Marie Bellson. Früher dicke Freundinnen. Vielleicht haben sie sich wieder angenähert, inspiriert durch ein gemeinsames Ziel. Beide haben durchgedreht, sich gegenseitig noch verstärkt und gemeinsam die ultimative Todsünde begangen.«

Decker schwieg.

»Die beiden stecken unter einer Decke. Das fühle ich«, bekräftigte Marge.

»Und was sie verbindet, ist ihre Kinderlosigkeit.«

»Richtig«, sagte Marge. »Sehen wir uns Tandys Vergangenheit mal genauer an. Geboren in Berkeley, als Kind nach Manhattan gekommen, in der Modebranche gearbeitet...« Marge hielt inne. »Ich nehme sie genauer unter die Lupe. Verlaß dich drauf.«

Eine Weile fiel kein Wort.

»Okay, du nimmst dir Tandys Vergangenheit vor«, entschied Decker schließlich. »Vielleicht entdecken wir dabei eine Verbindung zwischen Tandy und Marie. Aber wir müssen uns beeilen. Heute morgen wurde das FBI eingeschaltet.«

»Machst du Witze?«

»Leider nicht. Stehen schon in den Startlöchern für ihren großen Auftritt, die Jungs.«

»Verdammt!« Marge schleuderte die Zeitung aufs Sofa und begann auf und ab zu gehen. »Wie wär's damit, Pete? Marie ist Tandys Mutter. Sie hat sie zur Adoption freigegeben?«

»Das kommt mit der Zeit nicht hin. Marie hat mit fünfzehn noch bei ihrer Mutter gelebt. Und Lita ist sicher, daß ihre Tochter als Teenager kein Kind bekommen hat.«

»Traust du Litas Erinnerungsvermögen?«

»Nicht hundertprozentig. Aber es klang alles vernünftig.«

In diesem Moment ging die Haustür auf. Ginger sprang schwanzwedelnd auf. Cindy kam herein. Sie hatte ein Mädchen in ihrem Alter im Schlepptau. Beide waren leicht gebräunt und hatten nasses Haar.

Cindy gab ihrem Vater einen Kuß. »Erinnerst du dich noch an Lisa Goldberg, Dad?«

»Hallo, Lisa«, begrüßte Decker den Gast. »Wie geht's?«

»Ganz gut.« Lisa zuckte scheu mit den Achseln.

»Wir waren schwimmen«, berichtete Cindy. »Ich will mich nur schnell umziehen. Wir veranstalten ein Treffen mit der alten Highschool-Gang. Gehen zusammen essen.« Cindy warf Marge einen verstohlenen Blick zu. »Bis später dann!«

Beim Hinausgehen deutete Cindy mit dem Mund ein Dankeschön in Richtung Marge an.

Decker entging das nicht. »Was sollte das denn?«

»Erzähl ich dir später.«

»Nein, ich will's jetzt wissen. Was heckt ihr beiden hinter meinem Rücken...« Decker verstummte. »Da fällt mir was ein. Vor zwei Jahren, als Tandy Leeks Kind erwartet hat, war sie noch dick befreundet mit Marie, stimmt's?«

»Nehm ich an«, sagte Marge. »Na und?«

Decker lächelte schlau, griff zum Telefon und ließ sich mit Dr. Meecham verbinden.

»Was gibt's, Sergeant?«

»Ich muß Sie bitten, Ihre Schweigepflicht noch einmal zu verletzen. Mir zuliebe.«

»Sergeant...«

»Denken Sie an das entführte Baby. Vielleicht fällt's Ihnen dann leichter. Wir können uns ja rein hypothetisch unterhalten.«

»Sergeant, ich habe zu tun. Was soll das?«

Deckers Bereitschaft, Rücksicht zu nehmen, war begrenzt.

»Nehmen wir mal rein theoretisch an, vor ungefähr zwei Jahren habe Ihre Patientin Marie Bellson eine junge, korpulente Frau zu Ihnen gebracht, die ein Problem hatte.«

Meecham antwortete nicht sofort. »Fahren Sie fort.«

»Nehmen wir weiter an, diese Frau sei schwanger gewesen und zu Ihnen wegen einer möglichen Schwangerschaftsunterbrechung gekommen.«

»Ich glaube, das ist eine verflucht abwegige Annahme, Sergeant.«

Decker wartete einen Moment. »Gut. Vielleicht hatte die junge Frau den Schwangerschaftsabbruch woanders vornehmen lassen, und dabei ist was verpfuscht worden. Marie könnte sie zur Behandlung zu Ihnen gebracht haben.«

»Interessante Theorie. Leider reine Phantasie.«

Decker dachte angestrengt nach. »Okay, angenommen, die junge Frau hatte eine Fehlgeburt …«

»Diese Mutmaßung gefällt mir auch nicht.«

Decker überlegte fieberhaft. Tandy hatte weder eine Fehlgeburt noch eine Abtreibung. Damit blieb nur noch eine Möglichkeit. »Möglicherweise wurden Sie der Geburtshelfer der jungen Lady und haben sie von ihrem Kind entbunden.«

»Vielleicht habe ich das bestimmt nicht getan.«

»Vielleicht dann ein anderer?«

»Nein.«

Decker schwieg verwirrt. »Danke für Ihre Geduld, Doktor«, sagte er schließlich.

»Tut mir leid, daß ich Ihnen nicht helfen kann. Ich muß jetzt Schluß machen.« Meecham legte nicht auf. »Habe ich Ihnen eigentlich erzählt, daß ich vergangenen Monat einen sehr interessanten Vortrag gehört habe? Und zwar über *Pseudogravidität*.«

»Pseudo – was?« Decker zückte sein Notizbuch. »Wie schreibt man das?«

»Sehen Sie im Lexikon nach, Sergeant.«

Meecham legte auf. Der Sergeant war mit dem Rufzeichen im Ohr allein.

31

»Pseudogravidität«, sagte Decker verständnislos und griff nach dem Lexikon.

»Scheinschwangerschaft«, sagte Cindy prompt, die mit Lisa zurückkam.

Decker klappte das Lexikon zu. »Woher weißt du das denn?«

»Englische Geschichte. Die Königin Mary Tudor, besser bekannt als Blutige Mary, hatte eine Scheinschwangerschaft«, erklärte Cindy. »Sie war mit Philipp II. von Spanien verheiratet. Er war viel jünger als sie. Ein paar Monate nach der Hochzeit verkündete der Hof, die Königin sei guter Hoffnung. Nach zehn Monaten einer sogenannten Schwangerschaft gebar Mary nichts als heiße Luft. Philipp war ›not amused‹, reiste zurück nach Spanien und kehrte nie mehr wieder.«

Decker schüttelte den Kopf. Er bezahlte fünfzehntausend Dollar pro Jahr, damit seine Tochter tiefe Einblicke in die Psychosen einer mittelalterlichen Königin bekam.

»Was bedeutet ›Scheinschwangerschaft‹?« meldete sich Marge. »Schützt die Frau nur vor, schwanger zu sein? Oder glaubt sie ehrlich daran, daß sie ein Kind kriegt?«

Cindy zuckte die Schultern. »Keine Ahnung. Ich habe nur in Geschichte und nicht in Psychologie darüber gehört. Aber wer hatte diese Scheinschwangerschaft? Vielleicht unsere Freundin?«

»Auf Wiedersehen, Cindy. Ich wünsch dir einen netten Abend!« sagte Decker streng.

»Aber Dad . . .«

»Cindy!« mahnte Marge.

»Keine Sorge, Marge. Versprochen ist versprochen.«

»Was hast du versprochen?« fragte Decker.

»Ich habe Marge versprochen, mich nicht mehr in eure Ermittlungen einzumischen.«

»Wann war das denn?«

»Ich warte draußen im Wagen, Cin«, warf Lisa ein.

»Gute Idee.« Nachdem Lisa die Tür hinter sich geschlossen hatte, sagte Cindy: »Dad, du...«

»Laß das, Cindy. Ihr beiden verheimlicht mir was. Ich will wissen, was!«

Cindy senkte den Blick. »Ich habe dem Silver's Studio einen Besuch abgestattet.«

»Du hast *was*?« Decker fuhr zu Marge herum. »Und du hast das zugelassen?«

»Ich habe sie rauskommen, aber nicht reingehen gesehen.«

»Aber mir hast du's verschwiegen!«

Marge zuckte die Schultern.

»Daddy, Marge hat mich schon genug geschimpft«, sagte Cindy, bevor Decker loslegen konnte. »Es tut mir leid. Ich war dumm. Aber ich wollte helfen. Ich hätte es dir sowieso erzählt. Es war nur noch nicht der richtige Zeitpunkt.«

Cindy sank in einen Sessel. »Schau mich nicht so wütend an, Dad. Immerhin habe ich mit Tandy geredet. Und sogar ausgiebig. Leider hat sie Marie Bellson oder Caitlin Rodriguez nicht erwähnt. Dafür weiß ich, daß sie zwei Babys verloren hat. Damals in New York.«

»Daher weißt du also von Tandys zweiter Schwangerschaft!« zischte Decker durch die Zähne in Richtung Marge.

»Das berühmte Korn vom blinden Huhn«, bemerkte Marge mit gezwungenem Lächeln. »Damit ist klar, daß sie zwei Schwangerschaften und eine eingebildete hatte, laut Meecham.«

»Vielleicht waren alle nur eingebildet«, sagte Decker. »Die Frau scheint doch nicht richtig zu ticken. Die Geschichte wird immer mysteriöser.« Er wandte sich an Cindy. »Worüber habt ihr gesprochen, du und Tandy?«

»Über Scheidung, über die Scheidung ihrer Eltern«, verbesserte sich Cindy. »Sie ist völlig verbittert deswegen. Wenn man sie hört, könnte man glauben, es sei erst gestern passiert.«

»Und wann ist es wirklich passiert?« wollte Decker wissen.

»Als sie noch klein war. Ich glaube, sie war fünf.«

»Tandy ist fünfundzwanzig«, überlegte Decker laut. »Dann muß die Scheidung vor zwanzig Jahren gewesen sein.«

Cindy nickte.

»Marie Bellson dürfte damals zwanzig gewesen sein«, rechnete Decker weiter. »Cindy, hat Tandy erzählt, wo sie her ist?«

»Oh, nein!« rief Marge. »Ich bin ein Idiot! Marie Bellson ist in Berkeley aufs College gegangen!« Sie sah Cindy an. »Hast du nicht gesagt, Tandys Vater sei Professor in Berkeley gewesen?«

»Ja.«

»Ein Professor, der seinen Hosenschlitz nicht geschlossen halten konnte.«

»Pete, Lita Bellson hat behauptet, ihre Tochter habe praktisch mit jedem geschlafen, Professoren eingeschlossen. Ich wette, Professor Roberts war einer ihrer verflossenen Liebhaber!«

»Das ist die Verbindung zwischen Tandy und Marie«, sagte Cindy.

»Hab ich's nicht gesagt? Das Kind ist ein Naturtalent!« seufzte Marge.

Decker warf ihr einen wütenden Blick zu. Marge hielt ihm stand. So schnell gab sie nicht klein bei. Cindy war es mulmig zumute. Sie wußte, daß sie der Grund für die gespannte Atmosphäre zwischen den beiden war.

»Als Tandy von ihren Eltern erzählte, war sie kaum noch zu bremsen«, berichtete Cindy. »Sie haßt sie. Kanzelt sie erbarmungslos ab. In dieser Familie war Liebe ein Fremdwort.«

»Wieso redest du immer von den Eltern im Plural?« fragte Decker. »Tandy lebte doch bei ihrer Mutter.«

Cindy zuckte nur hilflos die Schultern.

»Pete«, begann Marge. »Tandy und Marie müssen in unmittelbarer Nachbarschaft miteinander gelebt haben. Und zu diesem Zeitpunkt hatten beide ein traumatisches Erlebnis.«

Resignation schlug wie eine heftige Woge über Decker zusammen. »Tandys Eltern ließen sich scheiden, und Marie hat vermutlich zur selben Zeit ein Kind verloren. Ich will jetzt nicht absichtlich das Thema wechseln, Cynthia, aber deine Freundin wartet draußen im Wagen.«

»Himmel! Lisa habe ich völlig vergessen.« Cindy gab ihrem Vater einen Kuß. »Tut mir wirklich leid, Daddy!« Damit wirbelte sie aus der Tür.

Decker sah Marge an. »Wenn du glaubst, daß ich mich wegen Cindy bei dir entschuldige, vergiß es. Sie ist erwachsen, Pete. Ich behandle sie auch so.«

»Du verstehst das nicht, Marge. Dich trifft keine Schuld. Du hast nie Kinder gehabt. Ein Kind bleibt immer ein Kind, egal wie alt es ist.«

»Okay, dann verstehe ich halt nichts davon. Hören wir auf mit dem Gezanke. Konzentrieren wir uns auf unseren Fall!«

Decker setzte sich auf die Couch. »In Ordnung.«

Marge verschränkte die Hände. Der Nebel der Feindseligkeit zwischen ihnen war noch nicht verflogen. Aber sie wußte, er würde nicht von langer Dauer sein. Die Arbeit würde alles wieder ins Lot bringen. Der Fall zerrte an ihren Nerven.

»Marie und Tandy in Berkeley. Marie lebt sexuell ausgesprochen freizügig, Tandys Vater auch.«

Decker nickte.

Marge lächelte. »Marie und Tandy haben ungefähr zur selben Zeit traumatische Erlebnisse. Wie hängt das zusammen?«

»Fangen wir mit dem nächstliegenden an.« Decker versuchte nicht gereizt zu klingen. »Tandys Vater war ein Lüstling, Marie eine Nymphomanin. Sie hatten eine Affäre miteinander.«

»Die Affäre führte zur Scheidung von Tandys Eltern und möglicherweise auch zu Maries Schwangerschaft«, konstruierte Marge sachlich.

»Klingt plausibel.«

»Danke«, sagte Marge mit gespanntem Lächeln.

»Keine Ursache.« Decker mußte unwillkürlich grinsen. »Also gut. Nehmen wir an, Tandy war wütend über die Scheidung ihrer Eltern. Und nehmen wir weiter an, daß Tandy wußte, daß die Affäre ihres Vaters mit Marie zur Scheidung geführt hatte.«

»Dann müßte Tandy wütend auf Marie sein«, überlegte Marge. »Wie konnte sie da mit ihr befreundet sein?«

»Pete, die Geschichte ist zwanzig Jahre her. Ich kann mir nicht vorstellen, daß der Frust und die Wut einer Fünfjährigen so lange anhalten. Dann müßte sie geplant haben, Krankenschwester zu werden, Marie zu treffen, ihre beste Freundin zu werden und ihr Entführung und einen Mord anzuhängen.«

»Stimmt. Klingt absurd.«

»Angenommen, Tandys Vater...«, begann Marge.

»Hat der Kerl einen Namen?« fragte Decker.

»Geoffrey, mit englischem Akzent gesprochen.«

»Engländer?«

»Nein, kubanischer Abstammung.«

»Woher weißt du das?«

»Cindy.«

»Meine Tochter sprudelt ja nur so über von Informationen.« Decker hielt inne. »Meinst du, es ist ein Zufall, daß das entführte Baby lateinamerikanische Eltern hat?«

»Eine interessante Beobachtung.«

»Sollten wir im Auge behalten. Aber jetzt interessiert mich, wie kubanische Eltern dazu kommen, ihren Sohn Geoffrey zu nennen?«

»Caitlin ist auch kein lateinamerikanischer Vorname. Immigranten nehmen gern angloamerikanische Namen an, um sich zu assimilieren.« Marge blätterte in ihrem Notizblock. »Ich glaube, Tandy hat Cindy erzählt, daß ihr Vater seinen Namen geändert hat.«

»Geoffrey Roberts. Professor. Glaubst du, er lebt noch in Berkeley?«

»Das läßt sich feststellen.«

»Dann sollten wir das tun«, sagte Decker. »Wo waren wir stehengeblieben?«

»Bei einer Affäre zwischen Marie Bellson und Geoffrey Roberts.«

»Gut. Wäre doch möglich, daß Tandy mit ihren fünf Jahren von der Affäre erfahren hat. Und zwar durch das laute Geschrei ihrer Mutter.«

»In dem Haushalt wurde offenbar viel geschrien.«

»Vor allem nachdem Geoffrey Roberts Marie ein Kind gemacht hatte. Viele Frauen tolerieren Untreue. Aber wenn die andere schwanger wird, hört meistens der Spaß auf.«

»Dann platzt die Bombe!«

»So ungefähr. Und Tandy hat vermutlich was mitgekriegt. Sie wußte, Marie Bellsons Schwangerschaft war schuld an der Scheidung ihrer Eltern. Es hat sie gequält. Aber vermutlich konnte sie ihre Gefühle verbergen. Kinder verstecken ihren Schmerz geschickt. Vielleicht ist sie mit ihrer Vergangenheit fertig geworden, indem sie sie verdrängt hat. Aber als sie mit fünfzehn schwanger wurde, tauchte das alte Trauma wieder aus der Versenkung auf.«

»Eine ehrgeizige Mutter, die die Tochter zu allem getrieben hat«, entnahm Marge ihren Notizen. »So hat Tandy ihre Mutter beschrieben. Diese Schwangerschaft muß in Mutter und Tochter alte Gefühle geweckt haben. Eine Schwangerschaft hatte das Leben der Mutter ruiniert. Jetzt ruinierte eine andere Schwangerschaft es noch einmal. Und das, nachdem die ehrgeizige Mutter eine Menge in Tandys Karriere investiert hatte. Die Folge waren vermutlich erneut lautstarke Beschimpfungen. So nach dem Motto ›Du hast dein Leben ruiniert‹ und so weiter.«

Decker dachte nach. *Sie schien sehr aufgebracht zu sein, wenn sie Selbstgespräche führte.* »Hat Tandy wirklich Selbstgespräche geführt? Oder hat sie mit jemand anderem gesprochen? Mit jemandem, der sie anbrüllte?«

»Sie könnte Stimmen gehört haben?«

»Möglich«, sagte Decker.

»Ich schätze, die Stimme hat ihr auch von einer anderen Schwangerschaft erzählt, die einst ihr ganzes Leben zerstört hatte. Marie Bellson, die von Dad geschwängert wurde. Das war zuviel. Damit kam sie nicht klar. Sie beendete ihre Karriere als Model, ging in den Westen und erstickte ihre Angst und ihren Frust in Freßsucht. Bald hatte sie sich zu einem Ballon von hundertzwanzig Kilo aufgeblasen.«

»Hm«, murmelte Decker.

»Essen ist ein Ersatz für Liebe«, fuhr Marge fort. »Und dann hat sie Marie getroffen. Und...«

»Und was?«

»Keine Ahnung. Das frage ich dich.«

»Ich weiß auch nicht. Sie wurden dicke Freundinnen. Wie du schon gesagt hast. Es ergibt keinen Sinn. Tandy müßte Marie gehaßt haben.«

»Vielleicht hat sie das ja.«

»Dann gehst du davon aus, daß Tandy in Marie Bellson die böse Frau wiedererkannt hat, deretwegen ihre Eltern sich zwanzig Jahre zuvor getrennt hatten. Marge, Tandy ist erst fünf gewesen.«

»Möglicherweise hat sie sich nicht an das Gesicht erinnert, aber an den Namen. Könnte doch sein, daß die Mutter dafür gesorgt hat, daß sie ihn nie vergißt.«

Decker hob den Finger. »Könnte auch anders herum gewesen sein. Vielleicht hat Marie Tandy erkannt. Sie ist vor zwanzig Jahren eine erwachsene Frau gewesen. Wenn sie eine Affäre mit dem Vater gehabt hat, muß sie Tandys Namen erkannt haben.«

Marge nickte. »Dann hat Marie also diese fette, schizophrene Frau gesehen, die einst die niedliche, kleine Tochter des Mannes gewesen war, den sie mal geliebt hatte. Hat ihr das Herz gebrochen. Bellson hat Tandy wie eine Tochter aufgenommen, um die Fehler der Vergangenheit wiedergutzumachen.«

»Besonders dann, wenn es stimmt, daß das Kind, das Marie verloren oder abgetrieben hat, von Geoffrey Roberts war«, erklärte Decker.

»Vielleicht haben sie sich gegenseitig erkannt und darüber

geschwiegen. Jeder hat seine Leiche im Keller gelassen. Marie aus Schuldbewußtsein, Tandy aus krankhaftem Haß.«

»Und was ist dann passiert?« fragte Decker.

»Tandy hatte eine Scheinschwangerschaft«, fuhr Marge fort. »Sie wollte ein Baby. Und da sie mehr als ein bißchen verrückt ist, hat sie sich eines aus Maries Säuglingsstation geholt. Weil sie wußte, daß Marie sie aus Schuldgefühlen heraus nicht verraten würde.«

»Klingt plausibel, bis auf die Tatsache, daß Tandy weiter ihr Leben führt wie bisher und einen äußerlich vernünftigen Eindruck macht. Wo sind Marie und das Baby?«

Beide schwiegen nachdenklich.

»Unsere Theorien hängen von einer Verbindung zwischen Marie und Geoffrey Roberts ab«, überlegte Decker laut. »Marie ist für uns nicht faßbar, aber vielleicht Geoff Roberts. Ein paar Anrufe nach Berkeley dürften uns weiterbringen.«

Marge nickte. »Ist dir klar, daß wir nie eine Verurteilung erreichen werden, wenn Tandy tatsächlich ein Fall für die Heilanstalt ist, Pete?«

»Eine Verurteilung kümmert mich im Moment wenig. Wenn die Stimmen ihr gesagt haben, sie soll entführen und töten, dann bleibt es nicht bei einem Mord.«

»Das Baby?«

»Das Baby.«

32

Es war cool.

Sie hatte alles unter Kontrolle.

Sie hatte die Kontrolle.

Die Polizei hatte keinen Zugriff.

Sie war gerettet.

Jesus rettete sie.

Jesus liebte sie.

Jesus liebte alle.

Er liebte die Guten und die Schlechten. Freund und Feind.

Sogar Tantchen.

Auch die Stimmen?

Jesus liebte *sie,* weil sie alles unter Kontrolle hatte.

Marge legte den Hörer auf und rief: »Wir haben ein kleines Problem, Rabbi.«

Decker kam aus der Küche, Hannah im Arm, in der anderen Hand eine Flasche mit Zuckerwasser. »Was ist los?«

»Die Personalabteilung von Berkeley hat Geoffrey Roberts vor über zwei Jahren den letzten Gehaltsscheck ausgestellt. Die Sekretärin hat mir die letzte bekannte Adresse und Telefonnummer gegeben. Und jetzt rate mal?«

»Sind beide nicht mehr aktuell?«

»So ist es. Eine neue Adresse in der Bay Area ist nicht bekannt, keine Nachsendeadresse vorhanden. Ich habe in der Bereitschaft angerufen und MacPherson gebeten, Geoffrey Roberts über den Computer ausfindig zu machen. Außerdem habe ich mit Santa Cruz und Davis telefoniert. Für den Fall, daß er an eine andere Universität in Nord-Kalifornien gewechselt ist. Bis jetzt Fehlanzeige.«

Decker setzte sich aufs Sofa und steckte Hannah den Fläschchenschnuller in den Mund. Sie saugte gierig.

»Wann wollte MacPherson sich wieder melden?«

»Jeden Moment.«

Das Telefon klingelte.

Marge griff nach dem Hörer. Es war MacPherson.

»Ich habe Geoffrey Roberts auf dem Monitor, mit Sozialversicherungsnummer, Steuernummer und dem ganzen Drum und Dran. Leider wird euch das kaum was nützen.«

»Warum nicht, Paul?«

»Die Adresse auf der Steuererklärung ist die in Berkeley. Die, die Sie mir gegeben haben, Marge. Sieht so aus, als habe Mr. Roberts keine Steuern mehr gezahlt, seit er die Hochburg des politischen Radikalismus verlassen hat.«

Marge fluchte unterdrückt. Sie setzte hastig Decker ins

Bild. Dann sagte sie ins Telefon: »Er muß doch von irgendwas gelebt haben. Von 'ner Pension oder so. Selbst wenn's nur die Zinsen seiner Ersparnisse waren, mußte er Steuern zahlen. Da kommt normalerweise keiner ungeschoren davon.«

»Im Computer steht davon nichts«, beharrte MacPherson.

»Und wenn der Bursche gestorben ist?« schlug Decker vor. Marge gab die Frage an MacPherson weiter.

»Sag dem Rabbi, daß ich ihm schon einen Schritt voraus bin. Ein Totenschein ist nirgends aufgetaucht. Ihr habt da ein Phantom.«

»Vielleicht weiß Tandy mehr.«

»Sollen wir sie fragen?«

»Auf keinen Fall!« Decker schüttelte energisch den Kopf. »Wenn sie psychisch gestört ist, könnte das wer weiß was für eine Katastrophe auslösen. Ich will sie nicht erschrecken. Wir geben unseren Verdacht ans FBI weiter. Sollen die entscheiden, ob sie sie vernehmen wollen. Noch haben wir ein paar Stunden Zeit, den Fall auf unsere Art zu lösen.«

»Tandy scheint zu glauben, daß ihr Vater noch in Berkeley wohnt. Das ging jedenfalls aus dem Bericht deiner Tochter von ihrem Gespräch mit Tandy hervor.«

»Es muß doch jemand in der englischen Fakultät von Berkeley geben, der näher mit Roberts bekannt war«, sagte Decker.

Marge blätterte in ihrem Notizbuch. Schließlich hatte sie die Telefonnummer von Berkeley gefunden. Zehn Minuten später, nach einem halben Dutzend Fehlversuchen, schien sie auf jemanden gestoßen zu sein.

»Man will mich mit einem Herrn namens Bert Stine verbinden. Er hat mit Geoffrey Roberts zusammengearbeitet.«

»Gut«, murmelte Decker. »Hast du eigentlich Stan Meecham erreicht?«

»Ja. War nicht glücklich, der gute Doktor, daß wir ihn schon wieder belästigen mußten. Aber er hat schließlich zugegeben, daß Marie Tandy in seine Praxis gebracht hat. Aber sie war nie seine Patientin gewesen .«

»Und wann war Marie mit Tandy dort?«

»Ungefähr vor zwei Jahren, im November. Als die beiden noch dick befreundet waren.«

»Gut, dann erzähl mir was von Pseudogravidität en!«

»Der Doktor beschreibt den Zustand als eine unbewußte, mentale Sache. Die Frau redet sich ein, schwanger zu sein. Ihre Periode bleibt aus, Brust- und Körperumfang nehmen zu, manchmal stellt sich sogar die morgendliche Übelkeit ein. Kommt gewöhnlich bei jungen Mädchen vor, aber nicht ausschließlich.«

Marge hob die Hand und sagte ins Telefon: »Professor Stine? Detective Dunn hier. Polizei von Los Angeles ... Nein, nein, er ist nicht in Schwierigkeiten. Ich versuche nur, Geoffrey Roberts zu finden. Soviel ich weiß, haben Sie zusammen mit ihm in Berkeley unterrichtet?«

Decker sah sie erwartungsvoll an. Marge rollte die Augen.

»Nein, ich versichere Ihnen, keine Probleme, zumindest nicht, soweit ich damit befaßt bin.«

Marge knirschte mit den Zähnen.

»Nein, ich schnüffle nicht unerlaubterweise in anderer Leute Privatleben herum. Ich will ihn nur finden ... Nein, ich weiß nicht, ob er verschwunden ist ... Nein, Professor Stine, wir glauben auch nicht, daß er tot ist. Jedenfalls existiert kein offizieller Totenschein. Wissen Sie vielleicht, wohin er gezogen ist, nachdem er seine Lehrtätigkeit in Berkeley aufgegeben hat?«

Marge wartete erneut.

»Leider, Professor. Die Sache, mit der ich befaßt bin, ist amtlich. Aber ich habe nicht die Absicht, ihm Schwierigkeiten zu machen. Können Sie mir helfen? Es ist sehr wichtig. Natürlich warte ich.«

»Harter Brocken?« fragte Decker.

»Hat was gegen die Polizei.«

»Wenigstens hat er nicht gleich aufgelegt!«

»Ein gutes Zeichen.« Marge horchte auf. »Ja, Professor ... Er ist nach Los Angeles gezogen? Und wohin in L. A.? Nein,

nein, schon in Ordnung. Ist wenigstens ein Anfang. Danke. Wiederhören.«

»Er ist hier?« Decker war perplex.

»Stine war nicht ganz sicher.« Marge überlegte. »So, wie Stine reagiert hat... also irgendwas stimmt da nicht. Undurchsichtig, warum Roberts Berkeley verlassen hat.«

Decker legte Hannah vorsichtig über die Schulter. »Tandys Vater zieht nach L. A. und wird zu einem Phantom. Marie ist Tandys Freundin und löst sich plötzlich in Luft auf. Und wir haben noch immer keine Spur von ihr.«

»Finden wir zuerst mal Geoff«, schlug Marge vor. Sie stand auf. »Das wird nicht einfach werden. Wir müssen sämtliche Universitäten abklappern. Und davon gibt's hier 'ne Menge. Kommst du mit aufs Revier?«

»Fahr du schon vor. Ich lege Hannah erst schlafen.« Er lächelte. »Sollte das dem FBI nicht passen, können sie mich mal kreuzweise.«

Frustriert und todmüde kroch Decker unter die Bettdecke. Es war Freitagmorgen kurz nach Mitternacht, noch gut zwanzig Stunden bis zum Sabbat. Ihm war klar, warum Gott einen Ruhetag geschaffen hatte. Er lag auf dem Rücken, den Blick zur Decke gerichtet und starrte auf eine Spinnwebe, die im Mondschein glitzerte. Eine warme Hand berührte seinen Arm.

»Ist sie wach?« fragte Rina schlaftrunken.

»Wer? Hannah?«

»Ist sie wach?«

»Nein, Honey. Alle schlafen. Hab ich dich geweckt?«

Rina drehte sich zu ihm um. »Du hast mich nicht geweckt. Das war mein Busen. Die Milch ist eingeschossen.«

»Willst du mich stillen? Damit der Druck weggeht?«

Rina lächelte. Decker sah es trotz der Dunkelheit. »Wenn du die Milch in eine Flasche abpumpst, füttere ich Hannah gern. Dann kannst du weiterschlafen.«

Rina zögerte. »Ich denke, der Schlaf tut mir gut. Gib mir die Flasche und die Brustpumpe.«

Rina beobachtete ihn, während er die Utensilien holte, die sie brauchte. »Dich beschäftigt doch was, Pete. Rede mit mir!«

Decker schwieg.

»Bitte.«

Decker lächelte flüchtig. »Morrison hat beschlossen, den Fall dem FBI zu übergeben. Bei einer Entführung kann er das. Offiziell kann ich weiter an dem Fall arbeiten, aber ich hab keine Lust. Wir treten uns nur gegenseitig auf die Füße. Sollen sie machen, was sie wollen. Ich geb den Fall ab.«

»Erleichtert klingst du nicht gerade.«

»Was kann ich schon tun?« Er zuckte mit den Schultern.

»Tut mir leid, Peter.«

»Ach, was soll's! Ist nur ein Job.« Decker grinste. »Das Wesentliche ist die Familie.«

Rina erwiderte das Lächeln. »Ich freue mich schon so auf die *Schalom Nikewah*, die Geburtsfeier für Hannah am Sonntag. Wir machen einen Brunch. Alle sind schon richtig aufgeregt.«

»Brunch? Du hast das Fest nicht abgesagt?«

»Nein. Warum sollte ich? Der Lieferdienst sorgt doch für alles.«

»Rina!«

»Peter, das ist mein letztes Baby! Für immer! Die ganze Zeit war ich traurig. Jetzt will ich *feiern*! Und nichts kann mich davon abhalten.«

»Dazu fällt mir nichts mehr ein.« Decker fuhr sich mit der Hand übers Gesicht. »Du bist verrückt, daß du dir das antust.«

»Natürlich bin ich verrückt. Ich bin unvernünftig. Aber das ist mir egal.«

Decker lachte. »Tut gut, dich glücklich zu sehen.«

Rina stellte das Fläschchen mit der abgepumpten Muttermilch auf den Nachttisch. »Glücklich? Ist nicht mal übertrieben.« Sie lächelte. »Was würde dich glücklich machen?«

Decker überlegte. »Noch eine Woche Zeit für meinen Fall.«

»Dann rede mit Morrison, Peter. Vielleicht gibt er dir noch ein paar Tage.«

»Würde ich ja machen, aber ich habe nichts Konkretes in der Hand. Gerade suchen wir einen Collegeprofessor, und nicht mal den können wir auftreiben. Ich kann doch nicht sämtliche Telefonbücher der Staaten wälzen! Es ist so verdammt frustrierend!« Decker atmete hörbar aus. »Ach, kümmere dich nicht um mich. Nächste Woche habe ich noch ein paar Tage frei, bevor ich beim Morddezernat in Devonshire anfange. Und die vergeude ich nicht mit düsteren Gedanken.«

Beide hörten ein leises Quäken aus dem Wohnzimmer. Decker sprang aus dem Bett. »Ich füttere sie.« Er schnappte sich die Flasche.

»Bring sie doch rein«, sagte Rina. »Wir können reden, während du sie fütterst.«

»Hm, nette Idee.« Decker gab seiner Frau einen Kuß. »Du kannst mir von dem Brunch erzählen, mir sagen, wie viele Rabbis uns zu Tode langweilen werden.«

Rina lachte. »Nur Rabbi Schulman, und vielleicht ein paar andere.«

»Wußte ich's doch!«

»Alles Freunde der Familie. Wie sollte ich ihnen verbieten, ein paar Worte zu sagen?«

»Ich hab's gewußt! Ich hab's gewußt!« Damit ging Decker aus dem Zimmer und kam mit Hannah im Arm zurück. Er setzte sich aufs Bett und sah zu, wie sie die Flasche leerte. Der Fall wäre für ihn in diesem Moment das Unwichtigste der Welt gewesen, hätte es da nicht noch ein anderes Baby gegeben.

Und doch war es kein Verbrechen, mit dem zufrieden zu sein, was man hatte.

»Muß ich wirklich diese erleuchtenden Weisheiten der Rabbis über mich ergehen lassen?«

Rina dachte nach. »Du darfst während der Reden einschlafen, Peter. Das ist akzeptabel. Aber du darfst nicht schnarchen. Das wäre ein Sakrileg.«

Decker tastete schlaftrunken nach dem Telefonhörer.

»Hier ist der Weckdienst!« sagte Marge am anderen Ende.

Decker sah auf die Uhr. »Weißt du, wie spät es ist?«

»Viertel vor sechs.«

»Du scheinst was auf dem Herzen zu haben.«

»So ist es.«

»Bleib dran!« Decker glitt aus dem Bett. »Ich telefoniere auf einem anderen Apparat weiter.«

Die Erschöpfung hatte Decker schließlich eingeholt. Seine Augenlider waren bleischwer, sein Magen übersäuert. Muskeln schmerzten, von deren Existenz er bis dahin nicht einmal etwas geahnt hatte. Er nahm den Hörer in der Küche ab.

»Erinnerst du dich noch an mein Gespräch mit Professor Stine?« fuhr Marge fort. »Und daß ich den Eindruck hatte, Geoffrey Roberts habe Berkeley unter nicht ganz koscheren Umständen verlassen?«

»Hm, ja.«

»Das hat mich auf eine Idee gebracht. Vielleicht lebt Roberts jetzt unter falschem Namen.«

»Roberts hat kein Vorstrafenregister.«

»Das heißt nicht, daß er nichts verbrochen hat. Nur, daß er nicht geschnappt wurde«, gab Marge zu bedenken.

»Wenn er ein Pseudonym benutzt und mit einer neuen Sozialversicherungsnummer noch einmal von vorn angefangen hat, finden wir ihn sowieso nicht. Es sei denn, er wird wegen irgendwas geschnappt.«

»Pete, Roberts ist kubanischer Abstammung.«

»Na und?«

»Cindy hat was davon gesagt, daß er seinen spanischen Namen anglisiert hat. Vielleicht benutzt er jetzt wieder seinen kubanischen Namen.«

Decker dachte nach. »Hm, Tandy können wir nicht fragen, wie er ursprünglich hieß.«

»Richtig. Das Namensregister von Berkeley könnte darüber Aufschluß geben. Aber die Behörden öffnen erst um neun. Und dann hat das FBI schon den Fall.«

»Rufst du mich deshalb um Viertel vor sechs an?«

»Warte«, sagte Marge. »Ich konnte nicht schlafen, und da ist mir einiges durch den Kopf gegangen.«

»Spann mich nicht auf die Folter.«

»Angenommen, Roberts hat seinen Namen amerikanisiert. Dann hat er bestimmt einen Namen gewählt, der dem kubanischen ähnlich ist. Also habe ich mir spanische Nachnamen angesehen wie Roberts – Roberto, Berto, Humberto, Umberto ...«

»Das sind Vornamen, keine Nachnamen.«

»Das ist mir inzwischen auch klar. Jedenfalls habe ich solange rumjongliert, bis ich was gefunden habe, das spanisch und wie Roberts klang. Das Ähnlichste war Robles. Was hältst du davon?«

Decker zuckte die Schultern. »Roberts ... Robles. Könnte sein.«

»War alles, was ich habe. Ich habe alle Robles' nachgesehen und ein paar entdeckt. Unter anderem Geraldo Robles. Geoffrey Roberts ... Geraldo Robles. Rate mal, wo er wohnt, Pete?«

»In Westwood. Gleich neben der Universität.«

»Noch besser. Was ist Berkeley in L. A. am ähnlichsten?«

»Venice.«

»Volltreffer. Willst du einen Morgenspaziergang mit mir an der Promenade machen und Mr. Robles besuchen?«

»Marge, das ist verdammt weit hergeholt. Wir sollten diesen Robles erst mal über den Polizeicomputer überprüfen, bevor wir mit der Tür ins Haus fallen.«

»Pete, wir haben nicht viel Zeit. Es geht um ein Baby. Tandy ist vermutlich eine Psychopathin, eine tickende Zeitbombe. Die Bombe kann jeden Moment hochgehen. Das FBI steht schon vor der Tür. Schlimmstenfalls holen wir einen harmlosen älteren Herrn aus dem Bett und müssen uns entschuldigen. Ich jedenfalls gehe. Kommst du mit?«

»Ich warte draußen.«

»Ich und mein Honda sind in Kürze bei dir.«

33

Um halb sieben Uhr morgens gab es reichlich Parkplätze in Venice. Marge fuhr an den öffentlichen Parkplätzen vorbei, auf denen sich bald die Autos der Strandbesucher drängen würden. Sie hielt am Straßenrand in der Rose Avenue in der Nähe des Speedways an. Decker und sie reckten sich, als sie aus dem Honda stiegen. Von hier war es nur ein kurzer Spaziergang bis zur Promenade.

Die Promenade wurde auf der Ostseite von alten Apartmenthäusern, Boutiquen, Verkaufsständen und Cafés gesäumt. Im Westen verschmolz der Strand mit dem endlosen, bleigrauen Streifen des Pazifik. Das Ufer teilte ein asphaltierter Fahrradweg, der durch den goldenen Sand mäanderte wie ein ausgefranstes, graues Band. Um diese frühe Stunde waren nur wenige Radfahrer, Skateboarder oder Rollerblader unterwegs. Jogger aller Alters- und Gewichtsklassen und eine größere Anzahl freilaufender Hunde absolvierten ihren morgendlichen Pflichtlauf.

Decker war überrascht, daß überhaupt schon jemand wach war, denn er schloß von seinem eigenen Schlafbedürfnis auch auf andere. Eigentlich war er schlechter Laune gewesen. Die Promenade jedoch erwies sich als Muntermacher. Vielleicht war es die Schönheit des Sonnenaufgangs, der glutrote, gigantische Stern, der gerade über dem Horizont aufgetaucht war. Die Luft war noch kühl, eine salzige Brise wehte von den Wellen herüber. Nur ein Jammer, daß er die Szenerie nicht genießen konnte.

Die Geschäfte waren noch geschlossen. Nur ein paar Cafés hatten bereits zum Frühstück geöffnet. Die Gäste waren typische Bewohner von Venice, ältere Leute, Studenten, Althippies und Künstlertypen. Und die Obdachlosen mit ihren Habseligkeiten in Plastiktüten. Sie saßen Seite an Seite an Tischen im Freien, tranken Kaffee und aßen Croissants, während sie lasen oder auf den Rhythmus der Wellen horchten.

Parkbänke waren ebenfalls beliebte Sammelpunkte der

Penner. Einige aßen Sandwiches aus Tüten, andere löffelten den Inhalt von Konservendosen aus. Ein alter Farbiger, gebeugt unter einem riesigen Rucksack, las eine Morgenzeitung, während um ihn herum hitzig diskutiert wurde. Marge und Decker konnten sie alle unbehelligt passieren. Um diese frühe Stunde wähnten alle offenbar nur Einheimische unterwegs. Und die bettelte niemand an.

Decker studierte die Gesichter, während er nach Robles' Adresse Ausschau hielt. Die Frauen und Männer wirkten ungepflegt, aber nicht unglücklich. Sie mochten ganz unten auf der sozialen Leiter angelangt sein, aber sie waren nicht verloren.

Robles' Adresse war ein blockartiges Apartmentgebäude, schachbrettartig überzogen mit Verandafenstern. Die Fassade bestand aus einer Holzwand, die in unterschiedlichen Tönen von beige bis braun gestrichen war, um alte Graffitis zu überdecken. Hinter Robles' Fenstern waren die Vorhänge zugezogen. An der Haustür blätterte die weiße Farbe ab. Sie hatte weder Türklopfer noch Klingel. Decker klopfte mit dem Fingerknöchel.

Wie auf Kommando begann drinnen ein Baby zu weinen. Marge sah Decker mit breitem Grinsen an. Sie war plötzlich aufgeregt. »Weit hergeholt, hast du gesagt, was?«

»Auch Leute, die Robles heißen, dürfen ein Baby haben, Marge.«

»Gib's doch zu. Du hast auch Herzklopfen.«

Herzrasen wäre korrekter, dachte Decker. So sehr er auch versuchte, sich eine größere Enttäuschung zu ersparen, er konnte nicht anders als hoffen. Er klopfte erneut. Schließlich meldete sich eine rauchige Frauenstimme hinter der Tür und fragte, wer da sei.

»Polizei, Madam«, antwortete Marge. »Haben Sie einen Moment Zeit für uns?«

Am anderen Ende war es still. Zu lange still. Decker klopfte kräftiger. »Polizei, Madam! Aufmachen!«

»Sollen wir die Tür aufbrechen?« fragte Marge.

»Dazu haben wir vermutlich kein Recht.«

»Aber das Baby schreit.«

»Das tun Babys nun mal«, sagte Decker. »Wo ist die Hintertür?«

»Ich glaube nicht, daß es eine gibt.«

»Gut, dann kann sie sich nicht verkrümeln.« Decker schlug mit der Faust gegen die Tür. »Polizei! Aufmachen. Sofort.«

Einen Moment später ging die Tür einen schmalen Spalt auf. Eine dünne, wenig abschreckend wirkende Kette blieb vorgelegt. »Was wollen Sie?« fragte die Frau.

»Ihnen ein paar Fragen stellen«, erklärte Marge.

»Dann reden Sie!«

»Machen Sie die Tür auf, Madam!« beharrte Decker.

»Bevor ich aufmache, möchte ich die Dienstmarken sehen.«

Marge zückte ihre Marke und hielt sie vor den Spalt. Daraufhin wurde die Tür kurz geschlossen und vollständig geöffnet.

Decker verschlug es die Sprache.

Vor ihm stand eine ältere Ausgabe von Marie Bellson. Sein Verstand sagte ihm zwar, daß Maries Mutter in einem Altenheim lebte, aber diese Frau, er schätzte sie auf Ende Fünfzig, war Maries älteres Ego. Sie hatte das gleiche längliche Gesicht mit feinen Fältchen um Mund und Augen, war groß und schlank. Lediglich die Augenfarbe stimmte nicht. Während Marie grüne Augen mit braunen Einsprenkelungen hatte, blickten Decker hier schlammbraune Augen entgegen, die an trübes Brackwasser erinnerten.

Wer war *diese* Frau, die so verbraucht wirkte? In welchem Verhältnis stand sie zu Marie?

Das Baby, das sie in den Armen hielt, war dunkelrot angelaufen, hatte wirres, schwarzes Haar und schrie aus vollem Hals. Während sie das Kind heftig hin und her wiegte, sah sie Decker prüfend an. Dann strich sie sich mit der Hand über den weißen Bademantel.

»Ich weiß, weshalb Sie hier sind«, sagte sie. »Aber ich wehre mich mit allen Mitteln. Typisch für unsere Bürokratie!« Sie legte den Säugling über ihre Schulter und klopfte ihm leicht auf den Rücken. »Das Baby ist unser Fleisch und Blut. Der Staat hat kein Recht, sie zur Adoption freizugeben, solange sie lebende Verwandte hat. Es ist mir egal, was Tandy in ihrem letzten Willen verfügt hat.«

Decker klappte den Mund zu. »Dürfen wir reinkommen, Mrs. Robles?«

»Henrietta«, verbesserte ihn die Frau. »Kurz Hetty. Und mein Name ist Roberts. Ich habe ihn nie in Robles geändert. Nur weil er die Midlife-crisis hatte, mußte ich nicht auch noch einen Spleen kriegen.«

»Sie sind Tandys Mutter?« fragte Marge.

Die schlammbraunen Augen der Frau verengten sich zu Schlitzen. »Lassen Sie mich noch mal Ihren Dienstausweis sehen.«

»Dürfen wir reinkommen?« wiederholte Decker. »Es sei denn, Sie möchten, daß Ihre Nachbarn mitkriegen, was wir zu besprechen haben.«

Hetty zögerte. Dann trat sie zur Seite.

Die Wohnung war einfach eingerichtet. Eine Couch, zwei Sessel, ein Couchtisch, auf dem Zeitschriften für Kunst und Inneneinrichtung lagen. Die Wandregale enthielten zahllose Bücher und abstrakte Skulpturen. An der Rückwand standen ein kleines Kinderbett und ein Paket mit Windeln.

»Bitte, seien Sie leise«, sagte Hetty. »*Seine Majestät* schläft. Und so soll es bleiben. Mit den beiden komme ich kaum zur Ruhe. Aber ich werd's überleben. Ich habe schon Schlimmeres durchgemacht.«

»Darf ich das Baby sehen?« erkundigte sich Decker.

»Ohne Gerichtsbeschluß gebe ich das Kind nicht raus.«

»Einverstanden. Im Augenblick möchte ich nur das Gesicht sehen.«

Widerwillig gestattete Hetty Decker, einen Blick auf das Baby zu werfen. Decker zog die Polaroid-Aufnahme des Krankenhauses von Caitlin Rodriguez heraus. Er betrachtete sie kurz, dann ruhte sein Blick wieder auf dem Säugling.

Eine Welle überwältigender Erleichterung erfaßte ihn. Dann entspannte sich seine undurchsichtige, dienstliche Maske, und er grinste. Das war ansteckend. Marge lächelte ebenfalls.

Decker zeigte Caitlins Foto Mrs. Roberts. Die Frau seufzte tief und resigniert.

»Ich kämpfe um das Kind«, erklärte sie. »Die Aussicht, in meinem Alter noch einen Säugling aufziehen zu müssen, ist nicht verlockend. Aber sie ist meine Enkelin. Tandy kann nicht bei Sinnen gewesen sein, als sie mir in ihrem Testament die Vormundschaft über das Baby abgesprochen hat.«

»Testament?« sagte Marge.

»Testament, letzter Wille, letzte Verfügung. Nennen Sie's, wie Sie wollen. Aber ich weiß, daß es rechtlich nicht haltbar ist. Meiner Tochter ging es nicht gut, als sie ihren letzten Willen unterschrieben hat.«

»Tandy ist nicht tot«, stellte Decker fest.

»Mir ist klar, daß es nicht einfach werden wird. Aber ich bin auf einen langen Kampf vor Gericht vorbereitet«, bekräftigte Hetty.

»Mrs. Roberts«, begann Marge. *»Tandy ist nicht tot.«*

Zum ersten Mal wirkte Mrs. Roberts verunsichert.

»Ihre Tochter ist sogar sehr lebendig«, bestätigte Decker.

»Unmöglich«, wehrte Hetty ab. »Die Hure hat gesagt, daß sie im Kindbett gestorben ist.«

»Die Hure?« wiederholte Marge.

»Mrs. Roberts, wer hat Ihnen dieses Baby gebracht?« fragte Decker.

»Die Hure. Sie hat behauptet, Tandys Hebamme gewesen zu sein. Sie wollte das Baby zu Geoff bringen, aber sie hat mich angetroffen. Die sprichwörtliche ausgleichende Gerechtigkeit.«

Einen Moment herrschte Schweigen. Decker dachte nach. Hettys Haß schien ehrlich. Trotzdem klang ein falscher Ton durch.

»Hat diese Hure einen Namen?« wollte er wissen.

Hetty verzog verächtlich den Mund. »Marie Bellson.«

»Marie Bellson hat diesen Säugling zu Ihnen gebracht, Mrs. Roberts?« erkundigte sich Marge.

»Besser bekannt als die Hure. Die Bezeichnung ist nicht auf meinem Mist gewachsen. Da können Sie jeden fragen, der damals in Berkeley gewesen ist. Alle haben sie so genannt. Sie hat sich selbst so genannt. Geoff war der einzige, der dämlich genug war, sich in sie zu verlieben.«

»Und sie wurde schwanger von ihm, stimmt's?« sagte Marge.

Hettys Züge wurden hart. »Dieser verdammte Idiot! Ihr hat er unsere Ehe und *unsere* Tochter geopfert. Tandy hat ihm nie verziehen. Und aus irgendeinem unerfindlichen Grund hat sie auch mir nie vergeben. Dabei war ich ein Opfer wie sie.«

»Wie hat Marie Sie gefunden?« fragte Decker.

»Sie hat nicht *mich* gefunden.« Hettys Blick verdunkelte sich. »Sie hat *ihn* gefunden. Sie wußte, wo Geoff lebt. Geoff hatte sie besucht, als er nach L. A. gezogen ist. Aber sie wollte nichts mehr mit ihm zu tun haben.« Mrs. Roberts lachte bitter. »Jedenfalls stand sie plötzlich mir gegenüber. Die Qual in ihren Augen, als sie mir das Baby übergeben mußte, war ein erhebender Augenblick für mich.«

Marge und Decker tauschten einen Blick. »Marie hat Ihnen gesagt, daß Tandy tot ist?« fragte Decker.

Hetty nickte. »Sie hat behauptet, daß Tandy bei der Geburt verblutet sei. Ich hab ihr geglaubt. Warum auch nicht? Tandy war immer schon labil gewesen, psychisch wie physisch.«

Bei der Geburt verblutet! Rina!

Deckers Magen krampfte sich zusammen. Jemand hatte das Unglück seiner Frau für eine gemeine Lüge mißbraucht.

»Tandy ist ausgesprochen lebendig, Mrs. Roberts.« Er sah Marge an. »Wir sollten es lieber gleich melden.«

»Mrs. Roberts«, begann Marge, »ich muß Ihr Telefon benutzen.« Und zu Decker gewandt: »Ich rufe im Pacific-Revier an. Von dort muß das Sondereinsatzkommando wegen des Babys benachrichtigt werden. Soll ich auch Lourdes Rodriguez gleich informieren?«

»Überlaß das lieber den Kollegen vom Jugendamt. Verfahrensfehler können wir uns nicht leisten. Aber vor allem sollte sich jemand um Tandy kümmern.«

»Ich ruf Hollander an.«

»Gut.« Decker wandte sich an Hetty. »Wir verständigen die entsprechenden Stellen. Jemand kommt, das Baby abzuholen.«

»Ich weigere mich, es herauszugeben!«

»Mrs. Roberts. Ich habe allen Grund zu der Annahme, daß das nicht Ihr Enkelkind ist. Der Säugling wurde mit größter Wahrscheinlichkeit vor einigen Tagen aus der Wöchnerinnenstation des Sun-Valley-Presbyterian-Hospital entführt.«

»Natürlich wurde sie entführt!« konterte Hetty. »Die Hure hat zugegeben, das Baby einfach mitgenommen zu haben. Sonst wäre es zur Adoption freigegeben worden. Sie wollte das verhindern. Geoffs wegen. Nicht meinetwegen. Vermutlich glaubt sie, ihm das schuldig zu sein, nachdem sie seine Frucht zwanzig Jahre zuvor hat abtreiben lassen.«

»Sie hat *abtreiben* lassen?« fiel Marge ein. »Ich dachte, sie hat das Kind verloren?«

Hetty zögerte. »Abgetrieben, verloren – das Resultat ist dasselbe. Gott sei Dank! Die Hure hätte eine lausige Mutter abgegeben.«

Eine Stimme aus dem Hintergrund rief Hettys Namen.

»Hört das alles denn nie auf!« stöhnte Hetty. »Er ist wach. Den restlichen Tag habe ich keine Ruhe mehr. Ich sollte ihn vor die Tür setzen. Aber mein weiches Herz ... Deshalb habe ich es auch so lange mit ihm ausgehalten. Die Hure war nicht sein erster Seitensprung. Aber ich hatte ein Kind aufzuziehen. Tandy hat immer schon gekränkelt.«

»Seit wann hört sie Stimmen?« wollte Decker wissen.

»Sie hatte von jeher zuviel Phantasie. Besonders nach der Scheidung.« Hettys Blick schweifte in die Ferne. »Das wurde mit der Zeit immer schlimmer. Der Arzt hat gesagt, daß es in der Pubertät erst richtig rausgekommen ist.«

»Tandy war in Behandlung?« fragte Marge.

»Und wie oft, mein Gott!« sagte Hetty leise. »Viele, viele...«

Im Raum war es totenstill. Eine alte Stimme brach das Schweigen.

»Hetty? Was ist los?«

Hetty sah auf das Baby in ihren Armen hinunter. »Sie verschwinden nicht mit ihr?«

»Noch nicht«, antwortete Decker.

»Dann halten Sie sie.«

»Mit Vergnügen.«

»Ich muß aufs Klo!« rief die alte Stimme.

Hetty übergab Decker den Säugling. »Komme schon.«

Sie verschwand hinter einer Tür.

»Reizendes Mädchen«, sagte Marge.

Decker starrte auf das Baby. In dem winzigen Gesicht sah er die eigene Tochter, hilflos und abhängig. Ein Glück, daß dieser Teil der Geschichte überstanden war.

»Großartige Arbeit, Detective Dunn! Hut ab!«

Marge stand bereits am Telefon und wählte. »Manchmal hat man den richtigen Riecher. Wie geht's der Kleinen?«

»Offensichtlich bestens. Sie hätte 'ne Menge Leute sehr, sehr glücklich gemacht.« Er wandte sich wieder Marge zu. »Nicht zu selbstgefällig werden. Marie Bellson ist noch verschwunden, und der Mord nicht aufgeklärt.«

»Das zumindest ist jetzt wieder unser Fall, nicht der vom FBI.« Marge sagte in den Hörer: »Detective Dunn vom Revier Foothill. Ich möchte mit jemandem vom Jugendamt sprechen. Es ist dringend.« Sie sah Decker an. »Was hältst du von Hetty?«

»Sieht genau wie Marie aus.«

»Glaubst du, sie sind verwandt?«

»Könnte sein. Vielleicht ist Geoff auch immer auf denselben Frauentyp reingefallen.« Decker schüttelte den Kopf. »Kannst du dir vorstellen, was in Tandy und Marie vorgegangen sein muß, als sie sich kennengelernt haben? Schon aufgrund des Nachnamens muß Marie sofort gewußt haben, daß Tandy die Tochter des Ex-Geliebten ist. Möglicherweise hatte Marie Schuldgefühle. Sie hatte Tandy vermutlich als süßes kleines Mädchen in Erinnerung. Zu sehen, daß aus ihr eine psychisch labile, fettsüchtige und bemitleidenswert schüchterne Frau geworden war, dürfte ein Schock gewesen sein. Und erst Tandy! Ein Blick auf Marie, und sie hat vermutlich die liebevolle Mutter in ihr gesehen, die sie nie gehabt hatte. Vielleicht hat sie sie in ihren wirren Gedanken für ihre richtige Mutter gehalten.«

»Nachdem sie die eine Mutter gründlich satt hatte, hat sie Marie ausprobiert und ihr schließlich auch den Rücken zugekehrt.« Marge konzentrierte sich wieder aufs Telefon. Sie erklärte dem Detective am anderen Ende die Situation.

In diesem Moment ging die Tür auf, durch die Hetty verschwunden war. Hetty schob einen Rollstuhl in die Küche. Darin saß ein völlig in sich zusammengesunkener Mann. Er war kahlköpfig und nur noch Haut und Knochen. Mit den Händen hielt er eine Decke über den Knien fest. Seine dunklen Augen lagen tief in den Höhlen. Seine Haut war gelblich und durchsichtig wie Pergamentpapier.

»Sag guten Tag, Geoff«, befahl Hetty.

»Geraldo«, flüsterte er.

»Geraldo haben dich deine Eltern genannt, Liebster«, sagte Hetty. »Das war dein spanischer Name. Aber du hast schon immer dein Versteckspiel mit mir getrieben. Und wohin hat's dich gebracht?« Sie sah Decker und Marge an. »Nicht zu glauben, daß dieser Mann einst als der Zuchthengst der englischen Fakultät in Berkeley galt, was?«

»Hetty...«

»Herzchen, leider läßt sich keine deiner alten Liebschaften blicken, um dich zu pflegen. Oder sollte mir was entgangen sein?«

Roberts ließ den Kopf sinken.

»Als Geoff krank wurde, wer ist gekommen, um ihm zu helfen?« fuhr Hetty fort. »Sind Beth oder Jeanie, Pat oder Marie aufgetaucht?«

Roberts' Mundwinkel zuckten.

»Wer ist gekommen, Liebster?« fragte Hetty.

»Du«, flüsterte Roberts.

»Ganz recht, Liebster. Du hast mich angerufen, weil von allen, die du angerufen hast, niemand gekommen ist. Aber ich bin gekommen, stimmt's?«

Roberts' Hände zitterten. »Ja.«

»Ja, ich bin gekommen. Weil ich dich noch immer liebe, Geoff. Trotz allem, was du mir angetan hast, liebe ich dich noch.« Hetty seufzte und tätschelte seine knochige Schulter. »Und ich verlasse dich nie. Nie, wie du mich verlassen hast.«

Tränen rollten über Roberts' Backen. »Versprochen?«

»Versprochen. Möchtest du frühstücken? Speckomelett?«

»Bitte.« Roberts hob das feuchte Gesicht. »Und stellst du mir den Fernseher an?«

»Natürlich, Geoff.« Hetty schob ihn in die Ecke zu dem kleinen, tragbaren Fernseher, der im Regal stand, und schaltete ihn ein. Dann machte sie sich am Herd zu schaffen.

»Mrs. Roberts, Sie haben doch die ganze Zeit gewußt, daß Ihre Tochter lebt«, sagte Decker unvermittelt. »Warum haben Sie gelogen?«

Hetty antwortete nicht.

»Mrs. Roberts?« drängte Decker.

»Die Hure hat gesagt, daß ich's tun soll«, murmelte Hetty. »Um Tandy zu schützen.«

»Zu schützen? Wovor?«

Hetty schüttelte den Kopf. »Ich will einen Anwalt.«

»Durchaus fair«, sagte Decker.

Hetty wandte sich heftig um. Ihre Augen blitzten. »Wo liegt der Unterschied? Es ist egal, ob Tandy tot ist oder lebt. Tandy könnte niemals ein Kind großziehen.«

»Das hier ist nicht ihr Kind.«

»Davon weiß ich nichts.«

»Wissen Sie, wo Marie sich aufhält?« fragte Decker.

»Nein. Und es ist mir auch egal. Ich habe das Baby genommen, weil ich dachte, es sei Tandys Kind. Das ist der einzige

Grund, weshalb ich es hier habe.« Hetty schlug Eier in eine Schüssel. »Ich wollte nur meiner Tochter helfen. Sie wird jetzt nicht damit fertig, und sie wurde schon damals nicht damit fertig. Das rechtfertigt nur, was ich vor zehn Jahren getan habe.«

»Was haben Sie getan?« wollte Decker wissen.

Hetty biß sich auf die Unterlippe und schwieg.

»Sie haben sie zu den Abtreibungen gezwungen, stimmt's, Hetty?«

»Nur zu einer Abtreibung. Die andere Schwangerschaft hat sie sich nur eingebildet.«

Decker warf Marge einen Blick zu.

»Dummes Kind. Ich habe ihr gesagt, sie soll vorsichtig sein. Dann ist es passiert, und sie hat mir nie verziehen, daß ich das einzig Richtige getan habe.« Hetty starrte auf den Speck in der Pfanne. »Sie hat mir alles mögliche an den Kopf geworfen, mich beschimpft. Ich habe ihr geraten, sich die Haßtiraden für ihren Vater aufzusparen. Er hatte sie verdient.«

»Wie haben Sie Tandy dazu gebracht abzutreiben?« fragte Decker. »Haben Sie ihr Drogen gegeben?«

»Sie hielt das Ganze für eine Routineuntersuchung. War ihre erste. Also hat sie keine Fragen gestellt, als der Arzt ihr die Narkosespritze gab. Ich wollte nur ihr Bestes.«

Das Bündel in Deckers Arme wurde plötzlich bleischwer. Er merkte, daß die Kleine eingeschlafen war. »Wie weit war Tandys Schwangerschaft fortgeschritten, als sie die Abtreibung hatte?«

»Tandy hat allen erzählt, sie sei im sechsten Monat.« Hetty zuckte die Schultern. »Aber es war viel früher. Tandy hatte eine überbordende Phantasie. Es hätte nicht funktioniert.«

»Wer war der Vater?«

»Ein verrückter, exzentrischer Fotograf. Nach der Abtreibung war er ebenso erleichtert wie ich. Er wollte eigentlich nichts mit Tandy zu tun haben.« Sie hielt inne. »Und selbst wenn er das Kind gewollt hätte, hätte es nicht funktioniert. Nicht mit solch einem Vater.«

»Meinen Sie damit, daß er bisexuell war?«

»Ja. Sehen Sie mich nicht so an, als käme ich aus dem Mittelalter. Die wissen nicht, was sie tun. Anfangs mögen sie gute Absichten haben, aber sie sind einfach nicht aus dem Material, aus dem Väter gemacht sind. So sehr sie's auch versuchen. Ich weiß das aus Erfahrung.«

»Ihr Mann hat AIDS, Mrs. Roberts?« fragte Decker.

»Ja, Detective. Mein Mann hat AIDS.«

34

»Wie oft müssen wir das noch durchkauen?« Tandy warf das glänzende schwarze Haar über die Schultern. »Ich weiß nichts von dem Baby.«

Marge war schweißnaß unter ihrem Baumwollblazer. Das Vernehmungszimmer hatte Klimaanlage. Die Hitze schien also aus ihr selbst zu kommen.

»Aus zehn Millionen Bewohnern des Gebietes in und um Los Angeles sollte Marie Bellson sich rein zufällig ausgerechnet Ihre Eltern ausgesucht haben?«

»Was soll ich dazu sagen?« entgegnete Tandy.

Schweigen.

Tandy schlug die langen, schlanken Beine übereinander und zündete eine Zigarette an. Marge hatte Tandy für eine Körperfetischistin gehalten. Dann fiel es ihr ein. Eine Sucht ersetzte die andere. War jetzt das Rauchen an der Reihe?

»Irgendeine Idee, weshalb sie Ihre Eltern ausgesucht haben könnte?«

Tandy zuckte mit den Schultern.

Decker kam in das Vernehmungszimmer und machte die Tür zu. Tandy sah ihn flüchtig an.

»Was wird jetzt gespielt? Guter Polizist, böser Polizist?« Sie drückte die Zigarette in dem bereits überquellenden Aschenbecher aus. »Ich bin seit einer Stunde hier. Und ich habe Ihnen nichts von dem gesagt, was Sie hören wollten. Warum lassen Sie's nicht einfach?«

»Ich möchte Ihnen nur ein paar Fragen stellen«, sagte Decker.

Tandy schnippte ein Stück Asche vom Tisch. »Warum vergleichen Sie beide nicht Ihre Notizen? Dann muß ich mich nicht ständig wiederholen.«

Decker musterte die junge Frau. Sie war eine der exotischsten Frauen, die er je gesehen hatte. Dunkel, schlank und katzenhaft. Die perfekte Femme fatale.

»Kein Grund, sich zu wiederholen.« Decker setzte sich ihr gegenüber und stützte die Ellenbogen auf den Tisch. »Ich habe Sie schon durch den Wandspiegel beobachtet.«

Tandys Blick schweifte zur Spiegelwand. »Ich hab mich schon gewundert, warum der Spiegel so dunkel ist.«

»Na, jetzt wissen Sie's.« In Wirklichkeit hatte Decker das Revier erst vor wenigen Minuten betreten. Der Papierkram wegen Henrietta und Geoffrey Roberts hatte Stunden in Anspruch genommen. Während Hetty von ihnen festgehalten worden war, hatte sie einen Anwalt verständigt. Der hatte Mr. Roberts sofort aus gesundheitlichen Gründen für nicht vernehmungsfähig erklärt. In diesem Augenblick saß er mit Hetty auf dem Pacific-Revier und beantwortete Fragen.

»Möchten Sie was zu trinken? Oder was essen?« bot Decker Tandy an.

Essen.

Tandy zuckte nervös.

Essen! Essen!

Die gemeine Stimme. Die dumme.

»Schnauze!« murmelte sie.

»Wie bitte?« fragte Decker.

Tandy zuckte erneut. »Sehe ich hungrig aus?«

Ein *wunder* Punkt. Er sah das Zucken, registrierte die Nervosität. »Nur eine einfache Frage.«

»Sie haben keinen Grund, nett zu sein«, brummte Tandy. »Ich weiß, worauf Sie hinauswollen.«

Kontrolle!

»Sie versuchen, mich nervös zu machen«, erklärte Tandy.

Decker blieb gelassen. »Und Sie wollen ganz sicher nichts essen?«

Kontrolle!

Essen!

Kontrolle!

KONTROLLE!

Tandy seufzte. »Hören Sie! Es tut mir wirklich leid, was das arme Mädchen durchmachen mußte. Ich weiß, was es heißt, ein Kind zu verlieren. Aber zumindest hat sie ihr Baby wiederbekommen.«

»Mehr als Sie von sich behaupten können«, warf Marge ein.

Tandy hob abrupt den Kopf. »Was hat Ihnen meine reizende Mutter denn sonst noch erzählt?«

»Sie hat erzählt, daß Sie dachten, es handle sich um eine Routineuntersuchung«, antwortete Decker. »Daß Sie zum erstemal beim Frauenarzt waren. Sonst hätten Sie gewußt, daß man für eine einfache Untersuchung nicht betäubt werden muß.«

»Es war sicher ein Schock, als Sie aufgewacht sind und feststellen mußten, daß Sie nicht mehr schwanger waren«, warf Marge ein.

»Was ist das bloß für ein Arzt, der so was macht?« fragte Decker.

»Was ist das für eine Mutter, die so was macht?« hielt Marge dagegen.

Tandy begann heftig zu blinzeln.

Essen! Essen, essen, essen …

Schnauze!

»Tandy?« sagte Marge.

»Glauben Sie, Sie können mich mit dieser Taktik der Nadelstiche weichkochen?« fragte sie leise. »Oder macht es Ihnen einfach Spaß, in der Vergangenheit anderer herumzuschnüffeln?«

»Irrtum. Wir fragen uns ehrlich, welcher Arzt so etwas Gemeines, Heimtückisches und Unmoralisches tun würde«, sagte Decker.

»Das Verhalten Ihrer Mutter erstaunt mich wirklich«, bemerkte Marge.

»Was glauben Sie, wie überrascht ich damals erst war?« sagte Tandy. »Ich war drauf und dran, sie umzubringen.«

Tandy zündete sich eine Zigarette an. »Die Praxis sah so sauber und toll aus. Ich dachte mir ... ›Das wird ein Kinderspiel.‹« Sie lachte bitter und zündete die nächste Zigarette an. Als sie merkte, daß sie bereits eine brennende Zigarette im Mundwinkel hatte, wurde sie rot und machte beide aus. Wut blitzte in ihren Augen auf. »Wenn Sie so neugierig auf die Motive meiner Mutter sind, warum fragen Sie sie dann nicht selbst?«

»Ist bereits geschehen«, antwortete Decker.

Tandy zögerte. »Und was hat sie gesagt?«

Daß du psychisch äußerst labil warst, Herzchen. »Daß sie nur das Beste für Sie wollte«, sagte Decker laut.

»Das ist ein Witz«, murmelte Tandy.

»Eine Mutter, die ihre Tochter auf diese Weise hintergeht«, sagte Marge kopfschüttelnd. »Sie müssen sich verraten und verkauft gefühlt haben.«

»Das ist noch zurückhaltend ausgedrückt.« Tandy warf ihr Haar über die Schulter. »Ich durchschaue Sie. Sie versuchen, mich mit Menschlichkeit zu locken. Mich zu Geständnissen zu verleiten. Wenn Sie Verdächtige suchen, verhaften Sie meine Eltern. Die hatten das Kind.«

»Wir kümmern uns bereits um Ihre Eltern«, antwortete Decker.

»Gut. Ich kann nur hoffen, daß der Richter sie einsperrt und den Schlüssel wegwirft.« Sie wirkte plötzlich ungeduldig. »Hören Sie, Marie ist verschwunden, nicht ich! Wenn ich ein Kind entführt hätte, glauben Sie, ich wäre dann so dämlich, es bei meinen Eltern abzuliefern und ganz normal mein Leben weiterzuführen wie bisher?«

Niemand sagte ein Wort.

»Ich habe seit Jahren nicht mehr mit meinen Eltern gesprochen. Ich wußte nicht mal, daß sie wieder zusammen sind.«

»Damit hatten Sie wohl nicht gerechnet«, bemerkte Marge.

»Da haben Sie recht«, gab Tandy zu. »Das Leben ist voller Überraschungen. Außerdem haben meine Gefühle für meine Eltern nichts mit dieser Entführungsgeschichte zu tun. Ich bin noch hier, Leute, falls euch das noch nicht aufgefallen ist. Ich führe mein Leben weiter wie immer. Marie ist verduftet. Und apropos Motive. Was Marie betrifft... Mann, was soll ich sagen?«

»Ja, was können Sie sagen?« fragte Marge.

»Wenn Sie sich so gründlich mit Marie beschäftigt hätten wie mit mir, dann wüßten Sie, daß bei Marie die Menopause eingesetzt hat. Sie ist erst vierzig. Das war ein Schock für sie. Vermutlich ist sie durchgedreht.«

»Marie ist deswegen seit knapp einem Jahr in Behandlung«, sagte Decker. »Wenn Sie Marie seit Monaten nicht mehr gesehen haben, wieso wissen Sie dann über ihren Gesundheitszustand Bescheid?«

Das Zucken ihrer Gesichtsmuskeln wurde wieder stärker. »Ich habe nie behauptet, daß Marie mich nicht angerufen hat. Wir waren nur nicht mehr so eng befreundet. Nicht wie früher.« Tandy lächelte. »Ich hatte mich zurückgezogen. Marie war plötzlich so beherrschend geworden wie...«

Sie hielt inne. »Beherrschend wie Ihre Mutter?« ergänzte Decker.

»Sie sagen es.«

»Marie sieht Ihrer Mutter sehr ähnlich.«

Tandys Gesichtsmuskeln zuckten. »Na und?«

»Sind Sie Marie schon vor Ihrem Job am Golden-Valley-Altenheim einmal begegnet?« wollte Marge wissen.

Bring sie um!

Schnauze!

Bring sie um!

Marge wiederholte ihre Frage.

Bring sie um!

Schnauze, Schnauze, Schnauze!

»Tandy?« drängte Decker.

»Wenn Sie mich fragen wollen, ob ich wußte, daß Marie vor zwanzig Jahren eine Affäre mit meinem Vater hatte, lautet die Antwort ja.« Ihre Augen glänzten feucht wie frisch lackiertes Ebenholz. »Na und? Mein Vater hatte mit einer Menge Frauen Affären. Er ist ein alter Wichser. Ein übler Wichser!«

»Er hatte viele Affären, aber in Marie hatte er sich verliebt«, sagte Decker. »Marie war der Scheidungsgrund Ihrer Eltern.«

Tandy zuckte. »Ich erinnere mich an nicht viel. Ich war damals fünf.«

»Woran erinnern Sie sich?«

»Nur daran, daß mein Leben in die Brüche ging, an die Wut meiner Mutter.« Sie starrte die Wand an. Dann richtete sie ihren Blick auf Decker. »Das ist alles Vergangenheit, hat nichts mit diesem Baby zu tun. Beschuldigen Sie mich offiziell, oder lassen Sie mich in Ruhe.« Ihre Augen schimmerten erneut feucht. »Lassen Sie mich in Ruhe, bitte!«

Decker und Marge tauschten flüchtige Blicke.

»Wie haben Sie das mit Ihrem Vater und Marie herausbekommen?« wollte Marge wissen.

Tandy blinzelte. »Einfach so.«

»Wie ›einfach so‹?« fragte Decker.

Tandy sprang heftig auf und ging auf und ab. »Mann, ich rede mit Ihnen ohne Anwalt, weil ich nichts getan habe. Aber wenn Sie ständig auf meiner Vergangenheit rumhacken, dann gehe ich durch diese Tür...«

»Warum benutzen Sie Lawrence McKays Lizenz für Ihre Zwecke, Tandy?« fragte Marge.

Dreh ihr den Hals um!

Die hohe Stimme!

Die hohe Stimme war bösartig! Bösartig! Die böse Königin in Schneewittchen. Spieglein, Spieglein an der Wand...

»Tandy, warum...«

»Aufhören!« Tandy wirbelte herum und starrte Marge an. »Hört einfach... Ah, jetzt dämmert's mir. Schlammschlacht gegen Tandy ist angesagt! Vielleicht sollte ich mir doch einen Anwalt nehmen!«

Decker schob ihr den Telefonapparat über den Tisch. »Bitte schön.«

Tandy starrte den Apparat an. Im Raum wurde es still.

»Ihr Vater war böse, Tandy?« sagte Decker.

Tandy sah ihn ausdruckslos an. »Das waren sie beide.«

»Ihr Vater und Marie?« hakte Marge ein. »Oder Ihr Vater und Ihre Mutter?«

»Alle«, antwortete Tandy leise. »Sie sind alle böse Menschen.«

»Einschließlich Marie«, sagte Marge.

»Einschließlich Marie«, wiederholte Tandy.

»Wie sind Sie auf die Sache mit Ihrem Vater und Marie gekommen?« beharrte Decker.

»Einfach so.«

»Haben Sie Marie erkannt, als Sie ihr im Golden-Valley-Seniorenheim begegnet sind?« fragte Marge

Tandys Augen wurden klar und fixierten sie genau. »Meinen Sie wirklich, ich hätte eine Person wiedererkannt, die ich mit fünf mal gesehen hatte?«

»Warum benutzen Sie Leek McKays Lizenz, Tandy?« wiederholte Decker seine Frage.

»Weil es praktisch und nützlich ist. Ich wollte nicht mehr die Schulbank drücken, nur um Sachen zu lernen, die ich schon längst kann! Marie hat gesagt, ich sei besser ausgebildet als die meisten geprüften Schwestern, mit denen sie arbeiten muß. Warum sollte ich meine Zeit vergeuden?«

»Weil es illegal ist, die Lizenz einer anderen Person zu benutzen.«

»Dann verhaften Sie mich doch!«

Decker starrte auf das Tonbandgerät. Sie hatte ihn mit seinen eigenen Waffen geschlagen. Die Frau wich seinen Fallen konstant und geschickt aus. Sie war im Vollbesitz ihrer geistigen Kräfte. Sie wußte besser, was sie tat, als manch anderer.

»Sie haben nichts in der Hand, das mich mit der Entführung in Verbindung bringen könnte«, erklärte Tandy. »Sie haben nicht mal was, das mich mit Marie in Zusammenhang bringt.

Sie haben nur meine Eltern. Die hatten nämlich das Baby, das Marie entführt hatte. Marie ist vermutlich panisch geworden, und dann ist ihr der alte Geoffrey eingefallen. Wie Sie schon gesagt haben, die beiden hatten mal eine Affäre. Bis sie ihm den Laufpaß gegeben hat. Vielleicht dachte sie, sie könne ihn bescheißen. Dafür war er immer gut.«

»Wenn Sie damals erst fünf waren, woher wußten Sie dann, daß Marie Ihrem Vater den Laufpaß gegeben hatte?« fragte Marge.

Bring sie um, die Hure!

Selber Hure!

Tandy begann unkontrolliert zu blinzeln. »Mom hat's mir gesagt.«

»Sie wußten also, daß Marie die Geliebte Ihres Vaters war, als Sie ihr im Seniorenheim begegnet sind?«

»Nein.« Tandy schüttelte den Kopf. »Nein, das wußte ich nicht. Meine Mutter hatte Maries Namen nie erwähnt. Hat sie immer nur ›die Hure‹ genannt, hat immer nur von ihr als ›die Hure‹ gesprochen.«

Stimmt mit Hettys Aussage überein. Decker sagte: »Wie haben Sie dann herausgefunden, daß Marie ›die Hure‹ ist?«

»Weiß ich nicht mehr.«

Wie hat sie's herausbekommen, überlegte Decker. Hatte sich Maries Name in ihr Unterbewußtsein eingeprägt? Kam er wieder an die Oberfläche, als sie auf einen handfesten Beweis für die Affäre gestoßen war? Vielleicht hatte sie in Maries Wohnung etwas entdeckt. Aber Decker hatte Maries Apartment gründlich durchsucht, ohne... Er sah Tandy an. Sie lächelte zögernd.

Endlich wieder alles unter Kontrolle!

»Hören Sie! Nicht mal meine Eltern behaupten, ich hätte mit der Sache was zu tun. Sie haben nichts gegen mich in der Hand!«

»Woher wollen Sie wissen, was Ihre Eltern sagen?« warf Marge ein.

»Wenn sie mich beschuldigt hätten, würden Sie nicht so im

dunkeln tappen. Entweder Sie verhaften mich, oder Sie lassen mich gehen.«

»Sie haben Ihre Personalpapiere gefälscht. Das ist ein Vergehen.«

»Dann darf ich eben nicht mehr als Krankenschwester arbeiten. Kann ich jetzt gehen? Oder wollen Sie mich verhaften, weil ich mich für eine staatlich geprüfte Krankenschwester ausgegeben habe?«

Decker schwieg. Tandy paßte exakt in das psychologische Profil der Baby-Entführerin: labil, psychisch unberechenbar, mit unerfülltem Kinderwunsch und anfällig für Scheinschwangerschaften. Aber er hatte keine Beweise. Gegen die Eltern, ja. Gegen Marie, ja. Aber nichts gegen Tandy.

Vielleicht hatte sie tatsächlich nichts mit der Entführung zu tun.

Eine Kleinigkeit jedoch nagte an ihm. Es war eine unbeantwortete Frage. Wie hatte Tandy von Maries Affäre mit ihrem Vater erfahren?

Sicher hatte Marie von sich aus nichts gesagt. Weshalb hätte sie das tun sollen?

Und in Maries Wohnung hatte sie sicher nichts gefunden, das darauf hingedeutet hätte. Decker hatte das Apartment auf den Kopf gestellt. Kein Hinweis auf Maries Vergangenheit, bis auf ein paar alte Manuskripte. Keine Briefe, keine Fotos in ihrem Schreibtisch...

Ihr Schreibtisch!

Der Schlüssel an der Unterseite.

Die vermaledeite Kassette!

Er stand auf, warf Marge einen flüchtigen Blick zu und strich sich über den Schnurrbart. »Sie wissen, daß Ihre Wohnung durchsucht wird. Der Durchsuchungsbefehl ist raus.«

Tandy zuckte die Schultern. »Tun Sie sich keinen Zwang an. Sie finden nichts.«

Decker lehnte sich gegen die Wand. »Wollen Sie wirklich nichts essen?«

Tandy zuckte.

Bring ihn um!

Schnauze! Hau ab!

Die Stimmen verstummten.

»Nein, ich möchte *nichts* essen.«

»Kein Grund, pampig zu werden«, sagte Decker.

»Ich bin nicht pampig!« konterte Tandy. »Ich finde, ich bin sogar verdammt freundlich unter den gegebenen Umständen.«

»Sind Sie je in Maries Wohnung gewesen, Tandy?«

»Natürlich.«

»Wann waren Sie zum letzten Mal dort?«

»Vielleicht vor einem Jahr.«

»Nicht erst vor etwa vier Tagen?«

»Nein.«

»Was sagen Sie, wenn ich einen Zeugen habe, der Sie dort gesehen haben will?«

»Daß er lügt.« Tandys Augen glühten vor Wut. Sie hielten Deckers Blick stand. »Sie haben keinen Zeugen. Weil ich nicht dort gewesen bin!«

»Sie sind also in letzter Zeit nicht in Maries Apartment gewesen?«

»Nein.«

»Tandy, würden Sie einen Lügendetektortest akzeptieren?«

Töte! Töte!

»Leckt mich doch!« sagte Tandy laut.

Decker sah sie überrascht an. Das Mädchen wurde rot.

»Nicht Sie, Sie waren nicht gemeint.« Tandy zuckte. »Was wollen Sie von mir?«

»Und Sie waren sicher nicht in ihrer Woh...«

»Hab ich doch schon gesagt, nein!«

»Das bedeutet, wir finden in Ihrem Apartment also nichts, das Marie gehört? Immerhin haben Sie sie ja vor ein, zwei Jahren zum letzten Mal gesehen, stimmt's?«

Jetzt hatte er sie. Tandy wurde bleich.

Bring ihn um!

Die hohe Stimme.

Bring ihn um! Bring ihn um!
SCHNAUZE!

»Tandy?« sagte Decker.

Ihre Gesichtsmuskeln zuckten. Sie blinzelte. Ihr ganzer Körper wurde von einer Serie krampfartiger Zuckungen geschüttelt. »Marie hat mir 'ne Menge Zeugs gegeben. Sie mochte mich, sie hat mich geliebt!«

»Geschenke sind eine Sache«, sagte Decker. »Ich spreche vom persönlichen Besitz Maries. Zum Beispiel von einer Kassette voller Briefe und Fotos...«

»Marie hat mir die Kassette zur Aufbewahrung gegeben. Na und?«

»Aha, Sie wissen also, wovon die Rede ist.« Decker nickte. »Sie wissen von der Kassette, weil Sie sie entdeckt haben. War es während Ihres Aufenthalts in Maries Wohnung, während Ihrer sogenannten Schwangerschaft? Natürlich wissen wir alle, daß Sie nicht wirklich schwanger waren. Nicht wie beim ersten, einzigen Mal!«

Bring ihn um! Jetzt!
Nein.
Ja!
Nein, dich gibt es gar nicht!
Bring ihn um! BRING IHN UM!

»Tandy! Hören Sie mich?« fragte Decker.

Ein roter Hauch breitete sich über den Wangen der jungen Frau aus. »Marie hat mir die Kassette gegeben. Das Gegenteil können Sie nicht beweisen!«

»Warum sollte sie Ihnen die Kassette ohne Schlüssel gegeben haben?«

»Wer sagt, daß ich keinen Schlüssel habe?«

»Weil ich den Schlüssel habe, Tandy.«

»Dann hat sie mir die Kassette halt ohne Schlüssel übergeben.« Tandy zuckte mit den Schultern. »Sie wollte nicht, daß ich reinsehe.«

»Das ist der Punkt. Ganz richtig. Ich glaube nicht, daß Marie wollte, daß Sie reinschauen. Denn die Kassette enthielt all ihre persönlichen Erinnerungen. Und einige waren sehr, sehr intim...«

»Halten Sie den Mund!«

Decker beugte sich über den Tisch. »Aber Sie haben trotzdem drin rumgeschnüffelt!«

»Hören Sie auf!«

»Sie haben sie gefunden. Und zwar als Sie bei Marie gewohnt haben. Nach dem Schock, als Ihnen klar wurde, daß Sie nicht schwanger waren.«

»Ich muß mir das nicht anhören.« Sie hielt sich die Ohren zu und begann zu summen. »Ich kann Sie nicht hören.«

Decker riß ihr die Hände von den Ohren. »Marie hat Ihnen nie eine Kassette gegeben, Tandy. Sie haben sie aus ihrer Wohnung gestohlen.«

»Halten Sie den Mund!«

»Und wir beide wissen, daß Marie Ihnen die Kassette niemals gegeben hätte. Sie enthielt Liebesbriefe und Fotos von ihr und Ihrem Vater. Vermutlich sehr offene, intime Liebesbriefe...«

»Aufhören!«

»Mann, wie beschissen Sie sich gefühlt haben müssen!« fügte Decker hinzu. »Sie dachten, in Marie eine liebevolle Mutterfigur gefunden zu haben. Und die Ironie der Geschichte? Sie entpuppte sich als die gemeine Hexe, die die Ehe Ihrer Eltern zerstört hatte.«

Tandy sprang vom Stuhl auf und schleuderte das Tonbandgerät an die Wand. »AUFHÖREN! AUFHÖREN! AUFHÖREN!«

Decker verstummte. Tandy raufte sich das Haar.

»AUFHÖREN!«

»Ich sage ja gar nichts mehr«, bemerkte Decker.

»DOCH NICHT SIE!« Sie schluchzte. »DIE ANDEREN.«

Sie? *Die Stimmen.* Decker fiel es wie Schuppen von den Augen. Panik erfaßte ihn plötzlich. Das Mädchen ist psychisch labil, du Idiot!

Zum Spiegel gerichtet, sagte Decker: »Ich möchte Sergeant McKlintock hier haben, bitte!«

»Ich hole sie«, erbot sich Marge.

Tandy warf sich Decker an die Brust und klammerte sich wie eine Ertrinkende an ihn. »SIE SOLLEN AUFHÖREN! BRINGEN SIE SIE ZUM SCHWEIGEN! BITTE!«

Sie begann zu hyperventilieren. Deckers Herz raste. »Holt mir Donna her, verdammt!« brüllte er.

»Kommt schon!« ertönte es aus der Richtung des Spiegels.

»BRINGEN SIE SIE ZUM SCHWEIGEN…« Sie schluchzte, rang nach Luft, und ihre Lippen wurden bläulich. »BRINGEN SIE SIE ZUM SCHWEIGEN!«

Einen Moment später stürmte Donna McKlintock in das Vernehmungszimmer. Donna blickte auf zwanzig Dienstjahre in der Abteilung zurück. Seit zehn Jahren, nach dem Abendstudium der Psychologie, arbeitete sie als Polizeipsychologin. Im Lauf der Jahre hatte sie zahllosen Opfern, ob Zivilisten oder Polizisten, beratend zur Seite gestanden. Decker konnte nur hoffen, daß sie ihr Metier beherrschte. Kräftig gebaut wie Donna war, befreite sie Decker spielend leicht von Tandy. Tandy klammerte sich umgehend an sie.

»Bringen Sie sie zum Schweigen!« bettelte Tandy.

Donna nahm das Mädchen mit festem Griff und ging mit ihr um den Tisch. »Hier sind Sie in Sicherheit, Tandy. Ganz sicher!«

»Aber sie sind da!«

»Ihnen kann jetzt nichts passieren, Tandy«, wiederholte Donna. »Solange Sie bei mir sind, kann Ihnen niemand etwas tun.«

Donna führte sie aus dem Raum. »Wir reden«, versprach sie. »Ich lasse nicht zu, daß Ihnen jemand etwas tut. Und ich lasse nicht zu, daß Sie jemandem etwas tun.«

»Versprochen?«

»Versprochen.« Donna machte die Tür zu. Decker sah Marge an. Er fuhr sich mit der Hand übers Gesicht. In Augenblicken wie diesen übten Treuhandverträge und das Immobiliengeschäft eine starke Anziehungskraft auf ihn aus.

35

Decker ging im Vernehmungszimmer auf und ab. »Ich fasse es nicht! Wie konnte ich nur so blöd sein!«

»Mach dich nicht verrückt!« Marge holte tief Luft. »Ich muß dich wohl nicht daran erinnern, daß es um einen Mord geht.«

Decker blieb stehen. »Die Leiche im Honda ist Lily Booker. Hennon hat sie heute morgen identifiziert.«

»Dann hör auf, an Tandy zu denken. Befassen wir uns mit dem echten Opfer.«

»Wir wissen noch immer nicht, ob Tandy die Täterin ist.«

»Wir wissen nicht, daß sie's nicht getan hat«, verbesserte Marge. »Zuzutrauen wär's ihr.«

»Macht mich völlig fertig, wie schnell sie umgekippt ist!« Decker stöhnte. »Ich dachte, sie sei gerissen, schlau.« Er holte tief Luft. »Und dann von einer Minute auf die andere...«

»Jedenfalls rückt diese Kassette wieder in den Mittelpunkt. Ich hatte das Ding ganz vergessen.«

»Auf diese Weise hat Tandy alles über die Affäre ihres Vaters rausgekriegt. Schön und gut. Trotzdem haben wir nichts, das sie mit der Entführung und dem Mord in Verbindung bringen könnte.«

»Immerhin hat sie für den Zeitpunkt der Entführung kein Alibi. Und das Kind wurde bei ihren Eltern gefunden.«

»Alles nur Indizien. Und die Mutter sagt, nicht Tandy, sondern Marie habe ihr den Säugling gebracht.«

Marge stützte das Kinn in die Hand. »Hm, weißt du, wie ich die Sache sehe?«

»Schieß los.«

»Vergangenen Dienstag besucht Tandy Marie gegen Mitternacht im Krankenhaus.«

»Warum?«

»Da sind der Spekulation Tür und Tor geöffnet. Das Mädchen hat ein psychisches Problem. Vielleicht haben die Stimmen ihr befohlen, Marie umzubringen. Sie geht zu Maries Säuglingsstation. Aber Marie ist nicht da, niemand ist da.«

Decker nickte.

»Tandy wirft einen Blick auf die Babys, und eine Sicherung brennt durch. Sie denkt an das Kind, das ohne ihr Wissen abgetrieben wurde, denkt an ihre Scheinschwangerschaft. Die Stimmen melden sich. Sie greift sich einen Säugling.«

»In diesem Moment taucht Lily Booker auf. Tandy ist perplex«, warf Decker ein.

»Vermutlich kommt es zum Kampf. Vielleicht hat Tandy auch nur zugeschlagen. Wer weiß schon, was in ihr vorging. Und Tandy ist kräftig genug und durchtrainiert. Sie schlägt Lily ins Gesicht und bringt sie um. Die Leiche wies schwere Kopf- und Gesichtsverletzungen auf.«

»Richtig. Hennon tippt als Tatwaffe auf einen Hammer.«

»Dann kommt Marie dazu und sieht die Bescherung.«

»Das würde bedeuten, daß Marie die Kidnapperin und Mörderin Tandy deckt. Warum sollte sie das tun?«

»Marie liebt Tandy, vielleicht fühlt sie sich auch schuldig. Marie ist der Märtyrertyp.«

»Das kaufe ich dir nicht ab, Marge. Vielleicht, wenn Marie Tandys Mutter wäre, aber das ist nicht der Fall.«

»Vielleicht war Tandy in einem schrecklichen Zustand, kurz vor einem Zusammenbruch.«

Decker machte ein skeptisches Gesicht.

»Na gut«, seufzte Marge. »Ich weiß auch nicht, weshalb Marie Tandy geholfen haben soll. Aber nehmen wir an, sie hat's getan. Es kann doch auch sein, daß Marie in Panik geraten ist und nicht vernünftig denken konnte.«

»Marie hilft also Tandy«, überlegte Decker. »Selbst wenn Marie bereit war, die Leiche verschwinden zu lassen, weshalb sollte sie Tandy gestatten, das Baby mitzunehmen?«

Marge überlegte. »Tandy war vermutlich nicht Herr ihrer Sinne. Marie wollte einen Eklat vermeiden. Sie hat ihr vielleicht nur erlaubt, das Baby mitzunehmen, um sie zu beruhigen.«

»Marge...« Decker war nicht überzeugt.

Marge räusperte sich. »Tandy bringt den Säugling zu ihren Eltern, und Marie fährt ihren Wagen mit der toten Lily zum Angeles Crest. Marie stößt den Wagen in die Schlucht, und Tandy holt sie später ab. Marie verläßt die Stadt, sagt Tandy, sie wolle alles auf sich nehmen...«

»Aber warum, Marge? Und noch was... Wie sollten Marie und Tandy das Krankenhaus mit der Leiche und dem Säugling unbemerkt verlassen haben? Ich bitte dich, da ist doch der Wurm drin.«

»Du hast selbst gesehen, wie unterbesetzt die nachts in der Klinik sind«, entgegnete Marge.

»Schon, aber wie sollten zwei Frauen es bewerkstelligen, eine große, schwere, tote Frau und gleichzeitig einen Säugling aus dem Krankenhaus zu schaffen?« gab Decker zu bedenken.

Marge dachte kurz nach. »Du hast recht. Lily allein war schon ein Problem. Vielleicht hatten sie Hilfe.«

Decker grinste plötzlich. »Hm, und wer würde den beiden wohl helfen, Margie?«

»Tandys Eltern können wir ausschließen...«, begann Marge und schlug sich plötzlich mit der flachen Hand gegen die Stirn. »Leek McKay! Der Kerl ist Abschaum. Wenn er uns jetzt durch die Lappen gegangen ist, weil du den Samariter gespielt hast, Rabbi...«

»Mal den Teufel nicht an die Wand!« stöhnte Decker. »In letzter Zeit gelingt mir nicht viel, was? Wir haben noch immer keine Spur von Marie. Tandy ist in Donnas Obhut und vorerst für uns tabu. Ich habe nichts in der Hand. Vielleicht sollte ich endlich mal Beweise auftun.«

Decker machte die Tür zum Vernehmungszimmer zu und lehnte sich gegen die Wand neben dem stellvertretenden Staatsanwalt Kurt Pomerantz.

Pomerantz fuhr sich mit der Hand über die Geheimratsecken. »Eines kann ich Ihnen schon mal sagen. Beltram will, daß sämtliche Anklagepunkte als Gegenleistung für McKays Kooperationsbereitschaft fallengelassen werden.«

»McKay hat Beihilfe geleistet.«

»Ein Anruf vom Krankenhaus ist noch kein Beweis, Pete.«

»Er fand zum Zeitpunkt der Entführung statt. Er paßt wunderbar in unseren Zeitplan.«

»Nein, der Anruf ist nicht viel wert. McKay ist Krankenpfleger. Vielleicht wollte ihn jemand aus dem Krankenhaus um Rat fragen.«

»McKay hat nie für das Sun Valley gearbeitet. Und wer, zum Teufel, sollte ihn schon um Mitternacht um Rat fragen wollen?«

»Wenn sich der Anruf bis in die Säuglingsstation zurückverfolgen läßt, sieht die Sache schon besser aus.«

»Wir versuchen's ja. Braucht Zeit.« Decker hielt inne. »Außerdem haben wir sackweise Asche aus Maries ausgebranntem Honda. Wenn McKay die Leiche in den Wagen gebracht hat, muß er irgendwelche Spuren hinterlassen haben. Jetzt wissen wir wenigstens, wonach wir suchen müssen.«

»Beweise wären zur Abwechslung mal ganz nett.«

»McKay wird anbeißen«, sagte Decker. »Ich glaube, er will Tandy loswerden. Das Mädchen hat ihn seit Jahren erpreßt, um seine Zulassung benutzen zu können. Tandy Roberts ist eine Psychopathin, vielleicht sogar eine Mörderin. Ich glaube, er hat Angst vor ihr. Er hat nichts dagegen, daß sie hinter Gitter kommt. Dann hat er sie nicht mehr an der Hacke.«

»Ich kann mir nicht vorstellen, daß er sich ans Messer liefert, nur um sie loszuwerden«, sagte Pomerantz. »Und Oscar Beltram ist kein Idiot.«

Decker richtete sich abrupt auf, als McKays Anwalt, Oscar Beltram, auf sie zukam. Er war spanischer Herkunft, Anfang Dreißig und arbeitete seit fünf Jahren als Pflichtverteidiger.

Die drei Männer setzten sich an den Tisch. Eine blutjunge Polizistin brachte Kaffee. Beltram musterte sie wohlwollend.

»Die werden auch immer jünger«, seufzte er, als sich die Tür hinter ihr geschlossen hatte.

»Was haben Sie dagegen? Sie sind auch kein Greis«, bemerkte Decker.

»Ich fühle mich aber so«, sagte Beltram. »Muß der Job sein.«

»Kommt davon, wenn man dauernd Psychopathen verteidigt«, bemerkte Pomerantz.

Beltram lachte. »Jeder hat ein Recht auf einen Verteidiger.«

»So ein Glück für den alten McKay«, seufzte Pomerantz.

»Kurt, Sie sind hinter dem Falschen her«, sagte Beltram. »McKay ist ein kleiner Fisch.«

»Auch ein kleiner Fisch…«, begann Decker.

Beltram unterbrach ihn. »Was soll das? Klopfen wir Sprüche, oder reden wir Klartext? Ohne McKay haben Sie niemanden für den Booker-Mord. Das wissen wir alle. Also lassen wir die Spielchen.«

»Wir haben einen Anruf, Oscar«, begann Pomerantz. »Sieht nicht gut aus für Ihren Mann.«

»Kurt, ein Telefonanruf ist kein Beweis«, entgegnete Beltram.

»Im Gegenteil«, beharrte Pomerantz. »Da läßt sich ein guter Beweis draus konstruieren.«

»Na gut. Dann konstruiert mal schön. Wir sehen uns dann vor Gericht.«

»Oscar, ich kann das Golden-Valley-Altenheim dazu bringen, Ihren Mandanten wegen Unterschlagung und Betrug zu verklagen. McKay geht so oder so in den Knast.«

»Großer Unterschied zwischen Unterschlagung und Beihilfe zum Mord«, bemerkte Beltram.

»Mord und Entführung«, warf Pomerantz ein.

»Nur Mord. Er hat keinen Schimmer von dem Kidnap…«

»Sagen Sie«, warf Pomerantz ein.

»Wenn Sie Poker spielen wollen, nehme ich die Herausforderung an«, sagte Beltram. »Gehen Sie vor Gericht.«

»Prima. Ich rufe im Golden-Valley an.« Decker sah Pomerantz an. »Wir spielen auf Zeit, Kurt. Ich schätze, unsere Chancen stehen 1:3.«

»Wer hat den Fall, Kurt? Sie oder er?«

»Der Mann war Anwalt«, sagte Pomerantz. »Alte Gewohnheiten...«

»Meine Güte«, stöhnte Beltram. »Wollen Sie eine Irre wie Tandy Roberts laufenlassen? Kann ich mir nicht vorstellen. Sie gehört in Behandlung. Und ohne McKay haben Sie nichts gegen sie in der Hand.«

»Fazit: Was wollen Sie?« fragte Pomerantz.

»Alle Anklagepunkte werden fallengelassen. Und ich meine *alle*! Dafür bekommen Sie McKay als Kronzeugen. Es gibt keine Unterschlagung, keine Beihilfe, keine Rückzahlung, keine Wiedergutmachung durch Dienstleistungen in der Sozialhilfe...«

»Einstellung des Verfahrens und Bewährung«, bot Pomerantz an. »Ein Jahr muß in einem Gefängnis auf dem Land abgesessen werden, falls McKay zweifelsfrei nur als Komplize eingestuft wird. Denn wenn's Mord ist, gibt's keine Vergünstigungen.«

»Keine Anklage, Kurt«, beharrte Beltram.

Das Feilschen ging noch eine Weile weiter. Schließlich einigte man sich auf die Aussetzung des Verfahrens bei einer Bewährungsstrafe. »Keine Gefängnisstrafe. Mit Unterschlagung können wir ihn jederzeit auf zwei, vielleicht drei Jahre auf Bewährung festnageln. Ganz zu schweigen von zahllosen Stunden Sozialdienst und der Rückzahlung der unterschlagenen Summe an das Seniorenheim. Sagen Sie Ihrem Mandanten, was wir zu bieten haben, Beltram.«

Beltram tippte mit der Fußspitze auf den Boden. »Ich glaube, darauf läßt er sich ein.«

36

»Wo ist die Kamera?« Leek McKay sah sich im Vernehmungszimmer um. »Ich sehe keine Kamera.«

»Hinter dem Spiegel«, sagte Marge.

»Warum werde ich gefilmt?«

»Nicht Sie, die Vernehmung wird gefilmt«, klärte Decker ihn auf. »Ist zu unser aller Schutz.«

»Ich sehe miserabel aus.«

Damit hatte er recht. Leek sah aus, als habe jemand die Luft aus ihm rausgelassen. Sein Gesicht war bleich, das Haar, obwohl frisch gewaschen, wirr und glanzlos, und seine Hände zitterten.

»Ich hätte auch eine Rasur nötig«, sagte Decker. »Machen Sie sich nichts draus.«

»Sagen Sie dem Typ hinter der Kamera, er soll mich von links nehmen. Das ist meine Schokoladenseite.«

Decker schwieg. Er wußte nicht recht, ob McKay das ernst meinte. Dann sagte er seinen üblichen Spruch in das Tonband, mit dem er Ort, Zeit, Personen und Zweck der Vernehmung festhielt. Sechs Personen hatten sich in dem Raum versammelt, der gerade für zwei Leute ausreichend Luft bot. Decker wandte sich an Leek. »Möchten Sie was zu essen oder zu trinken, bevor wir anfangen?«

»Ein Glas Wasser wäre nett.«

Marge stellte einen Pappbecher Wasser vor ihn auf den Tisch. McKay leerte ihn in einem Zug. Dann bedachte er Marge mit einem Lächeln und einem treuen Hundeblick. Sie wußte, daß er in ihr eine Verbündete suchte. Vermutlich versuchte er an das weiche Herz einer Frau zu appellieren. Er hatte keine Ahnung, was für ein harter, zäher Brocken sie sein konnte.

»Mr. McKay«, begann Decker. »Wir haben von der Telefonfirma eine Liste der Anrufe auf Ihrem Telefonanschluß.« Er nannte Zeitpunkt und Datum des betreffenden Anrufs. »Erinnern Sie sich, diesen Anruf bekommen zu haben?«

»Ja.«

»Er dauerte fünf Minuten und vierzehn Sekunden.«

»Kann sein.«

»Wer hat Sie angerufen, Leek?«

»Tandy Roberts.«

»Ist das dieselbe Person wie Sondra Roberts?«

»Ja. Tandy ist ihr Kosename.« Er spielte mit dem Pappbecher.

»Hat sich die Anruferin als Tandy Roberts zu erkennen gegeben?« fragte Decker.

»Sie hat sich mit Tandy gemeldet. Aber das wäre nicht nötig gewesen. Ich kenne ihre Stimme.«

»Und was hat Miß Roberts im Lauf des Gesprächs zu Ihnen gesagt?«

»Ich kann mich nicht an jedes Wort erinnern. Sie hat mich aus dem Tiefschlaf geholt.«

»Dann sagen Sie's uns nach bestem Wissen und Gewissen«, drängte Marge.

»Also, das ging ungefähr so. ›Leek, Tandy hier. Du mußt sofort herkommen.‹ Ich hab sie gefragt, wo sie sei. Sie antwortete, im Sun Valley Hospital. Dann wollte ich wissen, was sie von mir wollte. Sie klang sehr aufgeregt und weigerte sich zu antworten. Sie hat schwer geatmet, nach Luft geschnappt. Dann kam Marie an den Apparat.«

»Können Sie Marie fürs Protokoll identifizieren?« unterbrach Decker.

»Marie Bellson. Sie sagte, sie könne am Telefon nicht reden. Ich solle mich mit ihnen im Krankenhaus treffen, vor dem Zimmer vierhundertnochwas. Das ist ein Zimmer gegenüber einem Raum des Reinigungsdienstes.«

»Das ist Zimmer vierhundertsechzehn«, sagte Decker. »Haben Tandy oder Marie am Telefon sonst noch etwas gesagt?«

McKay flüsterte mit seinem Anwalt. Dann sagte er laut: »Tandy hat gesagt, es gäbe Probleme, sie bräuchten Hilfe. Ich dachte, daß sie vielleicht ihre Brieftasche oder die Schlüssel verloren habe und nicht nach Hause könne.«

Beltram nickte.

Decker verdrehte die Augen. »Tandy hat die Probleme also nicht näher definiert?«

»Nein, Sir. Hat sie nicht.«

»Marie? Hatte die eine Erklärung parat?«

»Nein.«
»Und Sie sind den beiden zu Hilfe geeilt?«
»Ja, Sir.«
»Ohne weitere Informationen sind Sie zu den beiden gefahren?«
»Ja, Sir.«
»Und haben sie schließlich vor Zimmer vierhundertsechzehn getroffen?«
»Ja.« McKay zögerte. »Ich bin zum Zimmer vierhundertsechzehn gegangen, aber da war niemand. Kurz darauf kam Marie jedoch aus der Besenkammer gegenüber.«
»Mit Marie meinen Sie Marie Bellson?«
»Richtig. Sie hat mich in die Besenkammer gezogen.«
»Hat sie die Tür geschlossen?« wollte Marge wissen.
»Natürlich hat sie das. Sie hatte drinnen schließlich eine Leiche liegen.«
»Lawrence...«, sagte Beltram.
»Mr. Beltram, ich nenne das Ding beim Namen. In der Besenkammer lag eine Tote. Ich hab mir fast in die Hose gemacht vor Schreck. Marie war gerade dabei, sie in einen Leichensack zu stecken. Um ein Haar wäre ich wieder davongelaufen.«
»Und warum sind Sie's nicht?« fragte Marge.
»Weil Tandy...« McKay fuhr sich mit der Hand über die Stirn. »Sie hatte mich in der Hand. Sie erpreßte mich.«
»Lawrence...«, mahnte Beltram erneut.
»Der Sergeant kennt die Geschichte, Mr. Beltram.«
»Ich versuche nur, Sie zu schützen.«
»Mr. Beltram, Sie haben gesagt, ich kriege höchstens ein Jahr Bewährung. Und nichts, was ich sage, könnte daran was ändern. Stimmt das?«
»Das stimmt, Mr. McKay«, warf Pomerantz ein. »Solange wir sicher sein können, daß Sie nur Beihilfe geleistet haben, heißt das.«
»Was soll das heißen?« wollte McKay wissen.
»Wir müssen sicher sein, daß Sie nicht schon vorher von dem Mord und der Entführung wußten.«

McKay atmete schwer. »Ich schwöre beim Grab meiner Mutter, daß ich keine Ahnung hatte, bis Marie mich in diese Besenkammer gezogen hat.«

»Wo war Tandy?« fragte Marge.

»Keine Ahnung. Tandy hab ich überhaupt nicht gesehen. Sie war fort, als ich ankam.«

Pomerantz, Decker und Marge tauschten Blicke.

»Sie haben Tandy überhaupt nicht gesehen?« fragte Decker.

»Nein.«

»Und obwohl Tandy nicht da war, als Sie ankamen, obwohl Sie eine Leiche in der Besenkammer vorfanden, sind Sie nicht getürmt?« beharrte Decker.

»Klingt vielleicht verrückt, aber...« McKay sah Decker an. »Tandy hatte mich in der Hand. Sie haben's leider rausgefunden. Ich hätte mir einen Haufen Energie sparen können.«

Decker schwieg.

»Tandy wußte, daß ich... Taschengeld von den alten Leuten im Heim investiert hatte«, fuhr McKay fort.

»Investiert? Sie meinen wohl unterschlagen«, verbesserte Pomerantz.

»Fehlgeleitet«, konterte Beltram.

»Herrgott, ich kenne private Pfleger, die regelrecht stehlen. Meine Patienten haben mir das Geld freiwillig gegeben.«

»Sie sind ein Heiliger, Leek«, bemerkte Marge.

»Fahren Sie einfach fort, Lawrence!« sagte Beltram.

»Ein paar der alten Leute haben ein loses Mundwerk«, sagte McKay. »Aber das ist nicht weiter schlimm. Die Alten bringen Realität und Phantasie oft durcheinander. Niemand hört auf sie. Aber Tandy wollte nicht lockerlassen. Sie hat in meinen Privatangelegenheiten rumgeschnüffelt, um Beweise zu finden. Tandy ist eine Psychopathin, aber nicht blöd. Wenn sie sich zu etwas entschlossen hat, ist sie erbarmungslos. Wie jetzt beim Bodybuilding. Sie wollte mich, sie war absolut scharf auf mich. Sobald sie von den Geldgeschichten erfahren hatte, habe ich ihr einen Gefallen nach dem anderen getan.«

»Beschreiben Sie mir die Leiche, Leek!« forderte Decker.

McKay sprach leise. »Es war eine schwarze Frau. Sie trug Schwesternkleidung. Ihr Gesicht war eingeschlagen.« Er stützte seinen Kopf mit den Händen.

»Und Sie waren sicher, daß die Frau tot war, Leek?«

Beltram hob die Hand. Anwalt und Klient unterhielten sich flüsternd. Schließlich beantwortete McKay die Frage mit Ja.

»Haben Sie ihr den Puls gefühlt?« fragte Decker. »Haben Sie überprüft, ob sie noch atmet?«

»Ich wußte einfach, daß sie tot war, Sergeant. Warum hätte Marie sie sonst in einen Leichensack stecken sollen?«

»Aber Sie sind Krankenpfleger, Leek. Tun Sie so was nicht automatisch?«

»Beantworten Sie die Frage nicht«, warf Beltram ein.

»Ich bin seit fünf Jahren Pfleger in einem Altenheim, Sergeant«, fuhr McKay fort. »Ich weiß, wann ich eine Leiche vor mir habe. Allein die Augen, die Pupillen ... Ich ...« McKay schlug die Hand vor den Mund. »Sie sah furchtbar aus. Jemand hatte ihr das Gesicht eingeschlagen, die Stirn. Ihr Gehirn ... Man konnte ihr Gehirn sehen. Jemand hatte verdammt hart zugeschlagen.«

»Geschlagen?« hakte Marge nach.

»Ja, wie mit einem Hammer.« Er erschauerte. »Ich habe mehr Tote gesehen, als mir lieb sein kann. Aber keiner war so zugerichtet.«

»Sah es denn in der Besenkammer nicht auch verheerend aus?« wollte Decker wissen.

»Nein ... also, daran erinnere ich mich nicht. Vielleicht hatten sie saubergemacht, vor meiner Ankunft.«

»Haben Sie eine Idee, wer die Tote so zugerichtet hatte?« fragte Decker.

»Marie hat gesagt ...« McKay schluckte. »Marie Bellson hat behauptet, daß sie es gewesen sei. Also nehme ich an, daß Marie ihr die Prügel verpaßt hatte.«

»Hat sie gesagt, daß sie die Frau erschlagen hat?« bohrte Decker weiter.

»Nicht ausdrücklich. Nur, daß sie das alles getan habe.«

»Wer, glauben Sie, ist es gewesen?« erkundigte sich Marge.

»Was er denkt, ist irrelevant«, warf Beltram ein.

»Beltram, das ist keine Gerichtsverhandlung, nur eine Vernehmung.«

»Keine Ahnung, ob Marie die Kraft hätte«, brach es aus McKay heraus. »Aber Tandy hätte sie gehabt. Sie ist eine starke Frau.«

»Wie haben Sie die Leiche zum Wagen gebracht?« fragte Decker.

»Auf einer fahrbaren Liege. Eigentlich hat uns gar niemand gesehen. Um diese Stunde ist es in Krankenhäusern wie ausgestorben. Und auf Leute in Schwesterntracht oder Pflegeruniform achtet sowieso keiner.«

Decker konnte das nur bestätigen. »Und wohin haben Sie die Tote verfrachtet? Auf den Rücksitz? Den Beifahrersitz?«

»Zuerst haben wir's im Kofferraum versucht. Aber das ging nicht, weil die Leichenstarre schon eingetreten war. Also haben wir die Tote auf den Boden vor dem Rücksitz gelegt.«

Das entsprach den Spuren, die sie gefunden hatten. Decker hatte Maries Collegering auf dem Rücksitz gefunden. Vermutlich hatte sie ihn verloren, als sie die Leiche dorthin bugsiert hatten. »Und wann hat das alles stattgefunden?«

»Keine Ahnung.« McKay schloß die Augen. »Es war vielleicht ein oder zwei Uhr morgens.«

»Leek«, begann Decker erneut. »Woher wollen Sie wissen, daß das Tatwerkzeug ein Hammer gewesen ist?«

»Marie hat mir einen Hammer gegeben. Ich sollte ihn verschwinden lassen.«

»Haben Sie das getan?«

»Ja. Ich hab ihn weggeworfen.«

»Wo?«

»Irgendwo in der Schlucht.«

»In welcher Schlucht?« fragte Marge.

»Angeles Crest.« Er räusperte sich. »Ganz in der Nähe... dort wo ich den Wagen hinuntergestoßen habe.«

»Wie sind Sie überhaupt auf den Ort gekommen?« wollte Decker wissen.

»Es...« McKay lachte auf. »Es war das einsame Fleckchen, wo Tandy und ich immer gezeltet haben, wenn uns der Sinn danach stand. Tandy hat das geliebt.« Er hielt inne. »Ich hatte nichts dagegen. Es war weniger auffällig, als das Wochenende bei mir zu verbringen. Ich wollte nie gern mit ihr gesehen werden.«

Decker verzog keine Miene. »Wo war Sondra Roberts, während Sie mit Marie Bellson die Leiche in Maries Wagen verfrachtet haben?«

»Ich hab doch schon gesagt, daß Tandy verschwunden war, als ich gekommen bin. Den Säugling hab ich nie gesehen. Und Tandy auch nicht. Von der Entführung hab ich erst am nächsten Morgen aus dem Fernsehen erfahren. Noch am selben Tag hab ich mit Tandy im Sportstudio geredet, hab sie gefragt, was, zum Teufel, los war. Mit einer Entführung wollte ich nichts zu tun haben.«

Decker nickte aufmunternd.

»Tandy hat gesagt, sie wisse nichts von einem Baby.« McKay schüttelte den Kopf. »Sie tat so, als habe sie mich nie angerufen. Als sei sie in der Nacht nicht einmal im Krankenhaus gewesen. Keine Ahnung, wer das Kind mitgenommen hat. Ich weiß nur, daß Marie meinen Wagen gefahren hat. Sie ist mir rauf zur Felskante gefolgt, wo wir die Leiche loswerden wollten.«

»Dann haben Sie Maries Wagen gefahren?« fragte Marge.

»Ja. Und Marie meinen. Sie wollte das so. Sie wußte, daß ich sie mit einer Leiche im Auto nicht im Stich lassen konnte. Und recht hatte sie. Sie ist mir rauf aufs Plateau gefolgt. Was Tandy gemacht hat, weiß ich nicht. Das schwöre ich. In den Nachrichten hieß es, das Baby sei bei ihren Eltern gefunden worden. Ist doch logisch, daß Tandy es dorthin gebracht haben muß. Aber wissen... wissen tu ich's nicht.«

Decker dachte nach. Was hatte er gegen Tandy in der Hand? Bisher konnte er sie vermutlich wegen Beihilfe anklagen. Damit müßte er Erfolg haben. Aber solange Marie verschwunden war, konnte er ihr weder einen Mord noch die Entführung anhängen. Er hatte auch keine Beweise, daß Marie es getan hatte. Und vielleicht war sie die Täterin.

»Also, Sie und Marie sind getrennt zum Plateau raufgefahren?« sagte er laut.

»Ja.« McKay nickte.

»Haben Sie angehalten?«

»Angehalten? Mit einer Leiche auf dem Rücksitz?«

»Zum Tanken?« fragte Decker.

»Ah, ich verstehe.« McKay rang die Hände. »Wir haben einmal angehalten, damit ich einen Gartenschlauch aus einem Vorgarten klauen konnte.«

»Einen Schlauch?«

»Sie haben ihn zum Absaugen benutzt«, stellte Decker fest. »Weniger verdächtig, als mitten in der Nacht mehrere Kanister Benzin zu kaufen. Und bequemer. Sie konnten mit Hilfe des Schlauchs das Benzin aus ihrem Tank saugen und damit Maries Wagen bespritzen. Sehr gut, Leek.«

»Ich habe lange nachgedacht, bis mir das eingefallen ist«, seufzte McKay. »Freut mich, daß Sie beeindruckt sind.«

Dem Mann war es ernst. Decker lächelte flüchtig.

»Diese Schwester war tot. Das schwöre ich!« fügte er hinzu.

»Wo war Tandy?« erkundigte sich Decker.

»Keine Ahnung. Warum fragen Sie mich das dauernd? Sie war weg, als ich ins Krankenhaus kam.«

»Wo war das Baby?« warf Marge ein.

»Von dem Baby weiß ich nichts.«

»Marie und Sie in den Bergen«, kam es von Marge. »Erzählen Sie mir mehr darüber. Was haben Sie gemacht?«

McKay starrte auf seine Hände. »Wir sind zum Plateau raufgefahren. Dort habe ich Maries Wagen mit Benzin übergossen. Danach hab ich ihn mit Maries Hilfe über die Kante geschoben. Hat einen Riesenknall gegeben. Wir haben uns so schnell es ging getrennt.«

»Sie sind in Ihrem Wagen weggefahren?« fragte Marge.

McKay nickte. »Ja, Marie und ich sind in meinem Wagen wieder weggefahren. Ich saß am Steuer.«

»Was haben Sie mit Marie gemacht?«

»Ich habe sie vor einem Baumarkt in Foothill rausgelassen. Sie wollte das so. Seither hab ich sie nicht wiedergesehen.«

»Und Sondra Roberts?« wollte Decker wissen.

»Ich habe keine Ahnung!«

»Etwas will mir nicht in den Kopf, Leek«, begann Decker. »Da sind ein paar Ungereimtheiten, aber eins nach dem anderen. Sie sagen, Sie hätten den Wagen gegen zwei Uhr morgens in die Schlucht gestoßen. Aber das Auto hat erst am Vormittag gebrannt.«

»Ja, ich weiß.«

»Sie wissen das?«

»Ich bin vor der Arbeit noch mal zu der Stelle gefahren. Einfach, um auf Nummer Sicher zu gehen.« McKay seufzte. »Der Wagen sah übel aus, aber sonst war nichts passiert. Ich kriegte Panik. Ich hab den Schlauch geholt und noch mal Benzin abgesaugt. Ich hab einen brennenden Lumpen ... Diesmal hat's geklappt.« Er senkte den Blick. »Das Ding ist hochgegangen wie eine Bombe. Ich hab mich richtig gefürchtet. Der Sog, die Flammen, die Hitze. Ich bin so schnell wie möglich abgehauen und direkt ins Heim gefahren. Dort hab ich geduscht.« Er lächelte Marge an. »Ein paar Stunden später sind Sie gekommen. Meine Angst hab ich ganz gut verbergen können, was?«

»Sehr gut«, bestätigte Marge.

»Das war's. Ich schwöre es. Beihilfe. Mehr nicht.«

Decker sagte lange nichts. »Sind wir durch?« erkundigte sich Beltram.

Decker warf einen Blick auf die Uhr. »Machen wir eine Pause.«

»Sie haben noch weitere Fragen?« wollte Beltram wissen.

»Ja, habe ich.«

»Ich denke, mein Mandant hat dem nichts mehr hinzuzufügen.«

»Ein paar Minuten?« fragte Decker.

»Beeilen Sie sich«, sagte Beltram. »Wir waren sehr kooperativ. Aber jetzt werde ich ungeduldig.«

Decker machte Marge und Pomerantz ein Zeichen. Sie folgten ihm nach draußen.

»Was gibt's?« Marge sah Decker an.

»Was Tandy betrifft, kommen wir auf keinen grünen Zweig«, sagte Decker.

»Blödsinn«, sagte Marge. »Wir haben Maries Kassette in Tandys Wohnung gefunden, wie du prophezeit hattest, Pete. Und aufgrund von Leeks Aussage können wir Tandy mit Beihilfe festnageln...«

»Aber sie war nicht im Krankenhaus, als Leek dort auftauchte. Wir können sie jedenfalls nicht wegen Mord und Entführung belangen.«

»Leek hat eindeutig gesagt, daß Marie nicht stark genug war, um Lily Booker auf diese Weise zu töten«, gab Marge zu bedenken.

»Seit wann ist Leek Gerichtsmediziner?«

Marge wandte sich an den stellvertretenden Staatsanwalt. »Was meinen Sie?«

»Tandy hat bislang nicht das Geringste zugegeben«, antwortete Pomerantz. »Ihre Eltern behaupten, Marie habe das Baby gebracht. Wir haben Leeks Aussage und ein paar Indizien. Aber ohne Marie können wir nicht viel gegen Tandy unternehmen. Viel zu viele Zweifel.«

Decker schlug sich mit der Faust in die Handfläche. »Das ist beschissen. Sie kommt mit einer Bewährungsstrafe davon. Das weiß ich jetzt schon. Die Frau ist verrückt. Vermutlich gemeingefährlich. Sie muß in Behandlung! Und dazu muß sie in eine Anstalt. Wir können sie nicht auf die Menschheit loslassen. Aber wenn wir nichts gegen sie in der Hand haben, wird sie freigesprochen. Wir müssen das verhindern!«

»Glauben Sie, McKay hat mit Maries Verschwinden was zu tun?« fragte Pomerantz.

»Sie meinen, ob ich glaube, daß McKay Marie umgebracht

hat?« Decker zuckte die Schultern. »Keine Ahnung. Aber McKay weiß mehr, als er zugibt. Das habe ich im Gefühl. Aber ich weiß nicht, wie wir das aus ihm rauskriegen sollen, ohne daß Beltram die Notbremse zieht.«

»Sobald er merkt, daß wir's auf mehr abgesehen haben, auf mehr als Beihilfe, zieht er die Notbremse«, bestätigte Pomerantz.

Decker ballte die Fäuste. »Warum war Leek bereit, Tandy zu helfen? Es muß ihm doch klar gewesen sein, daß Unterschlagung ein Pipifax ist im Vergleich zu Beihilfe bei Mord und Entführung? Wie konnte sie ihn nur überreden, um Mitternacht ins Krankenhaus zu fahren und mit Marie eine Leiche zu beseitigen?«

»Sie scheint Macht über diesen Mann zu haben«, überlegte Marge.

»Verdammt viel Macht. Da ist was größeres im Spiel als Unterschlagung.«

»Und das wäre?« fragte Marge.

»Keine Ahnung!« Decker knirschte mit den Zähnen.

»Frag ihn doch einfach«, schlug Marge vor. »Vielleicht haben wir Glück.«

»Sind schon komischere Dinge passiert«, seufzte Decker. »Warum fragst *du* ihn nicht, Marge? Er scheint dich zu mögen.«

»Kein Problem.« Marge ging den Männern voraus und ins Vernehmungszimmer zurück.

»Und jetzt?« fragte Beltram.

»Noch ein paar Fragen«, antwortete Marge. »Nehmen Sie mit mir vorlieb. Dann machen wir Schluß.«

»Dann kann ich gehen?« wollte McKay wissen.

»Besprechen Sie das mit Ihrem Anwalt.«

»Aber Sie haben gesagt, kein Gefängnis«, protestierte McKay.

»Lawrence, wir beenden gleich die Vernehmung, okay?« warf Beltram ein. »Dann handle ich die Kaution aus.« Und zu Marge gewandt: »Können wir weitermachen, Detective?«

»Leek, wir alle verstehen nicht so recht, warum Sie Tandy geholfen haben.«

»Hab ich doch gesagt. Sie hatte mich in der Hand.«

»Leek, da gibt's 'nen Riesenunterschied zwischen Unterschlagung und Beihilfe zum Mord.«

»Also, worauf wollen Sie raus, Detective?« mischte Beltram sich ein.

»Ich versuche nur zu begreifen, warum er Tandy, einer Frau, die ihn seit zwei Jahren erpreßt, weiteres Material liefert, das sie gegen ihn verwenden kann.«

»Das Motiv meines Mandanten für die Beihilfe ist irrelevant.«

»Vielleicht wollte ich mich bei ihr lieb Kind machen«, sagte McKay. »Sie wissen schon, da wieder anknüpfen, wo wir aufgehört hatten, bevor sie sich so prächtig entwickelt hatte.«

»Sie wollten wieder eine Beziehung mit jemandem eingehen, der Sie erpreßt hat?«

»Ich verstehe nicht, was das soll!« warf Beltram ein.

»Ja, wollte ich vielleicht«, antwortete McKay. »Sie sieht jetzt großartig aus.«

»Haben Sie nicht gesagt, sie sei verrückt? Oder hab ich das falsch verstanden? Sie meinten, Geschlechtsverkehr mit ihr zu haben sei abstoßend gewesen.«

»Damals hat sie anders ausgesehen und sich anders benommen«, beharrte McKay. »Sie war so fett, daß ich nicht mal erkennen konnte, ob sie schwanger war.«

»Weil sie's gar nicht war«, entfuhr es Decker.

»*Was?*« flüsterte McKay. »Was haben Sie gesagt?«

»Ich finde, es reicht jetzt!« erklärte Beltram.

»Augenblick noch!« schrie McKay. »Ich will wissen, warum Sie das gesagt haben, Sergeant!«

Decker schwieg. Die Bemerkung war ihm einfach rausgerutscht. McKays Reaktion allerdings sagte ihm, daß er auf Öl gestoßen sein mußte. »Wann hat sie Ihnen erzählt, sie sei schwanger, Leek? War es vor ungefähr zwei Jahren, September, Oktober?«

McKay machte den Mund auf und zu. »Woher …?«

»Sergeant, es ist jetzt genug«, begann Beltram.

»Sie war nicht schwanger, Leek.« Decker wandte sich an Marge. »Das war, als sie mit ihrer Scheinschwangerschaft zum Arzt gegangen ist.«

»Richtig«, bestätigte Marge.

»Scheinschwangerschaft?« keuchte Leek.

»Gehen wir, Lawrence!« sagte Beltram.

»Nein, warten Sie!« Leek sprang auf. »Verdammt! Wie meinen Sie das? Tandy war nicht schwanger?«

»Mr. McKay, ich rate Ihnen dringend …«

»Halten Sie den Mund!« brüllte Leek. »Ich will mit dem Herrn da reden. Ich muß das wissen, okay?«

Beltram biß sich auf die Unterlippe.

»Also, was soll das heißen, Tandy war nicht schwanger?« wandte Leek sich an Decker.

»Wann hat sie Ihnen gesagt, sie sei schwanger?« fragte Decker.

»Vor zwei Jahren«, antwortete McKay atemlos. »Um Halloween herum. Kurz davor oder danach. Und zwar auf der großen Halloweenparty im Altenheim. Ich wäre fast ohnmächtig geworden.«

»Leek, November vor zwei Jahren war Tandy nicht schwanger«, warf Marge ein. »Sie hat es sich nur eingebildet.«

»Können Sie das beweisen?«

»Ja.«

»Verdammte Scheiße!« McKay wurde bleich. »Sie hat mich für nichts und wieder nichts da reingezogen.«

Decker wartete.

»Ich kann's nicht fassen. Die ganze Zeit!« McKay schüttelte unaufhörlich den Kopf. »Scheiße! Diese kleine …« Sein Blick schweifte von Marge zu Decker. »Sie hat gesagt, sie habe abtreiben lassen.«

Leek wischte sich Speichel aus den Mundwinkeln. »Sie hat mir gesagt, sie sei schwanger. Sie hat geschworen … sie wollte das Baby unbedingt. Kommt nicht in Frage, habe ich gesagt.

Wenn sie es nicht wegmachen lasse, sei's aus zwischen uns. Sie war fett! Sie hatte 'ne Macke! Ich wollte nicht ein Leben lang an diese Frau gebunden sein!«

Im Zimmer war es totenstill.

»Ich habe ihr klargemacht, wenn sie mich je wiedersehen wolle, müsse sie es wegmachen lassen.« McKay verschränkte die zitternden Hände. »Sie hat mich immer wieder hingehalten. Und dann schließlich, gegen Weihnachten, hat sie verkündet, die Schwangerschaft sei zu weit fortgeschritten für eine Abtreibung. Es sei jetzt...«, er wischte sich den Schweiß von der Stirn. »Jetzt sei es Mord. Weil der Fötus lebensfähig wäre. Sie müsse einen Arzt finden, der bereit sei, es illegal zu machen.«

»Lawrence, ich rate Ihnen, kein Wort mehr zu sagen«, stöhnte Beltram.

»Jetzt ist alles egal«, murmelte McKay. »Wenn sie nicht schwanger war, war ihre ganze Geschichte Beschiß.« Er sah auf. »Es sei denn, Sie lügen mich an.«

»Wir lügen nicht, Leek«, sagte Decker. »Weiter. Was ist passiert, nachdem sie behauptet hat, das Baby müsse illegal abgetrieben werden?«

»Tu's trotzdem, hab ich gesagt. Dann eben illegal. Und ich hab ihr eine Menge Geld dafür gegeben.«

McKay starrte auf seinen leeren Becher und zerknüllte ihn. »Sie meinte, es würde uns beide zu Mördern machen, weil das Baby lebensfähig sei. Mir war das egal. Sie hat mich dieses Papier unterschreiben lassen. Ich weiß gar nicht mehr, was sie da getippt hatte. Irgendwie lief es darauf hinaus, daß ich sie gezwungen hätte, es zu tun, abtreiben zu lassen, meine ich. Für den Fall, daß sie geschnappt wurde. Ich wollte so verzweifelt, daß sie es los wurde, daß ich das Papier unterschrieben habe.« Er wischte sich über den Mund. »Und seither läßt sie mich dafür bezahlen.«

Decker nickte. McKay sah auf. »Ich hab noch eine Information für Sie.«

»Lawrence...«, begann Beltram.

»Ich mach das schon, Mr. Beltram. Jetzt bin ich am

Drücker. Zum erstenmal seit zwei Jahren bin ich wieder Herr über mein Leben.«

»Was für eine Information?« fragte Decker.

»Interessiert? Dann lassen Sie alle Anklagepunkte gegen mich fallen«, sagte McKay. »Und zwar *alle*! Ich will den Zeugenstand als freier Mann verlassen. Ich hab lange genug in der Scheiße gesteckt.«

»Sagen Sie mir, was Sie haben, und wir denken darüber nach«, erklärte Pomerantz.

»Das genügt mir nicht.«

»Ich kann Ihnen nicht helfen, wenn Sie mir nicht helfen.«

»Lassen Sie mich zuerst mit ihm reden«, bat Beltram.

»Keine Spielchen, bitte«, beharrte McKay. »Ja oder nein. Sie sollten sich für das interessieren, was ich zu sagen habe. Es ist gut. Das garantiere ich.«

»Leek, auf dieser Basis kann ich kein Angebot machen«, warf Pomerantz ein. »Helfen Sie mir! Geben Sie mir einen Tip!«

»Es geht um Marie Bellson.«

Decker sah Marge und Pomerantz an, sagte jedoch nichts.

»Lawrence«, begann Beltram. »Falls Sie etwas mit Maries Tod zu tun haben...«

»Marie ist nicht tot!« erklärte McKay. »Wenigstens soviel ich weiß. *Ich* hab sie sicher nicht umgebracht. Also, wollen Sie meine Information haben?«

»Leek, wir versuchen zu helfen...«, versuchte es Marge.

»Okay. Ich glaube, ich weiß, wo sie ist.«

»Großer Gott!« entfuhr es Decker. »Wo?«

»Sie lassen alles gegen mich fallen?«

Decker wandte sich an Pomerantz. »Wenn sich das bezahlt macht...«

»Vielleicht ist sie ja längst nicht mehr dort«, fiel McKay ein. »Ich weiß es nicht sicher.«

»Angenommen, es läßt sich beweisen, daß Marie dort *war*, wo McKay sie vermutet, dann könnten wir doch alles gegen ihn fallenlassen, oder?« fragte Decker den Staatsanwalt.

Pomerantz schwieg. Decker verzog keine Miene. Dabei wollte er nur eines wissen: Wo war Marie? Sie brauchten einen Anhaltspunkt! Tandy gehörte in eine Anstalt. Sie war gefährlich.

»Also gut«, sagte Pomerantz schließlich. »Wenn wir beweisen können, daß Marie Bellson an dem Ort gewesen ist, wo McKay sie vermutet, erheben wir keine Anklage gegen ihn.«

»Gut.« McKay klatschte in die Hände. »Hätten Sie das besser hingekriegt, Mr. Beltram?«

Beltram lächelte müde.

»Spuck's aus, Leek!« verlangte Decker.

»Zwei Tage nach der Entführung hat Tandy mich im Sportstudio abgepaßt. Sie wollte, daß ich ein Empfehlungsschreiben für Marie Bellson auf Heim-Briefpapier tippe. Ich sollte auch selbst unterschreiben, denn falls diese Klinik anrief und im Heim nach einem Mr. McKay fragte, würde jemand den Anruf entgegennehmen, der mich kennt. Die Vorsichtsmaßnahme wäre nicht nötig gewesen. Niemand hat angerufen.«

»Haben Sie den Brief geschrieben?« fragte Decker.

»Natürlich!« sagte McKay. »Ich dachte ja noch immer, ich hätte Beihilfe zum Mord geleistet, zum Mord durch Abtreibung.«

»Und wohin haben Sie den Brief adressiert, Leek?«

»An eine Klinik in Kalifornien. Nicht weit von Berkeley, aber weiter im Landesinneren. Dort, wo die Einwanderer auf den Farmen arbeiten. Ich habe einen wunderbaren Brief geschrieben und erklärt, was für eine Heilige Mary Whitson sei. Sie benutzte den Namen Mary Whitson.«

»Whitson ist der Mädchenname ihrer Mutter«, erklärte Marge.

»Erinnern Sie sich an den Namen des Ortes?« wollte Decker wissen.

»Die Stadt hat einen spanisch klingenden Namen. Wie Tecale oder Tecome oder Tecate. So ähnlich jedenfalls. War eine ländliche Adresse. Soviel erinnere ich mich. Ich hab die Anschrift zu Hause. Ich kann sie beschaffen.«

»Dann tun Sie das!« befahl Decker.

»Wie Sie wünschen, Sergeant!« McKay lächelte. »Ich tue alles, wenn ich Tandy damit eins reinwürgen kann.«

37

Marge knallte den Hörer schwungvoll auf die Gabel. »Sie haben die Bellson!« Der ganze Bereitschaftsraum jubelte. Sie stand auf und umarmte Decker. »Der Schweinehund hatte recht. Er kommt ungeschoren davon, der kleine Gauner.«

»Sie war dort, wo er sie vermutet hat?«

»Zwanzig Meilen weiter südlich. Die Adresse, an die McKay geschrieben hatte, war ein Postfach. Der Sheriff hat uns die richtige Adresse gegeben. Marie hatte sich tatsächlich als Marie Whitson ausgegeben. Die Leute in der Klinik waren sehr unglücklich über die Entwicklung. Marie scheint Spanisch zu sprechen und hatte sich in nur wenigen Tagen viele Freunde gemacht.«

»Sie ist eine erfahrene und gute Krankenschwester«, konstatierte Decker. »Hat sie Widerstand geleistet?«

»Nein.« Marge klopfte Decker auf den Rücken. »Du kannst wieder lächeln, Pete. Wir haben's fast geschafft.«

»Fast, aber noch nicht ganz.« Decker überlegte. »Aber eines sage ich dir. Das kleine Kätzchen kriegt sie nicht wieder. Es wäre fast verhungert.«

»Behalt es ruhig.« Marge kicherte. »Ich mach mich an den Papierkram. Du nimmst den Nachmittag frei und verwöhnst Frau, Kind und Katze.«

»Ein gutes Angebot, Rabbi! Ich würde es an deiner Stelle annehmen!« sagte Hollander. »Ich freu mich schon auf eure Party am Sonntag!«

Decker ging in die Mitte des Raumes und verkündete: »Was das Fest anläßlich der Geburt meines jüngsten Kindes angeht... Hiermit sind alle Anwesenden für den Sonntag herzlich eingeladen!«

Erneut brach Jubel aus.

»Essen, Champagner und Bier gehen aufs Haus. Aber ihr müßt ungefähr ein halbes Dutzend Reden von Rabbis über euch ergehen lassen.«

Buhrufe und Zischen waren die Antwort.

Decker lachte. Marge drückte ihm sein Jackett in die Hand. »Geh nach Hause!«

»Ich will erst noch mit Marie sprechen«, sagte Decker.

»Die haben wir vermutlich erst morgen vormittag hier«, erklärte Marge. »Also, ab mit dir!«

Als Decker das Haus betrat, dröhnte irgendwo der Fernseher auf Brüllautstärke. Zu seinem Entsetzen saß ein untersetzter, mittelgroßer Mann davor. Er hatte dichtes, dunkles Haar und sonnengebräunte Haut. Er trug Jeans und ein weißes Hemd. Die Hemdsärmel waren aufgerollt und entblößten braune, kräftige Unterarme.

Dad!

Lyle Decker saß dicht vor der Mattscheibe. Er war schwerhörig. Grinsend ging Decker zu seinem Vater und drehte ihn zu sich herum. Sie umarmten sich.

»Was machst du denn hier?« fragte Decker.

»Was?«

Decker drehte den Fernseher leiser und sagte lauter: »Was für eine Überraschung! Was machst du denn hier?«

»Deine Mutter meinte, es sei Zeit, daß wir uns mal unsere neue Enkeltochter ansehen. Und natürlich auch die ältere.«

»Du hast den Laden dicht gemacht, Dad?«

Dad zuckte die Schulter. »Wir sind alt. Das Leben ist kurz. Außerdem ... wenn sich deine Mutter was in den Kopf gesetzt hat ...«

Decker lachte. »Wo ist Mom?«

»Sie bäckt und kocht mit deiner Frau, deiner großen Tochter und deiner Schwiegermutter und der Kinderschwester ... und alle reden sie um die Wette. Dabei backen sie unaufhörlich Kuchen für die Party. Riecht verdammt gut, oder?«

Decker schnupperte. »Hm, sogar sehr gut.«

»Dein Schuppen ist eine Katastrophe, Sohn.«

Decker lächelte. »Stimmt.«

»Ich hab mir gedacht, wenn ich schon mal hier bin, kann ich mich vielleicht nützlich machen.«

»Dad, du mußt hier nicht arbeiten.«

»Mann, das ist besser als rumzusitzen und dem Gequatsche der Ladys zuzuhören.« Er klopfte Decker auf den Rücken. »Hast ein süßes, kleines Mädchen, Sohn. Zwei süße Mädels. Mein Gott, Cindy ist wirklich entzückend. Du und Jan, wenigstens das habt ihr richtig gemacht.«

Decker lachte. »Ich sag nur schnell allen guten Tag. Wir treffen uns dann im Schuppen.«

»Deine Jungs sind draußen. Ich hab sie angehalten, Nägel zu sortieren. Ist doch okay, wenn sie helfen?«

»Selbstverständlich.«

»Gut. Sie brauchen ein bißchen Fleisch auf den Knochen. Besonders der Jüngere hat's nötig. Er ist ja mager wie ein Hering.«

»Jake ist dünn, aber gesund.«

»Ja, ein zäher Bursche.« Der alte Mann musterte seinen Sohn eingehend. »Du sieht noch gut aus.«

»In meinem Job muß man fit bleiben, Dad.«

»Kann man von deinem Bruder nicht behaupten. Er hat einen Bauch wie ein Sumo-Ringer. Komm in den Schuppen, wenn du mit den Damen fertig bist. Und zieh den Anzug aus. In der Verkleidung räumt man keinen Schuppen auf.«

»Ist mir schon klar, Dad.«

Dad Decker ging hinaus. Decker wollte den Fernsehapparat ausschalten, als er die Vorschau auf die Sechs-Uhr-Nachrichten sah. Einer überglücklichen Lourdes Rodriguez wurde ein rosafarbenes Bündel übergeben. Matty Lopez war an ihrer Seite. Er wirkte ernster. Die Vaterschaft war für den Jugendlichen wohl plötzlich zur Realität geworden.

Decker schaltete den Fernseher aus und wanderte in die Küche. Dort ging es zu wie in einem Hühnerstall. Mom wirkte praktisch und zupackend wie immer. Ihr graumeliertes Haar hatte sie im Nacken aufgesteckt. Über dem Kleid trug sie eine gestärkte, weiße Schürze. Ida Decker war eine schlanke, eigenwillige Frau, die nie die Hände in den Schoß legte und zu allem eine feste Meinung hatte.

»Na, wie geht's, meine Damen?« fragte Decker.

Die Frauen brachen in schrille Willkommensschreie aus. Seine Mutter lächelte ihn an. Decker umarmte sie herzlich.

»Ich kann's noch gar nicht glauben, daß ihr hier seid.« Decker wandte sich an Rina. »Hast du das gewußt?«

»Natürlich«, antwortete sie. »Sollte eine Überraschung werden.«

Und zu seiner Mutter sagte Decker: »Aber daß ihr wirklich gekommen seid!«

»Deine Frau hat uns eingeladen. Also sind wir gekommen.«

»Ich hab euch in den letzten zwanzig Jahren mindestens fünfzigmal eingeladen«, seufzte Decker. »Und ihr seid nie gekommen.«

»Ach, laß den Unsinn«, mahnte die Mutter mit Spott in den Augen. »Zur Hochzeit war ich da.«

»Ja. Besten Dank, Mom!«

Rina zwickte Decker in die Backe. »Rede nett mit deiner Mutter, ja?«

»Ja, rede nett mit ihr«, wiederholte Magda.

»Ich muß hier raus.« Decker sah sich um. Hannah lag in ihrem Körbchen und schlief. Er beugte sich über sie und gab ihr vorsichtig einen Kuß auf die Nase. »Erziehen sie dich schon zur Emanze?«

»Peter, sprich nicht so laut!« schimpfte seine Mutter. »Du weckst sie auf. Außerdem fällt unser Teig zusammen.«

Cindy klopfte sich an die Brust wie Tarzan. »Geh, räume Schuppen auf und sei ein Macho, großer Dad!«

»Gute Idee.«

Decker ging, und niemand hielt ihn zurück. Trotzdem war er glücklich. Es ging nichts über eine harmonische Familie.

Er dachte unwillkürlich an Lita Bellson. Eine selbstsüchtige, lausige Mutter. Aber sie hatte Marie nie allein gelassen.

Und dafür ließ Marie sie nicht allein.

Er überlegte.

Marie entpuppte sich als die Zuverlässigkeit in Person... wie mein erster Mann Henry.

Die Zuverlässige.

Decker biß sich auf die Unterlippe.

Dabei war sie gar nicht seine Tochter!

Decker fühlte, wie das Adrenalin in seine Adern schoß. »Ich wette, das ist es.«

Er sah auf die Uhr. Es war noch genügend Zeit, bevor der Sabbat begann.

Lita Bellson saß im Glashaus, den Blick in die Ferne gerichtet. Decker ging auf leisen Sohlen zu ihr und legte die Hand auf ihre Schulter.

»Schöner sonniger Nachmittag«, bemerkte er.

»Immer nur Sonne«, sagte Lita. »Ich hasse das. Ich hasse Los Angeles. Das Wetter ändert sich nie. Wie das Heim hier, wie mein Leben jetzt. Ein Fluch, so lange zu leben. Ohne Marie und Leek bin ich ganz allein, beschissen. Ich wünschte, ich wär tot. Nicht mal Spumoni-Eis kann mich trösten.«

»Der Kreis schließt sich, was, Lita?«

»Vermutlich. Leben und Tod, Tod und Leben. Ein einziger, beschissener Kreislauf.«

»Man könnte glauben, es sei so was wie göttliche Gerechtigkeit, wenn man die letzten Jahre allein verbringen muß«, sagte Decker. »Der, der verläßt, wird am Ende verlassen werden. Manche Leute könnten das interessant finden.«

Lita sagte lange kein Wort. »Ich habe nie jemanden verlassen«, erwiderte sie schließlich kaum hörbar. »Er hat sie mir weggenommen. Ich hatte keine Lust, Streit anzufangen, hatte das Gefühl, ihm das schuldig zu sein, nach all dem Unglück, das ich ihm gebracht hatte.«

»Viele Affären, Lita?«

»Ich hab nie behauptet, ein Engel zu sein. Nie, und schon gar nicht Henry gegenüber.«

»Henry war Ihr erster Mann?«

»Mein einziger Mann. Maries Vater habe ich nicht geheiratet.«

»Wie hieß Ihr Mann?« fragte Decker.

»Henry Tollan. Netter Bursche. Er konnte nicht mit mir und nicht ohne mich leben. Schließlich hat er mich geheiratet, dachte, ein Kind würde mich verändern. War nicht der Fall. So funktioniert das nie.«

»Warum haben Sie sich nicht gewehrt, als er sie Ihnen weggenommen hatte? Immerhin war Henrietta auch Ihre Tochter.«

»Vielleicht habe ich gedacht, ich sei's ihm schuldig. Vielleicht dachte ich, Henrietta sei ohne mich besser dran.« Sie zuckte die Schultern. »Alles längst vergangen und vergessen.«

Sie irrte. Es war nicht vergessen, und es war nicht vergangen. Die Sünden der Vergangenheit waren verantwortlich für die Sünden der Gegenwart. »Haben Sie versucht, Kontakt zu Hetty zu halten?« wollte Decker wissen.

Lita schüttelte den Kopf. »Kein Ehemann, kein Kind. Es war so, wie ich es wollte, war ein sauberer Schnitt.«

»Wie alt war Hetty, als Sie aus ihrem Leben verschwunden sind?«

»Als er sie mir genommen hat, meinen Sie? Da war sie fünf. Ich habe darauf bestanden, daß er bis nach ihrem fünften Geburtstag wartet und habe ihr ein hübsches Kleid genäht. In dem wollte ich sie noch einmal sehen. Ich hab sie in dem Kleid fotografiert, wollte eine Erinnerung an sie haben.«

»Hat Marie auf diese Weise erfahren, daß sie eine Halbschwester hat? Durch ein Foto?«

»Sie nennen sich nicht von ungefähr ›Detective‹.«

»Wie alt war Marie, als sie draufkam?«

»Sechzehn. Sie hat behauptet, ich hätte sie mit meinem Egoismus zu dem gemacht, was sie sei. Sie war wild, weil sie die

Jungs mochte. Aber Sie kennen die Kinder. Ihnen ist jeder Vorwand recht, um ihre Eltern ans Kreuz zu schlagen.«

»Ist sie nach Berkeley gegangen, um in Hettys Nähe zu sein?«

»Um in Hettys Nähe zu sein, um bei den Hippies zu sein, bei den Drogen, beim Sex und den Kommunen. Natürlich hat sie mir gesagt, sie wolle die Mutter finden, die sie nie gehabt habe.«

Lita lachte leise.

»Und dann hat sie gleich wieder alles vermasselt... hat mit dem Mann ihrer Halbschwester eine Affäre angefangen.« Sie schloß die Augen. »Hat mir verdammt leid getan, für Hetty. Ehrlich. Zuerst mache ich alles kaputt, dann kommt ihre Schwester und macht noch mal alles kaputt. Sie war immer ein zartes Kind gewesen. Später habe ich erfahren, daß sie und das Kind einen Nervenzusammenbruch hatten. Hetty hatte ein Kind, eine Tochter. Die war noch klein, als es passierte. Das hat Marie fertiggemacht, mehr als alles andere. Daß das Kind leiden mußte. Das war der Punkt, an dem sie sich Jesus zugewandt hat. Ich hab ihr gesagt, gib mir dafür nicht die Schuld. Nicht dafür. Ich mag in meinem Leben viel falsch gemacht haben. Aber ich habe nie die Männer meiner Schwestern angerührt.«

Es folgte eine ausgedehnte, nachdenkliche Stille. Lita war wieder in einer anderen Welt. Decker reflektierte über diese Welt.

Kein Wunder, daß Marie Tandy unter ihre Fittiche genommen hatte, als sie sich als Erwachsene wieder getroffen hatten. Marie hatte die Begegnung als zweite Chance begriffen. Eine Gelegenheit, ihre Seele von der Sünde zu befreien.

Die verlorene Tochter.

Es hätte vielleicht funktioniert, wenn Tandy die Kassette mit den alten Fotos und Liebesbriefen nicht entdeckt hätte. Psychisch labil und noch immer um die verlorene Familie und das abgetriebene Baby trauernd, hatte Tandy ihren Eltern nie wirklich vergeben. Und nachdem sie die Briefe gelesen, den

Beweis für die Affäre des Vaters mit der Tante gefunden hatte, war sie nicht mehr bereit, irgend etwas zu verzeihen. Eine Weile hatte die Arbeit mit den Gewichten die Stimmen in Schach gehalten. Aber es war einfach nicht genug gewesen.

»Wissen Sie, wer Ihre Enkelin ist, Lita?«

Lita schlug die Augen auf. »Wer?«

»Tandy Roberts. Sie ist Hettys Tochter.«

»Tandy? Die fette Schwester, die hier gearbeitet hat?«

»Ja.«

»Was Sie nicht sagen.«

»Es ist die Wahrheit.«

Lita schwieg einen Moment. »Kann sein. Tandy war seltsam, ein bißchen wie Hetty. Ich bin mit Tandy immer gut ausgekommen. Sie hat mir leid getan, und ich mochte sie. Ich bin froh, daß ich sie kennenlernen durfte. Auch wenn ich keine Ahnung hatte, daß sie mein Fleisch und Blut ist. Manchmal wird doch alles gut.«

»Gelegentlich. Brauchen Sie noch was, Lita? Bevor ich gehe?«

»Besuchen Sie mich mal wieder, mein Hübscher?«

»Nein, Lita. Ich glaube nicht.«

»Ich hab meine Träume.« Die alte Frau zuckte die Schultern. Ihr Blick traf Decker. Litas Gesicht war hart wie Stein, so zerfurcht wie eine Felswand im Gebirge. »Könnten Sie mir noch ein Spumoni organisieren?«

»Ich werd's versuchen.«

Sie zwinkerte Decker wie eine Verschwörerin zu. »Meinen Sie, ich wäre eine bessere Mutter gewesen, wenn ich Jungs gehabt hätte?«

»Ich weiß nicht, Lita.«

»Vielleicht.« Lita seufzte. »Aber wahrscheinlich nicht. Wie ich immer offen zugegeben habe, war ich eine beschissene Mutter.«

38

Im hellen Mondlicht, das durch das vergitterte Fenster fiel, wirkte Maries Gesicht bläulich und ausgemergelt. Ihre knochigen Hände lagen gefaltet in ihrem Schoß und zogen das braune Anstaltskleid zwischen ihre Schenkel. Ihre Beine waren nackt, ihre Füße steckten in weichen Lederschuhen. Sie hatte sich nicht umgedreht, als Decker die Zelle betreten hatte, weigerte sich, ihn wahrzunehmen. Seine Fragen trafen auf taube Ohren.

»Marie, Sie helfen Tandy nicht, indem Sie sie decken«, sagte Decker. »Marie, sie ist krank! Sie braucht eine Therapie. Sie braucht Hilfe! Wenn Sie die Schuld auf sich nehmen und zulassen, daß sie auf freiem Fuß bleibt, richtet sie bald noch mehr Schaden an.«

Schweigen.

Decker kratzte sich am Kopf. »Ist Ihnen Lily Booker denn völlig gleichgültig?«

Den Blick stur auf das Fenster gerichtet, machte Marie endlich den Mund auf. »Natürlich nicht.«

»Wieso lassen Sie es dann zu, daß ihre Mörderin auf freien Fuß kommt? Selbst wenn die Mörderin nicht zurechnungsfähig war?«

»Ich bin die Mörderin.«

»Sie nehmen alles auf sich, wegen einer zwanzig Jahre alten Affäre. Das ändert weder das Vergangene, noch hilft es Tandy. Wenn Sie ihr helfen wollen, hören Sie auf, für ihre Sünden Ihren Kopf hinzuhalten. Diese Verlorene-Tochter-Psychose funktioniert vor Gericht nicht.«

»Ich habe Lily Booker umgebracht.«

Decker war wütend. »Wir stellen Tandy vor Gericht, Marie. Niemand glaubt, daß Sie Lily umgebracht und das Baby zu den Roberts gebracht haben. Weil Leek Sie keinen Moment mit dem Baby gesehen hat.«

»Leek ist ein Gauner und Lügner. Seine Aussage hat nicht viel Wert.«

»Marie, sparen wir uns die Mühe. Sagen Sie uns endlich, was wirklich passiert ist.«

»Ich bin durchgedreht«, sagte Marie. »Meine Hormone spielten verrückt. Jeder weiß, was ein gestörter Hormonhaushalt bewirken kann.«

»Das also ist Ihre geniale Verteidigung, was?« Decker konnte den Sarkasmus nur mühsam unterdrücken. »Ich habe mit Ihrem Arzt gesprochen. Ihr Hormonhaushalt war in Ordnung, Ihre Psyche war in Ordnung. Tandy war diejenige, die ausgerastet ist. Tandys Stimmen waren nicht unter Kontrolle. Tandy hat Stimmen gehört! Sie hatte Halluzinationen!«

Marie sagte nichts.

Decker ging auf und ab. »Sie hörte Stimmen, die ihr sagten, was sie tun solle. Der Psychiater sagt, die Stimmen verkörpern ihre strengen Eltern. Ich habe den Bericht noch nicht gelesen, und ich bin kein Psychiater. Ich behaupte nicht, den ganzen Hokuspokus zu beherrschen. Aber eines weiß ich. Tandy ist eine kranke Frau. Wir haben 'ne Menge Gutachter, die das bestätigen werden. Sie fragen warum, Marie?«

»Ich habe nicht gefragt.«

»Ich sag's Ihnen trotzdem. Weil jeder möchte, daß Tandy in Behandlung kommt. Weil alle sich wirklich kümmern. Mit Ausnahme von Ihnen.«

»Ich kümmere mich.«

»Wenn das der Fall wäre, würden Sie dasselbe wollen.«

»Ich habe Lily umgebracht«, wiederholte Marie lakonisch. »Ich habe das Baby entführt. Ich war alt und kinderlos. Ich wollte das Baby.«

»Sie wollen mir also weismachen, daß Sie Lily Booker mit einem Hammer getötet haben, um an ein Baby zu kommen?«

Marie schwieg.

»Tandy war diejenige, die mit einem Hammer in der Säuglingsstation auftauchte, Marie. Sie wissen es. Ich weiß es. Vermutlich wollte sie Sie umbringen. Sie hat Ihnen nie verziehen, daß Sie mit ihrem Vater geschlafen, die Ehe ihrer Eltern zerstört haben.«

Marie schwieg beharrlich.

»Sie traf auf Lily, und das genügte ihr. Sie hat Lily erschlagen, das Baby genommen...«

»Ich habe das Baby genommen.«

»Blödsinn!« sagte Decker. »Tandy hat das Baby entführt. Dann wurde ihr klar, was sie gemacht hatte, und sie hat es zu ihren Eltern gebracht. Nie im Leben werde ich verstehen, weshalb Sie zugelassen haben, daß sie sich das Baby nimmt. Ihr bei Lily Booker zu helfen, war eine Sache. Die arme Lily war schon tot, als Sie Tandy mit dem Hammer in der Hand entdeckt haben. Aber warum haben Sie zugelassen, daß sie Caitlin Rodriguez entführt?«

Marie sagte kein Wort.

»Warum?« drängte Decker verzweifelt.

»Ich habe Caitlin entführt, weil ich durch meine Hormonstörungen unter der Wahnvorstellung gelitten habe, sie sei im Krankenhaus in Gefahr.«

»Gefahr?«

»Ich kam dazu, als Lily eine Nadel in Caitlins Ferse gestochen hat. Das Baby brüllte wie am Spieß! Lily tat ihr weh.«

Decker dachte nach. »Was? Tandy dachte, Lily tue dem Baby weh, weil sie ihm Blut abgenommen hat?«

»Nicht Tandy! Ich! Ich habe gesehen, wie Caitlin geweint hat. Babys schreien, wenn man ihnen die Nadel in die Ferse sticht. Ich habe versucht, Caitlin Lily zu entreißen, aber sie ließ nicht los. Deswegen habe ich zugeschlagen, zu hart zugeschlagen.«

»Marie, Sie haben Babys tausendmal Blut abgenommen. Niemand wird Ihnen glauben...«

»Zum letzten Mal! Ich hatte Wahnvorstellungen! Und alle werden mir glauben, Sergeant. Weil ich, wie Sie, das Gutachten eines renommierten Psychiaters habe.«

Decker fühlte, daß er mit seiner Geduld am Ende war. »Gut, Marie. Nageln Sie sich für Tandys Sünden ans Kreuz, und verrotten Sie im Gefängnis. Währenddessen wird Ihre Nichte weiter von Stimmen gequält und irgendwann noch jemandem weh tun. Falls sie sich nicht selbst etwas antut. Verdammt, wollen Sie ihr denn nicht helfen?«

Ein Lächeln glitt langsam über Maries Gesicht. »Sie hat jetzt alle Hilfe, die sie braucht, Sergeant. Sie hat Jesus gefunden.«

Zuerst war es Sex, dann Drogen, dann zahllose andere Götzen gewesen, bis sie Jesus gefunden hatte.

Ersatzhandlungen.

Loyal bis zur Selbstaufgabe.

Decker sagte kein Wort.

Es gab nichts mehr zu sagen.

Kurz vor Mitternacht betrat Decker sein Schlafzimmer. Rina stillte Hannah, während sie gleichzeitig versuchte, etwas auf einen Notizblock zu schreiben.

»Kann ich dir helfen?« fragte Decker.

»Leider nein. Du kannst weder das Baby stillen noch meine Einkaufsliste überprüfen.«

»Warum kann ich deine Einkaufsliste nicht prüfen?«

»Weil du nicht weißt, was ich habe und was ich nicht habe.«

Das wiederum stimmte.

»Alles fertig für morgen?«

»Denke schon.« Rina lächelte glücklich. »Peter, ich bin so aufgeregt. Ich finde, du solltest eine Rede halten.«

»Eine Rede?«

»Ja, eine Rede.«

Decker setzte sich aufs Bett. »Warum machst du das nicht?«

»Ich?«

»Ja, du. Die Leute sehen dich lieber an als mich.«

»Peter...«

»Das ist mein Ernst. Tu's, Rina. Mach Mike Hollander und alle anderen Männer kirre!«

Sie lachte. »Also gut.« Sie blickte auf Hannah. »Sie ist bezaubernd, stimmt's?«

»Ja.« Decker kuschelte sich an Frau und Kind und legte den Arm um Rinas Schulter. Es war Zeit, innezuhalten und den Blütenduft der Rosen einzuatmen. Möglicherweise bekam Tandy die Hilfe nicht, die sie brauchte. Vielleicht glaubten die Geschworenen Marie, so sehr Pomerantz sich auch bemühte. Vielleicht starb Marie wirklich für Tandys Sünden.

Einige Dinge liegen einfach nicht in unserer Hand.

Als läge überhaupt etwas in unserer Macht.

Kontrolle, Macht... das mochte Illusion sein. Trotzdem sind es die Illusionen, die uns geistig gesund halten.

Decker zog seine Frau enger an sich. »Sie ist großartig, genau wie ihre Mutter.«

Rina küßte ihn auf die Wangen. »Jetzt ist alles gut, oder?«

Decker lächelte von ganzem Herzen. »Darling, viel besser kann's nicht werden.«

Brigitte Aubert
Die vier Söhne des
Doktor March
Roman
218 Seiten
btb 72240

Aus Freude am Lesen

Brigitte Aubert

Beide führen ein Tagebuch. Er, das ist der Mörder – und einer der vier Söhne des Doktor March. Sie, das ist Jeanie, das Dienstmädchen des Hauses. Eines Tages kommt sie den schockierenden Aufzeichnungen des Täters auf die Spur. Aber welcher der Brüder ist das Ungeheuer? Als der Unbekannte merkt, daß Jeanie seiner Fährte folgt, kündigt er ihr die Stunde ihres Todes an...

Brigitte Aubert
Im Dunkel der Wälder
Roman
286 Seiten
btb 72163

Aus Freude am Lesen

Sie ist reich, hübsch und glücklich verliebt, da schlägt das Schicksal zu. Von einem Unfall schwer gezeichnet und ganz auf fremde Hilfe angewiesen, sieht sich Elise Andrioli plötzlich im Zentrum unheimlicher Ereignisse – Mord und mysteriöse Anschläge eingeschlossen. Beinahe zu spät erkennt sie, wo der Schlüssel zu diesen unheimlichen Vorfällen liegt...
»Ein ganz ungewöhnlicher Thriller.« *Frankfurter Rundschau*